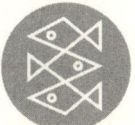

LEA KAIB

Love with Pride

FISCHER Taschenbuch

Aus Verantwortung für die Umwelt hat sich der Fischer Kinder- und Jugendbuch Verlag zu einer nachhaltigen Buchproduktion verpflichtet. Der bewusste Umgang mit unseren Ressourcen, der Schutz unseres Klimas und der Natur gehören zu unseren obersten Unternehmenszielen.

Gemeinsam mit unseren Partnern und Lieferanten setzen wir uns für eine klimaneutrale Buchproduktion ein, die den Erwerb von Klimazertifikaten zur Kompensation des CO_2-Ausstoßes einschließt.

Weitere Informationen finden Sie unter: www.klimaneutralerverlag.de

2. Auflage: September 2021

Erschienen bei FISCHER New Media
© Fischer Kinder- und Jugendbuch Verlag, Hedderichstraße 114,
D-60596 Frankfurt am Main, September 2021

Umschlaggestaltung: Alexander Kopainski
unter Verwendung von Motiven von Shutterstock
Satz: Dörlemann Satz, Lemförde
Druck und Bindung: CPI books GmbH, Leck
Printed in Germany
ISBN 978-3-7335-5019-6

Für alle, die sich nicht länger verstecken wollen.

Triggerwarnung
Dieses Buch enthält an einigen Stellen potenziell triggernde Inhalte. Eine Liste der potenziellen Trigger findet ihr auf Seite 379.

Prolog

Danach

Ich liebte einfach alles an ihr. Ihr seidiges langes Haar. Wie sie mich aus ihren hellblauen Augen ansah, während ihre zarten Finger über meinen Körper tanzten. Diese kleinen Grübchen, wenn sie zu einem Lachen ansetzte. Wie sie jeden Morgen ihren Kaffee trank: mit einem Schluck Hafermilch und zwei Löffeln Zucker. Süß und bitter zugleich.

Sie war perfekt. Perfekt für mich. Für uns.

Wie ein Wirbelwind war sie in mein Leben gekommen, hat mich aufgewühlt und alles und jeden Kopf stehen lassen. Sie hatte so viel verändert. Ohne sie wäre ich noch immer das stille Mädchen mit den mausbraunen Wellen im Haar, das nicht in der Lage war, ihre Stimme zu erheben. Das sich nicht traute, endlich die Worte auszusprechen, die ihr so unerbittlich auf der Zunge lagen. Dabei waren es nur Worte. Buchstaben, die aneinandergereiht einen Sinn ergaben. Und dieser Sinn bedeutete mehr als die Welt für mich.

Mit ihr fühlte ich mich sicher. Ich wusste, was Glück bedeutete. Jeder Tag war voller Sonnenschein, wolkenlos und warm.

Plötzlich war alles anders.

Kapitel 1

Davor

Nach und nach faltete ich einfarbige Shirts und legte sie in meine geräumige Umhängetasche. Es wanderten Jeans, Unterwäsche, Socken und auch ein schwarzes Kleid hinein. Bereits morgen um diese Zeit wäre ich nicht mehr hier in meinem Zimmer, sondern in dem kleinen Städtchen Haydensburgh an der Universität. Nur eine Autostunde von meinem Zuhause entfernt.

Es tat weh, meine gewohnte Umgebung zu verlassen, doch ich hatte es nicht anders gewollt. Ich packte ein paar Bücher in die Tasche und Kleinigkeiten, die mich an mein altes Leben erinnerten, wie meinen braunen Becher aus Kunstleder, in dem meine bunten Würfel umherklapperten. Ich ging zum Fenstersims und stellte meine Pilea, die ich Herbert getauft hatte, neben meine Reisetasche. Hoffentlich würde sie die Autofahrt morgen unbeschadet überstehen.

In diesem Augenblick drang ein Miauen an mein Ohr, und ein Lächeln schlich sich auf meine Lippen.

»Hallo Mrs Smitty«, begrüßte ich unsere Katze, beugte mich hinab und streichelte ihr durch das fleckige weiße und schwarze Fell. Wie zur Erwiderung schmiegte sie sich an mich. Es würde mir schwerfallen, sie hier zurückzulassen. Ich kannte sie schon mein ganzes Leben lang. Achtzehn Jahre. Mrs Smitty war wirklich wahnsinnig alt, ihr war sogar schon ein Zahn abgebrochen. Sie kam allein kaum noch auf die Couch im Wohnzimmer. Am liebsten hätte ich sie einfach eingepackt und mitgenommen, doch in den Wohnheimen waren keine Haustiere erlaubt.

Auch mein geräumiges Zimmer würde ich vermissen. Die türkisfarbenen Tapeten und die Bilder an den Wänden, die das Meer zeigten. Mein großes Bücherregal hatte keinen Platz in meinem neuen Zuhause, doch ich würde es mir nicht nehmen lassen, ein paar meiner Lieblingstitel einzustecken. Das war tatsächlich die größte Frage für mich: Welche Bücher sollte ich mitnehmen?

»Stella, kommst du zum Essen runter?«

Die glockenhelle Stimme meiner Mutter holte mich aus meinen Gedanken.

»Ich komme gleich«, rief ich durch den offenen Spalt meiner Tür nach unten.

Ich seufzte. Die Bücherfrage musste ich wohl vertagen. Stattdessen hob ich Mrs Smitty auf meine Arme, verließ mein Zimmer und ging die Treppen hinunter. Der wunderbare Duft des Abendessens stieg mir bereits in die Nase, und ich hörte, wie mein Bauch ein Knurren von sich gab. Ich ließ die Katze am Fußende der Treppe hinunter, und sie tapste mit langsamen Schritten ins Wohnzimmer.

Dass ich ein eigenes Zimmer nur für mich hatte, war ein Privileg, das ich sehr schätzte. Ich musste es mit keinen Geschwistern teilen. Manchmal war es ein Segen, Einzelkind zu sein. An der Universität würde ich mir mit jemandem das Zimmer teilen müssen, und ich war schon gespannt auf meine neue Mitbewohnerin. Ob sie wohl nett war? Würde ich mich gut mit ihr verstehen?

»Kannst du noch kurz den Salat mit rübernehmen?«, fragte mich meine Mutter.

»Klar doch.«

Wir tischten gemeinsam auf, und in diesem Moment kam auch mein Vater zur Haustür rein.

»Hallo, ihr Lieben«, ertönte seine Stimme durch den Flur.
»Hey, Dad!«
Ich hörte, wie er seine Arbeitstasche auf dem Boden abstellte und sich die Schuhe auszog.
»Du kommst genau rechtzeitig, ich habe gerade gekocht. Es gibt Nudeln und Salat.« Es war nicht üblich, dass meine Mutter für das Abendessen zuständig war. Meist kochte mein Vater, wenn er nicht so spät von der Arbeit kam. Manchmal auch ich, obwohl ich kein großes Talent hatte. Sie würden sich daran gewöhnen müssen, dass ich demnächst nicht mehr in der Küche stand.
Mein Vater wusch sich die Hände, ehe er zu uns stieß. Wir nahmen alle am Tisch Platz und schenkten uns gegenseitig Getränke ein.
»Und, bist du schon aufgeregt wegen morgen?«
Ich nahm einen großen Schluck Wasser, ehe ich ihm antwortete. »Ziemlich, wenn ich ganz ehrlich bin.« Dass ich mir vor lauter Nervosität die Fingernägel runtergekaut hatte, erzählte ich ihm lieber nicht.
»Das wird schon werden, mach dir da keine Sorgen«, warf meine Mutter ein und reichte mir den Topf dampfender Nudeln. »Du wirst bestimmt viel Spaß an der Uni haben.«
Das sagte sie so leicht. Aber meine Mutter hatte auch keine Ängste. Nicht so wie ich.
Ich nahm mir eine Portion und gab den Topf weiter an meinen Vater. Dann bediente ich mich an dem Salat.
Wir aßen immer zusammen, wenn es möglich war. Ich hatte eine gute Beziehung zu meinen Eltern, und beim Abendessen konnten wir uns erzählen, was wir tagsüber erlebt hatten. Manchmal spielten wir danach noch gemeinsam Karten oder sahen einen Film an. Am

liebsten eine romantische Komödie. Ich mochte Happy Ends. Heute Abend würde ich vermutlich mit dem Packen meiner restlichen Sachen beschäftigt sein.

»Hast du schon alles beisammen?«, meldete sich mein Vater mit dem passenden Stichwort.

»Nein, ich muss noch schauen, welche Bücher ich einpacken will.«

»Oh, also die ganz wichtigen Entscheidungen.« Er liebte es, mich ab und an zu necken. »Dabei will ich dich natürlich nicht stören.«

Meine Mutter erzählte von einem nervigen Kunden auf der Arbeit. Sie war Physiotherapeutin und konnte ihren Job einfach nicht im Büro lassen. Ständig ermahnte sie mich, gerade zu sitzen. Dad ging auf das neue Stichwort ein, auch er hatte heute im Büro des Autohauses nur mit seltsamen Kund*innen zu tun gehabt.

»Manchmal willst du den Tag einfach in die Tonne werfen«, schüttelte er den Kopf. Es tat gut zu wissen, dass auch meine Eltern schlechte Tage hatten. Dass es nicht nur mir so ging.

»Dafür schauen wir heute Abend diesen neuen Krimi, den du unbedingt sehen wolltest.« Meine Mutter strahlte über beide Wangen und schien sich schon auf den Filmabend zu freuen.

Als wir aufgegessen hatten, half ich meinen Eltern beim Abräumen und schrubbte zwei Pfannen. Anschließend ging ich wieder in mein Zimmer und kümmerte mich um das leidige Thema des Taschepackens.

Es dauerte eine ganze Weile, bis ich mich für die Bücher entschieden hatte, die mitkommen durften. Danach sortierte ich Schuhe aus. Es war schon leichte Herbststimmung, Anfang September, und es würde nicht mehr lange dauern, bis die Temperaturen sanken.

Ich entschied mich also für ein Paar schwarze Stiefel und zwei Paar Turnschuhe, die schon etwas abgewetzt aussahen.

Als ich das nächste Mal auf mein Handydisplay sah, war es bereits zehn Uhr. Heute wollte ich nicht so spät ins Bett gehen, damit ich morgen fit wäre. Mir stand ein aufregender Tag mit vielen neuen Eindrücken bevor, und es würde wahrscheinlich ziemlich anstrengend werden.

Mit einem Ruck schloss ich die schwere Reisetasche und rieb mir danach zufrieden die Hände. Endlich war das erledigt.

Ich ging rüber ins Badezimmer, putzte mir die Zähne und wusch das Gesicht, ehe ich meinen Kulturbeutel für die Abreise vorbereitete. Die kleine durchsichtige Tasche mit Shampooflaschen und Toilettenartikeln würde ich erst morgen kurz vor der Abfahrt einpacken, da ich sie am Morgen noch mal benötigte.

Die Treppen knarzten, als ich sie hinunterstieg. Für eine halbe Stunde wollte ich mich noch zu meinen Eltern auf die gemütliche graue Couch setzen. Sie schauten noch immer den Krimi, von dem meine Mutter beim Abendessen berichtet hatte. Mrs Smitty hatte sich zu ihnen auf das Sofa gesellt und schlief. Sofort breitete mein Dad die Arme aus, und ich ließ mich neben ihn auf die Couch sinken. Er drückte mich fest an sich.

»Was werde ich dich vermissen, wenn du morgen schon nicht mehr bei uns bist, Spätzchen.« Ich rollte mit den Augen. Ich mochte es nicht, wenn mein Vater mir peinliche Spitznamen gab. Ich fühlte mich dann immer wie ein kleines Kind.

»Ich bin doch nicht aus der Welt«, gab ich zurück und wand mich aus seiner Umarmung.

»Du weißt, dass du jederzeit mit dem Bus zu uns fahren kannst, wenn du das möchtest, oder?«, schaltete sich meine Mutter ein.

»Ja, schon klar. Und ihr kommt mich am Wochenende besuchen, wenn ich das mit euch ausmache.« Dabei nahm ich mir jetzt schon vor, dass es nicht dazu kommen sollte. Meine Eltern mussten nicht wegen mir durch die Gegend fahren. Wenn, dann wollte ich für ein Wochenende mal nach Hause kommen und würde den Bus nehmen. Allerdings wollte ich Besuche, so gut es ging, vermeiden. Mir fiel es nicht leicht, Veränderungen zuzulassen, und jetzt stand quasi die größte Veränderung geradewegs vor mir. Aber auf der anderen Seite war es genau das, was ich immer gewollt hatte. Ich musste raus aus dieser Stadt.

»Hast du alles fertig gepackt?«, wollte mein Dad von mir wissen, und ich nickte.

»Super!«

Gemeinsam sahen wir uns den Krimi noch zu Ende an, auch wenn ich keine Ahnung hatte, worum es in dem Film ging. Am Ende wurde der Mörder gestellt und von der Polizei abgeführt, so viel bekam ich gerade noch mit.

Ich wünschte meinen Eltern eine gute Nacht und ging hinauf in mein Zimmer. Das würde endgültig die letzte Nacht zu Hause sein. In meinem alten Leben. Hoffentlich würde ich gut schlafen und nicht vor lauter Magenschmerzen und *was-wäre-wenns* wach liegen.

In meinem Zimmer schlüpfte ich in ein großes labbriges Shirt mit einem Einhornmotiv und eine hellblaue Schlafhose, ehe ich mich unter die Bettdecke legte. Auf meinem Nachttisch leuchtete ein kleines Licht, so dass ich noch ein oder zwei Kapitel in meinem Buch lesen konnte. Ich versank sofort zwischen den Seiten, und meine Ängste schienen plötzlich meilenweit entfernt. Es tat so gut, in eine andere Welt abzutauchen. Deswegen las ich auch am liebsten Fantasybücher oder Geschichten mit magischem Realismus. In meinem

Buch begegnete die furchtlose Protagonistin gerade zum ersten Mal einem Drachen. Auch ich musste mich morgen dem Drachen stellen. Ob ich ihn besiegen konnte?

Kapitel 2

Ich schulterte den Riemen meiner schweren Umhängetasche, als ich aus dem grünen Kleinwagen meiner Eltern stieg. In der Hand hielt ich meine Pilea, die die Autofahrt zum Glück gut überstanden hatte. Tief sog ich die frische Luft ein und freute mich über den Wetterumschwung, nachdem es drei Tage lang hintereinander geregnet hatte. Es war ein warmer Spätsommernachmittag, ideal, um den Anfang meines neuen Lebens zu feiern.

»Pass auf dich auf, Schatz«, rief meine Mutter mir vom Beifahrersitz aus zu, ehe ich die Autotür hinter mir schloss.

»Klar, immer doch.« Ich schenkte ihr ein aufgeregtes Lächeln.

»Vergiss nicht, nachher anzurufen.«

»Versprochen«, rief ich ihnen hinterher, als meine Eltern mit den Armen aus dem Fenster wedelnd davonfuhren.

»Wir haben dich lieb, Stella«, ertönte es noch einmal aus dem alten VW, bevor er um eine Ecke bog und mich alleine zurückließ. Dabei war ich nicht wirklich alleine. Hunderte Studierende gingen vor dem Hauptgebäude ihrer Wege. Sie suchten ihre neuen Zimmer, spazierten über das Gelände und konnten es kaum erwarten, dass das neue Semester endlich begann.

»Ich hab euch auch lieb.« Meine Stimme war nur ein leises Flüstern. Ich würde die beiden wirklich vermissen.

Seufzend wandte ich mich von der Straße ab und drehte mich um. Vor mir ragte das Hauptgebäude mit seinen Backsteinmauern und den wehenden Haydensburgh-Fahnen auf. Ein schwarzes Logo auf grünem Grund, das ich in den nächsten Wochen und Monaten vermutlich noch oft genug sehen würde.

Haydensburgh war ein kleines Städtchen in der Nähe von Charleston mit einer noch kleineren Universität, doch genau diese Intimität gefiel mir daran. Ich hatte mich überall im Bundesstaat South Carolina beworben. Charleston, University of South Carolina, Clemson – und dennoch hatte mich nichts mehr gefreut als die Zusage aus Haydensburgh. Ich konnte immer, wann ich wollte, nach Hause fahren, und dennoch fühlte es sich wie ein Neuanfang an, den ich so dringend brauchte.

Mit eiligen Schritten ging ich auf das Hauptgebäude zu, vor dem zahlreiche Infotische für uns Frischlinge standen. Stimmen erklangen aus allen Richtungen, warben für ihre Clubs und AGs. Aus der hinteren Jeanstasche zog ich mein Smartphone und rief die Karte des Universitätsgeländes auf. Mal sehen, wo ich meinen Wohnblock finden würde. Zum Glück war der Campus nicht riesig, so dass ich keine Schwierigkeiten hatte, mich durch die Massen an Studierenden und die Gebäude zu navigieren.

Alles sah genauso aus, wie im Internet beschrieben. Neben dem imposanten Hauptgebäude führten gepflasterte Wege zu den einzelnen Fakultäten, hinter denen die Wohnräume lagen. Egal, wo man hinwollte: In wenigen Minuten war man da.

Am Infoschalter der Wohnheime holte ich mir den Schlüssel für mein neues Zuhause ab. Zimmer 613. Vorsichtig klopfte ich an. Vielleicht war meine Mitbewohnerin schon eingezogen? Als ich kein Zeichen von innen vernahm, steckte ich den Schlüssel ins Schloss und trat ein.

Auf beiden Seiten des Zimmers stand je ein Einzelbett. Die Ausstattung war völlig identisch. Es gab je einen Schreibtisch und einen

Kleiderschrank sowie einen Nachttisch mit einer Lampe. Alles war aus einfachem, hellem Holz. Zu zweit würde es gemütlich werden und völlig anders als in meinem Zimmer daheim bei meinen Eltern, aber ich war hierfür bereit.

Ich schloss hinter mir die Tür und suchte mir die linke Seite des Zimmers aus. Wenn ich schon vor meiner Mitbewohnerin hier war, musste ich diesen kleinen Vorteil nutzen.

Meine Reisetasche stellte ich auf dem Boden ab, Herbert, die Pilea, wanderte direkt auf den Nachttisch, dann ließ ich mich auf das Bett fallen. Die Matratze war weich, und ich wollte lieber nicht darüber nachdenken, wie viele Studierende vor mir die Nächte darauf verbracht hatten.

Erst morgen, Montag, würde mein Studium offiziell beginnen. Ich hatte also einen ganzen Tag, an dem ich die Universität auskundschaften und meine Mitbewohnerin kennenlernen konnte. Vielleicht würde ich sogar heute Abend zu der Erstiparty gehen, die auf dem Campus stattfand.

Ein Klopfen unterbrach meine Überlegungen.

»Ja? Herein«, sagte ich zögernd und beobachtete, wie sich die Tür langsam öffnete.

»Hi.« Aus braunen Augen sah mich eine Frau mit langen schwarzen Haaren an, von der ich sofort wusste, dass sie zehnmal cooler war als ich. Sie war ungefähr in meinem Alter, hatte schwarz lackierte Fingernägel und trug ein Bandshirt, das sie in abgetragene High-Waist-Shorts gesteckt hatte. Ihre Füße waren in dicke dunkle Stiefel verpackt, in denen sie bei dem Wetter doch bestimmt schwitzen musste. Aber das war zum Glück nicht mein Problem.

»Ich bin doch richtig in Zimmer 613, oder?«

Bekräftigend nickte ich und stand vom Bett auf.

»Dann bist du also meine neue Mitbewohnerin«, trällerte die Fremde fröhlich und trat ein.

»Vermutlich.« Ich machte einen Schritt auf sie zu und streckte ihr meine Hand entgegen, die sie nahm und schüttelte.

»Ich bin Stella«, stellte ich mich mit einem Lächeln vor.

»Du kannst mich Sue nennen.« Sie hatte ein ansteckendes Lächeln. Ich ließ ihre Hand los und wies hinter mich auf das Bett.

»Ich habe mir schon mal die linke Seite ausgesucht. Ist das okay für dich?«

Eifrig nickte Sue und stellte den Rollkoffer und ihren Rucksack, den sie über den Schultern getragen hatte, neben ihrem Bettgestell ab.

»Mir ist es egal, auf welcher Seite ich schlafe«, erwiderte sie, und ich hoffte, sie meinte das ernst.

»Dann ist ja gut.«

Sue begann sofort damit, ihren Koffer auszupacken, was ich zum Anlass nahm, mich selbst um mein Gepäck zu kümmern. Schweigend öffnete ich die Tasche, nahm den Stapel an Kleidung, der ganz oben lag, heraus und legte ihn auf die Matratze.

»Welche Kurse hast du belegt?«

Sues helle Stimme riss mich aus meinen Gedanken, während ich den Kleiderschrank auf meiner Zimmerseite einräumte.

»Vor allem amerikanische Literatur«, antwortete ich und konnte gar nicht anders, als breit zu grinsen. Ich freute mich schon sehr darauf, mit den anderen in den Seminaren und Vorlesungen zu sitzen und über ein Thema zu diskutieren, das mir am Herzen lag.

»Und du?«, hakte ich nach und hängte dabei ein schwarzes Kleid an den Schrank, das ich morgen zum Semesterbeginn anziehen wollte. Es war schlicht, aber gab mir den Mut, den ich für meinen ersten richtigen Unitag brauchen würde.

»Geschichte und kreatives Schreiben. Ich kann mich noch nicht so richtig entscheiden, deswegen probiere ich erst einmal ein bisschen was aus.« Ich fand es cool, dass sich meine Mitbewohnerin ebenfalls für Literatur interessierte.

Eine Weile sortierten wir unsere Sachen in die Stille hinein, ehe ich die Hälfte meiner Tasche ausgepackt hatte.

»Hast du auch von der Party heute Abend gehört?«, wollte ich von ihr wissen, um das Eis zu brechen. Ich war fast ein bisschen stolz auf mich, dass ich mich zu diesem Schritt bewegen konnte. Vielleicht würde es mit diesem Neuanfang doch schneller klappen, als ich gedacht hatte.

»Klar, wollen wir vielleicht zusammen hingehen?«

Wow, ich hatte nicht damit gerechnet, dass ich so schnell jemanden fand, der mit mir zusammen auf einer Party aufschlagen wollte. Dabei wusste ich ja noch nicht einmal, ob ich sie überhaupt besuchen sollte. Bisher hatte ich nur theoretisch darüber nachgedacht, jetzt schien plötzlich alles in Stein gemeißelt. Ich gab mir einen Ruck. Immerhin wollte ich das hier. Eine neue Stella!

»Wieso nicht.« Ich gab mir Mühe, meine Stimme betont locker klingen zu lassen, auch wenn ich innerlich ganz aufgeregt war.

»Dann haben wir ein Date heute Abend.«

Wir beschäftigten uns weiter mit unserem Gepäck, doch es dauerte nicht lange, bis ich alles eingeräumt hatte. Ich war ein genügsamer Mensch und kam mit wenig Schnickschnack aus. Meine Kleidung reichte für die nächsten Wochen, und ich konnte jederzeit in den Keller des Wohnheims waschen gehen, wenn es dringend war. Lediglich bei meiner Bücherauswahl sah es etwas anders aus. Meine Tasche war deshalb schwerer geworden als geplant. Ich hatte meine beiden Lieblingsbücher, *Die unendliche Geschichte* sowie den zweiten

Band der *Tribute von Panem*-Reihe, nicht bei meinen Eltern lassen können und drei weitere eingepackt, die ich in nächster Zeit lesen wollte. Für den weiteren Lesestoff würde ich die Bibliothek besuchen. Das schonte ganz nebenbei auch mein spärliches Budget.

Auf meinem Nachtschrank stellte ich ein gerahmtes Bild, das mich zusammen mit meinen Eltern im vergangenen Urlaub am Strand zeigte. Die Sonne spiegelte sich wunderschön im Meer, und ich dachte gern an diese gemeinsame Zeit zurück. Daneben kam ein Würfelbecher. Zuletzt hängte ich eine Lichterkette an die Wand neben meinem Bett, die alles etwas gemütlicher machte und mich an zu Hause erinnerte.

»Sag mal, schnarchst du eigentlich oder so?« Sues Stimme riss mich aus meinen Gedanken.

»Ich schlafwandle, knirsche mit den Zähnen und jaule nachts den Mond an.«

Einen Augenblick lang sah sie mich regungslos an. Ich versuchte, keine Miene zu verziehen, doch dann lachten wir beide schallend los.

»Nein, keine Sorge«, versicherte ich ihr. »Ich rede nicht im Schlaf, und dass ich schnarchen würde, wäre mir auch neu.«

»Da bin ich echt froh.«

Ich bemerkte, dass auch Sue etwas an die Wand über ihrem Bett gehängt hatte. Es war eine Kette, die aus vielen kleinen Polaroids bestand.

»Sind das deine Freund*innen?«

»Ja, aus der Heimat. So habe ich sie immer bei mir.«

»Wie schön.« Ich dagegen hatte nur das Bild mit meinen Eltern mitgenommen. Aber ich hatte auch nicht wirklich viele Fotos mit Freund*innen.

Während Sue noch weiter ihre Koffer ausräumte, setzte ich mich mit meinem Laptop aufs Bett und loggte mich im Universitäts-WLAN ein. Prüfend sah ich über den Stundenplan, den ich mir selbst zusammengestellt hatte. Morgen würde ich erst um zehn Uhr bereit sein müssen, was ebenfalls dafür sprach, dass ich zusammen mit Sue die Frischlingsparty besuchen konnte. Dass ich insgeheim noch nach Ausflüchten suchte, entlarvte mein bisheriges Sozialverhalten. Ich war nicht gerade die Partygängerin. Lieber lag ich mit einem guten Buch und einer Tasse Tee in meinem Bett und las die ganze Nacht durch. Party bedeutete bei mir also so viel, wie bis zum Morgengrauen zwischen den Seiten zu versinken. Trotzdem war ich mir durchaus bewusst, dass ich die Party nutzen konnte, um die Universität und meine Kommiliton*innen besser kennenzulernen. Wenn ich mich bereits jetzt von allen abschottete, dann würde ich vermutlich auch den Rest des Semesters nicht mehr unter Leute kommen. Es war also durchaus einen Versuch wert. Wenn ich keine Lust mehr hatte, konnte ich immer noch zurück aufs Zimmer gehen. Ich sprach mir selbst Mut zu. Das würde schon irgendwie werden. Es musste. Und zur Not hatte ich ja noch Sue, die mich begleitete. Sie war nett, höflich, und ich hatte das Gefühl, dass wir beide gut miteinander auskommen würden. Sofern mich mein erster Eindruck nicht vollkommen täuschte.

Ich klappte meinen Laptop, der mit bunten Stickern beklebt war, zu und bemerkte, dass auch meine Mitbewohnerin mittlerweile ihre Klamotten fertig eingeräumt hatte.

»Hast du Lust, mit mir zusammen die Mensa zu suchen? Mein Magen knurrt schon«, fragte ich. Und als hätte mein Bauch zugehört, gab er ein leises Grummeln von sich. Seit dem Frühstück hatte ich nichts mehr gegessen. Dazwischen lagen gut fünf Stunden.

»Klar.« Sue stellte den leeren Koffer in die Ecke des Raumes, schnappte sich eine Handtasche und verließ mit mir unser Zimmer.

»Also, die Mensa müsste beim Hauptgebäude sein«, murmelte ich vor mich hin, während ich mein Smartphone gezückt hatte, um auf dem digitalen Geländeplan nachzusehen.

»Ich meine mich zu erinnern, dass ich daran vorbeigegangen bin, als ich ankam«, grübelte Sue.

Wir schlängelten uns durch die Flure und Menschenmassen, die uns entgegenkamen, und mit Hilfe des Lageplans fanden wir schließlich, wonach wir suchten.

»Das ging schneller als erwartet«, freute ich mich über diesen kleinen Sieg.

Jedoch wurde unser Triumph sofort von einer kleinen Welle der Enttäuschung erfasst. Um überhaupt etwas in der Mensa bestellen zu können, brauchten wir unsere Universalkarte, und die bekamen wir erst am Infoschalter. Sue und ich legten einen Gang zu, holten im Hauptgebäude bei einer netten Frau am Servicepoint die Karten ab, die uns Zugang zur Mensa verschafften, und luden sie an einem Automaten mit je einem Zwanzig-Dollar-Schein auf.

»Dann auf ins Getümmel.«

Die Mensa war völlig überfüllt. Wir hatten uns die wohl schlechteste Zeit zum Essen ausgesucht, aber es nützte nichts, da mussten wir jetzt durch. Mit einem Tablett in der Hand passierten wir die einzelnen Essensstationen. Es gab Suppe, Pizza, das Tagesmenü und eine Nudeltheke. Sue wurde schnell bei der Pizza fündig, während ich ziellos die einzelnen Stationen musterte.

»Nichts für dich dabei?«, fragte meine Mitbewohnerin irritiert.

»Ich ernähre mich eigentlich vegan. Ich hatte gehofft, die haben hier zumindest eine vegetarische Anlaufstelle.« Was wunderte es mich eigentlich? Haydensburgh war nicht New York. In einem kleinen Kaff wie diesem wusste die Küche vermutlich nicht einmal, was es bedeutete, wenn man vegan lebte.

»Hast du geguckt, ob die Suppe vegan ist?«, schlug mir Sue vor, und gemeinsam gingen wir zum Suppenstand. Es gab eine Gemüsebrühe, die halbwegs in Ordnung aussah. Immerhin gab es keine Fleischeinlage, und man hatte auch auf Ei verzichtet. Es war kein Festschmaus, aber es würde reichen, um meinen Hunger zu stillen. Ich könnte sonst auch Nudeln ohne Sauce oder puren Reis essen, aber da war die Suppe die bessere Alternative.

Seufzend nahm ich einen der heißen Suppentöpfe entgegen, und wir bezahlten mit unserer Universalkarte am Check-out, ehe wir uns einen Platz suchten. Sue und ich saßen schließlich mit ein paar Fremden an einem Tisch. Ebenfalls etwas, an das ich mich erst gewöhnen musste, doch die Unbekannten waren so in ihre Konversation vertieft, dass sie uns kaum beachteten.

»Freust du dich schon auf die Kurse?« Ich war ein bisschen froh, dass mich Sue mit Fragen löcherte, denn so musste ich nicht selbst das Gespräch suchen.

»Ja, schon. Ich bin vor allem gespannt, wie die Professor*innen so sind und ob das Studium meinen Erwartungen entspricht.«

»Ich freue mich vor allem auf die Partys«, grinste Sue, und mir rutschte das Herz in die Hose. Ich hielt inne und wagte es kaum, den Löffel erneut in die Suppe zu tunken. Mit einem Mal stellte ich mir vor, wie sie jeden dritten Abend betrunken nachts in unser Zimmer kam und ich von den Geräuschen geweckt wurde. Sie musste mir meine Bedenken direkt angesehen haben, denn sofort ruderte sie zurück.

»Keine Sorge, ich bin nicht laut oder so. Ich unternehme einfach gerne etwas mit Leuten. Vermutlich bin ich die meiste Zeit sowieso nicht im Zimmer. Aber ich verspreche dir, eine brave Mitbewohnerin zu sein.« Direkt stellte sich Erleichterung bei mir ein. »Wenn überhaupt, dann schleppe ich dich mit auf die geheimen Wohnheimpartys. Zur Not checken wir die Veranstaltungen der Verbindungen aus und schleichen uns da rein.«

Ich hatte schon davon gehört, dass es sogar an unserer kleinen Universität einige Verbindungen gab, aber ich hatte mich mit dem Thema nie weiter beschäftigt.

»Du hast also Connections?«, hakte ich nach.

»Nein, so war das nicht gemeint. Bisher kenne ich auch noch niemanden. Aber das wird sich heute Abend ändern.« Sie ließ ihre Augenbrauen wie zwei Raupen tanzen, und wir mussten beide lachen.

Sue wirkte wirklich sehr aufgeschlossen. Sie schien unkompliziert zu sein. Wie jemand, mit dem man sich schnell anfreunden konnte. Ich hoffte, dass wir auch das ganze Semester über gut miteinander klarkämen. Bisher stand unsere mögliche Freundschaft unter einem guten Stern. Aber wer wusste schon, ob sie mich noch mögen würde, wenn sie mich näher kennenlernte. Wenn sie wusste, wer ich war. Welche Person sich hinter den blauen Augen und der spitzen Nase verbarg.

Kapitel 3

Okay, vielleicht hatte ich mir mit der Party doch zu viel vorgenommen. Völlig ratlos stand ich vor meinem Kleiderschrank und überlegte, was ich anziehen sollte. Sue hatte sich nicht extra umgezogen, aber sie hatte auch eine natürliche Lässigkeit an sich, mit der ich nicht mithalten konnte.

»Wie wäre es mit dem roten Holzfällerhemd da hinten? Das sieht cool aus«, schlug sie mir vor und fläzte sich auf ihre Matratze. Das war bereits ihre dritte Idee zu meiner Kleiderwahl. Sie war insgeheim bestimmt schon genervt von meiner Unentschlossenheit, auch wenn sie es mir nicht zeigte.

»Ne, das ist doch irgendwie zu langweilig«, murrte ich und suchte weiter in den Tiefen meines Kleiderschranks. Ich wusste ja nicht einmal, ob ich lieber ein Shirt oder ein Top tragen wollte. Das Dilemma hatte einen Namen: Stella Northam.

»Lass mal sehen.« Sue sprang vom Bett und stellte sich neben mich.

»Das Top da sieht gut aus.« Sie zog ein schwarzes Oberteil hervor und legte es mir in die Hände. Es war schulterfrei, also eigentlich ideal für die Temperaturen da draußen. Es war das erste Mal, dass ich nicht sofort verneinte.

»Und dann nimm einfach irgendwelche Shorts. Es ist verdammt nochmal so heiß, dass es mich nicht wundern würde, wenn da draußen zwei Hobbits mit einem Ring unterwegs wären!«

Sue hatte leicht reden, sie sah in ihrem Outfit phantastisch aus.

Ich musste mich mit dem zufrieden geben, was ich hatte. Fragend sah ich meine Mitbewohnerin an und räusperte mich schließlich, bis sie endlich begriff und sich umdrehte, damit ich mich umziehen konnte.

»Oh, sorry«, murmelte sie beiläufig, und ich wechselte hinter ihrem Rücken das Oberteil. Das schwarze Top lag eng an, so dass es sich wenigstens ein bisschen nach Party anfühlte. Wie sie mir empfohlen hatte, wählte ich simple Shorts aus, aber ich kam mir in dem knappen Outfit so nackt vor, dass ich zurück in meine Jeans schlüpfte.

Das musste schon irgendwie reichen, selbst wenn ich nicht zufriedengestellt war.

»Okay, bin fertig.«

Sue drehte sich zu mir um und hielt sich zum Glück darüber bedeckt, dass ich die Shorts doch nicht tragen wollte.

»Dann lass uns losziehen.«

»Warte, ich wollte noch ein Namensschild an der Türe anbringen«, fiel mir plötzlich ein. Ich wollte es irgendwie offiziell machen, dass wir hier wohnten. Ich schnappte mir einen Collegeblock und einen Stift, nur um festzustellen, dass ich gar nicht wusste, wie Sue mit Nachnamen hieß.

»Sue Rodriguez«, lächelte sie mich an.

Schnell schrieb ich unsere vollen Namen auf den Block, ehe ich mir eine Schere griff und den Zettel ausschnitt.

Wir schnappten unsere Handtaschen, schlossen die Tür hinter uns ab, und ich klebte mit etwas Tesafilm den Zettel neben unsere Zimmernummer.

Draußen war es noch immer hell, auch wenn es bereits halb neun war. Die Erstiparty fand vor dem weißen Verbindungsgebäude des Alpha-Omega-Psi-Zirkels statt. Es war die größte Verbindung in Haydensburgh, wie mir Sue auf dem Weg dorthin erklärte.

»Das ist zumindest das, was ich so gehört habe. Nicht, dass es mich sonderlich interessieren würde.« Sie schien tatsächlich nicht sonderlich begeistert zu sein. Natürlich war die Alpha Omega Psi eine rein männliche Verbindung – typisch konservativ eben. Die Leute standen in Gruppen vor dem Anwesen, das größer war als das Zuhause meiner Eltern.

Ein leises »Wow«, glitt über meine Lippen. Es sah aus wie in einem dieser Teenie-Filme. Die Menschen tranken aus roten Plastikbechern, es lief laute Musik, und irgendwer hatte sogar ein Planschbecken organisiert, in dem sich zwei Studierende mit Wasserpistolen abspritzten.

»Okay, wo fangen wir an?«

Ich bekam vor lauter Staunen gar nicht richtig mit, was Sue sagte. Mit ihrem Ellenbogen knuffte sie mich in die Seite, und ich kam wieder zur Besinnung.

»Sorry, ich war …«

»Ja, ja, schon klar.« Mit einem Grinsen packte mich meine Mitbewohnerin am Arm und zog mich ins Getümmel.

Wir entschlossen uns dazu, uns erst einmal etwas zu trinken zu besorgen, und gingen zu einem kleinen Stand, der einen Ausschank anbot. Für einen Dollar konnte man als kleine Spende an die Verbindung einen Plastikbecher bekommen und für niedrige Preise etwas zu trinken kaufen. Wenn man etwas Alkoholisches wollte, musste man seinen Ausweis vorzeigen. Da ich dafür nicht alt genug war und sowieso nur eine Cola trinken wollte, ließ ich mir einschenken und folgte Sue über das Gelände. Die Verbindung hatte einen großen Vorgarten, in dem an die hundert Studierende feierten. Die einen tanzten wild zur Musik, die anderen unterhielten sich in Grüppchen. Da Sue und ich bisher niemanden kannten, war ich davon ausgegangen, dass wir eine Weile einfach gemeinsam quatschen würden, doch damit lag ich falsch. Sie hörte erst auf, mich am Rücken weiter nach vorn zu schieben, als wir zu einer völlig willkürlich gewählten Fünfergruppe stießen.

»Hey, ich bin Sue, und das ist Stella«, stellte sie uns beide vor, und ich war völlig baff von diesem wahnsinnigen Selbstbewusstsein, das Sue an den Tag legte. Ich wäre niemals allein auf andere zugegangen – und dann auch noch auf Fremde.

Die anderen schienen weniger irritiert als ich und nannten ihre Namen. Chris, Shoshana und – schon bei der Dritten von ihnen wusste ich unmittelbar nach ihrer Vorstellung nicht mehr, wie sie hieß, und kam damit völlig aus dem Konzept, so dass ich die anderen beiden Namen verpasste. Verdammt!

Sue übernahm auch jetzt das Gespräch. Sie fragte nach ihren Studiengängen und stellte sogar fest, dass dieser Chris mit ihr gleich morgen gemeinsam einen Kurs besuchen würde. Er hatte genauso schwarzes Haar wie Sue, wenn auch sehr kurz geschoren. Seine Schultern waren breit, was man sogar über seinem blauen T-Shirt erkennen konnte. Ich wirkte wie eine ungewollte Randfigur, die nur beobachtete, anstatt etwas zu sagen. Was für einen Vorsatz hatte ich mir erst heute Mittag gemacht? Ich wollte dazugehören und nicht wieder den Kopf in den Sand stecken.

»Ich belege einige Seminare zur amerikanischen Literatur«, warf ich schließlich ein, nachdem ich all meinen Mut gesammelt hatte. Die junge Frau in einem roten Kleid mit einem hohen Afro Puff, deren Namen ich nicht mitbekommen hatte, nickte eifrig und schien immerhin nicht gänzlich uninteressiert an meinem Gefasel.

»Cool, bist du auch bei Professorin Simmons?«, hakte sie nach.

Ich glaubte, dass ich am Mittwoch einen Kurs bei ihr belegt hatte, doch hundertprozentig war ich mir nicht sicher.

»Ich meine schon. Ist sie nett?«

»Professorin Simmons ist die Beste«, warf Shoshana ein, was mich darauf schließen ließ, dass die beiden keine Erstsemester mehr waren.

»Sie hat wirklich geniale Ansätze.« Die Studentin im roten Kleid beugte sich zu mir rüber. »Du wirst sie lieben, das tun wir alle.«

Da konnte ich nur hoffen, dass diese Professorin Simmons tatsächlich so cool drauf war, wie die beiden hier versprachen.

Ich schenkte der Gruppe ein freundliches Lächeln, als plötzlich ein lautes Geräusch hinter mir ertönte und ich mich erschrocken umblickte. Jemand hatte sich mit einem Megaphon auf die Schultern eines muskulösen Riesen gehievt.

»Heyo, Studierende von Haydensburgh«, plärrte es schallend durch das Megaphon, das die Frau in den Händen hielt. Der Riese baute sich auf, so dass sie alle überragte.

»Willkommen bei Alpha Omega Psi!« Sie hatte auffällig blaues Haar. Hell wie das Wasser an einem karibischen Strand, wobei ihr dunkler Haaransatz herausguckte.

»Und an all die Frischlinge geht ein besonders herzliches Willkommen raus!« Auf einmal klatschten einige in die Hand, jubelten, und andere hoben ihre Becher in die Höhe.

»Bevor morgen das Semester offiziell beginnt, wollen wir heute noch mal so richtig die Sau rauslassen. Also bedient euch am Alkohol, wenn ihr volljährig seid – oder lasst euch nicht erwischen.«

Ein Johlen ging durch die Menge, und ich musste selbst ein kleines Lachen verdrücken.

»Also, jetzt haut mal so richtig rein!«

Die Blauhaarige stellte an ihrem Megaphon die Sirene an, die über den ganzen Hof erklang, und stimmte die Menge an, laut mitzugrölen. Ich beobachtete, wie sie von den Schultern kletterte und ihr jemand wütend das Megaphon aus der Hand nahm, ehe sie in der Menge verschwand.

»Und ein Applaus an Ellie, die mal wieder jegliche Aufmerksamkeit auf sich ziehen muss«, seufzte die Frau vor mir im roten Kleid.

»Ellie?«

»Ja, die mit den blauen Haaren. Studiert Sozialwissenschaften im dritten Semester und kann es nicht lassen, überall das Maul aufzureißen. Selbst bei den Alphas, bei denen sie eigentlich nichts verloren hat.«

So wie sie die Unbekannte vorstellte, schwang ein bitterer Beigeschmack mit. Dabei schien mir diese Ellie eigentlich ganz nett zu sein. Mal davon abgesehen, dass ich nie im Leben auf die Schultern dieses Typen geklettert wäre, um eine Ansage auf einer Party zu machen.

Der Mann mit dem Megaphon hatte sich eingeschaltet. »Und jetzt auch ein Willkommen von uns, den wahren Alpha Omega Psis!« Einige Leute riefen mehrfach den Namen der Verbindung, und dann wurde die Musik aufgedreht.

»Wie auch immer«, schweifte Chris ab und begann, das Gespräch auf ein anderes Thema zu lenken, doch ich hörte kaum zu. Ich konnte Ellie nicht mehr in der Menschenmenge ausmachen. Die meisten Gruppen hatten sich aufgelöst und waren zu einer tanzenden Masse geworden, die sich zu den Rhythmen der Musik bewegte. Vermutlich war sie irgendwo unter ihnen.

Die Musik wurde mit jeder Minute lauter, so dass man sich kaum noch unterhalten konnte.

»Ist das eigentlich erlaubt, dass die hier die Musik so aufdrehen?«, wollte ich von Sue wissen, die nur mit den Schultern zuckte.

»Das ist Alpha Omega Psi«, versicherte mir Chris. »Die dürfen sich alles erlauben.«

Dann wusste ich schon mal, welche Menschen ich in Zukunft meiden würde. Ich mochte es nicht, wenn man sich mit erhobenem Haupt über andere stellte, nur weil man in einer Verbindung war.

Ich wich Sue nicht von der Seite, doch als sie nach einer Stunde tanzen wollte, musste ich mir schnell eine Ausrede einfallen lassen. Ich hatte zwei linke Füße und wollte auf keinen Fall Aufmerksamkeit auf mich ziehen. Chris und seinen Freund*innen konnte ich mich aber auch nicht anschließen, denn sie teilten eindeutig Sues Interessen.

»Ich denke, ich hole mir noch etwas zu trinken«, sagte ich schnell und wandte mich von den anderen ab. Gerade noch mal hatte ich den Kopf aus der Schlinge gezogen. Ich ging zum Getränkestand zurück und bestellte mir eine neue Cola.

Vermutlich würde ich noch einen Moment bleiben und dann nach Hause gehen, um ausreichend Schlaf für morgen zu tanken. Anstatt allein hier herumzustehen, konnte ich noch ein paar Seiten in meinem Buch lesen.

Ich sah zu Sue hinüber, deren dunkles Haar aus der Masse herausstach, und lächelte sie an, doch sie war ganz und gar ins Tanzen vertieft. Sie bewegte sich so geschmeidig zur Musik, dass sie die Blicke auf sich zog. Chris machte ein paar Schritte auf sie zu, doch Sue ging nicht mit ihm auf Tuchfühlung und widmete sich lieber ihrer neuen Freundin im roten Kleid.

Plötzlich entdeckte ich auch den blauen Schopf, den die anderen Ellie genannt hatten.

Ich hatte erst geglaubt, sie würde ein graues Kleid tragen, doch unter dem langen Shirt hatte sie schwarze Shorts an, die so knapp waren, dass man beinahe ihren Hintern sehen konnte. Schnell wandte ich mich peinlich berührt von dem Anblick ab und schämte mich sogleich dafür, dass mir so etwas auf einmal so unangenehm war. Dabei war es doch völlig okay, rumzulaufen, wie man wollte. Ich hatte anstatt der Shorts ja auch meine lange Jeans angezogen. Es war meine Entscheidung gewesen. Und genauso hatte sich diese Ellie auch für ihr Outfit entschlossen.

Etwas verloren nippte ich an meiner Cola und beobachtete meine Kommilitonen beim Feiern. Ihnen fiel es so leicht, sich fallen zu lassen. Die einen spielten Trinkspiele, die ich nicht kannte, weil ich mich nie zu so etwas hatte hinreißen lassen. Die anderen bespaßten sich gegenseitig am Mini-Pool. Ich wünschte, ich könnte mich einfach zu ihnen stellen und mitmachen, doch als würde mich ein unsichtbares Seil immer wieder nach hinten ziehen, regte ich mich kein Stück vom Fleck.

Mein Blick fand den von Sue, die mir zuwinkte. Sie wollte, dass ich wieder zu ihnen stieß, doch ich wollte auf keinen Fall tanzen. Ich würde mich nur zum Affen machen.

Vielleicht war es wirklich an der Zeit, dass ich zurück in mein Zimmer ging.

Langsam setzte ich mich in Bewegung und versuchte, mich durch die Menschenmenge zu schieben, was gar nicht so einfach war. Ich wollte Sue wenigstens Bescheid sagen, dass ich mich bereits auf den

Heimweg machen würde. Als ich gerade bei ihr angekommen war, nahm sie mich an den Händen, und ehe ich mich versah, landete ich inmitten eines Kreises ihrer neu gefundenen Freund*innen.

»Komm, lass uns tanzen.«

»Nein, ich will gar nicht –«, aber weiter kam ich nicht, denn schon war ich im Tanzkreis gefangen und fühlte mich unbehaglich. Hatte Sue mich nicht verstanden?

»Sue, ich …«, setzte ich neu an, doch mir fehlten die Worte. Chris und seine Leute schienen nur darauf zu warten, dass auch ich mich zum Takt der Musik bewegte, doch in meinen Gedanken tobte ein Feuer, und ich wäre am liebsten einfach davongestürmt.

»Alles okay, Stella?«, hakte Sue auf einmal nach, allerdings war meine Kehle mittlerweile wie ausgetrocknet. Ich konnte einfach alles abstreiten und sagen, es wäre schon okay für mich. Was war schon dabei, ein bisschen zu tanzen? Aber auf einmal tauchten die Schatten meiner Vergangenheit auf. Was, wenn sie mich auslachten, weil sie meinen Tanzstil albern fanden? Ich kannte diese Menschen doch noch gar nicht. Nein, ich musste hier weg, dringend. Ein Abgang war mir in diesem Moment lieber, als mich vor allen beim Tanzen zu blamieren.

»Ich gehe lieber«, brachte ich dann doch irgendwie über die Lippen und schaffte es, einen Fuß vor den anderen zu setzen. Dass ich Sue mit einem irritierten Blick zurückließ, war mir in dem Moment egal. Ich hoffte nur, die anderen würden mich jetzt nicht seltsam finden.

Ich lief durch die Menge und als ich plötzlich über etwas stolperte, kam ich ins Straucheln. Panisch griff ich nach dem ersten Gegenstand, der vor mir lag, nur um zu bemerken, dass sich meine Hände in grauen Stoff gekrallt hatten.

Blaue Haarsträhnen taten sich vor meinem Gesicht auf, und ich stellte fest, dass ich mich an Ellie klammerte, die vorhin noch mit dem Megaphon eine Ansage gemacht hatte.

»Alles okay bei dir?« Ich schien keinen guten Eindruck zu machen.

Irgendwie kam ich wieder auf die Füße, ließ mein Gegenüber los und klopfte mir den Staub von der leicht verschmutzten Jeans.

»Ja, danke, geht schon«, log ich knapp und schluckte schwer.

Als Ellie so vor mir stand, konnte ich ihren blauen Augen kaum ausweichen. Sie hatte stark betonte Augenbrauen und ein herzförmiges Gesicht, das von ihren bunten Haaren umrahmt wurde. Lippen und Lider waren hübsch geschminkt.

In dem Moment trat Mister Muskelmasse zu uns.

»Alles klar, Ellie?«

Er hatte blondes Haar und trug eine grüne Haydensburgh-College-Jacke.

»Ja, ich hab hier nur dem Tollpatsch geholfen, schon okay. Dir geht's gut, oder?«

»Alles in Ordnung, danke.«

Den Typen schien mein Wohlbefinden dagegen weniger zu interessieren, denn er wandte sich sogleich von mir ab und zog Ellie mit sich.

Völlig starr konnte ich mich inmitten der Menschen für einen Herzschlag lang nicht mehr regen. Es war, als würde die Musik, die Studierenden, einfach alles stillstehen.

Ich beobachtete, wie Ellie mit dem Kerl abzog, doch dann drehte sie sich noch einmal zu mir um, als wollte sie sich versichern, dass ich tatsächlich in Ordnung war.

Aber war ich das wirklich?

Kapitel 4

Am nächsten Morgen klingelte mich mein Wecker aus dem Bett. Irgendwie hatte ich es geschafft, mich zurück in mein Zimmer zu schleppen. Völlig erschöpft, weil meine sozialen Batterien aufgebraucht waren, hatte ich mich nur noch auf mein Bett fallen lassen und mich am liebsten keinen Zentimeter mehr bewegen wollen. Ich hatte ganz gut geschlafen, auch wenn es ungewohnt gewesen war, in einem fremden Bett aufzuwachen. Ich blinzelte, öffnete langsam die Lider und bemerkte trotz zugezogener Vorhänge, dass Sue in ihrem Bett schlief. Sie war also irgendwann in der Nacht ins Zimmer gekommen und nicht bei jemand anderem versackt. Bei ihrem Anblick wurde mir wieder bewusst, was gestern geschehen war. Wie ich weggelaufen war. Ich hätte nicht gedacht, dass ich so schnell in alte Verhaltensmuster fallen würde. Vor allem aber dachte ich darüber nach, was die anderen nun von mir denken würden. Vielleicht wäre es doch besser gewesen, mich beim Tanzen zum Affen zu machen, dann hätte ich das bestimmt irgendwie ins Lächerliche ziehen und damit großartige Selbstironie zum Besten geben können.

Es nützte ja nichts. Behutsam schälte ich mich aus den Federn und stattete dem Gemeinschaftsbadezimmer einen Besuch ab, um mich fertig zu machen. Auf leisen Sohlen schlich ich in meinem schwarzen Kleid zurück, um Sue nicht zu wecken. Hoffentlich hatte sie sich einen Wecker gestellt, damit sie pünktlich zur Vorlesung kam. Schließlich machte ich mich auf den Weg zum Hauptgebäude.

Bevor ich mich in mein erstes Seminar setzte, holte ich mir an einem Kiosk einen Kaffee und einen Bagel mit Sesam ohne Belag. Auf leeren Magen könnte ich nur beschwerlich zuhören. Auf Dauer würde ich mit Sue mal absprechen, ob wir uns für unser Zimmer nicht eine billige Kaffeemaschine zulegen wollten, um unsere Geldbörsen nicht zu sehr zu strapazieren. Irgendwie hatte ich bei meinem Einzug nicht daran gedacht, mich rechtzeitig darum zu kümmern. Auch das Einkaufen hatte ich völlig vergessen, dabei hatten wir auf unserer Etage sogar eine kleine Küche, die man benutzen konnte. Jetzt nahm ich mit den Kioskprodukten vorlieb, die gar nicht mal so übel waren. Das ließ mich daran denken, dass ich gestern meine Eltern noch hatte anrufen wollen. Ein paar Minuten hatte ich noch, bis die Vorlesung begann, also zog ich mein Handy aus der Tasche, wählte die Nummer meiner Mutter.

Den Trakt für Geisteswissenschaften fand ich direkt auf Anhieb, genau wie den richtigen Seminarraum. Ich suchte mir direkt in den vorderen Reihen einen Platz. Kurz darauf traf dann auch der Professor ein. Er war ein älterer Mann mit grauem Bart, der mich mit seinem Auftreten sofort einschüchterte.

»Ich hoffe, Sie haben die gestrige Party alle gut überstanden?«, scherzte er und brachte meine Kommiliton*innen damit zum Lachen. Vielleicht war er doch nicht so ernst, wie er aussah. Als ich mich umblickte, bemerkte ich, dass nicht alle so fit waren wie ich. Einige hatten dicke Ringe um die Augen. Wie gut, dass ich rechtzeitig nach Hause gegangen war.

Der Professor stellte sich vor, und mein erstes Seminar über »Literatur in der frühen Republik« verging wie im Flug. Ich machte mir fleißig Notizen und konnte es kaum abwarten, über den Tag verteilt meine anderen Professor*innen und Kurse kennenzulernen.

Nach drei weiteren Seminaren war ich zwar ziemlich erledigt, dafür hatte ich bereits am ersten Tag für mich feststellen können, dass ich mich augenscheinlich für den richtigen Studiengang entschieden hatte. Sofern man das nach einem Tag schon sagen konnte. Das ersparte mir eine Umwahl der Kurse im nächsten Semester – und horrende Studiengebühren für den doppelten Aufwand. Gut, ich hatte ein bisschen was angespart, was dafür draufging, und meine Eltern finanzierten den Großteil meines Studiums. Aber ich wollte ihnen nicht unnötig zur Last fallen. Vielleicht sollte ich mich bald um einen Studienjob kümmern. Aber ich wollte erst einmal schauen, wie ich überhaupt so durch das Unileben kam.

Ich war vollends begeistert. Besonders hatte mir der Kurs zum kreativen Schreiben gefallen, der perfekt zu meinem Interesse für Literaturwissenschaft passte. Selbst wenn ich eigentlich von mir dachte, keine gute Autorin zu sein. Bisher hatte ich nicht wirklich viel zu Papier gebracht. Es war aber entgegen meiner Erwartungen schön, Literatur auch mal von der Seite der Autor*innen zu erleben, und ich freute mich schon auf die Hausaufgabe, selbst einen kurzen Text zu verfassen. Es sollte um unsere Erwartungen an die nächsten Tage gehen. Das würde eine Herausforderung werden, aber genau dafür war ich an diese Universität gekommen.

Ich entschloss mich, im nahegelegenen Supermarkt ein paar Lebensmittel zu kaufen, da ich nicht erneut vom spärlichen Angebot der Mensa überrascht werden oder pure Nudeln essen wollte.

Mit den Einkäufen unterm Arm kam ich in mein Zimmer zurück, wo auch Sue bereits auf dem Bett lag und ihre Nase in Notizblätter, die bunt auf der Matratze verteilt waren, vergraben hatte. War sie überhaupt aus dem Zimmer gegangen?

»Oh, hi, da bist du ja wieder.«

»Ja, hi.« Meine Begrüßung fiel nach dem gestrigen Abend etwas spärlicher aus. »Waren deine Kurse gut?«

Sue nickte, was mich erleichterte. Sie schien also nicht zu spät gekommen zu sein und war auch nicht im Zimmer geblieben.

Die Einkaufstasche stellte ich erst einmal auf dem Boden ab, ich würde die Lebensmittel später in die Küche bringen und für den Gemeinschaftskühlschrank beschriften. Ich zog das schwarze Kleid, das ich den ganzen Tag lang getragen hatte, aus und schlüpfte in etwas Bequemeres.

Als ich Sues Blick auf mir spürte, drehte ich mich in ihre Richtung.

»Alles okay bei dir?«

Ich zögerte. So gesehen war natürlich alles in Ordnung, doch die Sache von gestern belastete mich unterschwellig immer noch, und ich spürte, dass sie zwischen uns stehen würde, wenn ich sie nicht ansprach.

»Also«, begann ich nervös und nagte an meiner Unterlippe.

Tief Luft holen, Stella. Tief Luft holen ...

»Ehrlich gesagt, war ich gestern damit ein wenig überfordert, als ich in euren Tanzkreis gekommen bin.«

Da war es raus. Ich fürchtete schon, dass ich damit eine unangenehme Diskussion in Gang setzte, doch Sue blieb völlig unbeeindruckt.

»Oh, sorry, tut mir total leid. Ich wollte dich nicht bedrängen oder so.«

Und da war ich baff. Ich hatte mit allem gerechnet, aber nicht damit.

»Ähm, danke«, sagte ich etwas ratlos.

»Wirklich, sorry, Stella, wenn ich dir damit zu nahegetreten bin.

Das war nicht meine Absicht. Ich dachte, du wolltest mit uns tanzen.«

Ich schluckte schwer und versuchte, mich wieder zu fassen.

»Nein, ich bin nicht so die Tanzwütige.«

»Dann weiß ich ja fürs nächste Mal Bescheid.«

Ein nächstes Mal würde es so schnell nicht geben, da konnte sich Sue sicher sein. Ich würde mich jetzt erst einmal auf meine Kurse konzentrieren. Feiern konnte ich immer noch, wenn die Klausuren bestanden waren.

»Da fällt mir ein«, begann ich, als ich einen Blick auf meine Einkäufe warf. »Trinkst du Kaffee?«

Sie nickte.

»Ich habe überlegt, dass wir uns zusammen eine Kaffeemaschine anschaffen könnten. Ist auf Dauer vermutlich günstiger, als jeden Morgen einen in der Mensa zu holen.«

»Ja, da hast du vermutlich recht«, stimmte sie zu. »Pass auf: Wie wäre es, wenn ich als kleine Wiedergutmachung die Maschine besorge? Die Dinger sind doch eh nicht so teuer.«

Ich wusste, dass sich meine Mom erst letztens eine neue Kaffeemaschine gekauft hatte. Sie hatte im Laden fast 70 Dollar bezahlt. Wenn das für Sue nicht viel Geld war …

Alles in mir schrie danach, ihr zu sagen, dass es schon okay war und ich Geld dazugeben würde, doch all das erinnerte mich an die alte Stella. Die, die ich nicht mehr sein wollte. Die ich aufgegeben hatte. Aber was tat die neue Stella? Stimmte sie einfach zu?

Ich wartete wohl einen Moment zu lange darauf, dass ich irgendwo in den Tiefen meines Gehirns eine Antwort fand, denn Sue betrachtete mich fragend.

»Erde an Stella?!«

»Ja, ja«, riss ich mich am Riemen und räusperte mich. »Klar, passt so.« Ich versuchte, betont locker zu antworten, auch wenn ich glaubte, dass es mir nicht sonderlich gelungen war.

Ich brachte meine Lebensmittel in die Küche und wollte den Rest des Tages nur noch lesend im Bett verbringen. Irgendwann gegen sieben Uhr machte sich Sue noch mal auf die Socken, verriet mir aber nicht, wohin sie ging, und ich hakte nicht nach, weil ich höflich sein wollte.

Als mich der Hunger am Abend aus dem Bett trieb, stattete ich der Küche erneut einen Besuch ab. Ich entschloss mich, einfach eine Packung Nudeln mit Tomatensauce zu kochen, das ging schnell und war genau das Richtige für den ersten Tag an der Universität. Außerdem war es günstiger, das Gericht selbst zu machen, als in der Mensa essen zu gehen. In der Küche gab es viele Töpfe, und ich fand schnell, wonach ich suchte. Sogar Salz, Pfeffer und ein paar Gewürze standen in einem Regal zur allgemeinen Nutzung.

Als ich gerade meine Sauce probierte, um abzuschmecken, was noch fehlte, hörte ich Stimmen auf dem Flur. Ich versuchte, mich quasi totzustellen und keinen Mucks von mir zu geben, denn wenn ich eins nicht wollte, dann war es weitere Gesellschaft. So viel zum Thema neue Stella.

Die Stimmen kamen immer näher.

»Ich sag's doch, der steht auf dich.«

»Ach, so ein Quatsch.«

Ich konnte eine eher tiefere Stimme hören und eine hellere, wobei mir die höhere recht bekannt vorkam.

»Ellie, jetzt mal ernsthaft, der will dich!«

Ellie.

Jetzt konnte ich mich wirklich keinen Zentimeter mehr regen. Das war doch der Name dieser Blauhaarigen, in die ich gestern auf der Party gestolpert war. Diese Universität war zwar klein, aber doch nicht *so* klein!

»Auch wenn das wahr wäre ... Sagen wir einfach, er ist nicht mein Typ.«

Die andere Stimme stöhnte laut auf, und ich bemerkte, dass die Schritte näher kamen.

»Das ist eine schöne Umschreibung, Ells.«

Wie versteinert hielt ich meinen Kochlöffel fest und vernahm das Lachen, das vom Flur zu mir herüberschallte.

Als Ellie und ihr Kumpel an der Küchentür vorbeigingen, löste sich meine Starre plötzlich, und ich sah ihr nach. Im gleichen Moment drehte sich Ellie um, unsere Blicke trafen sich, und nun war es Ellie, die stehen blieb.

»Ah, Miss Tollpatsch von der Party gestern, oder?«

Es war gerade einmal ein Tag vergangen, und ich hatte mir schon einen unliebsamen Spitznamen zugezogen.

»Was kochst du denn da Schönes?«

Ohne mit der Wimper zu zucken, stand sie auf einmal in der Küche, stellte sich neben mich und warf einen Blick in meine Töpfe, die auf dem Herd köchelten.

»Nudeln«, entgegnete ich noch immer zu perplex, um eine vernünftige Antwort herauszubringen.

»Sieht gut aus.«

Ellies Hand sank tiefer, und ehe ich mich versah, tunkte sie einen Finger in meine Tomatensauce. Sie leckte ihren nun roten Finger ab und sah mich dabei an. Ich bemerkte, dass sie ihre Augen hübsch mit einem perfekten Lidstrich geschminkt hatte.

»Schmeckt gut. Könnte noch ein bisschen Salz vertragen.«

Jetzt hatte es mir endgültig die Sprache verschlagen.

Zum einen: Ewww! Sie hatte doch ernsthaft *ihren* Finger in *meine* Sauce getaucht! Zum anderen: Wie hatte sie es geschafft, sich nicht zu verbrennen?

Ich sah, wie sie nach dem Salzstreuer griff, der auf der Theke neben dem Herd stand. Sie drückte ihn mir in die freie Hand und schien darauf zu warten, dass ich ihn benutzte. Ich blinzelte ein paarmal. Für einen Moment war es vollkommen still zwischen uns, nur mein Essen blubberte fröhlich vor sich hin.

»Ehm, dein Nudelwasser kocht über.«

»Shit!« Sofort drehte ich den Herd etwas runter und nahm den Topf von der Platte.

Ich schaute mich nach einem Tuch um, damit ich die Pfütze auf dem Herd beseitigen konnte, da winkte mir Ellie mit einem Geschirrspültuch bereits entgegen. Eilig nahm ich es ihr ab und tupfte behutsam die Wassertropfen vom Herd.

»Danke dir.«

»Kein Problem.« Lässig lehnte sie sich gegen die Wand und sah mir dabei zu, wie ich meinen Topf wieder auf die Flamme schob.

»Hast du eigentlich einen Namen? Oder soll ich dich lieber weiterhin Tollpatsch nennen? Das scheint ja gut zu dir zu passen.«

Zugegeben, ich hatte mich nicht gerade geschickt angestellt bei dieser Kochaktion – und auch gestern war ich völlig kopflos in Ellie hineingerannt. Aber ein Tollpatsch war ich trotzdem nicht! Ganz im Gegenteil, eigentlich war ich sehr gewissenhaft, und achtete immer darauf, niemandem auf die Füße zu treten. Auch im wörtlichen Sinn. Wieso ich ausgerechnet innerhalb so kurzer Zeit zweimal ins Fettnäpfchen getreten war, konnte ich mir selbst nicht erklären.

»Stella«, entgegnete ich und merkte, wie meine Stimme brüchig wurde. »Ich heiße Stella.«

»Hi Stella.«

Sie grinste mich schief an, und ich spürte, wie sich dabei meine Nackenhaare aufstellten.

»Ich bin Ellie.«

»Ich weiß.« Die Worte waren schon heraus, bevor ich darüber nachdenken konnte.

Sofort legte sie ihren Kopf schräg. Ich fand mich plötzlich in Erklärungsnot.

»Ich meine, eine Kommilitonin hat das gestern gesagt, nachdem du auf der Party die Ansage mit dem Megaphon gemacht hast.«

»Ach ja?«

Wieder war da dieses Lächeln. Ellie hatte einfach eine krasse Ausstrahlung. Man konnte gar nicht anders, als an ihren Lippen zu kleben.

»Ja, so eine im roten Kleid. Ich hab leider ihren Namen vergessen«, gab ich kleinlaut zu.

»Keine Ahnung, wen du meinst.« Ellie löste sich von der Wand und trat einen Schritt auf mich zu. »Ist ja auch egal.« Lässig zuckte sie mit den Schultern und setzte zu einem Seufzen an.

»Wie auch immer, *Stella*.« Die Art und Weise, wie sie meinen Namen betonte, ließ mich die Ohren spitzen. »Koch du mal schön weiter, ich muss los.«

Erst jetzt, als Ellie zum Türrahmen schlenderte, bemerkte ich, dass ihr Kumpel die ganze Zeit über dort geduldig auf sie gewartet und uns beobachtet hatte. Es war nicht der Kerl von gestern. Er hatte braune Haare, die er zu einem Zopf gebunden hatte, und trug ein rotes Shirt mit graphischem Motiv. Für einen Moment fragte ich mich, ob er ihr Freund sein konnte, doch dann erinnerte ich mich an das Gespräch der beiden. Er hatte Ellie auf jemanden aufmerksam gemacht, der angeblich auf sie stand. Das ließ eher nicht darauf schließen, dass Mister Red Shirt ihr fester Freund war. Vielleicht gingen sie auch nur einfach super locker miteinander um oder führten eben keine monogame Beziehung?

Ich war so in Gedanken versunken, dass ich erst jetzt den Blick auffing, den Ellie mir zuwarf.

»Was? Sorry, ich war …«, stammelte ich.

»Gerade nicht ganz anwesend, schon klar.« Sie lächelte, und ich konnte sehen, dass ein kleiner Edelstein auf einem ihrer Zähne blitzte.

»Ich wollte nur sagen, bis dann, Tollpatsch.«

Ellie hakte sich bei ihrem Freund unter, und ehe ich mich versah, hatte sie die Küche verlassen.

Vor mir köchelten weiterhin die Nudeln. Mittlerweile waren sie vermutlich Matsch. Ich hatte alles um mich herum vergessen.

Ellie war wie ein Wirbelwind aufgetaucht und hatte ein kleines Chaos hinterlassen.

Mit einem Handgriff stellte ich den Herd aus. Ich goss endlich meine Nudeln ab und stellte mit einem Bissen fest, dass sie leider tatsächlich völlig weich gekocht waren.

»Verdammte Scheiße.«

Kapitel 5

Von meinen Kocheskapaden mal abgesehen kam ich gut durch den Abend. Es war meine zweite Nacht in Haydensburgh, und dieses Mal schlich sich Sue nicht Stunden später in unser Zimmer, sondern machten wir uns gemeinsam bettfertig. Für mich war es noch immer seltsam, mir ein Badezimmer mit so vielen Fremden zu teilen. Ich fühlte mich beim Zähneputzen beobachtet, und vom Gang zur Toilette wollte ich gar nicht erst anfangen. Daran würde ich mich erst noch gewöhnen müssen, und ich hoffte, das passierte schnell.

Am nächsten Tag standen für mich hauptsächlich Pflichtkurse auf dem Stundenplan. Biologie, amerikanische Geschichte und Statistik – ich war kein Fan. Grundsätzlich fand ich es sinnvoll, dass alle Studierenden bestimmte Vorlesungen aus unterschiedlichen Fachbereichen belegen mussten, aber ich wollte mich am liebsten direkt in die weiterführenden Seminare über amerikanische Literatur stürzen. Doch es gab viele verpflichtende Kurse, die ich schnellstmöglich hinter mich bringen wollte und auch meine *Major Courses* hatten gewisse Voraussetzungen. Also würde es noch ein ganzes Jahr dauern, bis ich mich komplett auf meine Wunschfächer konzentrieren konnte.

Nach amerikanischer Geschichte ging ich in die Mensa. Wie bei meinem letzten Besuch war es brechend voll. Es ging nur schleppend voran, doch das bot mir genug Zeit, mir einen Überblick über die angebotenen Mahlzeiten zu verschaffen. Neben Pizza und Nudeln war dieses Mal eine Salatbar aufgebaut worden. Glück gehabt.

Ich bediente mich schließlich am Salat und stellte mir einen üppigen Teller zusammen, bezahlte mit meiner Universalkarte und suchte einen Sitzplatz. Die meisten Tische waren belegt, und ich hatte nicht unbedingt das Bedürfnis, mich zu völlig unbekannten Menschen zu setzen.

»Hey, Stella!«

Als ich meinen Namen hörte, wäre ich fast vor Schreck zusammengezuckt.

Aus der Menge kam der Typ von der Party, mit dem Sue und ich zusammengestanden hatten, mit einem Teller Pizza auf mich zu.

»Bist du auch auf der Suche nach einem Tisch?«

»Oh, hi Chris.« Zum Glück erinnerte ich mich an seinen Namen. »Ja, aber es scheint nichts frei zu sein«, ließ ich ihn wissen.

»Wir können ja zusammen schauen, wenn du magst.«

Eigentlich hatte ich keine Lust, mich mit Chris zusammenzutun. Ich wollte einfach nur in Ruhe für mich essen. Die Begegnung auf der Feier lag mir noch schwer im Magen, auch wenn er mir persönlich nichts getan hatte. Weil ich nicht unhöflich sein wollte, gab ich mir einen Ruck und nickte. Ich war fast ein bisschen stolz auf mich, dass ich mich traute.

Wir fuhren mit der Sitzplatzsuche fort. Die Tische waren oft von Gruppen belegt, so dass man kaum eine Chance hatte, sich dazuzusetzen. Gerade als Chris vorschlagen wollte, dass wir es mal draußen versuchen sollten, wurde ein Tisch vor uns frei, und wir stürzten uns darauf wie hungrige Hyänen.

»Ich hätte nicht gedacht, dass wir in diesem Universum noch einen Platz finden«, lachte Chris und ließ sich auf dem Stuhl mir gegenüber nieder.

»Ich auch nicht, aber hey, wir haben es geschafft.« Ich begann, in meinem Salat herumzustochern, und für den Moment legte sich eine bedrückende Stille über uns. Ich kannte Chris nicht gut genug und war viel zu schüchtern, um ein Gespräch zu beginnen. Was sollte ich sagen? Sollte ich über das Wetter reden? Wie führte man überhaupt Smalltalk mit jemandem, den man gerade erst kennengelernt hatte?

»Und, wie sind deine Kurse bisher?«

Ich schluckte mein Salatblatt hinunter und räusperte mich, ehe ich ihm antwortete.

»Ganz okay. Die Pflichtkurse nerven mich ein bisschen, aber ich hoffe, das geht schnell vorbei.«

»Weißt du schon, auf was du deinen Schwerpunkt legen möchtest?«

»Amerikanische Literatur. Und du?«

Chris senkte den Blick und seufzte.

»Nein, noch nicht. Ich wollte mich im ersten Jahr erst einmal ein bisschen ausprobieren. Jura interessiert mich, aber ich weiß noch nicht, ob das wirklich etwas für mich ist. Ich probiere mich also erst einmal durch alle Pflichtfächer.«

Man merkte ihm an, dass er mit der Entscheidung haderte. Dabei kam mir Chris eigentlich sehr zielstrebig vor. Falls man das überhaupt so sagen konnte, wenn man sich kaum kannte.

»Ich weiß eigentlich nur, dass ich irgendwie bei den Alphas reinkommen muss. Den Rest lasse ich mir offen.« Auf seinen Lippen lag ein breites Lächeln.

»Wieso denn die Alphas?«

»Na ja, die Alphas sind eine der ältesten Verbindungen hier in Haydensburgh. Mein Onkel war auch ein Alpha, es ist also irgendwie Familientradition.« Er zuckte mit den Schultern. »Aber ich find's auch einfach cool, einer Verbindung anzugehören. Man lernt viele neue Leute kennen. Es fühlt sich wahrscheinlich ein bisschen so an, wie Mitglied in einem exklusiven Club zu sein. Und ich finde, dass den Alphas etwas mehr Diversität gut stehen würde.«

Tatsächlich war mir auch schon aufgefallen, dass ich wenige Black, Indigenous und People of Color in den Verbindungsjacken gesehen hatte.

Ich konnte nachvollziehen, warum Chris unbedingt dazugehören wollte. Vielleicht war so eine Verbindung ja wirklich nicht übel. In meinen Kursen begegnete ich zwar auch neuen Menschen, aber ich kam kaum mit ihnen ins Gespräch – auch wenn ich mir nicht vorstellen konnte, dass Chris Schwierigkeiten hatte, andere anzusprechen.

»Gibt es eigentlich noch andere Verbindungen?« Er hatte meine Neugierde geweckt.

Chris legte den Kopf leicht schräg, ehe er mir antwortete.

»Klar, einige. Die Alphas sind quasi die größte und traditionsreichste Verbindung. Das Gegenstück dazu bilden die Zeta Kappa Sigmas.«

»Wenn du von Gegenstück sprichst, dann meinst du, dass die Verbindung nur für Frauen ist?«, wollte ich wissen. Ich erinnerte mich, dass die Alphas eine ausschließlich männliche Verbindung war.

»Genau, die Zetas sind ein reines Frauenteam. Die haben auch einige Traditionen, allerdings hab ich gehört, dass sich da intern im letzten Jahr ein bisschen was geändert hat. Aber frag mich nicht was, ich habe keine Ahnung.«

Ich erinnerte mich an die Party der Alphas zurück. Ob dort wohl auch einige der Zeta-Frauen gewesen waren? Ging man als Mitglied einer Verbindung überhaupt zu fremden Partys? Ich hatte absolut keine Ahnung von diesem ganzen Zirkus. Ganz im Gegensatz zu Chris, der gut informiert zu sein schien. Das wunderte mich nicht, wenn er unbedingt bei den Alphas reinkommen wollte.

»Sag mal, kennst du eigentlich auch diese Ellie? Die mit den blauen Haaren, die auf der Party die Ansage mit dem Megaphon gemacht hat.«

Offensichtlich musste ich Ellie nicht genauer beschreiben, denn Chris nickte bereits mit einem Stück Pizza in der Hand.

»Nur flüchtig. Mary hatte einige Kurse mit ihr.«

Ich hatte keine Ahnung, wer diese Mary war, aber ich mutmaßte, dass sie die Frau im roten Kleid auf der Alpha-Party gewesen sein konnte. Sie hatte immerhin Ellies Namen gekannt.

Eine Weile aßen wir schweigend weiter, ehe Chris irgendwann erneut die Stille unterbrach.

»Wieso fragst du eigentlich wegen Ellie?« Ich fühlte mich sofort ertappt.

»Hat mich nur interessiert«, versuchte ich herunterzuspielen. »Sie ist mir gestern im Wohnheim begegnet.« Ich war keine gute Lügnerin, also berichtete ich Chris von meinem Nudelunfall und der Begegnung in der Küche.

»Mary sagt, sie ist auf dem Campus ein ziemlich bunter Hund.« Das überraschte mich jetzt nicht gerade.

»Woher kennt ihr euch eigentlich? Also, du und Mary?«, hakte ich nach und gab mir gedanklich ein paar Punkte für den wundervollen Smalltalk.

Chris war mittlerweile beinahe fertig mit seinem Mittagessen.

»Mary ist zwar schon im dritten Semester, aber wir kommen beide hier aus Haydensburgh. Unsere Eltern sind gut miteinander befreundet. Fast wie ein Dorf eben.«

Mir wurde wieder bewusst, wie klein Haydensburgh eigentlich war. Möglicherweise war so aber auch die Wahrscheinlichkeit größer, dass ich Ellie irgendwo auf dem Campus wiedertreffen würde. Nicht, dass ich jetzt ein großes Bedürfnis danach hatte oder so. Aber irgendwie hatte ich Lust, mehr über sie zu erfahren. Sie schien so anders als die anderen Studentinnen zu sein. So frech. So bunt. Und ohne, dass ich es beabsichtigte, faszinierte sie mich.

»Ah, okay. Und Mary und Ellie verstehen sich wohl nicht so gut.« Chris schob sich den letzten Happen seiner Pizza in den Mund.

»Ach, was heißt gut verstehen. So gut kennen die sich ja auch nicht. Ellie ist einfach schräg.«

»Wie meinst du das?«

»Na ja, es wird so einiges über sie erzählt.« Er zögerte. Sofort hatte er mich neugierig gemacht.

»Und was zum Beispiel?«

»Du hast auf der Party ja schon ein wenig mitbekommen, wie sie so drauf ist. Sie ist laut und kennt keine Grenzen. Ich meine, sie hat auf der Alpha-Party die Ansage für die Jungs gemacht. Dazu hat sie eigentlich kein Recht, weil sie kein Mitglied ist. Aber sie nimmt sich einiges heraus, und damit stößt sie manchmal auf Kritik. Sie ist auf dem Campus bekannt, und das nicht nur wegen ihrer bunten Haare. Sie soll nach einer Verbindungsparty wohl mal richtig Stress mit dem Dekan bekommen haben. Mary hat gesagt, sie wäre dabei fast von der Uni geflogen.«

Auch das passte zu dem Bild, das ich bisher von Ellie hatte. Spielte sie vielleicht gern Streiche? Oder übertrieb sie es auf den Partys einfach so dermaßen, dass sie ihr Studium damit gefährdete? Gerne hätte ich mehr von dieser Geschichte erfahren.

»Und lass mich raten, sie ist mit dem Quarterback zusammen und mischt bei den Cheerleadern in der vordersten Reihe mit«, warf ich ein. Eigentlich schätzte ich Ellie nicht als typisch beliebtes Mädchen ein, das reiche Eltern hatte und sich darauf etwas einbildete. Aber ich kannte sie nicht – und irgendwie würde alles zu ihr passen, nach dem, was Chris über sie preisgegeben hatte.

»Nein, ganz bestimmt nicht.« In Chris' Gesichtszügen veränderte sich etwas. Auf seinen Lippen lag ein Lachen, und ich entdeckte ein Grübchen auf seiner Wange. »Also, ich habe keine Ahnung, ob das wirklich stimmt, aber Mary meinte, dass Ellie mal mit einer aus der Theatergruppe ausgegangen wäre.«

Gerade wollte ich meine Gabel zum Mund führen, doch ich stoppte mitten in der Bewegung.

Einer aus der Theatergruppe.

Einer Frau.

Ellie ging mit Frauen aus? Das waren tatsächlich spannende Neuigkeiten.

»Okay«, war dennoch alles, was ich über die Lippen brachte, und ich stopfte schnell den Salat in mich hinein, um mich zu beschäftigen. Nicht, dass ich noch irgendwelchen Mist von mir gab.

»Aber hey, keine Garantie dafür. Das ist nur das, was man sich so auf dem Campus erzählt.« Chris hob abwehrend die Hände, und ich fragte mich, ob man diesen Gerüchten glauben konnte. Der Campus war wirklich klein, also wunderte es mich nicht, wenn man die verschiedensten Dinge über die Studierenden hörte.

Als wir aufgegessen hatten, brachten wir unsere Tabletts weg und verabschiedeten uns in den Fluren voneinander. Ich wollte zurück in mein Zimmer, und Chris hatte im Anschluss direkt einen weiteren Kurs, zu dem er pünktlich erscheinen wollte.

Ich öffnete die Tür und staunte nicht schlecht, dass auch Sue gerade daheim war. Sie nestelte an einem der niedrigen Schränke herum, doch von meiner Position aus konnte ich nicht sehen, was sie machte.

»Hey«, begrüßte ich sie freundlich und warf mich sofort auf meine Matratze.

»Oh, hi. Schau mal!«

Jetzt gab Sue die Sicht auf das preis, das zuvor vor mir verborgen gewesen war.

Eine verdammte Kaffeemaschine!

»Wow! Wie cool!«

Sie hatte sich wirklich um die Kaffeemaschine gekümmert! Grinsend erhob ich mich von meinem Bett und wäre Sue am liebsten sofort an den Hals gesprungen, doch weil ich nicht wusste, wie angemessen diese Reaktion war, blieb ich einfach vor ihr stehen und betrachtete das neue Alltags-Upgrade. Die Kaffeemaschine war schwarz und silbern. Der Markenname sagte mir nichts, weswegen ich davon ausging, dass sie irgendein No-name-Teil gekauft hatte. Das war für mich völlig in Ordnung. Hauptsache, wir hatten am nächsten Morgen frischen Kaffee und mussten nicht jedes Mal Geld in der Cafeteria lassen.

»Das ist echt lieb von dir.«

»Schon okay. Ich hab ja versprochen, dass ich eine Maschine besorge.«

Auf Sue war also tatsächlich Verlass. Ich wusste gar nicht, ob ich mich so sehr freute, weil wir endlich eine Kaffeemaschine hatten oder ob es daran lag, dass ich auf meine Mitbewohnerin zählen konnte. Es war schön zu wissen, dass sie mich nicht im Stich gelassen hatte.

Vertrauen war mir sehr wichtig. Vor allem, wenn ich mit jemandem zusammenwohnte, den ich kaum kannte. In meiner Vergangenheit hatte ich mit genug Arschlöchern zu tun gehabt, da brauchte ich nicht auch noch eins davon in meinem Zimmer. Schließlich gab es einen Grund, warum ich nicht in meiner Heimat auf die Universität hatte gehen wollen. Dieser Neuanfang hier in Haydensburgh war mir wichtiger als alles zuvor. Ich wollte unter fremden Menschen sein. Neue Leute kennenlernen. Denn möglicherweise würde mein Leben dann keine Katastrophe mehr sein.

Ich umarmte Sue von hinten. Nur ganz kurz, dafür sehr fest und voller Freude.

»Oh, wow, da ist ja jemand wirklich begeistert wegen der Kaffeemaschine«, lachte Sue, während ich mich von ihr löste.

»Japp, Kaffee ist Leben. Lass sie uns gleich mal ausprobieren.«

Für den Wassertank bedienten wir uns aus einer großen Wasserflasche, die Sue mitgebracht hatte. Ich nutzte den Rest der Flasche und goss damit Herbert, dessen Blätter etwas traurig heruntergehangen hatten. Die Maschine funktionierte einwandfrei. In der Zeit, in der der Kaffee durch die Maschine lief, berichtete ich Sue davon, dass ich Chris zum Mittagessen getroffen hatte, und wir tauschten uns über unsere Kurse aus.

Sue war von ihren Pflichtkursen bisher sehr begeistert, aber genau wie ich freute sie sich darauf, wenn wir uns stärker in eine Richtung spezialisieren konnten. Eigentlich schade, dass wir keine Kurse zusammen hatten.

Als der Kaffee fertig war, sah mich meine Mitbewohnerin mit einem grübelnden Gesichtsausdruck an.

»Sag mal, hast du von zu Hause eigentlich Tassen mitgenommen?«

Sofort wurde meine Freude über den Kaffee gehemmt, denn mir schwante Böses.

»Scheiße, nein, habe ich nicht.«

»Ich auch nicht.«

Wir mussten beide lachen.

»Dann sollten wir uns im Uni-Shop vielleicht mal so schicke Haydensburgh-Tassen besorgen.«

Kapitel 6

Als ich am nächsten Tag wach wurde, ging mir das Gespräch mit Chris über die beiden Studierendenverbindungen nicht mehr aus dem Kopf. Langsam erhob ich mich aus dem Bett und schlurfte in das Gemeinschaftsbad, um mich fertig zu machen. Auffälliges Make-up legte ich sowieso nie auf, also blieb mir immerhin dieser Schritt erspart. Nicht, dass ich Make-up nicht schön fand, aber ich war einfach zu faul, jeden Tag Lippenstift aufzutragen oder gar meine Augenbrauen zu schminken. Am Ende entschied ich mich zumindest für ein bisschen Wimperntusche und etwas Concealer.

Als ich zurück auf mein Zimmer kam, machte Sue sich gerade einen Kaffee. Wir waren gestern noch gemeinsam losgezogen und hatten uns im Campus-Shop tatsächlich zwei Haydensburgh-Tassen gekauft, die nun zum Einsatz kamen.

Im Gegensatz zu mir war meine Mitbewohnerin noch im Schlafanzug und rieb sich müde über die Augen, während der Kaffee durch die Maschine lief.

»Morgen«, begrüßte sie mich knapp.

»Kein Morgenmensch?«

»Hör mir auf.«

Ich musste grinsen. Eigentlich war ich nach dem Aufstehen immer relativ fit, wofür ich echt dankbar war. Sue brauchte wohl einfach noch ein bisschen.

Ich schnappte mir meine Bürste und kämmte mir vor einem kleinen Spiegel das braune, schulterlange Haar, doch mein Blick glitt unweigerlich zu Sue.

»Sag mal, kennst du eigentlich auch die anderen Studierendenverbindungen auf dem Campus?«

Sie drehte den Kopf ganz langsam in meine Richtung und presste die Lippen aufeinander.

»Hm?«

Sue war wohl echt noch nicht wach. Vielleicht war es dann keine gute Idee, sie auf die Verbindungen anzusprechen. Aber jetzt war es sowieso schon zu spät dafür, einen Rückzieher zu machen. Ich wiederholte meine Frage, und einen Augenblick lang dachte Sue nach.

»Du meinst neben den Alphas? Ich meine, Chris hat was von einer rein weiblichen Verbindung gefaselt, aber ich habe keine Ahnung, wie die heißen oder so. Warum fragst du?«

Auf einmal fühlte ich mich richtig ertappt. Dabei war es doch nicht schlimm, wenn ich mit ihr über die Verbindungen sprach.

»Ach, hat mich einfach interessiert. Das sind wohl die Zeta Kappa Sigmas.«

»Was auch immer«, entgegnete Sue abfällig.

»Du bist kein Fan von Verbindungen, oder?«

»Nein, ich finde Verbindungen elitär und hochnäsig. Und die sind mir viel zu oft rassistisch und sexistisch.«

Das war grundsätzlich auch meine Einstellung. Aber ich wusste das meiste über Verbindungen nur aus Filmen oder Büchern. Meine Eltern waren beide nicht an eine Universität gegangen, von ihnen hatte ich also auch nichts über Verbindungen in Erfahrung bringen können.

»Das mag sein, aber Schwesternschaft ist ja auch ein wichtiges Thema, das sollte man nicht unterschätzen«, warf ich ein. Ich mochte die Idee davon, in einem Verbund zu leben, in dem man sich gegenseitig respektierte und einander zuhörte. Das hatte ich in meinem früheren Leben an der High School immer vermisst.

Dann bemerkte ich Sues eindringlichen Blick.

»Willst du dich etwa bewerben?«

Ehrlicherweise hatte ich keine Ahnung, ob ich mich tatsächlich bewerben sollte. Dafür wusste ich einfach noch zu wenig über die Zetas. Vielleicht sollte ich später mal in der Bibliothek vorbeischauen. Da konnte ich möglicherweise mehr über die Verbindung herausfinden. Oft gab es in den Unibibliotheken Werke über die eigene Universitätsgeschichte. Dass ich dort fündig werden würde, war also gar nicht so abwegig.

»Vielleicht«, sagte ich grinsend.

Sue seufzte.

»Wenn du meinst.«

Heute hatte ich meinen ersten Kurs in amerikanischer Literatur bei Professorin Simmons. Ich war echt neugierig, ob sie wirklich so cool war, wie Chris' Freund*innen behauptet hatten. Die Tische im Seminarraum waren wie ein U gruppiert. Bisher war nur eine Handvoll Studierender im Raum, so dass ich mir einen freien Platz aussuchen konnte. Ich achtete darauf, links und rechts neben mir den Stuhl frei zu lassen, denn ich wollte mich zu niemandem setzen, der oder die möglicherweise einen Platz für eine*n Freund*in reservierte oder so. Weil ich mich auch nicht traute, die fremden Kommiliton*innen anzusprechen, war das für mich die eleganteste Lösung.

Leider blieben die Stühle aber nicht lange leer, denn der Seminarraum füllte sich mit jeder Minute, und kurz bevor es losging, waren tatsächlich alle Plätze besetzt. Ich hielt gebührend Abstand zu meinen Sitzpartner*innen, um mich nicht aufzudrängen, was gar nicht so einfach war. Meinen Rucksack hatte ich mittlerweile aus Platzmangel unter meinem Stuhl verstaut.

Mit einer kleinen Verspätung trat dann auch endlich Professorin Simmons ein. Sie trug einen leichten Poncho und hatte kurze graue Haare. Ich schätzte sie so um die fünfzig, aber genau konnte ich es nicht sagen. In ihren Zügen lag etwas Frisches, fast Jugendliches, das sie automatisch jünger erscheinen ließ.

»Guten Morgen!«, sagte sie fröhlich, stellte ihre Tasche ab und breitete den Inhalt vorne am Pult aus. Ihr gebatiktes Federmäppchen schien so gar nicht zu einer Professorin zu passen.

»Mein Name ist Martha Simmons, ich werde Sie in diesem Semester über amerikanische Literatur aufklären. Wie wäre es, wenn Sie sich einmal zu Beginn der Reihe nach vorstellen?«

Ein Raunen ging durch den Raum. Hier und da sah ich Nicken, einige schienen wiederum absolut demotiviert zu sein und zogen die Köpfe ein.

Professorin Simmons wies mit ihrer Hand in die Richtung des Tischs links neben ihr, und die Vorstellungsrunde begann. Ich spürte, wie meine Handflächen schwitzten, und ich musste schlucken. Ich war kein Fan von solchen Vorstellungsrunden. Generell stand ich nicht gerne im Rampenlicht. Schon in der Schule hatte ich mich vor Referaten und Vorträgen gekonnt gedrückt – aber ich war mir durchaus bewusst, dass hier an der Uni einiges anders laufen würde. Ich musste mir nur immer wieder vorhalten, dass man wenig falsch machen konnte, wenn man seinen eigenen Namen sagte. Dennoch hatte ich Angst, mich bei dieser simplen Vorstellungsrunde zu blamieren.

Ich war so in Gedanken vertieft, dass ich meinen Einsatz beinahe verpasste. Räuspernd stand ich hektisch auf, so wie es die anderen auch getan hatten.

»Ich ...« Verdammt, wieso hatte ich nicht vorher darüber nachgedacht, was ich sagen wollte? Nervös rieb ich meine Hände aneinander und rang nach Worten.

»Ich heiße Stella Northam, und ich möchte gerne amerikanische Literatur studieren.« Mehr brachte ich nicht über die Lippen. Meine Kommiliton*innen hatten hier und da noch etwas Persönliches über sich erzählt oder über ihre bisherigen Lieblingsfächer, doch als ich die Blicke spürte, die auf mir lagen, verschlug es mir die Sprache. Eilig setzte ich mich wieder und verschränkte schützend die Hände vor der Brust. Was würden die anderen nur von mir denken?

Die Blicke wanderten zu meiner Sitznachbarin, und ich konnte etwas aufatmen. Dennoch war es mir kaum möglich, den anderen bei ihrer Vorstellung zuzuhören. Ich war gedanklich dabei, darüber nachzudenken, ob ich mir mit dieser Glanzleistung womöglich schon den Weg in eine Clique verbaut hatte.

Plötzlich erhob Professorin Simmons wieder die Stimme.

»Gut, danke! Dann händige ich Ihnen jetzt den Kursplan aus. Bitte nehmen Sie sich ein Blatt und reichen den Stapel weiter.«

Ich überflog den Plan nur grob und hörte zu, wie Professor Simmons erklärte, in welcher Sitzung sie welche Werke besprechen wollte. Ihre Stimme hatte etwas Beruhigendes, und sie sorgte dafür, dass ich mich ein bisschen entspannte. Je mehr der Fokus auf die Dozentin rückte und von mir und den anderen Studierenden wich, desto ruhiger wurde ich.

Ich konzentrierte mich auf das, was sie zu sagen hatte, und bemerkte, wie ich mich immer mehr auf die nächsten Sitzungen freute.

Wir würden über einige Klassiker sprechen, aber auch aktuelle Titel im Kurs durchnehmen, was mir gut gefiel. Auch wenn ich es wichtig fand, historisch wertvolle Texte zu lesen, mochte ich es, wenn man die Gegenwartsliteratur nicht aus den Augen verlor. Eines Tages würde auch sie womöglich in den Kanon übergehen.

Professorin Simmons war wirklich sehr nett und teilweise auch echt witzig. Die Freundin von Chris hatte absolut recht, was ihren Eindruck von der Dozentin betraf.

Die Stunde ging schneller rum, als ich dachte, und ich war fast schon ein wenig wehmütig, den Raum zu verlassen. Der Kurs würde definitiv zu einem meiner liebsten werden, denn er war deutlich unterhaltsamer als die langweiligen Pflichtseminare.

Ich hatte eine Stunde Zeit, bis der nächste Kurs anfing, und da fiel mir wieder ein, dass ich am Morgen überlegt hatte, die Bibliothek zu besuchen. Auf meinem Smartphone rief ich den Campus-Plan auf und navigierte mich durch die Gänge, bis ich an der großen Bibliothek angekommen war. Als ich die Glastür öffnete, schlug mir sofort ein vertrauter Geruch entgegen. Kaum war ich eingetreten, waren die Stimmen um mich herum erstorben, und ich genoss die Stille, die mich jetzt umgab. Ich nahm für den Check-in meine Universalkarte heraus, und ein bekanntes Piepsen drang an mein Ohr. Ohne Hast passierte ich die ersten Regale und sah mich genau um. Es türmten sich Bücher über Bücher an den Wänden. Die Einbände sahen mal uralt und mal wie frisch gedruckt aus, so dass ich mir sicher sein konnte, dass die Bibliothek ein umfassendes Angebot hatte. Dennoch suchte ich nach etwas ganz Bestimmten. Mein Blick wanderte über die Regale, doch auf Anhieb wurde ich nicht schlau aus der Sortierung. Ich ging zurück zum Infoschalter und fragte nach, ehe ich mich erneut auf die Suche machte. Als ich an der mir beschriebenen Stelle ein Schild mit der Aufschrift *Universitätsgeschichte* fand, klopfte mein Herz wie wild.

Das Regal war im Vergleich zu den anderen eher klein, doch hatte es ein vielschichtiges Angebot über die Historie der Haydensburgh Universität. Es gab ein Buch über die Universitätspolitik und sogar eins über die Dekan*innen. Je mehr Bücher ich mir ansah, desto geringer wurde meine Hoffnung, etwas über die Verbindungen zu finden. Irgendwie hatte ich geglaubt, direkt auf etwas Passendes zu stoßen, doch so, wie es aussah, musste ich meine Suche erweitern. Ich griff zu einem umfassenden Werk über die letzten hundert Jahre der Universität und blätterte grob durch das Inhaltsverzeichnis.

Die Universität im Wandel der Zeit, Gebäudeveränderungen und Anbauten, ... Aber dort stand nichts über die Verbindungen. Seufzend schlug ich das Buch wieder zu und fuhr mit der Suche fort.

Fast eine Viertelstunde dauerte es, bis ich ein Buch in der Hand hielt, das eine vielversprechende Abhandlung enthielt: über die Geschichte der Alphas und Zeta Kappa Sigmas. Die Publikation war erst zwei Jahre alt, also recht aktuell. Ich ließ mich auf den Boden sinken und vergrub meine Nase im Buch.

Die Zeta-Verbindung bestand schon seit knapp hundert Jahren, was mich wirklich beeindruckte. Es hatte damit begonnen, dass sich die wenigen Frauen, die in Haydensburgh studierten, zusammengeschlossen hatten.

Auf der Suche nach einer Gemeinschaft gründeten die jungen Frauen die Verbindung Zeta Kappa Sigma. Ihr Leitspruch ist deshalb *Omnia Concordia Est* – Zusammenhalt ist alles.

Seite für Seite las ich über die Geschichte der Verbindung und versank in meiner Lektüre.

Die Zeta Kappa Sigmas schworen auf Tradition und Gemeinschaft. Wenn man bedachte, wie lange die Verbindung bereits existierte, dann wunderte mich das überhaupt nicht. Ich fand den Gedanken irgendwie echt schön, dass sich vor so vielen Jahren die wenigen Studentinnen an der Uni zusammengetan hatten, um gemeinsam stark zu sein. Auch wenn damals nur weiße Frauen in die Verbindung treten durften. Aber das war zum Glück schon lange her. Nach den 1960er Jahren durften auch BIPoC in die Schwesternschaft eintreten. Was geblieben war, waren einige Traditionen. Wie beispielsweise die Tatsache, dass es immer eine Präsidentin gab, die über den Schwestern stand und die Verbindung leitete. Oder dass sich die Schwestern besonders engagierten und die unterschiedlichsten Feste an der Universität feierten. Es gab jährlich einen Bauernmarkt, und vor allem an Halloween war das Zeta-Haus bekannt dafür, sich in ein regelrechtes Spukschloss zu verwandeln.

Als ich auf mein Handy sah, um die Uhrzeit zu checken, bemerkte ich, dass ich schon seit einer Dreiviertelstunde in der Bibliothek hockte. In fünfzehn Minuten begann mein nächstes Seminar! Ich biss mir auf die Unterlippe und las das Kapitel noch schnell quer, in der Hoffnung, dass mir nichts Wichtiges entgehen würde. Zwar hätte ich auch gern mehr über die anderen Verbindungen in Haydensburgh gelesen, aber das Buch rannte ja sicher nicht weg. Vielleicht wusste auch Chris noch mehr, das wäre zumindest ein Gesprächsthema, das mich mit ihm verband.

Ich verließ die Bibliothek und ging zu meinem nächsten Seminar. Doch so sehr ich mich auf den Unterricht konzentrieren wollte, ich hing mit den Gedanken noch bei den Zetas. Es faszinierte mich, was die Verbindung ausmachte: eine richtige Schwesternschaft. Etwas, nach dem ich mich durchaus sehnte.

In meiner Schulzeit war ich immer eine Einzelgängerin gewesen. Auch wenn ich ein paar wenige Freund*innen gehabt hatte, unsere Beziehungen waren doch eher oberflächlich gewesen. Aber in einer Verbindung hielt man zusammen – und es kam nicht darauf an, wer man war oder welches T-Shirt man trug. Eigentlich war ich gar nicht der Typ für eine Verbindung, da ich mich eher zurückhielt und für mich allein war, aber irgendetwas in mir drängte mich, weitere Infos über die Zetas einzuholen. Die erste Semesterwoche war noch nicht vorbei, bestimmt konnte man sich noch für die Verbindung bewerben. Ich hatte darüber gelesen, dass der Prozess der Bewerbung dauerte und nicht so leicht war, doch vielleicht würde ich mich tatsächlich trauen und es wagen. Dann wäre ich der neuen Stella wieder einen Schritt näher.

Ich nahm mir fest vor, nach meinem Kurs am schwarzen Brett vorbeizusehen. Vielleicht stand dort, wann man sich bei den Verbindungen vorstellen konnte.

Ich staunte nicht schlecht, als ich nach dem Seminar die Anzeigen überflog. Von *Lernpartner gesucht* bis *Bücher zu verkaufen* gab es die verschiedensten Papiere, die die Studierenden an das schwarze Brett gepinnt hatten. Und inmitten der vielen Zettel sah ich es: Die Zeta-Verbindung öffnete tatsächlich die Pforten für einen Informationstag.

Und zwar schon morgen.

Kapitel 7

Ich konnte meine Euphorie kaum noch bändigen. Hatte ich gestern noch hin und her überlegt, ob ich mich bei der Zeta-Kappa-Sigma-Verbindung vorstellen sollte, war mir heute völlig klar, dass ich mich trauen wollte. Es fühlte sich einfach richtig an.

Am Morgen erzählte ich Sue von meinem Vorhaben, doch entweder war sie noch nicht richtig wach, oder sie interessierte sich nicht wirklich für das, was ich zu sagen hatte.

»Ich komme heute dann etwas später wieder«, ließ ich sie wissen.

Meine Mitbewohnerin antwortete mir mit einem unverständlichen Murmeln.

Nachdem ich meinen Kaffee ausgetrunken hatte und fertig war, machte ich mich auf den Weg zu meinem Pflichtseminar in Algebra. Der Kurs ging schleppend voran, was auch daran lag, dass ich wirklich kein Fan von Mathe war. Immerhin kam ich um eine weitere Vorstellungsrunde wie bei Professorin Simmons herum.

Zum Mittagessen holte ich mir in der Mensa trockenen Reis und eine Schale Gemüse. Meine Blicke glitten die ganze Zeit über die Tische, und insgeheim hoffte ich, Chris noch einmal zu treffen. Seit unserer letzten Begegnung hatte ich einige neue Dinge über die Zeta Kappa Sigmas erfahren, und ich wollte ihm unbedingt erzählen, dass ich heute zu der Infoveranstaltung gehen wollte. Ich würde wirklich gerne mit jemandem darüber sprechen, Sue zeigte ja leider so gar kein Interesse. Aber kein Zeichen von Chris, und so aß ich meinen Reis allein.

Der Mittag zog sich in die Länge wie Kaugummi, und ich konnte es kaum abwarten, dass meine Seminare endlich vorbei waren.

Als es so weit war, lief ich zum Verbindungshaus der Zeta Kappa Sigmas. Es war ein wenig außerhalb und kostete mich knapp eine Viertelstunde, doch als ich ankam, staunte ich nicht schlecht. Ich erinnerte mich daran, was ich über die Verbindung gelesen hatte. Das Haus wirkte neo-klassisch, als wäre es aus dem letzten Jahrhundert. Es war ganz in Weiß gestrichen und verfügte über drei Etagen – zumindest sah es von außen so aus. An der Fassade des Hauses bemerkte ich viele hübsche Stuckelemente, und über dem Eingang gab es sogar einen kleinen Torbogen. Zwei Säulen standen beeindruckend vor dem Eingang. Hier schliefen also einige der Verbindungsschwestern der Zetas. Das war ein ganz schöner Luxus, wenn man das Haus mal mit den spärlich eingerichteten Wohnräumen auf dem Campus verglich. Aber dafür setzten sich die Mitgliederinnen auch sehr für die Universität ein. Sie sammelten Spenden, veranstalteten Feste, und vielleicht würde ich bald eine von ihnen sein.

Ich nahm all meinen Mut zusammen und betrat das Grundstück. Die Tür zum Verbindungshaus, an dem ein Schild mit »Willkommen« hing, stand einen Spaltbreit offen, so dass ich einfach hindurchgehen konnte. Der Flur war genauso imposant wie die Fassade des Hauses. Die Wände waren weiß gestrichen, und das Mobiliar hell und einladend. In Vasen standen Blumen, von denen ich nicht wusste, ob sie echt waren, und mir fielen die Fotografien auf, die an den Wänden hingen. Auf den Bildern waren lächelnde Frauen zu sehen. Ich ging davon aus, dass sich hier die Verbindungsschwestern verewigten. Einige der Fotos waren an den Rändern schon leicht vergilbt.

Stimmengewirr drang an mein Ohr, und ich folgte den Geräuschen bis ins Wohnzimmer. Ich mogelte mich unbemerkt unter die vielen Frauen, die im Raum warteten. Auf den ersten Blick konnte ich nicht einschätzen, wie viele wir waren. Vierzig oder vielleicht sogar fünfzig Anwärterinnen?

Das Wohnzimmer sah genauso edel aus wie der Rest des Hauses. Auch hier waren die Wände weiß gestrichen und die Sofas mit hellem Leder bezogen. Nur die restlichen Möbel, wie Bücherschränke und Tische, waren aus dunklem Holz. Es war das erste Mal für mich, dass ich in einem Verbindungshaus war, ich hatte also keine Ahnung, ob es bei den Alphas vielleicht auch so schick aussah.

Die Anwärterinnen saßen auf den Sofas oder standen in Grüppchen im Wohnzimmer und tauschten sich angeregt untereinander aus. Als sich jemand erhob, richteten sich alle Blicke nach vorn. Dort stand eine junge Frau in einem Zweiteiler. Sie hatte blondes langes Haar, und ihre hellblaue Bleistiftrock-Blazer-Kombination passte perfekt zu ihrem piekfeinen Auftreten.

»Willkommen im Zeta-Kappa-Sigma-Haus, Schwestern.« Alles an ihr wirkte irgendwie sehr offiziell und gestriegelt. Sie passte gut in das Bild, das ich bisher von Verbindungen hatte, und ich hoffte insgeheim, dass mich mein erster Eindruck täuschte. Was ich an den Verbindungen schätzte, war der Zusammenhalt und die Einheit – nicht die verstaubten Traditionen.

Plötzlich stellte sich Ellie neben die Schwester im Anzug, und ich musste an mich halten, sie nicht anzugaffen. Was machte die denn hier?

»Das ist Taylor, und ich bin Ellie«, verkündete sie mit einem Lächeln.

»Wir sind die Präsidentinnen des Hauses«, übernahm die Frau namens Taylor.

Moment.

Ellie war bei den Zetas? Und nicht nur das, sie leitete das Haus auch noch? Sie wirkte auf mich gar nicht wie eine typische Verbindungsschwester. Okay, aber ich sah jetzt auch nicht unbedingt wie eine Person aus, die in eine Verbindung eintritt. Ich trug lockere Jeans, ein einfarbiges Shirt und Turnschuhe. Generell kleidete ich mich nicht so auffällig. Das schwarze Kleid, das ich zu Semesterbeginn getragen hatte, war das eleganteste Stück in meinem Kleiderschrank.

»Und das sind unsere Schwestern.« Mit einer Geste wies Taylor die Mitglieder an, sich von ihren Plätzen zu erheben. Ich beobachtete, wie sich an die fünfzehn Frauen zu Ellie und Taylor gesellten. Es war eine absolut bunte Mischung, und ich war froh zu sehen, dass offensichtlich nur Taylor so schick gekleidet war. Die anderen hatten auch eher schlichtere Kleidung gewählt. Bis auf Ellie, die ein neongelbes Shirt mit der Aufschrift *Fuck the System* trug.

»Schön, dass ihr zu uns gefunden habt. Taylor und ich erklären euch gleich, wie es bei uns abläuft.«

»Aber vorher noch ein paar Sätze zu unserer Verbindung.« Taylor bedachte Ellie mit einem strengen Blick. »Die Zeta Kappa Sigmas gibt es jetzt schon seit vielen Jahren, und sie war die erste Verbindung für Frauen auf der Haydensburgh Universität. Unser Name setzt sich wie üblich aus drei griechischen Buchstaben zusammen: Zeta ist nicht nur der sechste Buchstabe im griechischen Alphabet, sondern witzigerweise auch der Vorname unserer ersten Präsidentin,

Zeta Rosemary McNity. Das Kappa haben wir uns dagegen von der ersten weiblichen Verbindung in der Geschichte der Universitäten, den Kappa Alpha Thetas, geliehen. Sigma wird vor allem in den Naturwissenschaften verwendet und steht dafür, dass wir Frauen alles studieren und alles schaffen können, was wir uns vornehmen. Seit der Gründung steht auch dieses Verbindungshaus. Solltet ihr einen Platz in unserer Verbindung bekommen, steht es euch frei, hier einzuziehen. Aktuell vergeben wir fünf Plätze.«

Nur fünf. Das würde ein knappes Rennen werden. Mir rutschte das Herz in die Hose. Ich war nicht gut in Wettkämpfen. Vielleicht war es doch eine Schnapsidee gewesen, hier aufzutauchen. Was, wenn ich völlig versagte? Ich wollte nicht wie eine Verliererin vor den Schwestern stehen.

»Ihr seht also, dass wir nicht jede aufnehmen können, so leid uns das auch tut«, erklärte Ellie. »Aber seit damals hat sich auch einiges im Haus geändert. Früher musste man ein Bewerbungsschreiben verfassen, um aufgenommen zu werden.«

Taylor griff ein und übernahm. »Auch wenn ich sehr an Traditionen festhalte und am liebsten das Schreiben wieder einführen würde ...« Sie lächelte, doch ich bemerkte, dass es nicht ihre Augen erreichte. Es wirkte irgendwie aufgesetzt.

Ellie machte einen Schritt nach vorn und unterbrach sie. »Jedenfalls sieht es so aus: Zunächst gibt es eine offene Phase für alle hier, die sich bewerben wollen.«

Das war schon mal gut zu hören. So hatte jede von Anfang an die gleichen Chancen, und es gab kein seltsames Auswahlverfahren.

»In dieser offenen Phase begrüßen wir euch sehr gerne bei unseren Veranstaltungen. Es ist uns wichtig, dass ihr uns euer Interesse zeigt.«

»Wir wollen nur Schwestern aufnehmen, die wirklich zu unserem Zeta-Haus gehören wollen«, warf Taylor ein. »Erst danach erhaltet ihr eine Einladung von uns, und ihr dürft offiziell vorsprechen. Wir lernen euch dann in einem weiteren Auswahlverfahren richtig kennen und können auf diese Weise einschätzen, ob ihr zu unserer Verbindung passt.«

In meinen Ohren klang das logisch. Auch wenn ich nicht mit einer so umständlichen Anwärterinnenphase gerechnet hatte. In dem Buch, das ich in der Bibliothek gelesen hatte, stand nur etwas von einer Bewerbungsphase – ich hatte eher damit gerechnet, dass man ein paarmal bei den Zetas vorsprechen musste, aber das hier klang ja doch aufwendiger.

»Wenn ihr diese Hürde gemeistert habt, dann kommen die Mutproben, das ist quasi euer Vorsprechen«, meldete Taylor.

Mutproben. Verdammt.

Musste es denn noch schwieriger werden? Auf einmal sah ich meine Bewerbung bei der Verbindung in der Dunkelheit verschwimmen. Ich war nicht die Frau für Mutproben. Ich war eine absolute Schisserin. Sogar bei Horrorfilmen versteckte ich mich immer hinter einem Kissen. Es hatte mich schon all meine Tapferkeit gekostet, überhaupt in eine fremde Stadt zu ziehen und mein Studium hier zu beginnen. Wie sollte ich da die Tests der Zetas bestehen?

»Erst wenn ihr die Mutproben bestanden habt, kommt ihr in die engere Auswahl für die Aufnahme«, fuhr sie fort.

»Die Mutproben sind seit einigen Jahren Tradition im Zeta-Haus. Wir wollen damit testen, ob ihr der Verbindung wirklich vertraut. Denn natürlich wollen wir nur Schwestern aufnehmen, auf die wir auch tatsächlich zählen können«, ergänzte Ellie.

Natürlich. Die Verbindung war eine enge Gemeinschaft. In dieser musste man sich auf die anderen verlassen können. Trotzdem, mussten es echt Mutproben sein? Da war mir das Bewerbungsschreiben doch irgendwie lieber ...

»Wir wünschen euch allen viel Glück!«

Ellie trat einen Schritt zurück, und als plötzlich viele Stimmen durcheinandersprachen, mischte sie sich unter die Anwärterinnen. Auch Taylor begann die ersten Gespräche mit den Frischlingen, während ich mich keinen Zentimeter bewegte. Mir war echt mulmig bei dem Gedanken, diese Mutproben zu bestreiten. Falls ich überhaupt so weit käme. Immerhin musste ich zunächst das Interesse der Verbindungsschwestern wecken, damit sie mir eine Einladung aussprachen. Aktuell rechnete ich nicht einmal damit, bis zu dieser ersten Hürde zu gelangen. Hier saßen viel zu viele andere Studentinnen, die ebenfalls einen der begehrten Plätze im Verbindungshaus ergattern wollten. Dabei ging es mir noch nicht einmal um einen Einzug ins Haus, ich war bisher echt zufrieden mit meinem Zimmer und mit meiner Mitbewohnerin. Die Sache mit Sue entwickelte sich gerade erst, das wollte ich so schnell nicht aufgeben. Aber natürlich war ich gedanklich schon zehn Schritte weiter. Erst müsste ich mich bei den Präsidentinnen interessant machen. Und ich hatte absolut keine Ahnung, wie ich das schaffen sollte.

Auf einmal rüttelte mich eine bekannte Stimme aus den Gedanken.

»Hey Tollpatsch.«

Ellie stand hinter mir und grinste breit.

»Hi«, kam es mir schüchtern über die Lippen.

»So so, du willst also zu den Zetas, ja?«

Ellie verschränkte die Arme vor ihrer Brust und sah dadurch fast schon ein bisschen einschüchternd aus.

»Na ja, ich«, begann ich zögernd. »Ich wollte mir das mal ansehen. Vermutlich komme ich eh nicht in die engere Auswahl.«

Ellie zog die Stirn kraus und sah mich ernst an. »Wieso das denn?«

Damit erwischte sie mich eiskalt.

»Ich … Ich weiß nicht«, entgegnete ich schulterzuckend.

Doch Ellie ließ nicht locker. »Warum glaubst du das?«

Weil ich einfach keine spannende Persönlichkeit war. Ich verbrachte meine Zeit lieber mit Büchern als mit Menschen. Meine Eltern waren meine engsten Vertrauten. Ich trug keine auffällige Kleidung. Ich hatte noch nie meine Haare gefärbt. Ich war keine, die gerne im Mittelpunkt stand oder sich ins Rampenlicht stellte. Aber all das blieb ungesagt.

»Es gibt viel Konkurrenz.«

Ellie schien mir nicht wirklich zu glauben. »Das ist immer so. Wir haben immer um die fünfzig Anwärterinnen, die ins Haus wollen«, verdeutlichte sie. »Völlig normal.«

Sie machte eine Pause und sah mich von oben bis unten eindringlich an. Ihr Blick ging mir durch Mark und Bein, und ich spürte, wie ein Schauer über meinen Rücken lief. »Darf ich dir einen Tipp geben?«

Das überraschte mich wirklich. Durfte die Präsidentin überhaupt Hinweise geben? Vermutlich nicht, aber so, wie ich Ellie einschätzte, hielt sie sich selten an irgendwelche Regeln. Das passte irgendwie so gar nicht zusammen. Wie konnte sie die Präsidentin sein und dennoch machen, was sie wollte? Diese Taylor schien sehr versessen auf ihre Regeln zu sein, zwischen den beiden kam es bestimmt häufiger mal zu einem Krach.

»Klar.«

Ellie räusperte sich und machte einen Schritt auf mich zu. Plötzlich gab es kaum noch Distanz zwischen uns. Es hätte nur ein winziges Stück gefehlt, dann hätten sich unsere Körper berührt. Sie beugte sich vor und flüsterte. Ihr Atem war warm an meinem Ohr, und ich bekam eine Gänsehaut.

»Komm auf unsere Veranstaltungen. Bring ab und an mal einen Kuchen mit. Lass dich vor allem von Taylor sehen. Sie ist sehr penibel, was die Anwärterinnen betrifft. Denn wenn es nur nach mir ginge, dann wärst du jetzt schon eine Runde weiter, Tollpatsch.«

Sie löste sich von mir und grinste breit. Ich spürte, wie sich auf meinen Wangen eine Röte bildete und meine Hände plötzlich schwitzten. Mir wurde ungewohnt warm, und meine Gedanken fuhren Achterbahn.

Ellie wollte mich aufnehmen? Jetzt schon? Dabei kannte sie mich doch gar nicht. Sie wusste rein gar nichts über mich. Wie etwa, dass ich morgens immer einen schwarzen Kaffee trank. Dass ich schon seit Jahren keine tierischen Produkte mehr aß. Dass ich mit meinen Haaren spielte, wenn ich nichts mit mir anzufangen wusste. Dass ich bei *Mario Kart* mit meinen Eltern immer die Letzte war.

Bevor ich etwas antworten konnte, zwinkerte Ellie mir zu und verschwand in der Menge. Sie begann sofort die nächste Unterhaltung, und unweigerlich fragte ich mich, ob sie diese Nummer bei jeder abzog. War das ihre Masche, um die Anwärterinnen anzuheizen? Um sie zu überzeugen, dass ihre Verbindung die einzig wahre war? Das hatten die Zetas doch gar nicht nötig. Sie waren *die* Verbindung für Frauen auf der Haydensburgh Universität.

Doch während ich Ellie beobachtete, bemerkte ich, dass ihre Körpersprache eine ganz andere war. Sie wirkte nicht so locker wie vorhin. Angespannter. Offizieller. Ihr Rücken war gerade, und sie hielt eine gute Portion Abstand zu den anderen. Sie war ihnen bei weitem nicht so nah wie mir.

Was war das bitte eben gewesen?

Kapitel 8

Ich war fast schon traurig darüber, dass Sue am Abend nicht in unserem Zimmer war. Nur zu gerne hätte ich ihr von der Zusammenkunft der Zetas erzählt. Stattdessen rief ich meine Eltern an und erkundigte mich nach ihnen. Ich hatte immer schon ein sehr gutes Verhältnis zu den beiden. Es war seltsam, dass wir jetzt nicht mehr im gleichen Haus wohnten, doch dank Sue hatte ich mich schnell an meine neue Umgebung gewöhnen können. Sie machte es mir sehr leicht – und das war nicht selbstverständlich.

Am Telefon berichtete ich von meinen Kursen und von dem Essensangebot in der Mensa. Dass ich mich bei einer Studierendenverbindung bewerben wollte, ließ meine Mutter am Hörer freudig eine Oktave höher sprechen. Sie wusste, dass ich mir im Vorfeld viele Sorgen gemacht hatte. Vor allem hatte ich Angst, die Außenseiterin zu bleiben, die ich schon immer gewesen war. Aber genau deshalb brauchte ich diese Veränderungen. Und möglicherweise würde ich bei den Zetas richtige Freundinnen finden. War das nicht auch der Grundgedanke einer Verbindung? Ewiger Zusammenhalt. Ich hatte in der Bibliothek davon gelesen, dass sich die Zeta-Schwestern auch noch trafen, wenn sie seit Jahren nicht mehr an die Universität gingen. Das wollte ich. Freundinnen, bei denen ich einfach ich selbst sein konnte. Die mich akzeptierten und respektierten, wie ich war. Eine Gruppe, die mich aufnahm und in der ich nicht unangenehm herausstach.

Das Gespräch mit meiner Mutter tat echt gut. Sie hatte kurzzeitig sogar den Hörer an unsere Katze weitergereicht, die allerdings schnell miauend abgedampft war, was uns alle zum Lachen brachte.

Sue war jedoch auch gegen zehn Uhr abends nicht zurück in unserem Zimmer, und ich fragte mich, wo sie steckte. Vielleicht war sie mit Chris und seinen Freund*innen unterwegs. Oder im Kino. Es gab tausend Möglichkeiten, wo sie gerade stecken konnte.

Schließlich machte ich mich bettfertig und ging schlafen, denn wer wusste schon, wie lange ich noch auf Sue warten würde.

Am nächsten Morgen wachte ich voller Elan auf und warf als Erstes einen Blick in die Richtung von Sues Bett. Ich war echt erleichtert, als ich sie darin schlafen sah. Wo auch immer sie sich gestern rumgetrieben hatte, sie war heil nach Hause gekommen. Dass sich in so kurzer Zeit ein Beschützerinstinkt bei mir entwickelte, war mir auch neu.

Enthusiastisch stieg ich aus dem Bett und ging in den Waschraum, um mich fertig zu machen. Als ich zurückkam, war auch Sue wach und fummelte an der Kaffeemaschine herum.

»Guten Morgen«, begrüßte ich sie freudestrahlend.

Von Sue kam nur ein gemurmeltes »Morgen« zurück. Typisch Morgenmuffel eben.

»Na, warst du gestern noch lange unterwegs?«

Sie sah mich aus kleinen Augen an und rieb sich über das Gesicht. »Viel zu lang.« Ihre Stimme hörte sich träge und schlapp an.

Alles in mir schrie danach, sie zu fragen, wo sie gewesen war, doch ich wollte Sue nicht bedrängen. Ich wusste, wie es sich anfühlte, wenn man lieber etwas für sich behalten wollte. Stattdessen stellte ich meine Tasse neben ihre als Zeichen dafür, dass ich auch etwas von dem flüssigen Gold abbekommen wollte.

»Ich war noch mit Chris unterwegs«, erzählte sie schließlich.

»Und wie war es?«, traute ich mich dann doch zu fragen.

Der Kaffee war durchgelaufen, und Sue goss uns beiden etwas in die Tasse. Es dampfte herrlich, und ich konnte es kaum abwarten, mich mit Koffein vollzupumpen.

»Echt gut. Wir wollten eigentlich nur ein bisschen über den Campus ziehen. Aber dann sind wir irgendwie bei Chris im Wohnheim versackt.«

»Das klingt doch nach einem gelungenen Abend«, entgegnete ich mit einem Lächeln auf den Lippen. Also, für Sue jedenfalls.

»Oh, ja. Chris' Freunde sind wirklich in Ordnung.«

Um ihr zuzustimmen, kannte ich seine Leute viel zu wenig. Wie hieß seine eine Freundin noch mal? Melly? Mary? Irgendwie so etwas. Ich war echt nicht gut darin, mir Namen zu merken.

»Freut mich, dass du so einen guten Abend hattest.«

»Danke dir.« Sue nahm einen Schluck von ihrem Kaffee und hockte sich mit der Tasse zufrieden auf ihre Matratze.

»Komm doch nächstes Mal mit, wenn du willst«, schlug sie vor.

Mein Herz machte einen Satz. Hatte mich Sue gerade echt eingeladen?

»Ich ...«, meine Stimme war nur noch ein Stammeln. »Das wäre ... voll lieb.«

Allein schon zu wissen, dass ich nicht ausgeschlossen wurde, ließ mich innerlich hüpfen.

Ich führte meinen Mund zur Tasse und hoffte, dass Sue meine geröteten Wangen nicht sehen konnte. Der Kaffee war noch verdammt heiß, und ich musste aufpassen, mich nicht zu verbrühen.

Für Sue schien die Sache schon wieder abgehakt zu sein, denn sie ging nicht weiter darauf ein. »Und wie war dein Abend?«

Gestern hatte ich es kaum abwarten können, ihr von der Veranstaltung bei den Zetas zu erzählen. Und auch jetzt sprudelte es nur so aus mir heraus.

»Ich war gestern bei der Infoveranstaltung der Zeta Kappa Sigmas. Es war richtig gut. Ich mein, ich war vorher noch in der Bibliothek und habe ein bisschen über die Verbindungen recherchiert, bevor ich losgegangen bin.«

Sues Augenbrauen zogen sich zusammen, und sie gähnte erschöpft.

»Wusstest du, dass diese Ellie von der Alpha-Party in der Zeta-Verbindung ist?«

Wieso stellte ich ihr ausgerechnet diese Frage?

Sue schüttelte den Kopf und nahm erneut einen Schluck von ihrem Kaffee.

»Na ja, jedenfalls ist sie zusammen mit dieser Taylor Präsidentin im Haus«, überspielte ich meine Frage schnell. Irgendwie war sie mir unangenehm. »Die beiden haben uns ein bisschen was über die Verbindung erzählt und dann erklärt, wie es weitergeht.«

»Und wie geht es weiter?«

»Zunächst muss man bei den Veranstaltungen der Zetas dabei sein, dann wird man eingeladen, und dann muss man noch Mutproben bestehen.«

Auf einmal saß Sue ganz kerzengerade auf ihrem Bett und starrte mich an. Jetzt war wohl auch sie interessiert.

»Mutproben?«

»Ja, genau. Bin schon total gespannt, was da auf mich zukommt.«

»Echt jetzt? Sorry, Stella, ich will dir nicht zu nahe treten, aber du wirkst auf mich jetzt nicht wie eine, die gerne Mutproben absolviert.«

Und damit hatte sie leider absolut recht.

Ich biss mir auf die Unterlippe, doch ich konnte meine Unsicherheit nicht vor ihr verstecken.

»Ja, das stimmt auch«, gab ich kleinlaut zu.

»Und wieso wirfst du dich dann trotzdem in die Schlacht?«

Leise entfuhr mir ein Seufzen.

»Ich finde diesen Grundgedanken irgendwie schön. Eine Schwesternschaft. Absoluter Zusammenhalt. Findest du nicht, dass das echt gut klingt?«

Sue presste die Lippen aufeinander, und für einen Moment glaubte ich, sie würde gleich heftig mit dem Kopf schütteln.

»Schon irgendwie. Auch wenn Verbindungen nichts für mich sind. Mir ist das einfach ein zu elitärer Haufen.« Ich verstand ihre Bedenken, aber die Zetas wirkten auf mich gar nicht so fürchterlich elitär. Bis auf diese Taylor zumindest.

»Jedenfalls kann ich es kaum abwarten.«

Mein Blick fiel auf die Uhr.

»Shit, ich muss los.« Hektisch packte ich meine Tasche und stellte meine noch halbvolle Tasse auf meinem Nachttisch ab. Bis zu meinem ersten Kurs hatte ich noch zwölf Minuten Zeit, und ich musste dafür über den halben Campus rennen.

»Wir können heute Abend ja mal im Internet nach ein paar Aufnahmeritualen suchen, wenn du Bock hast.« Sues Vorschlag überraschte mich. Es war echt lieb, dass sie mir helfen wollte, obwohl sie Verbindungen so kritisch gegenüberstand.

»Das klingt super«, erwiderte ich eilig und rannte los.

Mein Kurs in Geographie zog sich nervenaufreibend in die Länge. Vielleicht lag es auch daran, dass ich es nicht so mit Erdkunde hatte. Ich war froh, wenn ich alle unsere Bundesstaaten aufzählen konnte. Dabei war das etwas, was man schon im Kindergarten erklärt bekam.

»Einführung in die Bühnenkunst« war auch nicht besser. Theater. Der absolute Horror für mich. Ich konnte mir etwas Besseres vorstellen, als mich auf einer Bühne vor so vielen Augen zum Kasper zu machen. Ich hatte wahnsinnige Angst davor, mich irgendwie zu blamieren oder vor anderen auftreten zu müssen. Ich stand nicht gerne im Rampenlicht. Aber es war von den musischen Pflichtkursen wohl noch das geringste Übel.

Wenigstens war Chris im gleichen Kurs wie ich, und so stellte ich mich im Seminarraum direkt zu ihm. Die Stühle und Tische waren an die Wand gestellt, so dass wir in der Mitte viel Platz hatten.

»Na, auch so motiviert?«, flüsterte er, kurz bevor das Seminar begann.

»Tierisch.« Ich rollte mit den Augen und spielte nervös an meinen Haaren.

»Wenigstens müssen wir da gemeinsam durch.« Wo er recht hatte …

Die Professorin wies uns an, einen Platz im Raum zu suchen, so dass wir alle ein wenig Abstand voneinander hielten. Dann sollten wir tief einatmen und die Luft nur langsam wieder herauslassen. Wir machten die seltsamsten Atemübungen, und ich fragte mich, was das eigentlich sollte.

Als wir uns dann für ein Spiel in zwei Gruppen einteilen und uns gegenüberstellen sollten, war ich restlos überfordert. Sofort schnappte ich mir Chris, so dass ich keiner völlig fremden Person gegenüberstehen musste.

Chris sollte eine Bewegung vorgeben, und ich musste sie spiegelnd nachmachen. Das war noch halbwegs in Ordnung, weil alle

Studierenden mit ihren Partner*innen beschäftigt waren. Dann bekamen wir allerdings Tennisbälle in die Hand gedrückt und sollten uns gegenseitig zur Lockerung massieren. Das war mir furchtbar unangenehm, weil es so intim war – und ich kannte Chris definitiv nicht gut genug, um mich von ihm mit diesem Ball massieren zu lassen. Dennoch ließ ich es zähneknirschend über mich ergehen, denn mir war es noch unangenehmer, vor all den Leuten in einen Arbeitsstreik zu ziehen. Ich fand die Übungen, die wir machen sollten, einfach nur sinnlos und peinlich.

Ich ahnte bereits, dass Theater zu meinen absoluten Hasskursen mutieren würde. Es nervte mich wirklich, dass ich so viele Pflichtseminare belegen musste. Dabei war ich mir nach meinem ersten Tag so sicher gewesen, dass dieses Studium genau das Richtige für mich war. Das war wohl etwas voreilig gewesen.

Nach der Tennisballmassage wurde es sogar noch schlimmer. Zum Kennenlernen sollten wir im Raum umhergehen und uns gegenseitig grüßen. Dabei war es egal, ob man sich umarmte oder nur die Hand gab. Aber Körperkontakt war Pflicht. Auch das sollte uns ein wenig auflockern und uns miteinander bekannt machen, doch für mich war es der blanke Horror. Meine Sozialängste drehten durch. Ich gab den Leuten immer nur die Hand und war froh, wenn ich meinen Vornamen über die Lippen brachte.

Anschließend durften wir uns zum Glück auf den Boden setzen und der Dozentin eine Weile lauschen, wie sie über die Entstehung des Theaters referierte.

Ich war heilfroh, als ich den Seminarraum verlassen konnte, verabschiedete mich von Chris und ging schnell zurück in mein Zimmer.

Dort angekommen, warf ich mich auf die Matratze. Eine ganze Weile blieb ich liegen, bis sich die Tür öffnete und Sue eintrat.

»So erledigt?«, wollte sie von mir wissen, doch ich gab nur ein Grummeln von mir.

Langsam rappelte ich mich auf und zog die Träger meiner Tasche von den Schultern, um sie mit ihrem gesamten Inhalt auf den Boden fallen zu lassen.

»Theater. Frag nicht.«

Als ich Sues Gesichtsausdruck sah, gab ich mir einen Ruck.

»Theater wird jedenfalls nicht mein neues Lieblingsfach«, seufzte ich. »Wir mussten uns gegenseitig mit einem Ball massieren, was super unangenehm war, und dann auch noch ein Spiel spielen. Ich bin nicht gerade ein Fan von Spielen in einer Gruppe«, gab ich zu. »Aber wenigstens ist Chris in meinem Kurs.«

»Ach cool, wusste ich gar nicht, dass er in deinem Kurs ist. Der Rest klingt natürlich nicht so glücklich«, gab Sue zurück.

Ich stand auf, wechselte in eine bequeme Jogginghose und zog umständlich unter meinem T-Shirt meinen BH aus. Die getragenen Klamotten landeten in einem faltbaren kleinen Korb.

»Steht eigentlich noch unser Plan für heute Abend?«

Für einen Moment war ich ganz perplex – dann fiel es mir wieder ein. Wir wollten gemeinsam im Internet nach ein paar Aufnahmeritualen in Verbindungen suchen.

»Ja, klar.«

Und auf einmal war die Aufregung zurück. Ich war den ganzen Tag so beschäftigt gewesen, dass ich gar nicht an die Verbindung gedacht hatte. Jetzt, wo Sue es ansprach, wurden meine Handflächen ganz warm, fast schon schwitzig, und ich spürte die Anspannung in meinem Körper. Was würden wir online wohl herausfinden? Horrorvisionen von schrecklichen Mutproben machten sich in meinen Gedanken breit.

Meine Mitbewohnerin rutschte auf ihrem Bett ein Stück zur Seite und wies mich an, mich neben sie zu setzen. Sie zog ihren Laptop vom Nachttisch und öffnete ihn, um sogleich draufloszutippen. In das Suchfeld gab sie im Browser *Aufnahmerituale in Studierendenverbindungen* ein, und schon spuckte das Internet massenweise Websites aus. Von *Komasaufen* bis hin zu wirklich schlimmen Schlagzeilen über *Missbrauch* war alles dabei. Sofort fing mein Magen unheilvoll an zu grummeln. Studierendenverbindungen kamen online echt nicht gut weg. Mit einem Klick auf das erste Ergebnis wurde uns ein Artikel über die schrägsten Aufnahmerituale angezeigt. Sue und ich tauschten einen vielsagenden Blick aus.

»In der University of York wird man nur Mitglied im Hockey Club, wenn man ein Getränk aus Hundefutter, Goldfischen, Sardellen und rohen Eiern trinkt«, las Sue vor.

»Ach du Scheiße. Das machen die ernsthaft?«

Ich spürte, wie sich mein Magengrummeln intensivierte. Allein bei dem Gedanken wurde mir schlecht. Ich wollte mir das lieber nicht so genau vorstellen. Hoffentlich gab es bei den Zetas kein Ekelgetränk für mich. Von der Tierquälerei mal ganz abgesehen.

»Am Dartmouth College bekommen Anwärter für die Alpha-Delta-Verbindung ein Branding auf den Hintern.«

Es wurde mit jedem Aufnahmeritual, über das wir lasen, bizarrer. In Edinburgh an der Universität sollten die Anwärter auf das Rugby-Team nackt und mit einem echten Huhn spielen. Ich war irgendwie ganz froh, dass viele der unschönen Rituale eher für elitäre Sportclubs waren statt für Verbindungen. Das machte mir zumindest ein bisschen weniger Angst vor dem, was bei den Zeta Kappa Sigmas passieren würde. Aber trotzdem, alles war möglich.

»Wenn ich Hundefutter essen soll, dann muss ich kotzen.«

»Ich drücke dir die Daumen, dass du nur nackt mit einem Huhn Rugby spielen musst.« Wir lachten beide laut und schallend.

»Bitte, lass uns weitersuchen, es muss doch auch ein paar normale Rituale geben.«

Tatsächlich fanden wir aber fast nur Websites, die über seltsame Prüfungen berichteten. Vermutlich waren ganz übliche Bräuche, wie einen Kuchen zu backen oder eine Party zu organisieren, viel zu langweilig für das Internet.

Ich fragte mich, wieso es so ein Ding war, sich erst demütigen zu lassen, bevor man in eine Verbindung aufgenommen wurde. Schweißte ein solches Ereignis die Anwärter*innen enger zusammen? War es eine Machtdemonstration? Oder war es ein merkwürdiger Vertrauensbeweis, wenn man sich für die Verbindung zum Affen machte? Ich hatte keine Ahnung.

Dachte sich Ellie zusammen mit Taylor die Aufgaben für uns aus? Bei dem Gedanken an Ellie löste sich auf einmal die Anspannung in meinem Körper. Sie würde sich doch nicht absichtlich etwas Fieses überlegen, oder? Zuzutrauen wäre es ihr leider.

Wenn ich all die Aufgaben absolvierte, wäre ich zusammen mit Ellie in der Verbindung. Irgendwie munterte mich diese Tatsache unbewusst auf. Meine Mundwinkel glitten nach oben, und die Sorgenfalten auf meiner Stirn verschwanden.

Ich war auf einmal richtig aufgeregt und konnte es kaum erwarten, eine Einladung von den Zetas zu erhalten. Sollte es überhaupt so weit kommen. Dafür musste ich erst einmal interessant genug sein. Und genau das war der Haken. Ich war weder besonders kreativ, noch glänzte ich mit sonst etwas außer guten Noten.

Zumindest war es so in der Schule gewesen. Ich hatte keine angesagten Klamotten getragen, war still und zurückhaltend, ein Lehrerliebling und im Sport eine Niete. Jetzt wollte ich endlich dazugehören.

»Komm, das reicht für heute«, sagte Sue nach einer Weile. Wir hatten jetzt wirklich genug recherchiert. Ich hatte aus unserer Suche mitgenommen, dass man im Idealfall zu allen Veranstaltungen der Verbindung gehen sollte, um so das eigene Interesse stärker zu bekunden. Außerdem war es gut, wenn man sich selbst einbrachte. Anbot, bei Festen bei der Dekoration oder bei Spendentagen beim Auf- und Abbau zu helfen. Alles Dinge, die tatsächlich machbar waren. Nie im Leben würde ich freiwillig einen widerlichen Drink runterschlucken oder mich vor all den Menschen blamieren. Davon hatte ich bereits genug in meinem Leben.

Kapitel 9

Es war mein erstes Wochenende auf dem Campus, und das läutete ich damit ein, dass ich bis elf Uhr ausschlief. Die Woche hatte mich ganz schön geschafft, aber das war auch kein Wunder bei all den neuen Eindrücken.

»Aufstehen, Schlafmütze«, rüttelte ich Sue sanft aus dem Schlaf, nachdem ich mich gemütlich fertig gemacht hatte. Als Antwort bekam ich von ihr nur ein genervtes Schnauben.

»Heute ist bei den Zetas ein kleines Bauernfest, und du musst bitte mit mir hingehen.«

Auf meinem Weg ins Badezimmer hatte ich davon erfahren, als ich an einem Korkbrett vorbeigegangen war. Warum ich den Flyer nicht schon gestern entdeckt hatte, schuldete ich vermutlich meiner Müdigkeit nach dem Theaterkurs. Ich fragte mich, ob die Zetas bei der Anwärterinnenveranstaltung bereits ein Wort darüber hatten fallen lassen und ich es einfach verpeilt hatte. Aber wahrscheinlich wollten sie sehen, wer von den Anwärterinnen tatsächlich Eigeninitiative zeigte und kam.

»Gib mir noch eine halbe Stunde.« Sue drehte sich auf die andere Seite. Wie ein kleines Kind, das nicht aus den Federn kommen wollte, ging sie in Embryonalstellung, klammerte sich an die Matratze und hatte die Augen übertrieben geschlossen.

»Du bekommst noch zehn Minuten.« Ich fand mich durchaus gnädig.

Von Sue war erneut ein Grummeln zu hören. Kurz darauf erhob

sie sich aus dem Bett. Ihr schwarzes Haar stand in alle Richtungen ab, und sie sah völlig zerknautscht aus.

»Na gut, na gut. Ich gebe mich geschlagen.« Sie schnappte sich ihren Kulturbeutel und verließ unser Zimmer.

Zwanzig Minuten später war Sue zurück. Zwar hatte sie immer noch dunkle Schatten unter ihren Augen, doch sie sah nicht mehr so zerstört wie vorhin aus. Außerdem war es sowieso nicht meine Sache über sie zu urteilen. Sue konnte das Haus verlassen, wie sie wollte.

»Los, lass uns gehen.« Ich wunderte mich, dass Sue nicht einmal ein Veto einwarf. Sogar auf ihren heißgeliebten Kaffee verzichtete sie.

Umso mehr freute ich mich über ihren augenscheinlichen Sinneswandel und wollte mein Schicksal nicht weiter herausfordern.

Gemeinsam liefen wir zum Zeta-Verbindungshaus. Es war zwar erst früher Mittag, doch dafür war schon echt viel los. Von überall her strömten die Leute zum Fest und standen an den kleinen Buden an, die behelfsmäßig mit ein paar Tischen und Tüchern errichtet worden waren. Alles war in orangene und gelbe Farbtöne getaucht und wirkte wunderbar herbstlich.

Man hatte sogar einen kleinen Traktor und einige Strohballen organisiert, die das Gelände rund um das Haus schmückten. Eine bunte Vogelscheuche lachte uns fröhlich an, als wir an ihr vorbeigingen. Ich fragte mich, wie die Schwestern das Fest innerhalb weniger Tage auf die Beine gestellt hatten. Das war echt beeindruckend.

Wir passierten einen Spendenstand, an dem Taylor mit einer riesigen blechernen Spardose stand. Klar, solche Feste mussten irgendwie finanziert werden. Manchmal wurden sie wahrscheinlich auch von

Ehemaligen unterstützt, die regelmäßig Geld bei der Verbindung ließen.

Ich verspürte den Drang, mich bei Taylor persönlich vorzustellen, denn ich erinnerte mich an Ellies Worte. Allerdings war sie gerade mit einer anderen Studentin im Gespräch, und ich traute mich nicht, mich einzubringen. Was sollte ich sagen? Käme das nicht total merkwürdig rüber, wenn ich mich einfach in die Konversation einschaltete? Ich wollte auf keinen Fall einen schlechten ersten Eindruck bei Taylor hinterlassen.

Und dann passierte es, Taylor stand allein am Stand. Verdammt, das war meine Chance. Ich gab mir einen Ruck und zupfte nervös am Saum meines Sweaters.

»Hi, ihr habt's hier echt schön«, begrüßte ich Taylor mit einem freundlichen Lächeln.

»Danke dir. Du bist eine von den Anwärterinnen, richtig?«

»Ja, ich bin Stella.«

»Schön, dich persönlich kennenzulernen. Möchtest du auch etwas spenden?« Taylor wies auf die Spendendose, und weil ich nicht geizig wirken wollte, zog ich einen Fünf-Dollar-Schein aus meiner Geldbörse.

»Danke dir.« Taylor grinste breit wie ein Honigkuchenpferd, und schon drängte sich die Nächste an den Stand und verwickelte Taylor in ein Gespräch. Ich konnte wohl zunächst abdanken. Ich blickte zu Sue, die hinter mir gestanden hatte und mir jetzt bedeutete, weiterzugehen. Ich folgte ihr zum nächsten Stand. Dort hatte eine der Schwestern eine riesige Ansammlung der verschiedensten Marmeladen aufgefahren. Sie trug über ihrer Kleidung eine pinke Schürze und hatte einen prachtvollen Hijab mit Stickereien an.

Ich ließ den Blick über den Stand schweifen. Erdbeere, Aprikose,

Orange ... Es gab gefühlt von jeder Sorte etwas, und mir lief das Wasser im Mund zusammen.

»Wollt ihr mal probieren?«

Fast erschrak ich, als die Schwester am Stand uns ansprach.

»Klar, wieso nicht?« Sue griff direkt über den Tisch und nahm eine kleine Waffel, mit der sie in ein offenes Kirschmarmeladenglas tunkte.

»Sind die denn vegan?« Es war mir ein bisschen unangenehm, nachzufragen.

»Ja«, bestätigte die Frau hinter dem Tisch. Zögernd nahm ich mir ebenfalls eine der Waffeln und testete die Aprikosenmarmelade. Sie zerging mir auf der Zunge, schmeckte herrlich süß und hatte eine tolle fruchtige Note. Nicht zu vergleichen mit den Marmeladen, die man im Supermarkt kaufen konnte.

»Sind die selbst gemacht?«, wollte ich neugierig wissen und erhielt als Antwort ein freudestrahlendes Nicken.

»Meine Mutter hat einen Bioladen und macht die Marmelade immer selbst. Bei Festen darf ich sie in ihrem Namen verkaufen.«

Sue und ich fackelten nicht lange und kauften je ein Glas. Ich entschied mich für eine Herbstmischung aus Pflaume und Aprikose, Sues Wahl fiel auf eine Kirschmarmelade.

Vielleicht würde sich die Schwester ja mein Gesicht merken und sich daran erinnern, dass ich eine ihrer Marmeladen gekauft hatte. Schaden würde es jedenfalls nicht.

Als ich meine Geldbörse verstaute, kam eine weitere Verbindungsschwester an den Stand.

»Schön, dass du heute wieder da bist, Kelly!«

»Na klar, ich muss doch wieder Marmelade bei dir kaufen«, lachte die andere.

»Kommst du nachher denn auch dazu? Wir wollten heute zusammen im Haus einen Film schauen.«

»Bin dabei.«

Genau das war es, wonach ich mich sehnte. Freund*innen, die gemeinsam etwas unternahmen. Es war schön, den beiden zuzuhören.

Wir schlenderten weiter. Es gab einen kleinen Flohmarkt, auf dem einige der Schwestern gebrauchte Kleidung und andere Kleinigkeiten verkauften. Eine Schwester mit langen dunklen Haaren blickte zu mir herüber und lächelte freundlich. Ich traute mich, die Hand zu heben, und sie winkte sogar zurück. Zwischen diesen Frauen fühlte ich mich wirklich wohl.

Sie hatten sich alle wahnsinnig viel Mühe mit ihren Ständen gegeben und versucht, sie so herbstlich wie nur möglich zu dekorieren. Ich konnte die vielen Kürbisse gar nicht zählen, die wir passierten.

Gerade als ich mich fragte, wo eigentlich Ellie steckte, entdeckte ich sie zwischen zwei Holzbänken, die auf der Wiese vor dem Haus aufgestellt worden waren. An den Bänken saßen einige Studierende, die je einen dicken Kürbis mit Schnitzwerkzeug bearbeiteten.

»Los, legt euch mehr ins Zeug, Leute!« Ellies Stimme schallte über den ganzen Markt – auch ohne Megaphon.

Als mich Ellie sah, trafen sich unsere Blicke, und ich blieb mitten im Schritt stehen. Ich wusste nicht, ob es okay war, wenn ich ihr hallo sagte. Aber so wie sie mich anguckte, schien sie sich immerhin an mich zu erinnern. Mir wurde auf einmal ganz warm.

»Alles okay, Stella?« Sue bemerkte, dass ich mich nicht mehr rührte.

»Äh, ja.« Ich räusperte mich und tat einen Schritt vor den anderen. Was nun? Sollte ich auf sie zugehen und sie begrüßen? Oder sollte ich einfach nett winken und weitergehen? Oder sie vielleicht gänzlich ignorieren? Nein, das fand ich zu unhöflich. Außerdem wollte ich bei den Zetas doch einen guten Eindruck hinterlassen. Und sie war schließlich ihre Präsidentin. Ich musste die Gelegenheit jetzt am Schopf packen. Ich nahm meinen Mut zusammen.

»Ich würde gern mal bei den Kürbissen vorbeischauen.«

»Klar, mach das. Ich sehe mich solange einfach weiter um.« Sue lächelte mich an. Es schien ihr nichts auszumachen, eine Weile für sich zu stöbern. Sofort verschwand sie in der Menge, und ich war auf mich allein gestellt.

Tief atmete ich ein und aus und gab mir den Ruck, den ich so dringend benötigte. Mit langen Schritten ging ich auf den Kürbisstand zu und hob zur Begrüßung vorsichtig die Hand.

»Hi.«

Ellie lächelte mich sofort an.

»Hey Tollpatsch.«

Dieser Name würde mich wohl auf ewig verfolgen.

»Möchtest du dich auch beim Schnitzwettbewerb messen?« Als Ellie ein langes Messer hochhob, bekam ich große Augen und nahm gemächlich einen Schritt Abstand.

»Ehm, ich weiß nicht.«

Eigentlich war ich doch nur hergekommen, um einen guten Eindruck bei den Zetas zu hinterlassen. Dabei hätte ich doch wissen müssen, dass sie mich bestimmt dazu aufforderte, einen Kürbis zu schnitzen.

»Der beste Kürbis gewinnt sogar einen Preis. Es ist nur ein Präsentkorb mit Marmelade, Käse und Kuchen, aber immerhin.«

Ellie zuckte mit den Schultern, und ich wurde mit jeder Sekunde, die verstrich, nervöser.

Sie schien zu bemerken, dass ich mit mir haderte.

Komm schon, Stella.

»Ach, wieso eigentlich nicht?« Verdammt, ich war so stolz auf mich, diese Worte über die Lippen gebracht zu haben.

»Klasse!« Ellie war auf einmal ganz euphorisch. Sie bedeutete mir, mich hinzusetzen, und tänzelte davon. Kurz war sie aus meinem Blickfeld verschwunden, dann kam sie mit einem Kürbis in den Händen zurück, den sie vor mich stellte. Dann holte sie noch ein paar Messer verschiedenster Größe.

»Das macht dann fünf Dollar. Wir nehmen immer eine kleine Gebühr, die geht aber zu einhundert Prozent an die Verbindung. Als kleine Spende sozusagen.«

Ich kramte aus meiner Geldbörse einen Schein heraus. Das Fest ging schon ein wenig ins Geld.

»Danke dir.«

Ellie steckte den Schein in ein Portemonnaie, das sie in einer silbern glitzernden Gürteltasche um den Bauch trug.

»Gerne doch«, grinste ich und warf schließlich einen Blick auf mein neues Projekt. Der Kürbis war echt prächtig. Satt orange und schön rund, so dass man perfekt daran arbeiten konnte.

Ich bemerkte, wie sich Ellie dem nächsten Interessenten zuwandte, und nahm das große Messer in die Hand, um zunächst den Deckel abzuschneiden und die ganze innere Masse aus dem Kürbis zu nehmen. Damit kam ich gut voran. In der Mitte des Tisches stand bereits eine Schüssel, in die man die Innereien des Kürbisses geben konnte. Meine Hände waren schön matschig, und als ich alle Kerne und das Fleisch aus dem Kürbis genommen hatte, sah ich mich nach einem Tuch um, damit ich meine Hände daran abputzen konnte.

Ellie zwinkerte mir mit einem Papiertuch in der Hand zu.

»Hier, für dich, Tollpatsch.«

»Danke«, entgegnete ich schüchtern und säuberte, so gut es ging, meine Hände.

Gerade zeichnete ich ein Gesicht auf den Kürbis, da schwankte die Bank, auf der ich saß. Ellie hatte sich neben mich gesetzt. Sofort stieg mir der süßliche Duft ihres Parfums in die Nase. Sie roch echt gut. Oh, verdammt. Hatte ich das gerade wirklich gedacht? Was war nur mit mir los?

»Soll ich dir helfen? Wie wär's?«

Ellie hatte eines meiner Schnitzmesser genommen und grinste so breit, dass ich den glitzernden Stein auf ihrem Zahn sah.

»Ist das denn überhaupt fair?«

»Ach, das interessiert doch niemanden.« Sie rutschte noch ein Stück näher an mich heran.

»Mal ganz im Vertrauen.« Ihre Stimme war fast nur noch ein Flüstern. »Allein ist das doch fast gar nicht zu schaffen bei so einem Kürbis, da schnitzt du doch Ewigkeiten dran. Es wäre also absolut nicht fair, wenn ich dich hier sitzen lassen würde.« Ihr Zwinkern löste etwas in mir aus, auch wenn ich keine Ahnung hatte, was genau, und ich verstand nicht, wieso mein Körper so heftig reagierte.

Unweigerlich sah ich mich um, weil ich mich erst versichern wollte, dass uns niemand beobachtete.

»Okay«, gab ich schließlich nach und schob den Kürbis ein Stück zur Seite, damit Ellie mehr Platz hatte.

Sie nahm den Stift zwischen ihre Finger und legte gleich darauf los, Korrekturen an meinem Kürbis vorzunehmen.

»Schau mal, wenn du hier bei den Zähnen mehr Platz lässt, kannst du besser schneiden.«

Und dann sah sie mich mit einem Blick an, der mir einen Schauer über den Rücken laufen ließ. Ihre Augen waren so blau wie der Ozean und so tief wie das Meer.

Ich musste heftig schlucken und hoffte, dass mir Ellie meine Nervosität nicht ansah. Sie legte den Stift beiseite und flocht ihre blauen Haare zu einem Zopf, damit die Strähnen ihr nicht in die Stirn fielen.

Unbeholfen nahm ich eines der kleinen Schnitzmesser in die Hand und begann, an der Augenlinie meines Kürbisses einzustechen. Es war echt nicht leicht, denn ich musste mit der anderen Hand auch noch irgendwie den Kürbis festhalten. Auf einmal stand Ellie von der Bank auf und stellte sich hinter mich. Sie beugte sich vor und hielt den Kürbis an den Seiten fest.

»So müsstest du besser vorankommen.« Sie lächelte schief, und ich spürte, wie meine Wangen rot wurden. Okay, bloß weitermachen. Ich bedankte mich verlegen und begann, die beiden Augenpartien auszuschneiden, was mir dank Ellies Hilfe gut gelang. Ich musste ihr recht geben, dass es zu zweit wirklich einfacher war, den Kürbis zu bearbeiten. Auch wenn ich beinahe die Wärme ihrer Haut spüren konnte und zugeben musste, dass mich ihre Anwesenheit ein wenig ablenkte.

»Wie gefällt es dir bisher an der Uni?« Ellie unterbrach die Stille.

»Gut. Wirklich gut. Okay, ein paar Kurse wie Theater oder Algebra sind echt nicht meins, aber da muss ich wohl durch.«

»Weißt du denn schon, auf was du dich spezialisieren möchtest?«

Ich legte den Kopf schief und schnitt gerade die Nase aus.

»Amerikanische Literatur.«

»Ah, du bist also ein Bücherwurm.«

»Kann man so sagen.«

Zwar mochte ich die Bezeichnung Bücherwurm nicht so gerne,

denn wenn überhaupt war ich ein Bücherdrache und kein Wurm, doch aus Ellies Mund klang es gar nicht so verkehrt.

Ich dachte kurz darüber nach, was ich sie im Gegenzug fragen konnte, denn Chris' Freundin hatte mir bereits erzählt, dass sie Sozialwissenschaften studierte und schon im dritten Semester war. Dann fiel mir wieder ein, wie ich Ellie mit ihrem Kumpel in meinem Wohnheim getroffen hatte.

»Lebst du eigentlich im Verbindungshaus?«

Sie nickte eifrig. »Genau, ich bin Anfang des Semesters eingezogen. Davor habe ich in einem der Wohnheime gelebt. Du bist in Wohnheim D, richtig?«

»Japp, ich wohne –«

Aber weiter kam ich nicht.

»Was zur Hölle machst du da, Ellie?«

Vor mir baute sich Taylor auf, und mir rutschte sofort das Herz in die Hose. Verdammt.

»Ich helfe beim Kürbisschnitzen, das sieht man doch.« Ellie ließ jetzt von meinem Kürbis ab und verschränkte die Arme vor der Brust.

»Ellie, du bist nicht zum Schnitzen angestellt, sondern um fünf Dollar einzunehmen und die Leute an ihren Platz zu setzen. Und erst recht sollst du nicht den Anwärterinnen helfen.«

»Sorry, Taylor, aber du weißt doch, wie schwer es ist, alleine an so einem Kürbis zu sitzen. Ich wollte Stella nur kurz behilflich sein.«

»Das ist mir egal.« Ich konnte den Zorn in Taylors Gesicht sehen und wollte mir gar nicht ausmalen, wie viel Ärger Ellie vielleicht noch für diese Aktion bekommen würde.

»Schon okay, ich schaffe das allein«, nahm ich Ellie in Schutz, aber Taylor sah nicht zufrieden aus.

»Taylor, ich brauche dich hier am Stand.« Ich war froh darüber, dass sich eine der Zetas am Spendenstand einschaltete und über den Markt zu uns rief, ansonsten hätte das hier möglicherweise noch böse geendet.

»Wehe, du hilfst ihr weiter!« Wutentbrannt drehte sich Taylor auf dem Absatz um und ging zurück zu der Schwester bei der Spendendose.

Seufzend ließ sich Ellie neben mich auf die Bank fallen.

»Sorry, das ist typisch Taylor.«

»Kein Problem, wenn das die Regeln sind, dann mache ich allein weiter. Es macht mir wirklich nichts aus.« Wie um ihr zu beweisen, dass ich den Rest auch ohne sie schaffen würde, setzte ich ein Schnitzmesser am Mund meines Kürbisses an und begann zu schneiden.

»Doch, das ist ein Problem. Taylor plustert sich immer unheimlich auf. Sie kann echt schrecklich sein.« Ellie verdrehte die Augen. »Sie will an den Traditionen der Verbindung festhalten, aber sie sieht nicht ein, dass manche Dinge eben verändert werden müssen, um einen Fortschritt zu erzielen. Wenn es nach ihr ginge, dann wären die Aufnahmerituale für euch kaum zu schaffen.« Ich wollte mir bloß nicht ausmalen, was das für mich bedeuten könnte. »Wie auch immer«, winkte Ellie ab und erhob sich von der Bank.

Ich konnte verstehen, dass Ellie keine Lust hatte, sich weiter mit Taylor anzulegen. Die beiden schienen kein gutes Verhältnis miteinander zu pflegen, und das musste man nicht noch weiter ausreizen.

Ich nickte und machte mich daran, den Mund fertig zu schnitzen, während sich Ellie einem Pärchen widmete, das mitmachen wollte. Mein Kürbis würde bestimmt keinen Preis gewinnen, aber ich war am Ende durchaus stolz auf mein Ergebnis.

»Ich bin fertig«, wandte ich mich nach einer Weile schließlich an Ellie, und sie half mir, den Kürbis hochzuhieven und zu den anderen Resultaten zu stellen. Es waren echt ein paar schöne Kürbisse dabei herausgekommen. Die einen grinsten fies, manche hatten sogar ganze Motive wie eine Katze oder ein Haus eingeschnitzt. So talentiert war ich mit meinem Smiley-Face bei weitem nicht.

»Danke dir noch mal.«

»Für dich doch gerne.«

Ich lächelte, als ich mich von Ellie abwandte.

»Bis dann.«

»Bis dann, Tollpatsch.«

Kapitel 10

Danach

Mit ihr fühlte ich mich wirklich frei. Wie ein Vogel, der gelernt hatte zu fliegen. Mit ihr an meiner Seite hatte ich begriffen, was es hieß, die Freiheit zu schmecken. Sie zerging süß auf meiner Zunge und löste all die Fesseln, die mich zuvor gefangen hielten.

Ohne sie war ich ängstlich gewesen. Allein. Um mich herum hatte die Dunkelheit immer mehr zugenommen. Mich beinahe erstickt. Doch dort, wo sie war, war jetzt auch Licht.

Ich hatte nicht gewusst, wie viel sie mir jemals bedeuten würde.

Bis es passiert war.

Bis ich mich völlig hatte fallen lassen.

Hätte es sie nicht gegeben, wäre ich vielleicht nie über meinen Schatten gesprungen. Die Last wog so schwer – es war unmöglich gewesen, sie allein zu stemmen.

Kapitel 11

Davor

Nachdem ich meinen Kürbis fertig geschnitzt hatte, begab ich mich auf die Suche nach Sue, die ich an einem Käsestand wiederfand und die sich gerade durch all die verschiedensten Sorten probierte.

»Erwischt«, sagte Sue mit vollem Mund und schluckte. »Mensch, du bist ja am Grinsen, alles okay bei dir?«

Ich hoffte, dass ich nicht auch noch rot wurde.

»Ich habe einen Kürbis geschnitzt.«

»Klingt gut.«

Insgeheim war ich froh darüber, dass sie nicht weiter nachhakte.

Wir schlenderten noch eine Weile über den Markt und machten bei einem Wurfspiel mit, bei dem man einen riesigen Kürbis gewinnen konnte. Man musste dafür einen Dollar zahlen, der direkt in die Kasse der Zetas ging. Eine Schwester mit roten Haaren und einer blauen Latzhose gab uns drei Bälle, die wir auf einen Stapel Dosen werfen sollten. Leider blieben wir relativ erfolglos, auch wenn Sue zwei Dosen mehr als ich erwischte.

»Kommt ihr nächste Woche auch zum Beach Cleaning?«, wollte die Schwester von uns wissen. »Wir machen gemeinsam den Strand sauber. Ihr müsst euch dafür auch nicht anmelden oder so. Je mehr kommen, desto mehr schaffen wir. Ihr seid also herzlich eingeladen.«

»Danke«, erwiderte ich zaghaft, auch wenn ich zweifelte, dass ich Sue überreden konnte.

Das Wochenende verging wie im Flug. Sue und ich hatten uns am Samstagabend einen Film auf Netflix angesehen und den Sonntag ausschließlich im Bett verbracht. Zwar hatte ich noch ein paar Texte als Vorbereitung für die Uni lesen müssen, aber das war halb so wild gewesen und machte meinem gemütlichen freien Tag keinen Strich durch die Rechnung.

Allerdings schweifte ich mit meinen Gedanken wieder und wieder ab. Ich musste ständig an das Bauernfest denken. Wenn alle Veranstaltungen der Zetas so cool waren, gab mir das noch mal einen Motivationsschub, es definitiv als Anwärterin dort zu versuchen. Ich mochte das Gemeinschaftsgefühl, es war irgendwie schön zu wissen, dass die Mädels alle zusammenhielten und gemeinsam etwas auf die Beine stellten. Und vor allem, wie freundlich sie miteinander umgingen. Wenn man mal von Taylors und Ellies kleinem Disput absah.

Natürlich musste ich auch an das Beach Cleaning kommende Woche denken. Ich hatte mit Sue nur kurz darüber gesprochen. Sie schien nicht sonderlich begeistert, und ich wollte sie damit auch nicht nerven. Vermutlich würde ich dieses Mal allein hingehen müssen. Wobei, so allein war ich gar nicht, denn möglicherweise war auch Ellie mit von der Partie. Und die anderen Schwestern, die ich kennengelernt hatte. Außerdem wäre es eine gute Chance, den zuletzt wohl eher negativen Eindruck bei Taylor wieder in ein besseres Licht zu rücken. So sehr ich mich auch auf meine Kurse konzentrieren wollte, ich driftete ständig gedanklich ab und dachte an das nächste Wochenende. Irgendwie konnte ich es kaum abwarten, auch wenn eine Strandreinigung nicht nach dem spaßigsten Event überhaupt klang. Im Endeffekt würde ich im Sand wühlen und Müll wegräumen. Das war eigentlich nichts, worauf man sich wirklich freuen konnte. Trotzdem brannte ich bereits darauf und wollte einfach nur, dass die Woche schnell vorbeiging.

Am Montag verabredete ich mich mit Sue in der Mensa zum gemeinsamen Mittagessen und war doch ein bisschen verwundert darüber, dass wir nicht allein waren. Chris hatte sich uns angeschlossen. Beziehungsweise er hatte sich Sue angeschlossen – und die hatte ihn einfach mitgenommen. Das war okay für mich, ich mochte Chris. Er war echt ein netter Kerl und ein guter Mitleidender im Theaterkurs.

Ich hatte mich dieses Mal für ein Gemüsecurry entschieden. Zum Glück fanden wir schnell einen freien Tisch und nahmen Platz.

»Wir waren am Wochenende beim Bauernmarkt der Zetas«, erzählte ich. »Gab es bei den Alphas eigentlich auch eine Veranstaltung?«

»Die Jungs haben sich am Sonntag zum Rugby getroffen, und man konnte zusehen. Ich bin natürlich hin, auch wenn Rugby jetzt nicht so meine Sportart ist. Ich mag lieber Football.« Chris zuckte mit den Schultern und widmete sich den Pommes auf seinem Teller.

»Am Wochenende machen die Zetas ein Beach Cleaning.«

»Echt? Cool! Machst du mit?«

Ich nickte und konnte meine Vorfreude kaum verbergen.

»Und was macht ihr am Wochenende? Habt ihr schon etwas vor?«

Auf einmal wurde es seltsam still an unserem Tisch, und ich merkte, dass irgendetwas nicht stimmte.

»Also«, begann Sue, doch sie zögerte und bedachte stattdessen Chris mit einem vielsagenden Blick.

»Wir gehen ins Kino«, offenbarte er mir schließlich.

Sue und Chris unternahmen etwas zusammen. War es ein …

Date? So schüchtern wie die zwei plötzlich wirkten, sah es ganz danach aus.

»Klingt doch super«, gab ich zurück und lächelte immer noch wie ein Honigkuchenpferd. Ich freute mich für die beiden. »Ich wünsche euch jedenfalls viel Spaß.«

Ich fragte mich, wann es bei den beiden wohl gefunkt hatte. Schon auf der Party der Verbindungsbrüder? Oder erst danach? Und seit wann ging das, was auch immer zwischen ihnen lief? So lange kannten sich die beiden ja noch nicht. Kleinlaut bedankten sich die beiden, und ich merkte, dass sie das Thema lieber beiseitelegen wollten.

»Was gibt's denn sonst Neues bei den Alphas?«, fragte ich daher. »Warst du schon mal im Verbindungshaus?«

Chris schlang seine Pommes herunter, bevor er zu einer Antwort ansetzte.

»Japp, am Sonntag. Da war sozusagen Tag der offenen Tür, und jeder konnte vorbeikommen und sich das Haus ansehen und Fragen stellen und so. Bei den Zetas war das Willkommenstreffen letzte Woche, oder?«

»Genau, am Donnerstag war ich da.«

»Und wie sieht's mit den Aufnahmeritualen bei denen aus? Sind die zu bewältigen?« Chris zog eine Augenbraue in die Höhe.

Ich erklärte ihm, dass man bei den Veranstaltungen der Verbindungsschwestern teilnehmen sollte, um eine Einladung zu erhalten, ehe man sich den Mutproben stellen musste.

»Ist das bei den Alphas ähnlich?« Sue bedachte Chris mit einem Blick, und ich konnte ihr ansehen, dass sie von den ganzen Ritualen und Prüfungen der Verbindungen nicht begeistert war.

»Fast«, antwortete Chris. »Wir müssen auch vorher zu den Veranstaltungen der Alphas kommen. Aber das sind eher Partys als Strandsäuberungen und Bauernmärkte.« Sue konnte sich ein Augenrollen nicht verkneifen. »Und wenn man eine Einladung bekommt, dann geht's an die typischen Aufnahmerituale der Alphas.«

»Schon eine Ahnung, was da auf dich zukommt?«, wollte ich von ihm wissen.

»So halbwegs. Es gibt bei den Alphas eine Sportveranstaltung, die nachts stattfindet. Angeblich müssen die Anwärter dabei einmal nackt über den Rasen flitzen, aber keine Ahnung, ob das wirklich stimmt.«

Ich schluckte, denn sofort wurde mir wieder bewusst, dass auch auf mich noch Mutproben warteten.

»Würdest du das denn wirklich machen? Also, nackt über den Rasen laufen?« Sue war wie immer sehr direkt.

»Klar, wenn es die Rituale verlangen.« Chris schien damit wirklich kein Problem zu haben, so locker wie er damit umging. Für mich wäre diese Aufgabe der absolute Horror. Klar wollte ich der Verbindung beweisen, dass ich aufgenommen werden wollte, aber so etwas würde ich nie im Leben machen.

»Du würdest dir auch das Logo der Alphas als Branding auf den Hintern brennen lassen«, witzelte Sue und klaute sich eine Pommes von Chris. Ihre Nudeln schmeckten ihr wohl nicht mehr.

»Wenn die Alphas mich dafür aufnehmen, wieso nicht?«

Okay, stopp. Das ging echt zu weit. Ein Branding auf dem Allerwertesten dafür, dass man in einer Verbindung aufgenommen wurde? Niemals würde ich so etwas über mich ergehen lassen. Chris störte das aber offensichtlich nicht.

»Gibt es solche Aufnahmebräuche bei euch wirklich?« Ich konnte es kaum glauben.

»Na ja, es gibt jetzt kein Branding auf den Arsch. Zumindest hoffe ich das.«

»Sondern?« Sue sah ihn herausfordernd an.

»Ich glaube, die lassen sich jedes Jahr etwas Neues einfallen, damit man nicht bei den vorigen Bräuchen abgucken kann. Auf den Partys machen sie oft ganz bestimmte Trinkspiele. Darauf bin ich auch schon sehr gespannt.«

»Du meinst, die hängen dich an den Beinen auf, und du musst durch einen Trichter einen halben Liter Bier exen?« Gekonnt hob Sue eine Augenbraue.

Trinkspiele. Auch darüber hatte ich mir bisher keine Gedanken gemacht. Ich war erst achtzehn Jahre alt, daher war Alkohol für mich noch für fast drei Jahre untersagt. Was nicht hieß, dass ich nicht schon mal an einem Bier genippt hatte. Aber es war mir viel zu herb, und ich fand den Schaum darauf super ekelig. Natürlich war ich mir bewusst, dass an Universitäten nicht selten Alkohol floss, erlaubt oder nicht, aber dann konnte ich immer noch *nein* sagen. Ich nippte zehnmal lieber an meiner langweiligen Cola, als auch nur einmal einen Schnaps trinken zu müssen.

Würde es bei den Zetas ebenfalls Partys geben, auf denen man sich blicken lassen musste? Ich würde solche Events lieber meiden, wenn ich konnte. Ich hatte mich nur auf die Frischlingsparty getraut, weil mich Sue begleitet hatte. Allein hätte ich es wahrscheinlich niemals gewagt. Vielleicht konnte ich demnächst mal Ellie fragen, wenn ich sie wiedersah.

»Auch das ist möglich«, antwortete Chris gelassen.

»Ich find's super albern, aber mach du mal.« Sue lehnte sich seufzend in ihrem Stuhl zurück.

»Mach ich auch.« Chris störte es nicht, dass Sue kein gutes Bild von den Verbindungen hatte. Hatte sie ihm erzählt, dass sie Verbindungen elitär und sexistisch fand?

In mir löste das alles ein ziemliches Magengrummeln aus, und ich verlor immer mehr den Appetit auf mein Essen. Unmotiviert schob ich den Rest meines Gemüsecurrys von rechts nach links.

»Bist du schon satt?«, fragte mich Chris, und ich nickte nur, weil ich nicht näher darauf eingehen wollte.

Diese ganzen seltsamen Aufnahmerituale machten mir wirklich Angst. Ich wollte keineswegs an einem Trinkwettbewerb teilnehmen oder mich auf einer Party bis auf die Knochen blamieren. Das war nicht ich. Ich war eher introvertiert. Definitiv war ich keine Partylöwin.

Chris schnappte sich meinen Teller und hatte keine Probleme damit, meine Reste zu essen.

»Meint ihr, bei den Zetas wird es auch so sein?« In meiner Stimme schwang Vorsicht mit.

»Ach, das glaube ich irgendwie nicht.« Chris blickte von dem Essen auf, und sofort machte sich Erleichterung in mir breit.

»Die Zetas sind ganz anders als die Alphas. Bei den Jungs wird eben viel Wert aufs Feiern gelegt.«

»Und bei den Zetas nicht?«

Chris schüttelte den Kopf. »Nein, ich glaube, die machen mehr so Spendenaufrufe und Feste auf dem Campus. Das ist zumindest das, was ich bisher mitbekommen habe. Ich kann mich natürlich auch irren. Die Schwestern machen wohl jedes Jahr irgendetwas anderes: Bauernmarkt, Losbude, Abendgala … Und wir pflegen halt unsere bestimmten Traditionen und Rituale.«

»Ach, und Partys gehören dazu?« Den gehässigen Ton konnte man in Sues Stimme deutlich hören.

»Na klar«, lachte Chris. »Wie auch immer. Aber was ich dir sagen kann, ist, dass Zetas und Alphas eine kleine Rivalität zueinander haben. Das geht wohl schon seit Anbeginn so. Liegt wohl daran, dass beide darum kämpfen, die beliebteste Verbindung auf dem Campus zu sein.«

Sue schien mein Unwohlsein zu bemerken, denn plötzlich spürte ich ihre Hand auf meinem Rücken. »Mach dir mal keine Sorgen, das wird schon.«

Aber insgeheim malte ich mir bereits die unangenehmsten Situationen aus und dachte darüber nach, vielleicht doch lieber zu passen.

»Die Jungs sind ganz anders, Stella. Wirklich. Ich wollte dir echt keine Panik machen oder so.«

In Chris' Blick lag die Unschuld pur, doch so nett er seine Worte auch meinte, richtig überzeugen konnte er mich davon nicht.

»Schau mal, die Mädels organisieren als Nächstes dieses Beach Cleaning. Bei den Alphas steht als Nächstes eine Party im Verbindungshaus an. Allein das zeigt doch schon, wo die Prioritäten liegen, nicht wahr?«

Chris hatte natürlich recht, aber hatte sich die Angst erst mal manifestiert, war sie schwer zu vertreiben.

»Ja, stimmt auch wieder«, gab ich dennoch zurück.

»Außerdem, du musst nichts machen, was du nicht willst.«

Damit traf Sue voll ins Schwarze. Ich war mir durchaus bewusst, dass mich niemand zu diesen Schritten zwang. Wenn ich aussteigen wollte, dann konnte ich dies jederzeit tun.

Ich lächelte matt. »Wollen wir unsere Teller mal loswerden?«

Auf dem Weg zur Geschirrrückgabe versuchte ich mir auszumalen, was Ellie wohl alles getan hatte, um bei den Zetas einzutreten. Sie schien offenherzig genug, um jeden Spaß mitzumachen. Doch gleichzeitig hatte sie etwas an sich, das gegen typische Regeln und Normen verstieß, und ich fragte mich, was sie in der Verbindung hielt.

Die blauen Haare. Ihre freche Art. Dieses verschmitzte Lächeln.

Egal, was auf mich zukam. Ich würde es schon irgendwie überstehen.

Kapitel 12

Die Woche verlief schleppend. Am Samstag war ich schon viel zu früh wach, was meinem Hirn leider noch mehr Zeit zum Nachdenken gab, was bei der Aufnahme in die Verbindung womöglich schiefgehen konnte. Sue schlief, und ich erledigte in der Zeit einige Hausaufgaben, um mich abzulenken. Gegen dreizehn Uhr wollte ich los zum Strand. Das Beach Cleaning stand an. Ich hatte erst überlegt, mit dem Bus zu fahren, doch das Wetter war so schön, dass ich die zwanzig Minuten Fußweg aufbringen wollte. Die Zeit schritt nur langsam voran, und ich hatte das Gefühl, dass sie mich absichtlich quälte.

»Guten Morgen, Schlafmütze«, begrüßte ich Sue, als sie sich endlich auf ihrer Matratze räkelte.

»Morgen.« Sue war noch ziemlich zerknautscht und hatte schwere Ränder unter den Augen. Das wunderte mich kaum, so viel wie sie unter der Woche unterwegs gewesen war. Während ich meist in unserem Zimmer einen Film geschaut oder in einem Buch gelesen hatte, war Sue ständig um den Campus gezogen. Mal mit Chris, mal mit ein paar anderen Kommiliton*innen, die sie gerade erst kennengelernt hatte. Sue lebte das typische Studierendenleben, wohingegen ich die Buchliebhaberin blieb, die ich nun einmal war.

»Bist du bereit für dein Date mit Chris heute Abend?«

Murmelnd zog sich Sue die Decke über den Kopf.

»Ich würde es nicht zwangsweise als Date bezeichnen.« Ihre Stimme war unter der Decke leicht gedämpft, doch ich konnte sie gut verstehen.

»Sondern als was?«

»Als ... was auch immer.«

War es Sue unangenehm, dass ich sie auf das Treffen mit Chris ansprach? Ich hatte irgendwie geglaubt, dass es zwischen den beiden ordentlich gefunkt hatte. Vielleicht irrte ich mich da auch. Es war ja nicht so, als hätte ich besonders viel Ahnung von diesem Thema.

»Musst du nicht los zu deinem Rettet-die-Umwelt-Seminar mit den Hühnern?« Ich ging nicht weiter darauf ein, dass sie die anderen Schwestern als Hühner bezeichnete.

»Erst in zwei Stunden«, gab ich zurück. »Ich mache noch die Hausaufgaben fertig, und dann gehe ich los.«

»Hausaufgaben ... Da war etwas.«

Erst jetzt befreite sich Sue von ihrer Decke und stand langsam von der Matratze auf, die laut quietschte.

Es war echt heftig, wie stark wir uns voneinander unterschieden, wenn es um Eigenverantwortung ging. Ich erledigte meine Hausaufgaben gewissenhaft und eigentlich immer sofort. Sue dagegen schien alles bis auf den letzten Drücker hinauszuzögern. Falls sie sich überhaupt an ihre Aufgaben setzte.

Irgendwie schaffte ich es, die nächsten zwei Stunden hinter mich zu bringen, und verabschiedete mich schließlich von meiner Mitbewohnerin.

Für das Beach Cleaning trug ich eine Jeans und einen leichten dunkelroten Sweater, unter dem ich ein T-Shirt angezogen hatte. Vor allem am Wasser konnte doch mal eine kühle Brise wehen, da war es besser, man war vorbereitet.

Ich ließ mich auf dem Weg zum Strand über Kopfhörer mit Musik beschallen und checkte auf meinem Smartphone immer wieder die Karte, damit ich mich nicht verlief. Mein Orientierungssinn war relativ in Ordnung, aber ich wollte nicht unnötig Zeit verlieren, indem ich eine falsche Abbiegung nahm. Außerdem kannte ich mich in Haydensburgh viel zu schlecht aus, um einfach draufloszugehen und den Schildern zum Strand zu folgen.

Tatsächlich war der Weg relativ leicht zu finden, und als ich in die nächste Straße einbog, konnte ich bereits die typische Meeresluft riechen. Eine angenehme Brise wehte mir um die Nase. Die Luft roch salzig und frisch.

Ich liebte das Meer. Früher war ich mit meinen Eltern immer im Urlaub in ein Strandhaus gefahren. Ich verband mit dem Meer die Unbeschwertheit, die ich damals gefühlt hatte.

Meine Schritte trugen mich immer näher an den Strand, bis ich den Sand unter meinen Turnschuhen spürte. Ich zog meine Kopfhörer ab und vernahm das bunte Stimmengewirr am Wasser. Einige Menschen unterhielten sich, andere lachten entspannt. Das Event war bereits voll im Gange. Die Schwestern hatten lange Gabeln in den Händen, mit denen sie den Müll aufpickten und in große blaue Beutel steckten. Sofort bemerkte ich Taylor, die aufblickte und mich entdeckte, doch dann hörte ich eine mir sehr bekannte Stimme.

»Hey Tollpatsch!«

Ellie stand einige Meter von mir entfernt und winkte mit ihrer Gabel in meine Richtung. Unbeholfen hob ich meine Hand und winkte zurück. Gerade wollte ich überlegen, ob ich am besten auf Taylor oder Ellie zugehen sollte, da kam Ellie bereits auf mich zu.

»Ich mach das schon«, rief sie Taylor zu, die sich ebenfalls in dem Augenblick regte. Sie war leider zu weit weg von mir, so dass ich ihre Reaktion nicht genau einfangen konnte. Wirkte sie froh oder sauer darüber, dass sich Ellie und nicht sie zuerst um die Neulinge kümmerte?

Als Ellie kaum noch einen Meter von mir entfernt war, grinste sie mich breit an.

»Na, alles klar bei dir?«

Ich zuckte etwas unsicher mit den Schultern. »Ja, klar«, war alles, was ich rausbrachte.

»Cool, dass du gekommen bist.« Ihr Lächeln machte mich so nervös, dass ich vollends verstummte.

»Du kannst dir hier drüben eine der Aufpickgabeln und einen Müllbeutel nehmen und einfach loslegen.« Ellie wies mit dem Kinn nach rechts, und ich sah auf dem Boden das Arbeitsmaterial für diesen Tag. Jemand hatte die Müllbeutel auf den Sand und darüber die Gabeln gelegt, damit sie bei dem Wind nicht wegflogen.

»Okay.«

»Und wenn du Fragen hast, komm einfach rüber, ja?«

Ich nickte und bemerkte, wie mir Ellie zuzwinkerte, ehe sie auf dem Absatz kehrtmachte und sich wieder ihrer eigentlichen Aufgabe widmete. Ich rollte meine Sweater-Ärmel ein Stück hoch, schnappte mir eine Gabel und einen Beutel und machte mich ans Werk. Ich entschied, vor allem in Wassernähe nach Müll zu suchen, und sofort entdeckte ich die unterschiedlichsten Müllarten. Zigarettenstummel, Kronkorken, sogar Plastikstrohalme. Die Leute ließen echt jeden Scheiß zurück. Ich hatte noch nie verstanden, wieso man sein Zeug nicht einfach in den Mülleimer werfen konnte. Das war kein Aufwand, hier standen doch überall welche! Stattdessen verschmutzten diese Leute lieber so schöne Orte wie diesen und schadeten damit auch noch den Tieren und generell der Umwelt.

Ich ließ meinen Blick über den Strand gleiten. Die meisten Schwestern und Anwärterinnen waren für sich allein unterwegs, doch manchmal hatten sich auch ein paar kleine Gruppen gebildet, die gemeinsam den Müll in die großen Tüten packten. Es war wirklich schön zu sehen, wie die Frauen zusammenarbeiteten, und ich wünschte mir insgeheim, dass ich die Leute hier besser kennen würde. Dann hätte ich mich vielleicht auch getraut, mich einer Gruppe anzuschließen. Auch zu Ellie wollte ich nicht aufschließen, denn immerhin war sie eine der Präsidentinnen der Verbindung. Da gab es bestimmt irgendwelche absurden Regeln, dass man als Anwärterin die Präsidentinnen nicht nerven sollte. Ich hatte ja schon auf dem Bauernfest erlebt, was passierte, wenn sich die Präsidentin mit einer Anwärterin zu sehr zusammentat.

»Hey, schön, dass du gekommen bist«, holte mich eine Stimme aus meinen Gedanken. Ich drehte mich um, und dort stand eine der Schwestern. Sie hatte ebenso dunkle Augen wie Haare und ein freundliches Lächeln, das mich sogleich willkommen hieß. Sie kam mir sehr bekannt vor.

»Hey«, entgegnete ich noch etwas schüchtern, auch wenn ich mich insgeheim sehr darüber freute, dass eine der Schwestern auf mich zugekommen war.

»Ich bin Samirah. Schön, dich kennenzulernen.«

»Stella, hi. Du warst auch auf dem Bauernfest beim Trödel, oder?« Jetzt wusste ich auch, woher ich sie kannte. Etwas nervös pikte ich mit der Gabel im Sand herum.

»Ja genau, wir haben einander gewinkt. Freust du dich schon auf die Mutproben, die wir uns für euch ausgedacht haben?«

Ich wollte ganz ehrlich zu ihr sein. »Es geht, ich hab schon irgendwie ein bisschen Schiss.«

»Musst du gar nicht haben«, meinte Samirah. »Das schaffst du locker.«

»Danke, ich gebe mein Bestes.«

»Das glaube ich dir sofort.«

Samirah erzählte mir, dass sie schon seit fünf Semestern bei den Zeta Kappa Sigmas ist, und ich traute mich sogar, sie ein bisschen über das Leben im Verbindungshaus auszufragen. Irgendwann verabschiedete sich Samirah von mir und schloss sich einer Gruppe von drei Zetas an. Nach und nach sammelte ich den Müll ein, den ich fand, und mit jedem Teil, das in meiner Tüte landete, wollte ich noch heftiger den Kopf über die Menschheit schütteln. Ich fiel in eine Routine: Müll finden, aufheben, ab in den Beutel damit und von vorne beginnen.

Als ich jedoch gerade einen Plastikbehälter entsorgte, schallte eine glockenhelle Stimme über den Strand. Es war ein schrilles Lachen. Ausgelassen und glücklich. Und natürlich kam es von niemand anderem als Ellie. Sie war gut zehn Meter von mir entfernt, doch ich konnte genau sehen, wie sie sich das Shirt über den Kopf zog, es achtlos in den Sand warf und sich auch ihrer Hose entledigte, bis sie nur noch im Bikini am Strand stand. Ich würde in dem Look vermutlich erfrieren.

»Beach Party«, rief sie laut, und ich bemerkte, wie einige weitere Schwestern in ihrer Nähe ebenfalls die Oberteile auszogen. Für den Moment wusste ich nicht, ob ich grinsen oder weiter so irritiert gucken sollte, wie ich es gerade tat. Was ging denn bitte da ab? Waren wir nicht hier, um den Müll aufzusammeln? Von einer Strandparty war zumindest meines Wissens nach nie die Rede gewesen. Ich entschied, mich auf meine Arbeit zu konzentrieren, doch mein Blick glitt immer wieder zu den anderen. Nein, nicht zu den anderen. Zu Ellie. Sie trug ein blaues Bikini-Oberteil, das perfekt zu ihren gefärbten Haaren passte. Sie war schlank, vielleicht sogar ein wenig schlaksig, wenn ich sie genauer betrachtete. Und da fiel mir auf, dass ich mit meinem Blick förmlich an ihr klebte und instinktiv in ihre Richtung lief. Ich spürte, wie sich eine Wärme in mir ausbreitete, und hoffte, dass mein Kopf nicht plötzlich hochrot geworden war. Hinter der Stirn fühlte es sich viel zu heiß an. Oder waren das die leicht herbstlichen Temperaturen am Strand, die mich so aus dem Konzept brachten?

Auf einmal stimmte Ellie ein bekanntes Lied von den *Backstreet Boys* an, sang lauthals und schief, während sie weiter Müll aufsammelte. *Tell me why* ... Ein paar der Mädels, die ebenfalls im Bikini oder Badeanzug am Strand standen, stimmten in ihren Gesang mit ein, und das Beach Cleaning verwandelte sich in ein buntes Fest. *Ain't nothin' but a heartache.*

Ganz zum Missfallen von Taylor, wie ich nun bemerkte. Sie stapfte rüber zu Ellie, und allein an ihren Schritten konnte ich sehen, dass sie wütend war. Mal von den Zornesfalten abgesehen.

»Spinnst du eigentlich?«, keifte Taylor sie an.

»Was denn? Wieso regst du dich so auf?«

»Weil wir hier einen Strand säubern und keine Party feiern! Wir sind nicht die Alphas!« Taylor hatte die Hände in die Hüften gestemmt und sah wirklich furchterregend aus.

»Wir haben doch nur ein bisschen Spaß beim Aufräumen«, konterte Ellie, und mittlerweile war ich so nah bei der Gruppe angekommen, dass ich sah, wie sie die Augen rollte.

»Spaß ist schön und gut, aber das hier ist albern!«

»Was findest du denn bitte daran albern, Taylor?«

»Vielleicht die Tatsache, dass ihr halb nackt am Strand steht und laut singt?«

»Und genau das nennt man Spaß. Aber davon verstehst du ja sowieso nichts.«

Taylor schien tatsächlich für einen Augenblick sprachlos zu sein. Aber nur für einen Herzschlag lang. Dann ging es erst richtig los.

»Ellie, dein Verhalten ist für eine Zeta-Präsidentin unmöglich!«

»Vielleicht solltest du deinen Stock mal aus dem Hintern ziehen. Die Verbindung ist schon längst nicht mehr so verstaubt, wie du es gern hättest.«

Ich wollte mich wirklich auf den Müll konzentrieren, doch bei dem Lärm, den die beiden verursachten, war das kaum möglich.

»Die Schwesternschaft der Zeta-Verbindung geht über deine eigenen Bedürfnisse, das solltest du nie vergessen, Ellie. Und als Präsidentin hast du eine Vorbildfunktion, die du gerade dermaßen verletzt, dass es nicht mehr witzig ist.«

»Also, ich finde, dass ich dieses langweilige Beach Cleaning gerade ein bisschen aufgepeppt habe. Oder nicht, Mädels?«

Ellie blickte sich über die Schulter nach den anderen Studentinnen um, doch von ihnen kam nur Gemurmel zurück. So richtig wollte sich keine gegen Taylor auflehnen. Das konnte ich gut nachvollziehen, sie war auch wirklich angsteinflößend, wie sie sich vor Ellie aufgebaut hatte.

»Es ist mir egal, was du denkst. Wir sind hier zum Saubermachen, also halt dich gefälligst daran und mach weiter. Ohne dein Gesinge. Und ohne Peepshow.«

Ellie holte tief Luft, doch dann hielt sie inne. Irgendetwas veränderte sich in ihren Gesichtszügen, die mit jeder Sekunde ein bisschen auflockerten. Es wirkte fast so, als würde Ellie das Handtuch werfen.

»Du kannst mich echt mal, Taylor.« Sie machte auf dem Absatz kehrt und widmete sich wieder dem Müll im Sand. Zwar sang sie jetzt nicht mehr, dafür machte sie keine Anstalten, sich wieder etwas anzuziehen. Das nannte man dann wohl ein Patt.

Ich fragte mich, wie Ellie mit ihrer aufbrausenden Art überhaupt Präsidentin geworden war. Wahrscheinlich hatte es den Zetas einfach gefallen, dass Ellie frischen Wind in die Verbindung brachte. Normalerweise übte den Posten nur eine Schwester aus. Es hatte also vermutlich bei der Wahl Gleichstand gegeben – und eine Einigung darauf, gemeinsam zu regieren.

Taylor war so perplex, dass sie gar nichts darauf sagte und für einen Moment einfach nur still stand, ehe auch sie sich von Ellie losriss und mit ihrer Aufgabe beschäftigte.

In den nächsten Minuten sagte niemand ein Wort. Alle waren ganz fokussiert darauf, den Strand so sauber wie möglich zu bekommen.

Als mein Müllbeutel ordentlich gefüllt war, ging ich zu der Station mit dem Equipment und stellte den vollen Sack dort ab. Einige Schwestern und Anwärterinnen waren bereits nach Hause gegangen, doch ich blieb noch und nahm mir einen neuen Müllbeutel, da ich die anderen nicht im Stich lassen wollte. Es ging schneller, wenn mehrere Leute mit anpackten.

Ich wusste gar nicht, wie viel Zeit vergangen war, als ich den nächsten vollen Müllbeutel abgab. Mittlerweile hatten sich die meisten bereits verabschiedet, und auch ich war fix und alle. Für den Moment überlegte ich, ob ich Ellie und Taylor irgendwie tschüss sagen sollte, doch die beiden waren noch mit der Arbeit beschäftigt, und ich wollte sie nicht stören. Trotzdem beschlich mich das Bedürfnis, mit Ellie noch mal allein zu sprechen. Sollte ich einfach auf sie zugehen? Ich machte einen Schritt in ihre Richtung, doch sobald ich diesen Schritt gewagt hatte, kam es mir albern vor. Was, wenn sie nach der Sache mit Taylor mit niemandem reden wollte? Also packte ich meine Sachen zusammen und machte mich auf den Rückweg.

Weil ich so erledigt war, nahm ich dieses Mal den Bus, und ich musste echt aufpassen, nicht einzuschlafen. Mein Kopf war an die Fensterscheibe gelehnt, und ich sah zu, wie einige Häuser und Geschäfte an mir vorbeizogen. Der Tag war echt anstrengend gewesen. Dennoch fühlte es sich gut an, einen sinnvollen Beitrag für die Umwelt geleistet zu haben. Auch wenn mir der Streit zwischen Ellie und Taylor noch nachhing. Mir war schon beim Bauernfest aufgefallen, dass irgendetwas zwischen den beiden stand. Dabei waren sie doch Schwestern. Musste man da nicht automatisch zusammenhalten?

Irgendwann bemerkte ich, dass meine Gedanken mehr und mehr von Taylor abschweiften und sich nur noch um Ellie drehten. Ellie, die so ungehemmt gesungen hatte. Ihr war völlig egal gewesen, ob sie dabei die Töne traf. Wie sie in ihrem Bikini die Hüften geschwungen hatte. Ich fand daran absolut nichts verwerflich. Es stimmte schon, dass man sich auf die Arbeit konzentrieren sollte, aber es war ja auch nicht so gewesen, als hätte Ellie das Müllsammeln plötzlich vernachlässigt. Sie hatte weitergemacht – und gleichzeitig Spaß gehabt. Außerdem hatte Ellie die anderen Mädels motiviert. Und das machte doch eine gute Präsidentin aus, oder nicht? Ich verstand schon, wieso Taylor so darauf pochte, dass alles ordentlich und geregelt ablief, aber Ellie hatte meiner Meinung nach auch recht: Man musste ein bisschen Spaß bei der Arbeit haben dürfen. Die beiden waren zwei Extreme, die sich nicht auf einen Mittelweg hatten einigen können. Und genau das war ihr Problem.

Als ich aus dem Bus ausstieg, dachte ich immer noch darüber nach, wie frei und wild Ellie gewirkt hatte. Sie war so verdammt anders als ich. Aufgeschlossen, mit einem lauten Organ gesegnet und unbeschwert. Glücklich. Ich wünschte, ich könnte mir ein wenig ihrer Coolness nehmen und etwas lockerer werden. Aber das war nicht so leicht, wie es sich anhörte.

Ich bemerkte, wie sich die Bilder in meinem Kopf unaufhaltsam veränderten und ich plötzlich Revue passieren ließ, wie Ellie in dem blauen Bikini ausgesehen hatte. Dabei begriff ich überhaupt nicht, warum mir mein Hirn jetzt solche Momentaufnahmen sandte. Wieder war da das Gefühl vom Strand, als auf einmal meine Hände ganz warm geworden waren und sich das Blut in meinem Kopf gestaut hatte. Ellie, die sich mit der Zange in der Hand tief bückte und einen unzensierten Blick auf ihren Hintern preisgab.

Wow. Stopp. Wo kam das denn plötzlich her? Meine Schritte auf dem Campus wurden schneller, und ich versuchte, an etwas anderes zu denken. Ob Sue schon auf dem Weg zu ihrem Kino-Date war? Welchen Film würden die beiden eigentlich schauen? Und wie lange war ich eigentlich am Strand gewesen? Mit einem Blick auf meine Uhr stellte ich fest, dass ich den ganzen Nachmittag am Wasser verbracht hatte.

Als ich in mein Zimmer kam, war Sue nicht mehr da. Ihr Date war also schon in vollem Gange. Ich musste zugeben, dass ich wirklich gespannt war, was sie davon berichten würde. Aber erst einmal fiel ich einfach nur erschöpft auf meine Matratze.

Kapitel 13

Am nächsten Morgen wurde ich gegen zehn Uhr wach und rieb mir den Schlaf aus den Augen. Mein erster Blick ging rüber zu Sue, die noch in den Federn lag und schlief. Ich war wohl so fertig gewesen, dass ich gleich eingeschlafen war. Nicht einmal ihre Rückkehr hatte ich mitbekommen. Leise stieg ich aus dem Bett, ging auf Zehenspitzen ins Badezimmer, und als ich wiederkam, war ich froh zu sehen, dass Sue aufgewacht war.

»Guten Morgen«, begrüßte ich sie fröhlich.

»Morgen.«

Ich ließ ihr ein bisschen Zeit, um klarzukommen, und kochte schon mal Kaffee. War es gestern bei ihr sehr spät geworden? Hatte sie Spaß gehabt? Am liebsten hätte ich sie mit all den Fragen überrollt, doch ich wartete geduldig ab, bis sie sich im Bett aufgesetzt hatte.

Derweil goss ich Kaffee ein, reichte ihr eine Tasse und setzte mich auf mein eigenes Bett.

»Na, wie war dein Beach Cleaning?« Insgeheim war ich echt froh, dass Sue nachfragte, und ich spürte, wie sich meine Mundwinkel nach oben zogen. Selbst wenn der Tag unheimlich anstrengend gewesen war, hatte es Spaß gemacht.

»Echt gut«, entgegnete ich und nahm einen Schluck von meinem Kaffee. »Wir haben viel geschafft, und der Strand ist jetzt ein bisschen sauberer.«

»War diese Ellie eigentlich auch dabei?«

Ich zögerte einen Moment und knibbelte an meiner Nagelhaut, ehe ich ein gedämpftes »Ja«, erwiderte.

Sue nickte bloß und pustete in ihre Tasse, damit der Kaffee nicht mehr so verdammt heiß war.

»Freut mich, wenn du einen guten Tag hattest.«

»Und ich habe eine der Schwestern kennengelernt, Samirah.«

»Ein voller Erfolg, sozusagen.«

Das stimmte, auch wenn es zu einer Auseinandersetzung zwischen den Präsidentinnen gekommen war. Ich wollte jetzt aber nicht über meine Erlebnisse beim Beach Cleaning reden. So langsam hielt ich es vor lauter Aufregung kaum noch aus, ich wollte endlich in Erfahrung bringen, wie das Date zwischen Chris und ihr gelaufen war.

»Und wie war dein Abend?«, fragte ich daher.

Sue ließ sich bei ihrer Antwort Zeit und nippte erst einmal an ihrem Kaffee.

»Gut, echt gut«, begann sie und richtete sich im Bett noch ein Stückchen höher auf. »Der Film hat uns beiden gefallen. Chris war so nett und hat mich sogar eingeladen. Danach sind wir noch über den Campus gelaufen und haben ein bisschen gequatscht.« Ob sie wirklich nur miteinander geredet hatten oder ob da noch mehr zwischen den beiden gelaufen war, verriet sie mir nicht, und ich war viel zu schüchtern, um danach zu fragen. Egal, wie neugierig ich war.

»Geht ihr noch mal miteinander aus?«, hakte ich stattdessen nach.

Sue nickte langsam.

»Wir haben noch nichts Konkretes ausgemacht, aber ich denke schon.« Auf einmal schlich sich auf ihr Gesicht ein breites Grinsen, und es war echt schön zu sehen, wie sehr sie sich freute. Vielleicht würde das zwischen ihr und Chris wirklich funktionieren. Das hatte ja noch Zeit. Wir waren gerade mal zwei Wochen an der Universität. Wer wusste schon, was die Zukunft brachte.

Die kommenden Wochen gingen rasend schnell an mir vorbei. Es war mittlerweile Mitte Oktober. Ich war so beschäftigt mit meinen Kursen und den Hausaufgaben, dass mir für alles andere kaum noch Zeit blieb. Die ersten Tage hatte es noch eine Art Schonfrist für uns Neulinge gegeben, und dann war es so richtig losgegangen. Ich verbrachte meine Nachmittage in der Bibliothek anstatt im Zimmer mit Sue und steckte meine Nase in die schweren Bücher. Meine größte Angst war es, eine neue Veranstaltung der Zeta-Schwestern zu verpassen, weil ich so sehr mit Lernen beschäftigt war. Jeden Abend versuchte ich, am schwarzen Brett vorbeizugehen, damit ich immer ein Auge auf die Events hatte. Allerdings schien auch die Schwesternschaft nun vollends im Lernsumpf versunken zu sein, denn bis auf einen Kuchenverkauf hatte nichts bei ihnen angestanden. Dabei hätte ich die Schwestern gerne wiedergesehen. Allen voran natürlich Ellie. Aber auch mit Samirah verstand ich mich gut.

Für den Kuchenverkauf hatte ich mitten in der Nacht extra einen veganen Apfelkuchen vorbereitet. Nach meinen Kursen war ich noch einkaufen gegangen und froh darüber gewesen, dass die Küche nicht besetzt gewesen war. Um elf Uhr abends war außer mir wohl niemand auf die Idee gekommen, noch einen Kuchen zu backen.

Aber es hatte sich gelohnt. Ich war am nächsten Tag mit dem Kuchen zum Zeta-Haus gegangen und hatte ihn zu den anderen gestellt. Es hatte vor dem Haus einen kleinen Basar gegeben, und die Schwestern verkauften die Kuchenstücke an die Studierenden. Der Erlös ging in die Spendenkasse der Verbindung. Sofern ich es beurteilen konnte, war mein Apfelkuchen auch ganz gut angekommen – zumindest nahm ich am Ende einen leeren Teller mit nach Hause und begegnete Taylor, die mir zuzwinkerte, was ich als gutes Zeichen interpretierte.

Am Sonntag hatte ich vorerst alle Pflichtaufgaben erfüllt und konnte endlich mal faul auf meinem Bett liegen und eine Serie anschauen. Sue kam am Nachmittag zurück, sie hatte mal wieder ein Date mit Chris. Es freute mich wirklich sehr zu sehen, wie gut sich ihre Beziehung entwickelte.

»Na, was habt ihr Schönes getrieben?« Herausfordernd wackelte ich mit meinen Augenbrauen und grinste Sue an.

»Wir waren nur spazieren«, gab sie augenrollend zurück.

»Dann frage ich anders: Hattet ihr einen guten Spaziergang?«

»Ja, danke der Nachfrage.« Was so viel bedeutete wie *nerv mich nicht*, und ich musste mich nach einem anderen Thema umsehen.

»Unfassbar, dass wir jetzt schon über einen Monat studieren, oder?«

Ich konnte es kaum fassen, wie die Zeit an mir vorübergeflogen war. Anfänglich war ich super aufgeregt gewesen, diese Anspannung hatte sich mittlerweile gelegt. Jetzt kannte ich die ganzen Menschen in meinen Kursen und auch die Professor*innen. Allerdings würde demnächst der Klausurenstress über mich einbrechen.

»Ach, echt? Schon?« Sue legte ihren Rucksack auf dem Bett ab und packte die Tasche aus.

Im Gegensatz zu Sue hatte ich jede Woche mitgezählt.

»Japp, morgen sind es genau 43 Tage, die wir hier sind.«

»Wow … Hab ich gar nicht mitbekommen.« Nachdem Sue ihren Rucksack ausgeräumt hatte, setzte sie sich ebenfalls aufs Bett und begann damit, ihre Fingernägel schwarz zu lackieren.

»Hast du mittlerweile einen Lieblingskurs?«, wollte ich von ihr wissen.

Man konnte ihr ansehen, dass sie mit den Gedanken noch bei ihrem Date hing. Trotzdem antwortete sie.

»Ich glaube, Kreatives Schreiben gewinnt. Und bei dir?«

Da musste ich wirklich nicht lange überlegen.

»Definitiv Amerikanische Literatur bei Professorin Simmons.«

»Wie sieht's eigentlich bei den Zetas aus, müssten die sich nicht bald für jemanden entscheiden?«

Sofort erhellte sich meine Mimik.

»Ja, am Dienstag ist die Auswahl.«

Ich war schon total nervös deswegen. Ich wusste nicht, ob meine Beteiligung beim Bauernfest, Beach Cleaning und Kuchenverkauf ausreichend war, um tatsächlich eine Einladung zu erhalten. Vermutlich kam es auch darauf an, wie sich die anderen Anwärterinnen schlugen, und darauf hatte ich leider keinen Einfluss.

»Dann drücke ich dir mal die Daumen.« Sue nickte, und auch wenn sie nicht viel von den Verbindungen hielt, bedeutete es mir die Welt.

»Danke. Eigentlich habe ich ein gutes Gefühl, aber man weiß ja nie.«

Am Dienstagabend war es dann endlich so weit. Pünktlich kam ich im Verbindungshaus an und machte es mir auf einem der Sofas im Wohnzimmer zwischen den anderen bequem. Samirah winkte mir von einer Couch aus zu, und ich lächelte zurück. Taylor und Ellie standen bereits parat, doch sie warteten noch ein paar Minuten, bis der Raum wirklich voll war.

»Guten Abend, liebe Schwestern und Anwärterinnen«, begrüßte uns Taylor, und sofort war es still im Bienenstock.

»Euer Warten hat heute ein Ende: Wir teilen die Einladungen an diejenigen aus, die sich in den letzten Wochen besonders für die Verbindung engagiert haben. Natürlich fiel uns die Auswahl nicht leicht. Ellie und ich haben sorgfältig darüber nachgedacht, und es haben nur die Frauen geschafft, die uns wirklich im Gedächtnis geblieben sind.«

Erinnerungswürdig war ich dank des Streits zwischen Ellie und Taylor auf dem Bauernmarkt auf jeden Fall. Fragte sich nur, ob das tatsächlich etwas Gutes war.

»Zwanzig Frauen haben es in die nächste Runde geschafft.«

Wir waren weit über zwanzig Anwärterinnen, und einige würden leer ausgehen. Ich hoffte, dass ich nicht dazu gehörte.

»Wenn wir euren Namen aufrufen, dann tretet ihr bitte nach vorne und holt euch eure Einladung ab«, erklärte Ellie und grinste breit. Für einen Moment lang trafen sich unsere Blicke, und als sie mir zuzwinkerte, musste ich schwer schlucken. Hatte das etwas zu bedeuten?

Taylor kramte aus ihrer Handtasche einen Zettel hervor, auf dem die Namen der Anwärterinnen standen. Dann las sie einen Namen nach dem anderen vor. Es beunruhigte mich, dass die Namen nicht alphabetisch sortiert waren, denn so war die Spannung kaum auszuhalten, ob mein Name noch aufgerufen wurde.

»Serena.« Eine Studentin mit glattem schwarzem Haar quietschte fröhlich und klatschte in die Hände.

»Brittainy.« Dieses Mal zog eine junge Frau in einem sportlichen Hoodie die Aufmerksamkeit auf sich, die freudig von der Couch aufsprang.

»Stella.«

Ich spürte, wie auf einmal alle Blicke an mir hafteten, doch ich begriff im ersten Moment überhaupt nicht, wieso. Kurz wurde es still im Raum, ehe Taylor erneut die Stimme erhob. »Stella«, wiederholte sie, und erst jetzt schnallte ich, dass die Präsidentin gerade wirklich meinen Namen aufgerufen hatte. Ich stand auf der verdammten Liste und gehörte somit nun zu den zwanzig Anwärterinnen, die weiterhin die Chance hatten, in die Verbindung aufgenommen zu werden! Ich schlug die Hände vor meinem Mund zusammen und musste so breit grinsen, dass ich auch nicht damit aufhören konnte, als Taylor den nächsten Namen auf der Liste vorlas. Samirah zeigte mir ihren ausgestreckten Daumen, was mich nur noch mehr zum Grinsen brachte.

Die übrigen Namen glitten an mir vorbei wie ein Rauschen, und ehe ich mich versah, hatte Taylor den letzten Namen vorgetragen.

»Es tut mir leid für alle, die nicht auf der Liste stehen. Aber ich muss euch jetzt bitten, das Haus zu verlassen. Ihr könnt es beim nächsten Mal gerne noch mal bei uns versuchen.«

Ich beobachtete, wie einige Anwärterinnen geknickt aus dem Wohnzimmer gingen, und ich war dermaßen froh darüber, dass ich nicht zu ihnen gehörte.

Erst als es wieder ruhiger wurde, faltete Taylor die Liste zusammen, steckte sie in ihre Handtasche und ließ Ellie den Vortritt.

»Ich hoffe, ihr wisst, was jetzt auf euch zukommt.« Sie lächelte so weit, dass ich ihren glitzernden Zahnstein auch aus der Ferne sehen konnte. »Als Nächstes warten auf euch mehrere Mutproben, die ihr bestehen müsst. Damit wollen wir testen, ob ihr der Verbindung vertraut und eure Hand für sie ins Feuer legen würdet. Einige Mutproben haben es wirklich in sich, darauf könnt ihr euch schon mal freuen – oder auch nicht.« Man konnte Ellie ansehen, dass sie Spaß dabei hatte, uns ein wenig zu verunsichern. Sofort brummte mein

Magen unheilvoll, denn ich wollte lieber nicht zu viel darüber nachdenken, welche Mutproben mir noch blühten.

»Ihr werdet nächsten Mittwoch erfahren, wie genau es für euch weitergeht. Alle Anwärterinnen erhalten von uns einen Brief, in dem wir euch alles erklären.«

Jetzt trat Taylor wieder einen Schritt vor.

»Aber natürlich geben wir euch heute schon mal einen kleinen Vorgeschmack.« Jetzt lächelte auch Taylor, die sich vor lauter Vorfreude kaum halten konnte.

»Ihr wisst ja, dass die Halloweensaison angefangen hat. Bis dahin ist zwar noch ein bisschen mehr als eine Woche Zeit, aber wir Zetas feiern dieses Event immer besonders gerne. Ihr habt auf dem Bauernfest vielleicht schon einen Eindruck davon bekommen, wie eine typische Veranstaltung der Zeta Kappa Sigmas aussieht. Wir legen viel Wert auf eine schöne Dekoration und auf Spiel und Spaß für alle Beteiligten.«

»Und Halloween gehört zu unserem liebsten Fest im ganzen Jahr«, verdeutlichte Ellie. »Deswegen geben wir uns immer besonders viel Mühe, das Zeta-Haus in einen schaurigen Ort zu verwandeln.«

Ich stellte mir bereits vor, wie hier im Wohnzimmer überall Spinnweben hingen und an jeder Ecke wie auf dem Bauernfest Kürbisse verteilt waren. Wenn sich die Frauen auch nur halb so viel Mühe gaben wie damals, dann würde Halloween tatsächlich zu einem großen Ereignis werden.

»Ihr solltet euch also auf jeden Fall den 31. Oktober freihalten, da wird euch die erste Mutprobe erwarten. Wir geben euch nächste Woche in den Briefen alle weiteren Informationen. Damit entlassen wir euch für heute, Anwärterinnen.«

Ich war schon total gespannt darauf, was ich in dem Brief zu lesen bekommen würde, und konnte den nächsten Tag kaum abwarten.

»Habt einen schönen Abend«, verabschiedete sich auch Ellie.

Ich ging zu Samirah, die sich von dem Sofa erhob und mir entgegenkam.

»Du hast es geschafft, Stella«, jubelte sie mit mir. Es war wirklich toll zu hören, dass sie sich so für mich freute.

»Ja, ich kann es selbst kaum glauben.«

»Jetzt musst du nur noch die Mutproben bestehen, aber das schaffst du schon.«

Wir verabschiedeten uns, und ich reihte mich in die Menge ein, die sich nach draußen drängte.

Gerade war ich über die Türschwelle getreten, da erklang eine bekannte Stimme an meinem Ohr.

»Schön, dass du dabei bist, Tollpatsch.« Als ich mich umdrehte, stand Ellie mit vor der Brust verschränkten Armen im Türrahmen und grinste mich an.

»Danke für die Einladung.« Ihr Lächeln war unfassbar ansteckend. Ich konnte nicht aufhören, ihr immer wieder in die Augen zu sehen. Warum hatte sie so eine magische Anziehungskraft?

»Nichts zu danken, du hast dich gut geschlagen.«

»Oh, wirklich?« Ich konnte kaum glauben, was ich da hörte. Noch immer war ich überrascht, dass mich die Zetas wirklich dazu eingeladen hatten, offiziell bei den Mutproben mitzumachen.

»Dein Kuchen war echt klasse.«

Meine Wangen wurden rot, und Ellie sah mich so intensiv an, dass ich ihrem Blick ausweichen musste.

»Freut mich, wenn er dir geschmeckt hat.« Ich war noch nie gut darin gewesen, mit Lob umzugehen. Vielleicht lag es auch daran, dass ich selten Anerkennung bekam.

»Wer weiß, vielleicht baue ich eine Mutprobe ein, bei der du mir noch mal einen Kuchen backen musst.«

»Kein Problem, mache ich gerne.« Und ich meinte es ernst. Einen Kuchen für Ellie zu backen war wohl das Einfachste. Es freute mich wirklich ungemein, dass sie so viel von meinen Backkünsten hielt.

Ich wartete darauf, ob Ellie noch etwas zu sagen hatte, doch für den Moment sahen wir uns einfach nur an. Sie wurde von hinten von dem Flurlicht angestrahlt, und ich konnte sehen, wie unendlich blau ihre Iriden waren. Meine Hände begannen schwitzig zu werden, und ich spürte Wärme von den Zehen bis in meinen Kopf aufsteigen. Woher kam so plötzlich dieses seltsame Gefühl? Ich schluckte schwer und rang nach Worten. So viel lag auf meiner Zunge.

»Danke noch mal«, war jedoch alles, was ich im Flüsterton über die Lippen brachte.

Ellie löste die Verschränkung ihrer Arme und machte auf dem Absatz kehrt. Doch bevor sie vollständig im Verbindungshaus verschwand, drehte sie sich noch einmal zu mir um.

»Und pass auf dich auf, Tollpatsch.«

Kapitel 14

Als ich eine Woche später mittwochmorgens erwachte, fand ich keinen Brief der Verbindungsschwestern vor, und ich fürchtete schon, es wäre alles nur ein schöner Traum gewesen und sie hätten mich gar nicht wirklich bei den Anwärterinnen aufgezählt. Aber dann erinnerte ich mich wieder daran, wie mich Ellie in der Tür abgefangen und mir diesen Blick zugeworfen hatte. Wieso war mir bei diesem Anblick das Herz für einen Augenblick stehengeblieben? Es war doch nur Ellie gewesen. Die laute Ellie, die sich durch ihr Organ überall Aufmerksamkeit verschaffte. Die beliebte Ellie, die andere nachahmten, die wegen ihr Kleider auszogen und laut mitsangen. Die hübsche Ellie, deren Lächeln ansteckend war und in deren Augen man versank, wenn man nicht aufpasste.

Seufzend rappelte ich mich aus meinem Bett auf und machte mir einen Kaffee, bevor ich ins Badezimmer ging und mich zurechtmachte.

Es war ein typischer Morgen in Haydensburgh. Die Sonne stand am Himmel, und trotz der Oktobertage war es noch angenehm warm, so dass ich mich für ein schlichtes weißes Shirt, einen Cardigan und eine blaue Jeans entschied. Nicht, dass meine mögliche Kleiderauswahl sonderlich bunt gewesen wäre. Ich besaß eher unauffällige Klamotten, bei denen ich nichts riskieren musste. Blusen oder Röcke suchte man in meinem Kleiderschrank vergeblich. Meistens trug ich eine Shirt-Jeans-Kombination, selten und nur zu besonderen Anlässen ein einfaches Kleid, wie am Semesterbeginn.

Ich musste mich in der Kleidung wirklich wohlfühlen, andernfalls rührte ich sie nicht an. Es war mir schon immer unangenehm, wenn man mich musterte. Also sorgte ich lieber von Anfang an dafür, dass man möglichst wenig Grund dafür hatte.

Etwas missmutig, weil ich noch immer keine Nachricht der Zetas entdeckte, machte ich mich zusammen mit Sue auf zu unseren Kursen und versuchte irgendwie, den Tag zu überbrücken. Meine Gedanken hingen immer wieder an der Aussage, dass ich heute einen Brief oder etwas in der Art von den Zeta-Schwestern bekommen sollte. Steckte mir jemand zwischen meinen Kursen etwas zu? Aber das konnte wohl kaum sein, die Schwestern kannten meinen Kursplan gar nicht.

Ich musste mich gedulden, was echt nicht leicht war. Beim Mittagessen in der Mensa wippte ich ständig mit dem Fuß auf und ab, und auch in meinem Nachmittagsseminar kaute ich vor lauter Nervosität unabsichtlich an meinen Fingernägeln. Ich ermahnte mich selbst, damit schnell aufzuhören, bevor es zu einer Gewohnheit würde.

Auch als ich am Abend in mein Zimmer zurückkam, fand ich keinen Brief der Zetas. Ich versuchte, nicht so geknickt zu sein und an etwas anderes zu denken, doch es gelang mir eher beschwerlich.

»Hattest du einen guten Tag?«, fragte ich Sue, um mich abzulenken.

Die winkte jedoch nur ab.

»Frag bloß nicht.« Sie sah irgendwie gestresst aus. Ihre Haut war blasser als sonst. Steckte sie schon inmitten ihrer Prüfungsvorbereitungen?

»Okay, dann frag ich eben nicht«, entgegnete ich zögerlich.

»Wie war es denn bei dir? Du hattest heute wieder deinen Lieblingskurs, oder?«

Ich nickte und konnte mir ein Lächeln nicht verkneifen. Amerikanische Literatur bei Professorin Simmons war definitiv zu meinem favorisierten Seminar aufgestiegen. Ihre Art, zu unterrichten, war einfach erfrischend und eine gute Abwechslung in meinem sonst so strikten Stundenplan.

»Genau, es war mir wie immer ein Fest«, grinste ich und dachte über den heutigen Kurs nach. »Wir haben über einige Klassiker gesprochen und darüber, dass bei der Literaturforschung oft die neuen und modernen Werke vergessen werden. Das ist zu einer richtigen Diskussion ausgeartet. Hat echt gutgetan, mich mit den anderen auszutauschen.«

Und das meinte ich völlig ernst. Während ich mich bei Algebra, Theater oder Geographie eher durchquälte, konnte ich bei Professorin Simmons' Kurs durchatmen und traute mich sogar, mich aktiv am Unterricht zu beteiligen. Das Thema lag mir nicht nur viel mehr, es interessierte mich auch im Gegensatz zu Ländern und Zahlen.

»Klingt nach einem erfolgreichen Tag«, erwiderte Sue, räumte ihre Tasche aus und wechselte in gemütliche Kleidung, wobei es ihr nichts ausmachte, sich in Unterwäsche vor mir zu zeigen, ehe sie sich auf die Matratze fallen ließ und ihren Laptop hervorzog.

Ich verstand, dass Sue sich jetzt etwas Zeit für sich nehmen wollte, und hing wieder meinen Gedanken nach. Diese Einladung zu den Zetas bedeutete mir wirklich viel. Sie stand dafür, dass ich über mich hinauswachsen konnte. Dass ich doch nicht nur die langweilige und schüchterne Stella war, für die ich mich immer hielt. Dass ich irgendwo für irgendjemanden interessant war.

Ich goss meine Pilea Herbert und war froh, dass ihr das spärliche

Abendlicht, das in das Fenster hineinschien, offenbar guttat. Tatsächlich hatte ich etwas Angst gehabt, dass sie mir hier einging, doch das war nicht der Fall.

Mit einem Händegriff machte ich meine Lichterkette an, damit es etwas gemütlicher wurde. Von meinem Nachttisch nahm ich ein Buch und schlug das Kapitel auf, bei dem ich zuletzt stehengeblieben war, und las ein paar Seiten. Es fiel mir nicht schwer, schon nach wenigen Zeilen völlig in der Geschichte zu versinken. Bücher waren mein Ventil. Wenn mir die Realität mal wieder zu viel wurde, konnte ich in phantastische Welten und wundervolle Erzählungen abtauchen. Bücher waren meine papiernen Freunde. Seelentröster. Der beste Freund und die Schulter zum Anlehnen.

Meine Eltern hatten meine Liebe zur Literatur schon früh geprägt, und ich war mir schon seit einer Weile sicher, dass ich auch in meinem Studium den Schwerpunkt darauf legen wollte. Schon als Kind hatte ich lieber Zeit mit einem Buch verbracht als mit anderen Spielkamerad*innen. Es war einfacher, von einem Buch verstanden zu werden als von den anderen Kindern, die mit dem Finger auf einen zeigten und einen seltsam fanden, wenn man über *Huckleberry Finn* oder die Reisen des *kleinen Prinzen* sprach.

Auch heute brauchte ich nicht lange, bis ich vollkommen in mein Buch eingetaucht war und mich zwischen den Zeilen wiederfand. Gerade las ich eine phantasievolle und düstere Geschichte über Hexen in Schottland, die einen magischen Würfel suchten, der Wünsche erfüllen sollte. Ich konnte dieses Buch kaum aus der Hand legen. Ich liebte die Figuren, die Umgebung und wünschte mir, selbst nach Schottland zu reisen, um in diese traumhafte Atmosphäre einzutauchen.

Gerade war ich an einer besonders spannenden Stelle angekommen, da ließ mich ein Geräusch aufschrecken. Sofort saß ich kerzengerade auf meinem Bett und blickte in die Richtung, aus der das seltsame Rascheln gekommen war. Die Tür. Und dort lag er. Ein Brief.

Normalerweise ließ ich mich nicht so leicht vom Lesen ablenken, aber heute war ich so sehr auf diesen Brief fixiert, dass ich ein Lesezeichen zwischen die Seiten legte und auf das Stück Papier zuging, das man mir unter der Türschwelle hindurchgeschoben hatte. Mit zitternden Händen hob ich den Umschlag auf. Ich öffnete die Tür und blickte mich im Flur um, doch von der geheimnisvollen Briefträgerin war nichts zu sehen. Die Tür fiel wieder ins Schloss, ehe ich mich mit dem Brief auf mein Bett setzte. Auch Sues Interesse schien jetzt geweckt zu sein, denn sie blickte über ihren Laptop hinweg zu mir rüber.

»Ist das dein Brief von den Zetas, von dem du mir erzählt hast?«

»Wir werden sehen«, sagte ich, auch wenn ich mir bewusst war, dass es sich eigentlich nur um die Nachricht der Schwestern handeln konnte. Ich öffnete den Briefumschlag und faltete ein beschriebenes DIN-A4-Papier auseinander. Ich holte tief Luft, dann las ich vor.

»Liebe Anwärterin, noch einmal herzlichen Glückwunsch! Du hast es als eine von zwanzig Frauen geschafft, offiziell bei uns vorsprechen zu dürfen. Entscheidend hierfür war nicht nur dein ausgeprägtes Interesse an unserer Schwesternschaft, sondern auch eine spannende Persönlichkeit.« Letzteres zählte bei mir wohl ein bisschen weniger als die Tatsache, dass ich bei jeder Veranstaltung dabei gewesen war.

»Wir hoffen, dass du für den nächsten Schritt bereit bist, denn dieser hat es in sich. Als Nächstes erwarten dich einige Mutproben, die du bestehen musst, um bei uns aufgenommen zu werden. Am Ende werden wir nur fünf von euch zu Zetas machen, also leg dich ins Zeug! Nur diejenigen, die der Schwesternschaft Vertrauen schenken und beweisen, dass sie sich für die Verbindung einsetzen, erhalten am Ende die Belohnung.«

»Das klingt ganz schön übertrieben«, kommentierte Sue.

»Na ja, möglicherweise wollen sie uns nur Angst machen. Es sind immerhin zwanzig Frauen, die daran teilnehmen, und sie müssen sich am Ende für fünf entscheiden. Wäre doch praktisch, wenn einige schon gar nicht erst antreten.« Ich versuchte, mir selbst ein wenig Mut zu machen.

»Wie auch immer, lies weiter vor.«

»Die Präsidentinnen und die Verbindungsschwestern entscheiden über euer Handeln in den Mutproben. Nach jeder Mutprobe fliegen einige von euch raus. Seht dieses Vorsprechen als eine Art Casting an. Es erwarten euch insgesamt drei Aufgaben, die ihr zu unserer Zufriedenheit erfüllen müsst. Aber genug der Regeln, kommen wir zu der ersten Mutprobe.«

Mir wurde auf einmal ganz heiß, und ich merkte, wie sich die Aufregung in mir breitmachte. Und so sehr Sue auch nörgelte, auch sie saß jetzt aufrecht in ihrem Bett und klebte an meinen Lippen.

»Es ist Halloweensaison. Und das bedeutet Grusel und Spuk an jeder Ecke – auch bei den Zeta Kappa Sigmas. Natürlich verraten wir euch nicht, was hinter der ersten Mutprobe steckt, denn das müsst ihr schon selbst herausfinden. Kommt dazu am Samstag in das Verbindungshaus. Oder sollten wir lieber sagen: ins Haus des Schreckens?«

Das Haus des Schreckens. Das klang schon wirklich vielversprechend.

»Wenn du dich traust, dann finde dich um zwanzig Uhr in der Verbindung ein. Wir wünschen dir frohes Gruseln und bis bald.«

Ich faltete den Brief wieder zusammen und legte ihn zurück in seinen Umschlag. Mit einem Blick zu Sue bemerkte ich, dass sie sich wirklich zurückhalten musste, um nicht irgendetwas zu sagen, was mich verunsicherte.

»Meinst du, sie schmücken das Haus mit Spinnweben und so was?« Ich hielt es für das Beste, Sue in ein Gespräch zu verwickeln, bevor noch mehr Zweifel in mir wachsen konnten.

»Es klingt auf jeden Fall so, als würden sie das Verbindungshaus ein wenig dekorieren. Vielleicht machen sie so eine Art Haunted House daraus.«

Als Kind hatte ich es geliebt, wenn sich die Menschen an Halloween besonders viel Mühe gaben und ihr Haus mit Kürbissen, Bettlakengeistern und Hexen aus Stroh schmückten. Ich war immer zusammen mit meinem Dad um die Häuser gezogen und hatte am Ende eine riesige Tüte voller Süßigkeiten, die nur für mich waren. Am liebsten hatte ich mich als Hexe oder als Superheldin verkleidet. Je älter ich wurde, desto weniger nahm ich an Halloween teil. Irgendwann war es nicht mehr cool genug, mit seinen Eltern *Trick or Treat* zu machen, und die Kids begannen, zu Hause kleine Partys zu organisieren. Feste von den beliebteren Kindern, zu denen ich selten eingeladen wurde. Meine Freund*innen waren leider absolute Halloweenmuffel gewesen. So saß ich die meiste Zeit an Halloween mit meinen Eltern auf dem Sofa, und wir sahen uns irgendwelche alten Filme an. Das war auch nicht schlecht, aber insgeheim hatte mein Herz jedes Mal an Halloween geblutet. Wenn man wusste, dass die anderen aus der Klasse Spaß hatten und man selbst nicht daran teilnehmen durfte, zerbrach etwas in einem. Irgendwann hatte ich mich so sehr daran gewöhnt, dass es mich nicht mehr verletzte. Dieses Jahr würde ich Halloween ohne meine Eltern verbringen, und ich fragte mich bereits, wie diese Zeit wohl aussehen mochte. Hier auf der Uni würde es bestimmt viele Partys geben. Öffentliche Partys, zu denen alle kommen durften. Vermutlich mit lauter Musik und viel Alkohol.

Durch den Brief der Zetas wusste ich, dass ich an Halloween im Verbindungshaus sein würde und mich der ersten Mutprobe stellen musste. Das waren auf jeden Fall spannende Aussichten. Ein wenig zu spannend, wenn ich ehrlich zu mir selbst war. Ich konnte gar nicht sagen, wann ich das letzte Mal ein so aufregendes Halloween erlebt hatte.

»Das wäre cool«, entgegnete ich nach einer Weile und stellte mir vor, wie die Schwestern das Verbindungshaus schmücken würden. Ob Ellie ein Halloweenfan war? Sie wirkte auf mich wie eine Person, die Spaß daran hatte, andere zu erschrecken und sich selbst in ein gruseliges Outfit zu schmeißen.

Outfit.

Auf einmal wurde mir richtig schlecht.

»Meinst du, ich muss mich für Halloween verkleiden?«

Sue biss sich auf die Unterlippe und zögerte. Sie schien sich selbst nicht ganz sicher zu sein.

»Ich weiß nicht. Frag doch einfach mal nach.«

»Was würdest du denn machen, Sue?«

»Zieh einfach das an, wonach dir ist.« Wenn das mal so einfach wäre. Auf der einen Seite fand ich die Vorstellung irgendwie ganz cool, wenn wir Anwärterinnen alle verkleidet in das Verbindungshaus kämen. Aber was, wenn meine Verkleidung unpassend wäre?

Seufzend legte ich den Brief auf meinen Nachttisch und starrte ihn missmutig an. Sosehr ich mich auf den Abend freute, so schnell wuchsen auch die Zweifel.

»Mal sehen«, brachte ich zögernd über die Lippen.

»Ich bin echt gespannt, was eure erste Aufgabe ist.« Sue legte sich wieder auf ihr Bett und schloss ihren Laptop, den sie unachtsam auf den Boden manövrierte. »Chris hat von den Alphas übrigens auch eine Einladung bekommen.«

An die Alphas und Chris hatte ich gar nicht mehr gedacht. Aber klar, auch die männliche Verbindung würde sich jetzt ihre Anwärter aussuchen.

»Ach cool, freut mich für ihn«, sagte ich und griff nach meinem Kissen, das ich umarmte, um etwas Halt zu suchen.

»Mal sehen, was er dafür so machen muss. Abgesehen davon, dass er angeblich nackt über den Rasen rennen soll.« Sue lachte so abfällig, dass es ganz offensichtlich war, was sie von den Ritualen der Alphas hielt. Auch ich fand es ein wenig übertrieben, was die Jungs Gerüchten zufolge machen sollten. Und natürlich hatte ich Angst, dass es bei den Zetas nicht anders sein würde. Ich hoffte so sehr, dass sich die Frauen andere Prüfungen für uns überlegten.

»Solange ich nicht nackt über den Rasen laufen muss.«

Sue lächelte mich an und schüttelte den Kopf. »Ich denke nicht. Dafür haben die Zetas doch irgendwie zu sehr einen Stock im Arsch. Zumindest wenn ich daran denke, was du über diese Taylor gesagt hast. Die würde doch bestimmt nicht blank ziehen und über ein Feld rasen.«

Das beruhigte mich ein wenig, denn Sue hatte absolut recht. Es mussten irgendwelche Aufgaben sein, die auch Taylor damals bewältigt hatte oder zumindest absegnen würde. Bei Ellie sah ich kein Problem. Die würde vermutlich alles machen. Aber Taylor ... Die war viel zu vernünftig, um sich die Blöße zu geben.

Ich musste den Zetas einfach vertrauen.

Kapitel 15

Als es am Samstagmorgen endlich so weit war, dass die erste Mutprobe anstand, verabschiedete sich mein Magen endgültig. Ich beugte mich über die Kloschüssel und kotzte mein Frühstück aus. So hatte ich den Tag wirklich nicht beginnen wollen.

Ich musste echt fürchterlich aussehen, denn als ich in mein Zimmer zurückkam, starrte Sue mich irritiert an.

»Sicher, dass bei dir alles in Ordnung ist?«

»Hm«, war alles, was ich rausbrachte.

»Du siehst echt nicht gut aus, Stella.«

Sue erhob sich von ihrem Bett und gab mir meine Wasserflasche, die auf meinem Nachttischschrank stand. »Hier, trink das.«

Ich gehorchte und nahm einen großen Schluck, was nach meiner Kotzerei richtig guttat.

»Danke.«

»Okay, und jetzt sagst du mir, was los ist. Du warst die ganzen letzten Tage schon so abwesend.«

Ich seufzte. Auf der einen Seite wollte ich Sue mein Herz ausschütten, auf der anderen hatte ich Angst, dass sie dann nur mit den Augen rollen würde. Aber ich gab mir einen Ruck. Ich konnte nicht ständig alles nur mit mir ausmachen, und wenn ich schon Sue hatte, die sich wirklich für mich interessierte, dann sollte ich auch endlich den Mund aufbekommen.

»Ich bin nervös wegen heute Abend.«

Meine Mitbewohnerin setzte sich neben mich und legte mir eine

Hand auf den Rücken. Es tat echt gut zu wissen, dass sie für mich da war.

»Stella, das ist doch total okay!«

Ich hatte mit vielem gerechnet, aber bestimmt nicht damit, dass Sue Verständnis zeigte.

»Bist du schon die ganzen letzten Tage deshalb so aufgeregt?«, wollte sie von mir wissen.

»Ja«, entgegnete ich kleinlaut und senkte den Blick. Meine Hände zitterten, und ich fürchtete, dass ich mich erneut übergeben musste.

»Komm, wir versuchen zusammen runterzukommen, ja?« Sie setzte sich etwas schräg, so dass sie mich besser ansehen konnte. »Wir atmen jetzt gemeinsam einfach eine Runde.« Sue atmete tief ein und ließ die Luft langsam aus ihren Lungen. »Mach mir nach.«

Ich gab mein Bestes, meine Atmung an ihre anzupassen. Eine ganze Weile taten wir nichts anderes, sprachen nicht miteinander, und ich spürte, wie ich ein wenig gelassener wurde. Das Atmen half tatsächlich.

»Danke dir.«

»Kein Problem.«

Ich war echt froh, eine Mitbewohnerin wie Sue zu haben. Nein, keine Mitbewohnerin. Eine Freundin.

»Du wirst das heute Abend dermaßen rocken, das weiß ich.«

Ich lenkte mich den Rest des Tages mit einem Buch ab, und mir ging es auf jeden Fall ein bisschen besser, auch wenn ich es nicht schaffte, die Nervosität gänzlich abzuschütteln. Die Angst war ein ständiger Begleiter in meinem Leben. Sie saß auf meiner Schulter wie ein kleiner Teufel und flüsterte mir Geschichten ins Ohr. Aber es lag an mir, ob ich diesen Lügen Glauben schenkte oder nicht.

Immer wieder erinnerte ich mich daran, wie nett Ellie zu mir gewesen war. Dass sie mir nie etwas Böses gewollt hatte. Doch mit jedem Mal Fallen wurde es schwerer, wieder aufzustehen. Und verdammt, ich war schon oft gefallen.

Eine halbe Stunde bevor ich losging, zog ich mir eine schwarze Jeans und ein schwarzes Oberteil an. Ich wollte mich nicht verkleiden und nachher als einzige Anwärterin im Kostüm dort stehen, doch ich wollte mir wenigstens einen Hauch Halloween verpassen. Ich hatte mir mit Sue die Nägel lackiert – natürlich auch in einem tiefen Schwarz –, und sie war so nett gewesen, mir eine Kette mit einem silbernen Fledermausanhänger zu leihen. Ich fühlte mich in dem Look wirklich gut. Und genau das brauchte ich, um den Mut zu finden, pünktlich im Zeta-Haus zu erscheinen.

Als ich über den Campus lief, bemerkte ich, wie voll es heute war. Studierende waren in alle Richtungen unterwegs. Die einen stark verkleidet, andere in schicken Party-Outfits.

Ich näherte mich dem Zeta-Kappa-Sigma-Haus, und schon von weitem bemerkte ich, wie anders es heute aussah. Überall hingen an den weißen Eingangssäulen dicke Spinnweben, und auf den Treppen vor dem Haus waren dicke Kürbisse aufgestellt, deren furchterregende Fratzen leuchteten. Sogar ein metallener Rabe, dessen Augen rot glühten, begrüßte mich auf dem Gelände. Er krächzte wild und jagte mir einen kalten Schauer über den Rücken. Die Schwestern hatten sich wirklich Mühe gegeben, dem Haus von außen einen gruseligen Look zu verpassen.

Die Haustür stand offen, und es schallte düstere Instrumentalmusik hindurch. Ich überlegte kurz, ob ich einfach eintreten oder vielleicht doch lieber klopfen sollte, aber kam schnell zu der Erkenntnis, dass man mich bei der lauten Musik sowieso gar nicht hören würde. Also nahm ich all meinen Mut zusammen und ging hinein.

Das Licht im Flur war gedimmt, und ich bemerkte, dass auch innerhalb des Hauses viel Wert auf Halloweendekoration gelegt wurde. Die Spinnweben zogen sich über die Wände, und auf dem Boden im Flur flackerte ein Meer aus elektrischen Kerzen. Meine Schritte führten ins Wohnzimmer. Ich musste durch einen blutbeschmierten Vorhang laufen, ehe ich dort ankam, und hielt sofort inne bei dem, was ich sah. Im Wohnzimmer leuchtete das Licht bedrohlich rot und tauchte alles in eine düstere Atmosphäre. Die Sofas waren an die Wand geschoben und ebenfalls voller Spinnweben. Da hatte wohl jemand einen Großeinkauf im Dekoladen gemacht. Mitten im Raum standen Gestalten in dunkelroten Umhängen, und jede von ihnen hielt eine Kerze in der Hand, die ihr Gesicht bedrohlich anschien.

»Willkommen, Schwester«, schallte eine Stimme durch den Raum. »Begib dich zu den anderen Anwärterinnen und warte.« Die Gestalt zeigte nach rechts, und ich bemerkte, dass sich dort die Anwärterinnen gesammelt hatten. Die Sorge wegen meines Outfits war natürlich unbegründet gewesen. Einige von ihnen trugen Kostüme, andere waren in ganz alltäglicher Kleidung gekommen. Ich stach weder heraus, noch musterte mich eine von ihnen wegen meines Looks, wofür ich echt dankbar war. Ich stellte mich zu den anderen und wartete. Meine Hände waren vor meinem Körper gefaltet, und ich ließ meinen Blick wandern. Eine der Anwärterinnen war als Frankensteins Frau kostümiert, eine andere als Supergirl. Unweigerlich sah ich nach vorn zu den Gestalten in den Umhängen, und als ich sie genauer betrachtete, bemerkte ich Ellies blaues Haar unter einer der Kapuzen. Sofern ich das erkennen konnte, trug sie schwarzes Make-up und hatte die Lippen stark geschminkt, was ihr echt gut stand. Auch Taylor entdeckte ich dank ihrer hellen Haare, doch sie sah unter der Kapuze aus wie immer.

Nach und nach trudelten auch die anderen Anwärterinnen ein und wurden von den Schwestern begrüßt.

Als wir vollzählig waren, traten Ellie und Taylor aus der Menge hervor und legten ihre Kapuzen ab. Die Musik im Raum wurde plötzlich leiser, doch das tat der schaurigen Atmosphäre keinen Abbruch.

»Anwärterinnen, ihr habt euch hier eingefunden, weil ihr mutig genug seid, euch unseren Aufgaben zu stellen«, begann Taylor und hob dabei die Arme zu einer Willkommensgeste.

»Heute wartet auf euch die erste Mutprobe. Wir wollen euch testen und sehen, wie sehr ihr den Zeta Kappa Sigmas vertraut. Solltet ihr die Prüfung nicht bestehen, scheidet ihr automatisch aus und müsst nach Hause gehen. Wenn ihr unsere Aufgabe schafft, dann kommt ihr in die nächste Runde.«

»Lasst uns beginnen«, sagte Ellie mit bedeutungsschwerer Stimme. Einige der Schwestern verließen für einen Moment den Raum, nur um wenige Sekunden später mit goldenen Kelchen in ihren Händen wiederzukommen.

»Anwärterinnen, eure Aufgabe ist es, aus den Kelchen zu trinken. Wir messen uns heute mit den Studierenden aus Yale, die Blut aus einem Behälter trinken müssen, um in einer der beliebtesten Verbindungen einzutreten. Wenn die Studierenden aus Yale das schaffen, dann sollte eine Zeta-Schwester ebenfalls nicht daran scheitern.«

Für einen Moment stand alles still. Niemand sagte ein Wort, und das Lächeln unter Ellies Kapuze wurde immer breiter. Das war wohl genau die Reaktion, die sie erwartet hatte, und auch mein Herz setzte für einen Atemzug lang aus.

Blut aus einem Becher trinken? Das klang ganz schön heftig. Und vor allem echt widerlich.

Mein erster Gedanke war, dass ich einfach rausstürmen und die Verbindung verlassen sollte. Wenn jemand so etwas von mir forderte, konnte diese Person nicht mehr ganz dicht sein. Aber ich wollte keinesfalls die Aufmerksamkeit auf mich ziehen.

Ich fragte mich, wo die Verbindungsschwestern das Blut her hatten. Ich meinte mal gehört zu haben, dass man in Metzgereien an Schweineblut herankam. Allerdings eher für die Wurstherstellung anstatt dafür, ein paar jungen Frauen einen Schrecken einzujagen. Die Zetas hatten das Blut wohl kaum selbst gewonnen. Allein die Vorstellung davon, dass man als Verbindungsschwester sein eigenes Blut für so einen Quatsch hergeben musste, sorgte fast dafür, dass ich auf dem Absatz kehrtmachen wollte. Und aus einem Krankenhaus konnten sie das Blut auch nicht haben. Freiwillig rückte keine Blutbank der Welt ihr kostbares Gut einfach so raus, und gestohlen haben werden sie es auch nicht, das glaubte ich einfach nicht.

Also entweder hatte jemand wirklich gute Verbindungen zu einer Metzgerei oder ... in den Kelchen war gar kein Blut.

Von meiner Position aus konnte ich leider nicht sehen, was in den Bechern war, auch wenn ich mich ein Stück streckte.

»Ihr bekommt jetzt jede einen Kelch von uns, und wenn ich bis drei gezählt habe, trinkt ihr davon. Weigert ihr euch, scheidet ihr direkt aus und könnt nach Hause gehen.«

Das hörte sich alles echt heftig an, und auch meine Knie begannen langsam zu zittern.

Ellie teilte die Kelche aus, und als ich an der Reihe war, wagte ich sofort einen Blick in den Kelch. Die Flüssigkeit war dunkelrot. Ich schwenkte sie in meinem Becher ein wenig hin und her. Sie war verdammt dickflüssig. Eigentlich sah es genau so aus, wie man sich Blut in einem Kelch vorstellte. Aber ich war skeptisch. Würden die Frauen echt so viel Aufwand betreiben und Blut für ein Ritual besorgen? Vor allem, was sagte das über die Verbindung aus? Wieso sollte man Blut trinken, um irgendetwas zu beweisen? Klar, die Leute in Yale mussten laut Google tatsächlich Blut zu sich nehmen, um aufgenommen zu werden. Aber wir waren nicht wirklich eine Elite-Universität, das war wohl kaum vergleichbar. Und auch wenn die Zetas eine lange Geschichte hatten, fand ich es abwegig, dass sie uns so herausforderten.

Es war ein Test, ganz klar.

Auch wenn sich alles in mir dagegen sträubte, einen Schluck davon zu nehmen, war ich mir sicher, dass sich in meinem Kelch kein Blut befand. Ich traute den Zetas echt einiges zu, aber das ging dann doch zu weit

Ich ließ meinen Blick schweifen und bemerkte, dass Ellie alle Kelche ausgeteilt hatte. Einige Anwärterinnen verzogen gequält das Gesicht, anderen schien es rein gar nichts auszumachen, dass sie gleich davon trinken sollten.

»Seid ihr bereit?« Ellie trat wieder an die Seite von Taylor und faltete die Hände vor ihrem Körper.

Ich war ganz und gar nicht bereit. In mir zog sich alles zusammen. Doch ich wollte diese Prüfung hier schaffen. Und ich glaubte daran, dass die Zeta-Schwestern uns nichts Böses wollten. Nie im Leben würden sie uns echtes Blut trinken lassen. Das konnte einfach nicht sein.

»Dann zähle ich jetzt bis drei.«

Ich hob den Kelch vorsichtig an.

»Eins ... zwei ... drei!«

Meine Lider schlossen sich wie automatisch, und ich setzte den Kelch an meine Lippen. Schnell nahm ich einen tiefen Schluck von der zähen Flüssigkeit und wollte mich vor lauter Ekel am liebsten sofort übergeben. Aber ich schluckte sie mutig hinunter und bemerkte, dass ein Geschmack von Kirsche in meinem Mund zurückblieb. Überrascht blickte ich in den Kelch und begriff, dass ich tatsächlich kein Blut, sondern verdicktes Kirschwasser getrunken hatte.

Ich sah mich zwischen den Anwärterinnen um und bemerkte, dass einige den Kelch noch immer angewidert anschauten und andere, genau wie ich, froh darüber waren, kein echtes Blut getrunken zu haben.

Und dann wurde es mir klar. Das hier war keine Mut-, sondern eine Vertrauensprobe. Es ging nicht darum, furchtlos genug zu sein, um Blut zu trinken, sondern darum, sich auf die Schwestern verlassen zu können.

Plötzlich hörte ich ein langsames Klatschen, und ich bemerkte, dass es von Ellie kam.

»Gut gemacht, Anwärterinnen.«

Zwei Schwestern traten hervor und sammelten die Kelche wieder ein, während Ellie die Namen derjenigen aufzählte, die es nicht geschafft hatten.

»Ich möchte, dass nun bitte alle das Verbindungshaus verlassen, die ich gerade namentlich genannt habe.« Ein Raunen ging durch die Menge, und an die Hälfte der Anwärterinnen verließ geknickt das Wohnzimmer.

»Die anderen sind eingeladen, mit uns zu feiern, und hoffentlich lernen wir euch so noch ein bisschen besser kennen.«

Mein Instinkt flüsterte mir zu, dass ich jetzt am besten auch zurück auf mein Zimmer gehen sollte. Auf der letzten Verbindungsparty war ich geflüchtet, weil mir alles zu viel geworden war. Wer sagte, dass es nicht genau so verlaufen würde?

Irgendjemand machte die Tür hinter den ausgeschiedenen Anwärterinnen zu, und damit war meine Chance vertan, einfach zu gehen. Mal abgesehen davon, dass ich dann vermutlich auch ausgeschieden wäre. Eine der Schwestern bediente eine kleine Fernbedienung, und auf einmal änderte sich die Musik. Hatte ich eben noch schaurige Instrumentalklänge vernommen, schallte jetzt ein Lied von Lily Allen durch den Raum. Die Stimmung änderte sich mit einem Schlag. Viele der Schwestern zogen die Kapuzen vom Kopf, andere legten ihre Umhänge ganz ab, und darunter kamen bunte Halloweenkostüme zum Vorschein.

Auf einmal wirkten alle sehr ausgelassen, und einige der Frauen tanzten sogar zur Musik.

»Ich wünsche euch viel Spaß«, rief Ellie über die Menge. Auch sie hatte ihren Umhang ausgezogen. Darunter trug sie ein dunkles Korsett mit Rüschen und eine schwarze Lederhose, die eng an ihren Beinen saß. Ihr blaues Haar bildete einen starken Kontrast zu der düsteren Kleidung.

Zögernd sah ich mich um und dachte darüber nach, mich einfach auf eins der Sofas zu setzen, die an den Rand des Raumes geschoben waren. Dann würde ich einfach ein bisschen abwarten und mich irgendwann aus dem Verbindungshaus schleichen.

Allerdings kam ich gar nicht so weit.

Jemand tippte mir auf die Schulter, und mein Herz machte einen heftigen Satz, weil ich mich dermaßen erschreckte.

»Verdammte Scheiße«, kam es völlig unüberlegt über meine Lippen, und ich blickte in die blauen Augen von Ellie.

»Sorry, ich wollte dir keinen Schrecken einjagen«, grinste sie breit.

»Schon okay.« Ich winkte ab, denn ich wollte vor ihr nicht auch noch als Weichei dastehen. Immerhin hatte ich vorhin bewiesen, dass ich durchaus mutig sein konnte.

»Du hast dich echt super geschlagen, Tollpatsch.«

»Danke dir.« Ich spürte, wie meine Wangen dabei leicht erröteten.

»Woher wusstest du, dass in dem Kelch kein Blut drin war?«

Sie verschränkte die Arme vor der Brust und musterte mich von oben bis unten.

»Ich … Ich wusste es nicht«, gab ich zurück. Warum war ich nur so nervös? »Ich habe euch einfach vertraut.«

»Genau so war es geplant.« Ellie lächelte schief. »Wirklich beeindruckend«, sagte sie nach einem Moment der Stille und löste die Verschränkung ihrer Arme.

»Danke.«

»Für die nächste Prüfung brauchst du nicht so viel Mut. Aber psssst.« Sie legte den Zeigefinger auf die Lippen und zwinkerte mir dabei zu.

»Mal sehen«, entgegnete ich schüchtern. Ich wollte mir nach dieser heftigen Mutprobe nicht schon Gedanken über die kommende Aufgabe machen. »Ist ja noch etwas Zeit bis dahin. Also, hoffe ich zumindest.«

Ellie lächelte wieder, und ich konnte das glitzernde Steinchen an ihrem Zahn sehen. Ob es sehr wehgetan hatte, sich das einsetzen zu lassen?

»Wer weiß, aber ein paar Tage kannst du dich auf jeden Fall erholen.«

Erst jetzt bemerkte ich, dass mein Blick immer wieder hastig zwischen Ellies Gesicht und dem Boden wechselte. Es war mir irgendwie unangenehm, sie so anzustarren, während sie dieses enge Korsett trug, das ihre Figur betonte.

Schnell versuchte ich mich abzulenken. Ich dachte daran, dass ich normalerweise um diese Uhrzeit hörte, wie mein Bett nach mir rief, und mich danach sehnte, in meine Decke gekuschelt irgendeine Serie auf *Netflix* zu schauen oder ein paar Kapitel in meinem Buch zu lesen. Doch jetzt gerade war ich hellwach. Und wer wusste schon, ob diese Party hier nicht vielleicht wirklich mein Weg in eine echte Gemeinschaft war.

Ellie blickte über ihre Schulter, als würde sie sich nach jemandem umsehen, bevor sie den Blick erneut auf mich richtete. »Willst du vielleicht etwas trinken?«

Ich wollte nicht unhöflich sein, also nickte ich stumm.

»Cola? Wasser? Bier?«

»Eine Cola wäre klasse, danke dir.«

»Kommt sofort, Chefin.« Ellie grinste und ging zu einem Tisch, auf dem sich einige Flaschen sammelten. Sie nahm einen roten Becher und schüttete etwas aus einer Dose Coke hinein. Dann kam sie zurück und drückte mir den Becher in die Hand.

»Bitte schön.«

»Danke, das ist echt nett von dir.«

»Ja, nett …« Ellie machte eine kurze Pause. »So bin ich.«

Ich wusste nicht, was ich darauf entgegnen sollte, also presste ich die Lippen aufeinander und lächelte unverbindlich. Sofort kam ich mir total merkwürdig vor.

»Und ihr habt das Haus ganz alleine dekoriert?«, fragte ich, um meine Verlegenheit zu überspielen.

»Japp, wir haben den ganzen Tag alle zusammen daran gesessen. War gar nicht so einfach, diese Spinnweben aufzuhängen. Ständig bleibt man damit irgendwo hängen.«

»Ja, das glaube ich sofort.«

»Mir graut es jetzt schon davor, das alles wieder abzuhängen.« Sie rollte mit den Augen. »Eigentlich könnten wir das ja auch euch Anwärterinnen überlassen.«

Meinte sie das echt ernst?

»Spaß beiseite. Keine Sorge, ihr müsst euch nicht um unsere Deko kümmern.«

Sofort machte sich Erleichterung in mir breit, denn allein die Vorstellung davon, hier alles abzuhängen, gruselte mich, auch wenn mir bewusst war, dass das früher oder später auf mich zukäme, wäre ich Mitglied der Zetas.

»Ellie, kommst du mal?« Taylors Stimme übertönte die Musik. Sie stand bei den Getränken und hielt eine Flasche Orangenlimonade in der Hand.

»Die Chefin ruft.« Ellie war sichtlich nicht begeistert davon, Taylor zur Hand zu gehen, doch vermutlich meldete sich ihr Pflichtbewusstsein als Präsidentin des Hauses.

»Klar, mach nur.« Und schon verschwand Ellie in der Menge, und ich war allein.

In der Menge erblickte ich dann das bekannte Gesicht von Samirah, die mit einer weiteren Schwester im Gespräch war. Sie war als Catwoman verkleidet und trug enge Lederklamotten.

Komm schon, Stella, trau dich endlich, versuchte ich mir gut zuzureden. Ich atmete tief aus und setzte einen Fuß vor den anderen, bis ich bei Samirah angekommen war.

»Hi«, begrüßte ich die beiden Schwestern etwas zurückhaltend.

»Oh, hi Stella. Wie hat dir die Prüfung heute gefallen?«

»Das war echt ... spannend. Aber ich hatte auch nie wirklich geglaubt, dass ihr uns echtes Blut zu trinken gebt.«

»Nein, das würden wir auch nie machen, keine Sorge. Das ist übrigens Lilly.« Sie wandte sich an die andere Schwester, die blonde Zöpfe und wilde Sommersprossen hatte. Sie war als eine Art Puppe verkleidet.

»Schön, dass du da bist!«

Ich reichte ihr die Hand, wobei ich nicht wusste, ob das vielleicht zu formell war. Lilly schüttelte sie allerdings sofort, und meine Bedenken lösten sich in Luft auf. Es war so schön, hier gemeinsam mit den beiden zu stehen und einfach nur zu quatschen. Das war genau das, was ich gewollt hatte. Und ich hatte mich tatsächlich getraut, den Schritt zu wagen!

Eine ganze Weile standen wir noch zusammen, redeten über die Kurse und darüber, wie es sich anfühlte, eine Zeta Kappa Sigma zu sein, was mich nur noch mehr darin bestärkte, diese Mutproben zu bestehen. Lilly und Samirah stellten mich sogar noch ein paar anderen Schwestern vor, und ich fühlte mich wirklich willkommen unter ihnen.

Wir schienen ewig miteinander zu quatschen, ich glaubte, dass Stunden vergangen waren, und irgendwann löste sich unser Kreis auf, und Lilly ging schlafen.

Auch für mich war es nun an der Zeit, nach Hause zu gehen. Ich verabschiedete mich von den Schwestern, dieses Mal sogar mit einer Umarmung.

Ein letztes Mal warf ich noch einen Blick in den Raum und bemerkte, wie Ellie zu mir rüber sah. Sie winkte mir zu, und ich hob reflexartig die Hand, um es ihr gleichzutun. Mit den Lippen formte sie ein Wort, vermutlich etwas wie *Tschüss*. So richtig konnte ich es nicht entschlüsseln.

Die Musik wurde immer leiser, je weiter ich mich vom Zeta-Haus entfernte. Verdammt, was war das für ein bizarrer Abend gewesen.

Kapitel 16

Am nächsten Morgen konnte ich leider nicht lange ausschlafen, da ich in meine Kurse musste. Erst jetzt bemerkte ich, dass Sue nicht in ihrem Bett lag. Sie war gestern auch aus gewesen. Vielleicht hatte sie die Nacht bei Chris geschlafen. Immerhin schien da irgendetwas zwischen den beiden zu laufen. Was auch immer das war. Ich zog mein Handy vom Nachttisch hervor und sah eine Nachricht, die Sue mir geschickt hatte.

> Komme heute Nacht nicht mehr nach Hause, mach dir keine Sorgen.

Es war echt lieb, dass sie mir Bescheid gegeben hatte, denn andernfalls hätte ich heute Morgen vermutlich den ganzen Campus nach ihr abgesucht.

Ich versuchte, mich auf meine Seminare zu konzentrieren, auch wenn ich echt müde war. Zurück in meinem Zimmer las ich ein paar Seiten in meinem Buch und nahm mir vor, es ruhig angehen zu lassen. Ich goss Herbert, sah mir eine Serie auf dem Laptop an und trank einen Kaffee nach dem anderen. Außerdem nutzte ich die Zeit, um meine Mutter zu Hause anzurufen, und ich hatte einen ziemlich witzigen, wenn auch kurzweiligen Videochat mit unserer Katze. Mein Essen bestand aus einem Sandwich vom Vortag, das ich noch übrig hatte. Das war zwar nicht unbedingt glamourös, doch es erfüllte seinen Zweck.

Erst am Abend kam Sue zurück, und soweit ich mich erinnerte, trug sie noch das gleiche Outfit wie gestern, als wir uns das letzte Mal gesehen hatten.

»Na, wieder da?«, begrüßte ich sie mit einem Lächeln.

Sue machte keine Anstalten zu antworten, sondern warf sich direkt auf ihre Matratze.

Ich wollte sie fragen, wo sie die letzte Nacht verbracht hatte, doch ich wusste nicht, ob ich ihr damit möglicherweise auf den Schlips treten würde. Also versuchte ich, irgendwie um den heißen Brei herumzureden.

»War's bei dir gestern gut?«

Sue setzte sich auf ihrem Bett auf und zog mit einem Mal die Klamotten über ihren Kopf. Sie schlüpfte in eine graue Jogginghose und in ein weites Bandshirt, das ein kleines Loch am Saum hatte.

»Auf jeden Fall. Ich war mit Chris im Kino, wir haben einen alten Horrorfilm geguckt. War richtig gut.«

Also steckte tatsächlich Chris dahinter. Meine Intuition hatte mich nicht getäuscht.

»Freut mich, dass du so einen guten Abend hattest.«

Jetzt grinste auch Sue. Ich war so verdammt neugierig und wollte unbedingt mehr über ihren Abend wissen.

»Wollen wir heute Abend Pizza bestellen?«, fragte sie.

»Klar, wieso nicht? Klingt gut.«

Wir suchten online einen Lieferdienst aus und bestellten über das Formular im Internet. Ich hatte mich für eine Pizza mit gegrilltem Gemüse ohne Käse entschieden, da die Pizzeria leider kein veganes Angebot hatte. Meine Mitbewohnerin hatte eine Pizza mit Pilzen ausgewählt.

Während wir warteten, verschwand Sue im Badezimmer. Mir war

bereits aufgefallen, dass sie noch Reste ihrer Schminke im Gesicht getragen hatte. Wahrscheinlich hatte sich bei ihrer Übernachtung keine Gelegenheit ergeben, sich ordentlich abzuschminken. Im Gegensatz zu mir achtete Sue auch nicht so penibel darauf, ungeschminkt und eingecremt ins Bett zu gehen. Wenn sie das Abschminken mal vergaß, dann holte sie es am nächsten Morgen nach.

Es dauerte keine halbe Stunde, da kam auch schon der Lieferdienst. Wir hockten uns mit den Pizzen auf Sues Bett und aßen ein Stück nach dem anderen. Die Pizza war echt verdammt gut, und ich war froh über meine Auswahl.

»Jetzt erzähl mal, wie war es denn gestern bei den Zeta Kappa Sigmas?«

Ich schluckte meine heiße Pizza herunter, ehe ich ihr antwortete.

»Echt gut.« Fast war ich selbst ein bisschen darüber überrascht, wie euphorisch ich klang. Ich freute mich darüber, endlich mit jemandem über den gestrigen Abend reden zu können.

»Das Verbindungshaus war richtig toll dekoriert. Überall standen leuchtende Kürbisse und hingen Spinnweben. Die haben sich echt Mühe gegeben.«

Sue nickte wissend und sah mich an, während sie sich das nächste Stück Pizza zwischen die Zähne schob.

»Die Schwestern haben sich sogar so rote Roben angezogen, war fast schon ein bisschen wie in einer gruseligen Sekte.«

Ich konnte Sue ansehen, dass ihr ein Spruch auf den Lippen lag, doch sie verkniff ihn sich. Ich war ihr dankbar dafür.

»Wir haben alle einen Trinkpokal gereicht bekommen und sollten einen Schluck daraus nehmen. Das war die Aufgabe.«

»Moment, ihr solltet nur etwas trinken?« Sue wirkte jetzt doch ein wenig überrascht.

»Japp, nur trinken. Aber versuch das mal, wenn dir jemand sagt, dass in deinem Kelch Blut drin ist.«

»Das haben die nicht wirklich gesagt, oder?«

Ich nickte heftig. »Doch.«

»Ach du Scheiße.« Sue schien echt ein bisschen geschockt. »Das ist ja widerlich.«

»Deswegen haben viele nicht daraus getrunken.«

»Jetzt sag mir nicht, dass du direkt einen Schluck genommen hast, Stella!«

»Hab ich.«

Sue machte plötzlich ganz große Augen und legte ihr Pizzastück zurück in den Karton.

»Heilige Maria.« Sie schüttelte den Kopf und rieb ihre Hände aneinander, um die Krümel loszuwerden.

»Das kannst du laut sagen, ich hatte echt Schiss. Aber ich konnte mir nicht vorstellen, dass sie uns wirklich Blut zum Trinken geben. Ich meine, woher sollten sie das bitte nehmen? Deswegen habe ich mich getraut. Und es war im Endeffekt nur verdickter Kirschsaft.«

Stolz grinste ich, denn ich war immer noch von mir selbst begeistert, dass ich die erste Prüfung der Schwestern so gut gemeistert hatte.

»Hammer, Stella!« Auch Sue lächelte jetzt, und ich war froh, dass sie sich so sehr mit mir freute, auch wenn sie von Verbindungen nicht viel hielt. Grinsend knuffte sie mich in die Seite.

»Ich bin auch noch ganz baff, dass ich es geschafft habe.«

»Ganz ehrlich, ich hätte mein Getränk vermutlich vor ihre Füße gegossen.« Und auch das konnte ich mir gut vorstellen. Allerdings hätte Taylor Sue dann vermutlich im hohen Bogen aus dem Verbindungshaus geschmissen.

»Und weißt du schon, was für eine Aufgabe als Nächstes auf dich wartet?«

Ich schüttelte den Kopf. »Nein, keine Ahnung. Aber wir kriegen bald Bescheid. Das geht jetzt alles Schlag auf Schlag, denke ich.«

»Bekommst du wieder einen Brief von denen, oder wie läuft das dann ab?«

Ich zuckte mit den Schultern. »Ehrlich gesagt, ich hab keine Ahnung. Kann gut sein.« Ellie hatte mir nicht mitgeteilt, wie man mich über die kommende Prüfung unterrichten würde. Da musste ich wohl einfach abwarten.

»Wie auch immer«, winkte Sue ab. »Auch wenn ich diese ganzen Rituale total seltsam finde, ich freu mich echt für dich. Du hast das richtig gerockt!« Bei diesen Worten wurde ich ein bisschen rot um die Nase. Es tat gut zu hören, dass mich Sue so unterstützte, obwohl sie die Zetas und ihre Aufnahmeprüfungen albern fand.

»Kaum zu glauben, was alles in so kurzer Zeit passiert ist, oder?« Der plötzliche Themenwechsel irritierte mich, doch er brachte mich auch zum Nachdenken. Tatsächlich waren wir jetzt schon über acht Wochen in Haydensburgh an der Universität, die neunte Woche brach gerade an.

»Seminare, Prüfungen, Studierendenverbindungen und all das Chaos«, zählte ich auf.

»Fang gar nicht erst damit an.« Mittlerweile hatten wir unsere Pizzen aufgegessen und legten die Kartons an die Bettenden.

»Was gefällt dir bisher am besten am Unileben?«, fragte ich sie.

»Hm«, machte Sue und überlegte. »Ich glaube, dass ich die Freiheit habe, alles zu tun, was ich will.« Das konnte ich sehr gut nachvollziehen, auch wenn mich diese Freiheit manchmal regelrecht überforderte. »Ich komme aus einer sehr konservativen Familie und hatte immer jemanden um mich, auf den ich aufpassen musste als Älteste von vier Geschwistern. Es tut gut, dass ich jetzt ein bisschen mehr durchatmen und mich auf mich selbst konzentrieren kann.«

Plötzlich fiel mir auf, wie wenig ich eigentlich über Sue wusste. Klar, wir hatten uns schon oft unterhalten, aber persönliche Dinge hatten wir selten beredet. Dabei bemerkte ich, wie gut es Sue tat, diese Worte auszusprechen. Sie atmete tief durch und ließ sich in ihr Kissen fallen.

»Und bei dir?«

Die Frage war wirklich nicht einfach, denn mir gefiel am Studentinnenleben echt einiges. Allein die Tatsache, dass es nicht wie in der Schule war, machte mich schon ziemlich glücklich. Hier herrschte eine ganz andere Erwartungshaltung.

»Ich glaube, dass ich hier wirklich sein darf, wie ich bin«, gab ich nach einem Moment zurück. »An der Uni verurteilt dich niemand, nur weil du dich besonders ernährst oder weil du kein Mathegenie bist. Das ist echt schön.« Auch wenn ich noch nicht wahnsinnig viele Freund*innen gefunden hatte, hatte ich dennoch das Gefühl, dass man mir hier den Raum gab, ich selbst zu sein. In den meisten Kursen hatte ich keine Scheu mehr, meine Hand zu heben und mich zu Wort zu melden. Sogar im Theaterseminar machte ich mittlerweile bei den merkwürdigen Aufwärmübungen mit, ohne gleich vor Scham in einem tiefen Loch versinken zu wollen. Und das tat verdammt gut. Die Angst war zwar immer da, doch sie verfolgte mich nicht mehr wie ein großes, furchterregendes Tier. Sie war ein Schatten, der mich still und leise begleitete.

»Ja, stimmt.« Sue hob die Arme und verschränkte sie hinter ihrem Kopf auf dem weichen Kissen. »Sag mal, wie kam das eigentlich, dass du Theater gewählt hast? Interessiert mich nur, weil du dich jede Woche über den Kurs aufregst.«

Seufzend zog ich meine Knie an und bettete meinen Kopf auf meinen Beinen.

»Na ja, ich musste ein musisches Fach wählen, das ist ja hier so Programm.« Sue nickte bestätigend. Ich wusste, dass sie sich für Musik entschieden hatte. »Theater klang nicht so schlimm wie der Rest, aber da habe ich mich offensichtlich geirrt.« Wir mussten beide lachen.

»Chris erzählt auch nur Übles von dem Seminar. Vor allem von den Gruppenspielen. Aber ich glaube, er ist ganz froh, dass ihr zusammen hingeht.«

»Ohne Chris würde ich diesen Kurs bestimmt nicht überleben.« Ich wollte mir gar nicht vorstellen, was ich ohne ihn machen würde. Allein die Tatsache, dass ich mir dann immer wieder neue Übungspartner*innen suchen musste, sorgte für ein unangenehmes Unwohlsein in meiner Magengegend.

»Das glaube ich dir sofort.« Einen Augenblick trat Stille zwischen uns ein, die Sue jedoch wieder brach. »Er ist echt witzig.«

Ja, da konnte ich ihr nur zustimmen. Chris war wirklich in Ordnung. Er brachte mich zum Lachen und sorgte dafür, dass die Zeit im Kurs ein wenig schneller rumging. Aber da war noch etwas anderes, das mir auf der Zunge lag. Ich wollte nicht forsch sein, doch es war so schwer, mich auch jetzt noch zurückzuhalten.

»Du magst ihn echt gerne, oder?«

Sue drehte sich in meine Richtung und bettete die Hände unter ihr Kopfkissen.

»Ja, er ist nett«, antwortete sie nach einem Moment.

»Und?«

»Er sorgt dafür, dass ich nicht immer so griesgrämig bin.«

»Du und griesgrämig?« Zu mir war sie immer höflich und freundlich gewesen. »Ich würde eher sagen, du bist ein Morgenmuffel.«

»Du hast mir auch noch keine Gelegenheit gegeben, dir gegenüber griesgrämig zu sein. Also pass auf, sonst werfe ich gleich mit dem Kissen nach dir«, warnte sie mich vor, aber auf ihren Lippen lag ein Lächeln.

»Erzähl mal von deinem gestrigen Abend. Ich hab dir schon breitgetreten, wie es bei mir war. Das ist also nur fair.«

Sue rückte nicht sofort mit der Sprache heraus, sondern ließ mich ein wenig zappeln.

»Ich war mit Chris im Kino, wie gesagt. Der Film war zwar grottig, aber es hat trotzdem Spaß gemacht.«

»Und du bist nicht nach Hause gekommen«, platzte es schließlich grinsend aus mir heraus.

»Und ich bin nicht nach Hause gekommen, genau.« Sue wägte offensichtlich noch ab, ob sie mir davon erzählen sollte. Doch dann konnte wohl auch sie nicht mehr an sich halten. »Wir sind danach noch eine ganze Weile spazieren gegangen und haben uns angesehen, was auf dem Campus so abging. Danach waren wir noch auf einer Party. Und dann bin ich mit zu ihm ins Wohnheim gegangen. Sein Mitbewohner war unterwegs, und er hatte sturmfreie Bude.« Es war echt schön, dass Sue einen so guten Abend gehabt hatte, doch eine Sache irritierte mich dabei dennoch.

»War bei den Alphas eigentlich keine Halloweenfeier?« Wenn Chris unbedingt bei der Verbindung mitmischen wollte, musste er dann nicht dort anwesend sein?

»Ja, doch. Aber nur für die Mitglieder. Die Anwärter waren nicht eingeladen.« Ah, das klang logisch. Auch wenn es irgendwie schade war, dass die Anwärter nicht hatten kommen dürfen. Da war ich wieder sehr froh über die lockereren Regelungen bei den Zeta-Schwestern.

»Wie läuft es eigentlich so für Chris bei den Jungs?«

Sue konnte sich das Augenrollen nicht verkneifen. Die Tatsache, dass Chris unbedingt zu den Alphas wollte, war etwas, das ihr gegen den Strich ging. Es war eine Sache, dass ich bei den Zeta Kappa Sigmas aufgenommen werden wollte, doch die Alphas waren viel traditioneller und damit eben auch strenger in den Regelungen. Etwas, womit sich Sue nicht identifizieren konnte. Sie war ein Freigeist und hasste es, sich anpassen zu müssen.

»Ganz gut, schätze ich. Er bekommt nächste Woche Bescheid, ob er offiziell vorsprechen darf. Ehrlich gesagt, reden wir nicht so viel darüber.«

»Und worüber sprecht ihr dann?«

Auf Sues Gesicht zeigte sich ein Lächeln. »Weißt du … Wir reden generell nicht viel miteinander.«

Sie erwischte mich eiskalt, und mir blieben die Worte im Hals stecken, als ich mir der Bedeutung ihres Satzes bewusst wurde.

»Ach so.« Meine Stimme krächzte unangenehm. Kurz herrschte das zwischen uns, was man wohl als *awkward silence* betiteln würde, doch dann lachten wir beide.

»Wie sieht's eigentlich bei dir aus? Hast du schon jemanden an der Angel?« Sie wackelte bedeutungsschwer mit den Augenbrauen.

»Ähm, nein«, schoss es sofort aus mir heraus. Das war nicht unbedingt ein Thema, über das ich gerne sprach.

»Keine Lust oder keine Person, die dich interessiert?«

Ich merkte, wie mein Kopf hochrot anlief und griff nach meinem Kissen, um mich sitzend darin zu vergraben.

»Weiß nicht.« Wenn es um Beziehungen ging, wurde ich immer ziemlich wortkarg. Eigentlich unfair, wenn man bedachte, dass ich über Sues Liebesleben so viel erfahren wollte. Doch um mich großartig an einem solchen Gespräch zu beteiligen, fehlte mir einfach die Erfahrung. Und irgendwie war es mir auch zu intim, darüber zu sprechen. Mit meinen Freund*innen von zu Hause hatte ich auch selten über Liebe und Sex geredet.

»Okay ... Sag mal, darf ich dich was fragen?«

Ich zuckte mit den Schultern und starrte auf das Kissen in meiner Hand.

»Hattest du denn schon mal eine Beziehung?«

Tief holte ich Luft und spürte, wie sich meine Lungen aufblähten. Auch das war ein Thema, das ich gerne umschiffte.

»Ja, schon.« Ich schluckte schwer und dachte darüber nach, ob ich Sue gegenüber offen sein wollte. Eigentlich mochte ich es nicht, sie anzulügen. Doch manchmal war eine Lüge einfacher als die Wahrheit, denn die würde bedeuten, der Realität ins Auge zu sehen.

»Es ist schon etwas her«, begann ich vorsichtig. »Es war in der Schule, da hatte ich mal einen Freund. Aber wir waren nicht lange zusammen.« Ich traute mich kaum, den Blick zu heben.

»Ach so.« Ich hatte keine Ahnung, was jetzt in Sues Kopf abging – und wenn ich ehrlich war, wollte ich es auch gar nicht so recht wissen. Vorsichtig sah ich sie an, und ich merkte, dass auf ihren Lippen noch so viele Fragen lagen.

Sei mutig, Stella. Das wolltest du doch so sehr sein.

Meine erste und einzige Beziehung war eine Katastrophe gewesen. Und dann begann ich zu erzählen. »Ich war mit einem Typen zusammen, als ich sechzehn war. Er ging in meine Parallelklasse, und irgendwann haben wir begonnen, in der Pause gemeinsam rumzuhängen. Und nach und nach verbrachten wir immer mehr Zeit miteinander.« So viel, dass ich meine Freund*innen völlig vernachlässigte und nur noch Augen für ihn hatte. Mein Herz war vollkommen von ihm eingenommen gewesen. So sehr, dass ich nicht mehr gewusst hatte, wo mir der Kopf stand.

Sue rückte ein bisschen näher zu mir und ließ den Blick nicht von mir ab. Jetzt kam der schwere Teil der Geschichte. Es war irgendwie plötzlich so intim, ihr davon zu erzählen. Aber ich wusste, dass ich auf Sue zählen konnte. Dass sie meine Freundin war und mein Geheimnis für sich behielt.

»Wir haben miteinander geschlafen, aber irgendwie war es nicht so, wie ich es mir immer vorgestellt hatte. Ich war danach fast schon enttäuscht darüber gewesen. Immer, wenn er wieder mit mir ins Bett wollte, habe ich ihn abgewimmelt. Ich hatte wahnsinnige Angst, dass es wieder so werden würde wie beim ersten Mal. Irgendwann hat er mich zur Rede gestellt, und ich habe kein Wort herausbekommen. Und dann hat er mich sitzenlassen.« Mein Herz war in tausend Teile zersplittert. Es tat immer noch weh, wenn ich daran dachte.

Sue schien zu bemerken, dass ich in Gedanken war.

»Das tut mir leid, Stella«, sagte sie nach einem Augenblick der Stille. »Der Typ war ein Arsch.« Sie beugte sich vor und umarmte mich. Es tat gut, sie an meiner Seite zu wissen. Sue war echt eine gute Freundin. Vielleicht die Beste, die ich je hatte.

»Wollen wir zusammen einen Film schauen?« Zum Glück durchschaute sie mich sehr gut und wechselte schnell das Thema.

Dankbar nickte ich.

Auch wenn der Film mich ablenkte, konnte er meine Gedanken für den Rest des Abends nicht zum Schweigen bringen.

Kapitel 17

Es war für mich so neu, wie wohl ich mich mit Sue fühlte. Und ich konnte wirklich über viele Dinge mit ihr reden. Sogar die Sache mit meinem Exfreund, obwohl es eigentlich etwas war, das ich normalerweise lieber für mich behielt. Denn ich gab mir die Schuld, auch wenn ich insgeheim wusste, dass unsere Beziehung nicht nur wegen mir gescheitert war. Wir hatten viele Probleme gehabt. Trotzdem hatte es damals mein Selbstbild vollkommen erschüttert. Danach hatte ich fest geglaubt, ich wäre ein schlechter Mensch. Nicht dazu in der Lage, diese eine Person zu halten, die ich mochte.

Es dauerte lange, bis ich anderen vertraute und sie in mein Herz ließ. Und manchmal stand ich mir auch selbst im Weg, dessen war ich mir voll und ganz bewusst. Umso glücklicher war ich über meine neuesten Fortschritte.

Am Mittwoch traf ich mich mit Chris und Sue zum Mittagessen in der Mensa. Für mich war mal wieder Salattag. Immer war irgendwo noch ein Ei drin, oder es gab dazu gleich ein halbes Schwein serviert. Chris und Sue wählten beide den Gemüseauflauf, den ich auch nicht essen konnte, da er mit Käse überbacken war. Manchmal war es echt zum Haare raufen. Wenn ich für mich kochte, war mein veganer Lebensstil kein Problem, doch sobald man außerhalb essen wollte, waren die Möglichkeiten drastisch beschränkt. Mittlerweile hatte ich mich bereits daran gewöhnt. Lustlos pikte ich eine Tomate auf meine Gabel.

»Gibt's schon etwas Neues aus dem Alpha-Haus?«, fragte ich Chris, der sich gerade eine Gabel vom Auflauf in den Mund schob.

»Jupp, wollte ich euch noch erzählen.« Er redete beim Kauen, was mich nicht störte, aber von Sue erhielt er einen scharfen Seitenblick, weshalb er erst einmal schluckte. »Ich habe heute meine Einladung bekommen und darf mich offiziell vorstellen.«

»Das ist ja mega cool!« Ich bot ihm meine Hand zu einem High five an, und wir klatschten uns grinsend ab. Tatsächlich freute ich mich sehr für Chris. Er wollte unbedingt in diese Verbindung kommen, und auch wenn ich die Rituale der Alphas durchaus fragwürdig fand, war es für ihn ein Erfolg.

»Ich bin auch echt happy. Selbst wenn Sue schon total genervt von meinem Gelaber ist.«

Dramatisch rollte sie mit den Augen und widmete sich lieber dem Auflauf, anstatt sich am Gespräch zu beteiligen.

»Wann geht's bei dir eigentlich weiter mit den Prüfungen?«

Ich hatte Chris schon auf dem Weg zur Mensa von meiner ersten Aufgabe erzählt, und er war beeindruckt, dass die Zeta-Schwestern eine so knallharte Prüfung vorgelegt hatten.

»Gute Frage. Ich warte jeden Tag darauf, dass sie sich bei mir melden.«

»Dann bin ich ja mal gespannt und hoffe, es dauert nicht mehr lange. Ich brauch doch neuen Gesprächsstoff.«

Meine Augenbrauen zogen sich fragend zusammen. »Gesprächsstoff?«

»Ja, ich muss bei den Alphas doch erzählen, was bei euch Frauen abgeht.«

Irgendwie entwickelte sich in meiner Magengegend ein mulmiges Gefühl. Es war eine Sache, dass ich Chris von unseren Aufgaben berichtete, aber es war eine völlig andere, wenn er das an seine Kumpels aus der Verbindung weitertrug.

»Dann sollte ich mir demnächst gut überlegen, was ich erzähle.«

Chris winkte mit einer Handgeste ab. »Nein, nein so war das doch gar nicht gemeint.«

»Sondern?«

»Ich wollte nur sagen, dass ich es voll spannend finde, was ihr da macht. Und manchmal unterhalte ich mich eben auch mit den Jungs aus der Verbindung darüber.«

Ich war immer noch skeptisch.

»Das heißt, du rennst nicht sofort zu ihnen und plapperst alles weiter?«

»Quatsch, das würde ich nie machen.« Chris schien die Wahrheit zu sagen, so bedrückt wie er gerade schaute, und ich wollte ihm glauben.

Zum Glück hatte ich heute noch das Seminar bei Professorin Simmons, das mich ein wenig aufmunterte und meine volle Konzentration forderte. Als ich völlig erledigt in mein Zimmer kam, wurde ich von einem Briefumschlag überrascht, den jemand unter die Tür geschoben hatte. Auf dem Umschlag stand mein Name. Ich blickte auf zu Sue, die mit ihrem Laptop auf dem Bett saß und etwas tippte. Anscheinend hatte sie nicht mitbekommen, wie der Brief unter der Tür hergeschoben wurde, oder sie hatte ihn einfach ignoriert, damit ich ihn selbst fand.

»Hey, schau mal.«

Sofort reckte sie das Kinn. »Wieder Post von den Zeta-Schwestern?«

Nickend zog ich meine Schuhe aus und ließ mich auf meiner Matratze nieder. Mit einer Handbewegung öffnete ich den Brief und las vor, was auf dem Papier in kursiver Handschrift geschrieben stand.

»Liebe Anwärterin, wir hoffen, du hast heute Abend noch nichts vor! Um 21 Uhr wollen wir dir erzählen, welcher Aufgabe du dich als Nächstes stellen musst. Komm dazu pünktlich ins Verbindungshaus.«

Ich faltete den Brief wieder zusammen. »Wow, heute Abend schon.«

Auch Sue schien davon überrascht.

»Krass, dass die euch so spontan ins Haus holen wollen. Was wäre denn jetzt, wenn du bereits etwas anderes vorgehabt hättest?«

Darauf wusste ich keine Antwort und zuckte lediglich mit den Schultern.

»Dann hätte ich dieses andere wohl absagen müssen.« Oder nicht zum Verbindungshaus gehen können, doch damit würde ich mutmaßlich meine Mitgliedschaft verspielen. Immerhin waren den Schwestern die Aufgaben sehr wichtig.

»Gut, dass ich keinen Abendkurs mehr habe«, seufzte ich und stand vom Bett auf. Eigentlich wollte ich mir eine gemütliche Jogginghose anziehen, doch da ich heute sowieso noch mal raus musste, konnte ich die Jeans gleich anbehalten.

Ich sortierte meine Tasche und packte bereits die Unterlagen für den morgigen Tag ein.

»Was glaubst du, welche Mutprobe als Nächstes ansteht?«, fragte Sue in den Raum hinein.

»Ich hab keine Ahnung.« Ich kramte meinen Laptop hervor und setzte mich wieder auf mein Bett.

»Musst du heute denn noch viel machen?«

»Ja, einige Hausaufgaben stehen noch an. Die kann ich wenigstens jetzt in der Zwischenzeit erledigen, bevor ich zum Verbindungshaus gehe.«

»Viel Erfolg«, wünschte mir Sue, und wir beide vertieften uns in unsere Aufgaben für die Seminare.

Bevor ich zum Zeta-Kappa-Sigma-Haus ging, machte ich mir am Abend noch eine große Portion Nudeln, die ich mit Sue teilte. Mein Magen grummelte seit einigen Minuten, und ich wollte nicht hungrig bei den Schwestern aufschlagen.

Zugegeben, es nervte mich schon ein klein wenig, dass ich für die Verbindung stets bereit sein musste. Sie hätten uns wenigstens noch einen oder zwei Tage Zeit geben können. Aber vermutlich hatten sie ihre Gründe. Vielleicht wollten sie damit in Erfahrung bringen, wer für die Zetas wirklich alles stehen und liegen ließ.

Pünktlich um fünf vor neun Uhr war ich am Verbindungshaus und trat ein. Die Tür stand wie immer offen. Meine Schritte führten mich direkt ins Wohnzimmer, in dem leise Musik lief und bereits einige Anwärterinnen auf den Sofas warteten. Taylor und Ellie standen am Ende des Raumes und blickten immer wieder zur Tür. Ich bemerkte, wie sich in Ellies Gesicht ein Lächeln zeigte, als ich zu den anderen stieß. Vorsichtig lächelte ich zurück und nahm auf dem Sofa neben Samirah Platz. Ein leises Getuschel ging durch den Raum, denn so richtig schien sich niemand zu trauen, die Stimme laut zu erheben. Dafür wirkten die beiden Präsidentinnen einfach zu einschüchternd.

»Hattest du einen guten Tag?«, fragte mich Samirah mit einem Lächeln.

»Danke, ja. Ich hatte heute meinen Lieblingskurs.«

»Freut mich, dass du dich so gut eingelebt hast.« Wir unterhielten uns noch eine Weile über unsere Lieblingsseminare, ehe die Präsidentinnen vortraten und die fünf Minuten vergangen waren.

»Schön, dass ihr hergefunden habt, Anwärterinnen«, begrüßte uns Taylor.

»Auch von mir ein herzliches Willkommen zurück im Verbindungshaus«, sagte nun Ellie. »Heute wollen wir euch mitteilen, was eure nächste Aufgabe sein wird. Seid ihr schon gespannt?«

Ich nickte, und einige der anderen jungen Frauen taten es mir gleich.

»Ihr habt bei der letzten Aufgabe bewiesen, dass ihr der Verbindung traut. Mutig habt ihr aus dem Kelch getrunken und seid damit eine Runde weitergekommen. Zwölf von euch sind noch übrig. Das ist schon eine echt gute Leistung.« Taylor klatschte, und Ellie stimmte ein, doch das Geräusch verebbte schnell. Jetzt übernahm Taylor.

»Dieses Mal müsst ihr beweisen, dass Schwestern zusammenstehen. Auf unserem schönen Campus gibt es sechs Statuen, die schon seit einer ganzen Weile hier stehen. Ihr habt sie bestimmt schon bemerkt. Die Zeta Kappa Sigmas setzen sich seit geraumer Zeit dafür ein, die Statuen zu erneuern, da wir sie nicht mehr zeitgemäß finden. Zum Beispiel gibt es nicht eine Statue einer Frau.« Es wunderte mich schon ein wenig, dass Taylor fand, dass die Statuen ersetzt werden sollten. Bei Ellie konnte ich es irgendwie gut nachvollziehen, sie hatte etwas Rebellisches an sich. Aber Taylor? Sie kam mir doch eher verstaubt vor. Aber ich kannte sie nicht gut genug, um darüber zu urteilen.

»Ihr bekommt immer zu zweit eine Statue zugeteilt. Und ebenjene sollt ihr verschönern. Wie ihr das macht, ist euch überlassen«, erklärte nun Ellie.

Oh, verdammt. Ich hatte ja schon mit vielem gerechnet, aber nicht damit, dass ich mit jemand anderem zusammenarbeiten musste. Ich hatte Gruppenarbeit schon immer gehasst, denn ich war am Ende meist diejenige, die die Arbeit allein machen musste.

»Das Ganze soll noch diese Woche passieren. Vielleicht habt ihr mitbekommen, dass am Samstag das Homecoming-Fest stattfinden wird.« Mir schwante nichts Gutes dabei. Ich hatte mich schon gewundert, wieso ich noch nichts von einem Homecoming-Fest gehört hatte. Normalerweise fand es immer vier oder fünf Wochen nach dem Semesterbeginn statt. Jetzt war Anfang November.

»Wieso ist Homecoming eigentlich so spät?«, schaltete sich eine der Anwärterinnen passenderweise ein, als hätte sie meine Gedanken gelesen.

»Bei uns ist es Tradition, das Homecoming-Fest immer mit dem Geburtstag des Gründungsvaters der Universität zusammenzulegen«, erklärte Taylor geduldig. Da hatte ich meine Antwort.

»Ihr sollt die Statuen von Freitagnacht auf Samstag dekorieren, damit sie pünktlich zum Homecoming verschönert werden. Damit wollen wir aktiv ein Zeichen setzen, dass es endlich an der Zeit ist, dass sich auf dem Campus etwas ändert.«

Ich wusste nicht, ob das eine gute Idee war. Vor allem hatte ich Angst, deshalb Ärger zu bekommen. Denn wenn ich eins nicht wollte, dann war es wegen etwas Negativem aufzufallen. Bestimmt würde diese Aktion beim Dekanat nicht sonderlich gut ankommen.

»Wir teilen euch jetzt zu zweit in Gruppen ein und sagen euch jeweils, welche Statue ihr zugewiesen bekommt«, führte Taylor aus. Sie wies auf eine Sofagruppe rechts neben mir und zählte die ersten beiden Namen auf. Ich wartete geduldig, bis sie bei meinem Namen angekommen war, und meine Nervosität stieg bereits ins Unermessliche.

»Stella, du arbeitest mit Brittainy zusammen. Ihr habt die Ehre, euch die Statue von Christian J. Brown vornehmen zu dürfen. Er ist der Gründer unserer Universität, also gebt euch Mühe.«

Auch das noch. Wieso ausgerechnet die Statue unseres Gründers? Sofort hatte ich das Gefühl, als würde noch mehr Druck auf mir lasten als sowieso schon.

Vorsichtig blickte ich zu Brittainy, meiner neuen Partnerin. Ich kannte sie, genau wie die anderen Anwärterinnen, nur vom Sehen. Sie hatte kurzes rotes Haar und viele Sommersprossen im Gesicht. Eigentlich sah sie ganz nett aus, aber wer wusste schon, ob sie auch teamfähig war. Denn genau darum ging es bei der Aufgabe. Wir sollten beweisen, dass wir zusammenarbeiten konnten.

Die Präsidentinnen fuhren fort, bis alle Namen und Statuen aufgezählt worden waren.

»Wir werden in der Nacht von Freitag auf Samstag natürlich auch auf dem Campus unterwegs sein und zusehen, wie ihr euch schlagt. Sollten wir mitbekommen, dass ein Team nicht gut zusammenarbeitet oder eine Anwärterin sogar allein den Job übernimmt, wird dieses Team nicht weiterkommen.« Das fand ich nur fair.

»Ihr dürft gerne jetzt schon überlegen, wie ihr die Prüfung angehen wollt«, sagte Ellie. »Aber bitte nicht hier im Haus.« Auf ihren Lippen lag ein entschuldigendes Lächeln.

»Das war es auch für heute«, sagte Taylor und beendete damit die Sitzung. »Wir wünschen euch bei dieser Prüfung natürlich viel Erfolg. Aber denkt dran, dass nur knapp die Hälfte von euch eine Runde weiterkommen wird. Sechs von zwölf werden wir für die letzte Aufgabe zulassen.« Mein Blick glitt durch den Raum. Jede

Zweite von uns würde bei dieser Aufgabe scheitern. Und ich hoffte so sehr, dass ich nicht dazugehörte.

Ich erhob mich von der Couch, legte meine Vorsicht beiseite und ging auf Brittainy zu.

»Hey, ich bin Stella«, stellte ich mich bei ihr vor und versuchte mich an einem Lächeln, das mir unter Druck besonders schwerfiel.

»Hey, Brittainy.« Sie streckte mir ihre zierliche Hand aus, die ich behutsam schüttelte. »Dann arbeiten wir wohl ab sofort zusammen«, sagte sie.

»Jupp, genau.«

Ich wusste nicht, wieso meine Augen plötzlich über Brittainys Schulter zu Ellie huschten, doch ich stellte fest, dass sie den Blick erwiderte. Ihre Stirn lag leicht in Falten, und sie verschränkte die Arme vor der Brust. Irgendetwas schien sie zu beschäftigen, und sofort begannen in mir Zweifel aufzukommen. Kannte sie meine Partnerin wohlmöglich besser als ich und ahnte bereits, dass wir nicht gut zusammenarbeiten würden? Oder interpretierte ich viel zu viel in diesen Blick hinein?

Ich räusperte mich und sah wieder zu Brittainy, weil ich nicht unhöflich sein wollte.

»Wollen wir draußen besprechen, wie wir vorgehen?«, schlug ich ihr vor.

Brittainy nickte, und wir beide setzten uns mit den anderen Anwärterinnen in Bewegung. Ich spürte, dass noch immer der Blick von Ellie auf mir lag, und das beunruhigte mich mehr, als ich zugeben wollte.

»Hast du schon eine Idee, wie wir die Statue dekorieren wollen?«, fragte mich Brittainy, als wir auf dem weißen Treppenabsatz nach draußen gingen.

Ich sah mich um und zeigte mit der Hand nach links und rechts, um ihr zu verdeutlichen, dass wir lieber erst reden sollten, wenn die anderen Anwärterinnen außer Hörweite waren. »Gleich«, schob ich noch schnell nach.

Wir gingen gute hundert Meter weiter, bevor ich ihr meine Idee verriet. »Wie wäre es, wenn wir aus ihm eine Zeta-Kappa-Sigma-Schwester machen?«

Brittainy legte den Kopf schief und sah mich fragend an. »Und wie willst du das anstellen?«

»Na ja, kennst du dieses eine Bild von der Verbindungsgründerin Zeta Rosemary McNity mit einer Federboa im Flur?«

Brittainy nickte, auch ihr war das Portrait bereits aufgefallen.

»Wir könnten ihm auch so eine Federboa umlegen. Und irgendwie müssen wir dann noch eine schwarze Bob-Perücke und eine Handtasche besorgen.« Auf der Fotografie trug die Gründerin der Zeta-Verbindung auch noch ein glitzerndes Stirnband und funkelnde Ohrringe. Ich hatte keine Ahnung, woher wir den ganzen Kram nehmen sollten, aber irgendetwas würde uns schon einfallen.

»Find ich gut«, bestätigte Brittainy mir und lächelte dabei breit.

»Klasse! Hast du irgendetwas von den Accessoires zufällig parat?«

»Ich habe ein paar Perücken, da kann ich mal nachschauen. Ich bin Cosplayerin.«

Jetzt war ich es, die die Stirn runzelte. »Sorry, was genau ist das?«

»Cosplay bedeutet eigentlich nichts anderes als *costume* und *play*, also das Spiel mit Kostümen. Ich schneidere Kostüme aus Serien, Filmen, Büchern oder Gaming nach und ziehe sie dann auf Conventions und Messen an.«

Davon hatte ich bisher noch nie gehört, aber es klang verdammt cool. Für so ein Hobby fehlte mir allerdings das Selbstvertrauen.

»Wow«, kam es mir ehrfürchtig über die Lippen. »Hast du zufällig auch so eine Federboa und ein Stirnband in deinem Repertoire?«

Brittainy schüttelte jedoch den Kopf. »Leider nein. Wie wäre es, wenn ich mich um die Perücke und um eine Handtasche wie auf dem Foto kümmere, und du besorgst eine Federboa und das Stirnband?«

Das fand ich nur fair, also nickte ich zufrieden. »Lass es uns so machen. Wollen wir uns am Freitag dann schon etwas früher treffen, um gegebenenfalls noch mal an dem Kostüm zu arbeiten?«

»So machen wir es.«

Brittainy und ich verabschiedeten uns auf dem Campus, und jede von uns ging ihren eigenen Weg zurück in die Wohnheime. Ich war jetzt schon verdammt aufgeregt, wie unsere Idee bei den Zeta-Schwestern ankommen würde, und hoffte, dass ich vor Ellie nicht schon wieder in ein Fettnäpfchen trat.

Kapitel 18

Die ganze Woche über war ich wegen dieser Aufgabe wahnsinnig nervös. Am Freitag ging ich nach meinen Kursen in einen Kostüm-Shop in der Stadt. Mittlerweile hing schon die Weihnachtsdekoration draußen, und auch die ersten Thanksgiving-Sachen wie lustige Hüte mit Truthähnen waren zu sehen. Die Kundschaft war aber eher mau. In den Fensterscheiben standen kostümierte Schaufensterpuppen. Rotkäppchen, ein Leoparden-Ganzkörperanzug, Feuerwehrmann. Der Laden war relativ geräumig und hatte sogar ein zweites Stockwerk. Die untere Etage war eher für Accessoires und Schminke gedacht, die eigentlichen Kostüme waren oben. Ich hatte keine Ahnung, wo ich mit meiner Suche nach einer Federboa und einem glitzernden Stirnband beginnen sollte.

Stöbernd wühlte ich mich durch Cowboyhüte und Perücken. Gab es für mein Anliegen vielleicht eine extra Abteilung? Möglicherweise hatte der Laden ja so etwas wie eine 1920er-Ecke. Aber da müsste ich die Kassiererin fragen, und so wägte ich ab und grub mich still und leise lieber weiter allein durch die Kostüme.

Es dauerte eine Weile, bis ich fündig wurde. In einer Ecke für elegante Accessoires entdeckte ich eine schwarze Federboa, die einfach perfekt war. Auch ein Stirnband tauchte in meinem Sichtfeld auf, das ich sofort mitnahm. Es war dunkelblau und hatte viele kleine glitzernde Steinchen. Zum Glück kostete mich mein Einkauf nicht die Welt. Das war der Vorteil, wenn man Kostüme nach Halloween kaufte.

Als ich mich um 22 Uhr mit Brittainy vor dem Verbindungshaus traf, war es schon dunkel, was uns bestimmt in die Karten spielte.

»Hey, hast du alles dabei?«, begrüßte sie mich erwartungsvoll.

Ich nickte und zeigte ihr die Ausbeute.

»Sieht super aus.« Mir fiel direkt ein Stein vom Herzen, denn wenn es Brittainy gefiel, die sich mit Kostümen auskannte, dann würden vielleicht auch die Zeta-Schwestern begeistert sein.

»Auf geht's.«

Gemeinsam liefen wir über den Campus, der nur von ein paar Straßenlaternen und dem Halbmond beleuchtet wurde.

Als wir bei der Statue von Christian J. Brown angekommen waren, blickten wir über die Schulter, um uns zu versichern, dass wir allein waren. Wir hatten das große Pech, dass die Statue sehr zentral vor dem Haupteingang der Universität auf einem kleinen Sockel stand. Sie war ungefähr lebensgroß und aus Bronze.

Hinter einem Baum auf der Wiese sah ich eine Gestalt, die sich zu verstecken schien.

»Psst, siehst du das?«, fragte ich Brittainy und wies vorsichtig in die Richtung des Baumes.

»Da steht jemand. Meinst du, es ist eine der Schwestern, die uns beobachtet?«

Auf einmal beugte sich die Figur im Schatten hervor und winkte uns zu. Jetzt war ich mir sicher, dass es eine der Verbindungsschwestern sein musste. Als ich genauer hinsah, erkannte ich Lilly, Samirahs Freundin mit den blonden Zöpfen, mit der ich an Halloween gesprochen hatte.

»Wir sind sicher, es ist Lilly«, flüsterte ich in die Nacht hinein. »Lass uns loslegen.«

Ich kramte aus meinem Jutebeutel, den ich mir über die Schulter geworfen hatte, die Federboa heraus und legte sie der Statue um den Hals.

Brittainy holte aus ihrer Tasche eine schwarze Perücke hervor, die sie einmal ausschüttelte und dann der bronzenen Statue aufsetzte. Sofort sah Christian J. Brown schon ein wenig mehr aus wie die erste Präsidentin der Zeta Kappa Sigmas.

»Jetzt kannst du das Stirnband anlegen.«

Sofort spannte ich das Stirnband zwischen meinen Händen und zog es der Statue über die Perücke. Es glitzerte in dem Licht der Nacht noch schöner als bei Tageslicht.

»Das sieht jetzt schon mega aus«, kicherte ich.

Brittainy nahm die funkelnde Handtasche und hing sie dem Gründungsvater über die Schultern.

Als wir fertig waren, gingen wir beide einen Schritt zurück und betrachteten unser vollendetes Werk.

»Hammer«, freute sich Brittainy und hob die Hand, damit ich sie abklatschen konnte.

Meine Partnerin zückte ihr Handy und machte ein Foto von der verkleideten Statue.

»Nur zur Sicherheit, falls uns jemand in die Quere kommt.« Daran, dass jemand die Statue nachts wieder entkleiden konnte, hatte ich ehrlicherweise gar nicht gedacht, doch es war eine gute Idee, Beweismaterial zu sichern.

Ich warf noch mal einen letzten Blick in Richtung Baum, an dem immer noch Lilly stand. Doch jetzt hob sie plötzlich die Hand und zeigte uns einen Daumen. Vermutlich um uns mitzuteilen, dass wir gehen konnten.

»Wollen wir?«, fragte Brittainy, und wir machten uns zurück zu den Wohnheimen auf.

»Das hat doch echt super geklappt«, freute ich mich und sah, dass auch Brittainy begeistert schien.

»Ich bin echt gespannt, wie unsere Verkleidungsaktion bei den anderen ankommt.«

»Ich auch.«

Vor den Wohnheimen verabschiedeten wir uns und gingen in jeweils andere Richtungen.

Als ich wieder in meinem Zimmer ankam, stellte ich fest, dass Sue nicht zu Hause war. Ich trat weiter in den Raum hinein und bemerkte einen Zettel auf meinem Bett, auf dem stand, dass sie etwas mit Chris unternahm und heute vielleicht nicht mehr heimkommen würde. Schade eigentlich. Ich war wegen unserer verbotenen Aktion voller Adrenalin und hatte mich schon darauf gefreut, Sue von allem zu erzählen. Das würde ich wohl auf morgen verschieben müssen.

Etwas geknickt zog ich mich um, machte mich bettfertig und wünschte Herbert eine gute Nacht.

Irgendwann gegen zehn Uhr wurde ich wach und drehte mich im Bett noch mal für eine halbe Stunde um. Dafür waren die Wochenenden schließlich perfekt. Müde rieb ich mir die Augen und stand auf, um mich mit schweren Schritten ins Badezimmer zu schleppen.

Mittlerweile hatte ich mich daran gewöhnt, mir ein Badezimmer mit so vielen Menschen zu teilen. Am Anfang hatte ich noch meine Schwierigkeiten damit. Vor allem, wenn ich auf die Toilette musste. Meist schaute ich, ob ich wirklich allein war, ehe ich in die Kabine ging, und hoffte, dass in der Zeit niemand reinkam. Warum sprach eigentlich niemand darüber, wie es war, nicht in Ruhe aufs Klo gehen zu können?

Als ich mich geduscht und umgezogen hatte, ging ich zurück in mein Zimmer und machte mir erst einmal einen Kaffee. Ich würde heute noch ein paar Hausaufgaben für die Kurse nächste Woche erledigen müssen. Am besten fing ich gleich damit an, damit ich es schnell hinter mir hatte.

Außerdem war heute das große Homecoming-Fest. Dabei durften ehemalige Studierende zurück an den Campus kommen und mit den aktuell Eingeschriebenen feiern. Ich fand das eigentlich eine schöne Sache, wenn ich mir vorstellte, in zehn Jahren noch mal nach Haydensburgh zu kommen. Nostalgie pur.

Es würde ein großes Footballspiel geben, zu dem ich aber nicht gehen wollte, weil ich nicht gerade sportbegeistert war. Mir war die Feierlaune auf den Tribünen einfach immer zu viel. Vor allem die betrunkenen Menschen, die plötzlich mit ihren Bierbechern warfen oder einem so nahe kamen, dass man ihren Alkoholatem roch. Mal ganz davon abgesehen, dass mich das Spiel einfach auch nicht interessierte.

Außerdem hatten die Verbindungen Stände auf dem Campus aufgebaut, um Spenden zu sammeln. Mir war klar, dass ich bei den Zeta Kappa Sigmas auf jeden Fall mal vorbeigehen musste, um mein Gesicht zu zeigen. Das war bisher aber auch mein einziger Plan für das Homecoming-Fest.

Am Abend fand ein großer Ball statt. Es würden wahnsinnig viele Menschen aufkreuzen, und große Menschenmassen machten mir meistens eher Angst. Wahrscheinlich gab es Musik, und es wurde getanzt. Daran war eigentlich nichts Schlechtes, solange mich niemand zum Tanzen aufforderte. Wenn die Augen auf mich gerichtet waren, fühlte ich mich immer sofort unwohl. Als würden die Leute nur darauf warten, dass ich einen Fehltritt hinlegte.

Vermutlich würde ich auch auf die Zeta-Schwestern treffen. Das konnte mir möglicherweise helfen. Aber ohne Sue wollte ich dort bestimmt nicht auftauchen, und bisher hatte sie sich nicht blicken lassen.

Ich hatte meine Nase tief in ein Buch gesteckt, nachdem ich meine Aufgaben für die Uni erledigt hatte, und wurde von dem Geräusch der sich öffnenden Tür erschrocken.

»Hi.«

Sue war endlich zurück. Sie sah glücklich aus, mit diesem breiten Lächeln auf ihren Lippen.

»Hey, schön, dass du wieder da bist. Und, wie war es?«

Sue machte die Tür hinter sich zu und zog ihre Schuhe aus.

»Echt schön, Chris und ich haben gestern noch was unternommen, und er konnte seinen Mitbewohner überzeugen, heute woanders zu schlafen.« Ich war froh, dass mich Sue noch nicht gefragt hatte, ob ich in der Nacht mal an einem anderen Ort schlafen konnte, damit sie und Chris das Zimmer für sich hatten, denn ich hatte absolut keine Ahnung, wohin ich dann gehen sollte.

»Klingt doch klasse«, entgegnete ich und legte das Lesezeichen in mein Buch, ehe ich es zuklappte und auf meinen Nachttisch verbannte.

»War es auch.« Sue setzte sich seufzend auf ihr Bett und ließ sich mit ausgestreckten Armen nach hinten fallen.

»Sag mal«, begann ich zögernd. »Heute ist ja das Homecoming-Fest.«

»Ach stimmt, das hätte ich fast vergessen.« Das wunderte mich nicht. Sue machte sich nicht viel aus Traditionen.

»Wollen wir später vielleicht mal eine Runde zusammen über den

Campus laufen?« Auch wenn ich mir wegen des Balls noch nicht sicher war, so wollte ich auf jeden Fall sehen, was geboten wurde.

»Klar, wieso nicht.« Sue zuckte mit den Schultern.

»Musst du denn noch etwas für die Uni machen, oder können wir in einer Stunde los?«

»Ich beeile mich.« Ihre Stimme klang ein wenig gereizt, so dass ich lieber nicht nachfragen wollte, was sie denn noch zu tun hatte.

Sue setzte sich wieder gerade hin und zog ihren Laptop zu sich, während ich erneut mein Buch in die Hand nahm und noch ein paar Kapitel las.

Am Nachmittag zogen wir zu zweit los. Schon als wir das Wohnheimgebäude verließen, roch ich den Duft nach Frittiertem und Gebratenem, und mein Magen meldete sich grummelnd. Ich war mir sicher, dass das vegane Angebot auf dem Fest eher mau ausfallen würde, aber vielleicht hatte ich ja Glück und fand einen Stand mit Pommes oder Falafel.

Auf dem Campus waren überall bunte Fahnen aufgehängt, und an jeder Ecke standen Zelte oder Stände, an denen etwas verkauft wurde. Sogar die Arbeitsgemeinschaften zeigten sich und sammelten Spenden. Wir liefen an der Orchestergruppe vorbei, die ein Lied spielte und so für eine angenehme Grundstimmung auf dem Fest sorgte.

Manche Verbindungen verkauften selbstgemachte Speisen und nahmen so etwas Geld für die eigene Kasse ein. Die Zeta Kappa Sigmas konnte ich noch nicht entdecken, und auch von den Alphas entdeckte ich bisher keine Spur. Dafür hatte eine andere Verbindung einen Pommesstand, über den ich mich mehr freute, als ich vermutlich sollte.

Ich gab Sue ein Zeichen, dass ich mir dort eine Tüte Pommes holen würde und kam mit einem breiten Grinsen zurück.

An einem Hot-Dog-Stand zwei Ecken weiter wurde auch Sue fündig, und so konnten wir mit unserem Essen in der Hand über den Campus schlendern und uns ansehen, was die Verbindungen und Arbeitsgemeinschaften auf die Beine gestellt hatten. Hier und dort gab es Kinderschminken, Dosenwerfen, Basteln, es wurde alles abgedeckt. Fröhliches Lachen schallte über den gesamten Campus, und alle schienen sehr ausgelassen zu sein.

»Sag mal, kommst du heute Abend eigentlich mit zum Homecoming-Ball?«

»Ich weiß nicht«, gab ich unsicher zurück.

»Chris möchte unbedingt hin, um bei den Alphas einen guten Eindruck zu hinterlassen. Und ich dachte, du willst wegen der Zetas vielleicht auch kommen. Außerdem habe ich Lust zu tanzen.«

Das war leider ein durchaus gutes Argument. Wenn die Schwestern mich dort registrierten, konnte es möglicherweise ein paar Bonuspunkte für mich geben. Eine Garantie gab es natürlich nicht, aber wenn ich nicht hinginge, würde ich es auch nicht erfahren.

»Wollen wir zu dritt hin?« Sue zeigte mir ein schiefes Lächeln, bevor sie von ihrem Hot Dog abbiss.

»Na gut«, stimmte ich schließlich zu.

Irgendwann passierten wir den Stand der Alphas, an dem die Jungs in einem riesigen rosa Schweinchen Spenden sammelten und Flyer verteilten. Es gab dort sogar einen Hau-den-Lukas, bei dem man seine Kräfte messen konnte. Irgendwie typisch für die Alphas.

»Solche Vollärsche«, murmelte Sue, als wir an ihnen vorbeigingen. Es war bestimmt nicht leicht für sie, dass Chris von der Verbindung so besessen war. Aber irgendwie managten sie die Sache schließlich, ansonsten würden die beiden nicht so viel miteinander rumhängen.

Als wir dem Verbindungshaus der Zeta Kappa Sigmas näher kamen, stach mir auch ihr Stand ins Auge. Es war ein großer Pavillon, den die Frauen aufgebaut hatten. Auf einer selbstgebastelten Girlande stand der Name der Verbindung in großen Lettern. Wie immer hatten sie die Spardose aufgestellt, die ich schon von den Kuchenverkäufen oder dem Bauernfest kannte. Hinter einem hölzernen Tisch standen Ellie, Taylor und ein paar andere Schwestern, deren Namen ich nicht kannte, und sie verkauften Selbstgemachtes gegen eine Spende.

Ich war mir nicht sicher, ob ich sie ansprechen sollte. Sie schienen gerade so beschäftigt.

Plötzlich spürte ich Sues Ellenbogen in meiner Seite.

»Willst du nicht hallo sagen?«, fragte sie mich mit hochgezogener Augenbraue.

»Ich weiß nicht«, entgegnete ich leise.

»Komm schon.« Sue lächelte und legte mir eine Hand auf den Rücken, um mich mehr in die Richtung des Zeta-Stands zu schieben. Jetzt hatte ich wohl keine andere Wahl.

Blöderweise hatten die Frauen auch gerade einen Verkauf abgeschlossen, und niemand außer mir stand mehr vor dem selbstgebauten Tresen. Nervös räusperte ich mich und trat einen Schritt vor.

»Ähm, hi.«

»Oh, hallo Tollpatsch«, grinste Ellie. »Willst du ein Stück Kuchen kaufen?«

Nein, eigentlich wollte ich das nicht, doch auf einmal waren da all diese Gedanken. Was sollte ich sonst von den Schwestern wollen? Einfach nur guten Tag sagen lag mir nicht gerade im Blut. Also nickte ich.

»Ja, gern.«

»Also, wir hätten hier eine Kirschtorte mit Marzipan, die ist sehr lecker, kann ich echt nur empfehlen«, begann Ellie. »Oder diesen Apfelkuchen, den Luana gemacht hat. Wenn du kein Obst magst, kannst du es auch mit der Schokotarte hier probieren.«

Ich war heillos überfordert. Nicht nur, dass ich überhaupt keinen Kuchen kaufen wollte, Ellie starrte mich permanent an und brachte mich damit völlig aus dem Konzept. Ihre Augen wirkten in dem hellen Tageslicht noch blauer als sonst. Und sie lächelte so wahnsinnig breit, dass mir ganz mulmig wurde.

»Ich nehme den Apfelkuchen.« Ich war völlig von der Rolle. Anstatt dass ich nachfragte, ob einer der Kuchen ohne Ei war, nahm ich einfach irgendetwas, um mich schnellstmöglich aus der Situation zu manövrieren. Jetzt kaufte ich ernsthaft einen Kuchen, den ich vermutlich nicht einmal selbst essen konnte. Na ja, Sue würde sich bestimmt freuen.

»Hier.« Ellie reichte mir den Kuchen auf einem Stück Pappe, und ich bezahlte bei ihr. Es war so lästig, in alte Verhaltensmuster zu fallen. »Sonst noch was?«, wollte Ellie wissen und stemmte die Hände in die Hüfte.

»Nein, danke.« Meine Stimme war verdammt leise geworden, und ich fragte mich, ob mich Ellie überhaupt verstand, doch sie nickte nur.

»Gut, schön. Dann viel Spaß noch auf dem Fest. Und wir sehen uns heute Abend beim Ball.«

Ellie zwinkerte mir zu, und jetzt wusste ich, dass ich dem Ball heute Abend echt nicht mehr entkommen konnte. Aber vielleicht würde es gar nicht so eine Katastrophe werden, wenn ich mit Sue und Chris hinging und Ellie auch kommen würde.

Kapitel 19

Sue und ich schlenderten noch ein wenig über das Fest. Ich hatte ihr kommentarlos meinen Kuchen in die Hand gedrückt, den sie wie ein Staubsauger verspeiste. Immerhin war eine von uns jetzt ein bisschen glücklicher.

Wir vermieden das Footballspiel, da keine von uns wirklich etwas mit dem Sport anfangen konnte, und gingen lieber nach Hause, um noch ein wenig im Bett zu lümmeln, ehe wir uns für den Ball fertig machten.

Ich hatte keine Ahnung, wann ich das letzte Mal auf so etwas wie einem Ball gewesen war. Mein Highschool-Abschluss hatte schnell geendet, denn ich war damals nur zu dem Pflichtprogramm gekommen und dann mit meinen Eltern wieder nach Hause gefahren. Während andere die hübschesten und teuersten Kleider trugen, hatte ich ein Kleid aus meinem Schrank gewählt und die Haare zu einem schlichten Zopf gebunden. Ich hatte keinen guten Draht zu meiner Klasse gehabt und wollte nicht noch unnötig länger Zeit mit diesen Menschen verbringen.

Jetzt zu einem Ball zu gehen, weckte wieder all diese Gefühle, die ich damals hatte. Angst, Unsicherheit. Aber ich wusste auch, dass ich mit Sue hinging, und ich mochte sie sehr. Immer wieder redete ich mir ein, dass der Abend nicht in einer Katastrophe enden würde.

Ich wählte das dunkle Kleid, das ich am Anfang zum Semesterstart getragen hatte, und legte mit Sue gemeinsam im Badezimmer etwas Make-up auf. Sie umrandete ihre Augen in einem tiefen Schwarz und malte ihre Lippen rot an. Das war mir dann doch etwas zu heftig für meinen eher unauffälligen Look. Etwas Mascara, ein bisschen Rouge und einen Lippenstift in einem Nude-Ton.

Als wir fertig gestylt waren, warteten wir noch auf Chris, der bei uns vorbeischauen wollte, damit wir zusammen zum Ball gehen konnten. Er verspätete sich um ein paar Minuten und kam ziemlich verschwitzt bei uns an.

»Was ist denn bei dir los?«, begrüßte ihn Sue mit Falten auf der Stirn.

»Sorry, ich war noch beim Footballspiel und hab mich total verquatscht.« Das sah man ihm auch an. Chris trug einen dunkelblauen Anzug, doch seine Krawatte hing völlig schief und krumm. Sue machte einen Schritt auf ihn zu und richtete sie für ihn.

»So.« Sie grinste breit und war zufrieden mit ihrem Ergebnis.

»Okay, wollen wir dann los?«, fragte Chris in die Runde, und wir packten unsere Handtaschen und gingen gemeinsam aus dem Zimmer.

Mittlerweile war es schon dunkel draußen, und der Campus wurde vom Laternenlicht beleuchtet.

»Können wir einen kleinen Umweg gehen?« Ich sah Sue und Chris mit großen Augen an, so dass sie gar nicht nein sagen konnten.

»Klar, was willst du vorher denn noch machen?«, wollte Sue wissen.

»Ich muss noch etwas abchecken.« Ich grinste geheimnisvoll und ließ die beiden im Dunkeln.

So war ich es, die den Weg vorgab und Richtung Hauptgebäude strebte. Aus der Ferne sah ich bereits die Statue von Christian J. Brown, der stolz auf dem Campus vom Licht beschienen wurde. Den ganzen Tag war ich der Statue eher aus dem Weg gegangen, denn ich wollte nicht, dass jemand Verdacht schöpfte. Wir näherten uns, und Chris und Sue begannen auf einmal zu lachen.

»Sag jetzt bloß nicht, dass ihr das gewesen seid«, meinte Chris.

Christian J. Brown trug noch immer seine Perücke und das Stirnband. Die Federboa hing ihm prachtvoll um den Hals. Lediglich die Handtasche fehlte. Vielleicht hatte sich Brittainy ihrer bereits wieder bemächtigt.

»Doch, das war eine Zeta-Aktion«, grinste ich zurück.

»Hammer.« Chris schlug mit mir ein, und auch wenn Sue nicht viel von den Prüfungen hielt, zeigte sie einen Daumen nach oben. Wenn es darum ging, Regeln zu brechen, dann war sie wohl ganz weit vorn mit dabei.

»Okay, ich bin so weit«, ließ ich die beiden wissen, und wir marschierten gemeinsam zum Atrium.

Mittlerweile war es schon dunkel geworden, und ein paar Kerzen auf dem Boden beleuchteten den Hauptweg. Von weitem hörten wir bereits die Bässe der Musik, die aus dem Atrium klangen. Bei dem Gedanken daran, auf einen Ball zu gehen, war ich nervös, auch wenn ich Sue und Chris an meiner Seite hatte. Ich mochte Situationen nicht, die ich nicht einschätzen konnte oder die ich nicht unter Kontrolle hatte. Deshalb drehte ich auch bei jeder neuen Aufgabe der Zeta-Schwestern völlig durch, und mein Kopfkino begann.

Sue schien meine Aufregung zu bemerken, denn sie legte beruhigend eine Hand auf meinen Rücken.

»Hey, alles wird gut. Wir gehen auf den unsinnigen Ball, haben ein bisschen Spaß, und ehe du dich versiehst, liegen wir im Pyjama wieder im Bett.« Ihr Lächeln gab mir die Sicherheit, die ich jetzt dringend benötigte. Tief atmete ich die Abendluft ein und nickte ihr als Bestätigung, dass alles in Ordnung war, zu.

Gemeinsam betraten wir das Atrium, und es verschlug mir auf einmal wirklich den Atem. In der Mitte der Halle hing an der Decke ein riesiges Banner, auf dem *Welcome back to Haydensburgh* geschrieben stand. Das Licht war gedimmt, und es gab eine Partylight-Station, so dass Lichter von überall her reflektierten. Auf der einen Seite war ein DJ-Pult aufgebaut, an dem eine Frau mit Kopfhören stand und irgendwelche Knöpfe drückte. Einige Menschen tanzten zum Takt der Musik. Ich ließ meinen Blick weiter schweifen und bemerkte noch einen Getränkestand am anderen Ende des Raumes. Sogar eine Tribüne war aufgebaut worden, die aus vielen hölzernen Sitzbänken bestand. Sie war festlich mit Luftschlangen und bunten Kleinigkeiten dekoriert. Da hatte sich jemand echt viel Mühe gegeben, um dieses schlichte Atrium in einen Partysaal zu verwandeln.

»Wollen wir?« Chris' Stimme holte mich aus meinen Gedanken zurück.

»Klar, auf geht's«, sagte ich plötzlich selbstsicher. Chris bot Sue und mir je einen Arm an. Wir hakten uns grinsend unter und gingen gemeinsam auf den Tresen mit den Getränken zu. Es gab Cola, Orangenlimonade und Säfte, für die Älteren auch alkoholische Getränke wie Bier oder Wein. Ich entschied mich wie so oft für eine Cola, Chris bestellte ein Root Beer, und Sue war mit einem Wasser völlig zufrieden. Irgendwie war es wirklich nur halb so schlimm, wie ich es mir vorgestellt hatte, und auf einmal durchfuhr mich eine Welle der Erleichterung. Zusammen mit meinen Freund*innen machte dieser Abend gleich viel mehr Spaß und nahm mir die Unsicherheiten.

Wir verließen die Bar und gingen mehr in die Richtung der Tribünen, um uns einen besseren Überblick zu verschaffen. Als ein Lied von Ariana Grande gespielt wurde, ertappte ich mich sogar dabei, wie ich mit dem Fuß wippte.

»Willst du etwa tanzen, Stella?«, fragte mich Sue erstaunt.

Etwas erschrocken blickte ich zu ihr auf.

»Ehm, nein danke«, stammelte ich vor mich hin und spürte, wie sich meine Wangen automatisch röteten.

»Was sind das eigentlich für Songs, die hier gespielt werden?«

»Jetzt sag bloß, du kennst Ariana Grande nicht«, meinte Chris mit großen Augen und musterte Sue.

»Doch, klar kenne ich die. Vom Hörensagen. Aber ich habe keine Ahnung von ihren Songs. Oder irgendwelchen Liedern, die die hier spielen. Für mich hört sich das alles gleich an. Als würden die Phantasieenglisch singen und die ganze Zeit nur so was wie *la la la de sana* trällern.«

Chris und Sue verstrickten sich in ein Gespräch über aktuelle Popmusik, wobei Sue immer wieder davon sprach, dass nur Rock die einzig wahre Musik war, während mein Blick weiter durch den Raum glitt und mit einem Mal an einer Person hängen blieb.

Ellie.

Sie hatte ihr blaues Haar zu einem hohen Pferdeschwanz gebunden und trug einen auffälligen dunkelgrünen Anzug. Sie war zwischen den anderen tanzenden Menschen in der Mitte der Halle nicht schwer zu entdecken. Aber Ellie tanzte nicht allein. Sie hatte die Arme um jemanden gelegt. Um eine andere Frau.

Die Fremde war einen halben Kopf größer als sie und trug ein glitzerndes Kleid, das im Licht der Discokugel schimmerte. Sie hatte kupferfarbenes Haar.

Ich wusste nicht, wieso, doch plötzlich hatte ich einen großen Kloß im Hals. Die beiden tanzten eng umschlungen zu der Musik und wirkten sehr vertraut. War diese Unbekannte vielleicht nur eine gute Freundin von Ellie? Nein, so begierig, wie sie Ellie ansah, konnte das kaum möglich sein. Ellie wirkte locker, ausgelassen, und schien gar nicht zu bemerken, dass ich zu ihr rüberschaute. Als ich selbst bemerkte, wie mein Blick immer starrer wurde, senkte ich schnell das Kinn und guckte in meine tiefschwarze Cola.

»Alles okay, Stella?«, vernahm ich Sues Stimme an meinem Ohr.

»Ja, ja, alles okay«, entgegnete ich hastig und versuchte mich an einem Lächeln, das meine Augen jedoch nicht erreichte.

Ich wollte bloß keine Aufmerksamkeit auf mich ziehen. Das hatte mir noch gefehlt.

»Ich gehe nicht davon aus, dass ihr tanzen wollt, oder?« Chris sah zwischen uns hin und her, und Sue und ich verneinten gemeinsam mit einem Kopfschütteln.

»Später«, versicherte Sue ihm. »Ich bleibe erst einmal bei Stella.«

»Dann sage ich mal den Jungs von der Verbindung hallo, und ihr Frauen könnt unter euch sein.«

So schnell die Worte aus seinem Mund gekommen waren, so schnell war Chris in der Menge verschwunden. Vielleicht sollte ich mich auch gleich mal bei den Verbindungsschwestern umsehen.

»Ist echt alles okay, Stella?«

»Ja«, kam es leise aus meinem Mund. »Ich war nur abgelenkt, sorry.«

Das war immer eine gute Ausrede. Ich steckte mit dem Kopf so oft in den Wolken, dass man mir einfach glauben musste. Aber Sue wirkte dennoch nicht vollends überzeugt. Mittlerweile kannte sie mich einfach zu gut.

Ich wusste selbst nicht, wieso ich auf einmal so geknickt war. Es konnte mir doch völlig egal sein, mit wem Ellie auf dieser Party tanzte. Wäre ich auch so verwirrt gewesen, wenn sie mit einem fremden Mann umschlungen auf der Tanzfläche gestanden hätte? Oder mit jemandem, den ich kannte? Ich hatte keine Ahnung. Und wenn ich ehrlich war, wollte ich gar nicht weiter darüber nachdenken.

»Schön, wir sind also auf einer Party, auf der generische Popmusik gespielt wird, trinken unsere alkoholfreien Getränke, und was jetzt?« Sue blickte mich fragend an, doch ich konnte nicht mehr tun, als meine Schultern hochzuziehen.

»Da fragst du definitiv die Falsche.«

Ich war kein Partymensch. Wenn es ging, vermied ich solche Veranstaltungen, wo ich nur konnte. In der Schulzeit war ich nie zu einer der großen Partys eingeladen worden. Höchstens mal zu einem Geburtstag, bei dem es Torte und Geschenke gab. Bei mir war Sue also an der völlig falschen Adresse, wenn sie wissen wollte, was wir als Nächstes tun sollten. Wenn es nach mir ginge, würde ich den ganzen Abend hier rumstehen und den anderen beim Tanzen zusehen. Oder noch besser: Zurück ins Wohnheim gehen und mich unter meiner Bettdecke verkriechen.

Für Sue schien das allerdings keine Option zu sein.

»Wollen wir uns erst einmal hinsetzen?«, fragte sie mich schließlich, und ich nickte.

Gemeinsam gingen wir auf die Tribüne zu, auf deren Bänke vereinzelt andere Leute saßen. Wir suchten uns einen weniger belegten Platz, und ich senkte den Kopf und schlürfte an meiner Cola. Ich wusste auch nicht, was mit mir los war. Wieso beschäftigte es mich so sehr, dass Ellie mit jemandem tanzte? Mein Blick glitt immer wieder zu den beiden, die sich im Takt der Musik bewegten. Sie waren nicht einfach nur Freundinnen. Nein, definitiv nicht. Die andere zog Ellie ja fast mit ihren Augen aus. Es war mir so unangenehm, dass ich wegschauen musste. War vermutlich auch besser, wenn ich mich voll und ganz auf Sue konzentrierte.

»Stella? Du weißt, ich habe stets ein offenes Ohr für dich.« Das war wirklich unfassbar lieb. Aber ich war nicht die Person, die mit ihren Problemen sofort zu jemandem rannte. Erst machte ich alles mit mir selbst aus, bevor ich es überhaupt schaffte, einen Ton darüber zu verlieren. Was würde sie nur von mir denken, wenn ich ihr erzählte, dass mich Ellies Anblick irritierte? Ich wünschte, ich könnte es einfach sagen, doch da war wieder die alte Stella, die keinen Ton herausbrachte.

»Schon okay, ich bin nur etwas müde«, gab ich nach einem kurzen Moment des Durchatmens zurück.

Ich hob den Kopf und bemerkte, dass Sue mit dieser Aussage ganz und gar nicht zufrieden war. Dennoch hakte sie zu meiner Erleichterung nicht weiter nach.

Eine Weile saßen wir einfach nur auf der Tribüne, nippten an unseren Getränken und beobachteten das Geschehen. Ein Lied wechselte nach dem anderen, ab und an wippte ich unauffällig mit den Füßen mit. Sue schien von der Musik eher unbeeindruckt zu sein. Ich hatte einmal mitbekommen, wie sie ein Lied mit atmosphärischen Bässen und melodischen Gitarren gehört hatte. Ich war später von einer Vorlesung zurückgekommen, und da hallte der Metal-Song laut durch unser Zimmer. Es machte mir nichts, dass Sue völlig andere Musik hörte als ich. Ich fand es sogar irgendwie erfrischend, dass sie nicht so Mainstream war.

»Schau mal, da ist Chris«, stellte ich nach ein paar Minuten des Schweigens fest und zeigte mit dem Finger in die Richtung, in der ich ihn erspäht hatte. Chris stand mit einem großen Typen mit breiten Schultern am DJ-Pult. Er trug einen Anzug mit Fliege und sah unheimlich geleckt aus. Ich wollte eigentlich nicht nach irgendwelchen Klischees gehen, aber der Typ war bestimmt aus der Alpha-Verbindung.

»Ach, der bläst Ramon schon wieder Zucker in den Arsch«, winkte Sue genervt ab.

»Ist er einer von den Alphas?«

»Japp, er gehört zu den ganz Großen, wenn man Chris glauben mag.«

Was auch immer das bedeutete. Bei den Zeta Kappa Sigmas gab es zwar zwei Präsidentinnen, aber keine weiteren Rangfolgen. Zum Glück. Alle Schwestern waren gleich. Vielleicht war das bei den Alpha-Jungs anders.

Chris hatte seine Brust weit nach vorn gestreckt, und es kam mir fast so vor, als wäre er tatsächlich ein paar Zentimeter größer geworden.

»Er will ihn beeindrucken. Völlig albern«, meinte Sue.

»Lass ihn doch, wenn er unbedingt will.«

»Ich lasse ihn ja auch.«

Es war lieb, dass Sue Chris unterstützte, obwohl sie so ein schlechtes Bild von den Verbindungen hatte. Und das Gleiche tat sie auch bei mir. Sue gab mir damit ein wirklich gutes Gefühl. Ich hatte ihren Rückhalt. Ich konnte auf sie bauen. Immer und überall.

Auch wenn ich mich eigentlich auf Chris konzentrieren wollte, bemerkte ich, wie ich heimlich wieder zu Ellie sah, die sich mit ihrer Tanzpartnerin nun von der Fläche entfernte. Sie gingen auf die Bar zu und holten sich Drinks. Es nervte mich, dass mein Blick wieder und wieder zu den beiden schweifte. Ellie schien es zum Glück gar nicht zu bemerken, aber möglicherweise war es auch genau das, was mich so ärgerte. Sie würdigte mich keines Blickes. Doch warum brachte mich das so aus der Fassung? Sie war nett, durchaus, und sie hatte sich wieder und wieder für mich in der Verbindung eingesetzt. Aber das war es eigentlich auch schon. Oder?

Lag es vielleicht daran, dass sie eine der Präsidentinnen war? Wollte ich unbedingt so sehr einen guten Eindruck hinterlassen, dass es mir einen Stich versetzte, wenn sie mich nicht beachtete? Aber bei Taylor war es doch nicht so. Ich hatte keine Ahnung. Meine Gedanken verdunkelten sich mit jeder Minute, die verstrich, und ich hatte kaum noch Hoffnung, dass dieser Abend noch irgendwie gerettet werden könnte.

»Ich würde gleich gerne tanzen gehen, magst du mitkommen?« Sues Stimme holte mich ins Hier und Jetzt zurück. Auch wenn sie die Musik nicht mochte, sie tanzte gerne, wie ich schon auf der Erstiparty gemerkt hatte, und ich wollte ihr keineswegs den Spaß verderben. Es war lieb, dass sie mich fragte, ob ich mitgehen wollte, doch mir war ganz und gar nicht nach Tanzen zumute.

»Nein danke, aber geh ruhig. Ich trinke noch meine Cola in Ruhe aus«, versicherte ich ihr und versuchte mich dabei an einem freundlichen Lächeln.

Sue seufzte, denn sie wusste, dass sie mir heute Abend nicht mehr helfen konnte.

»Wenn etwas ist, sag mir Bescheid, ja?«

Ich nickte und beobachtete, wie sich Sue von der Bank erhob und durch die Menge schlängelte. Chris stand mittlerweile allein an der Bar. Sue tippte ihm auf die Schulter, und die beiden gingen gemeinsam auf die Tanzfläche. Sie bewegte sich so selbstverständlich zu der Musik, dass ich mir gerne eine Scheibe von ihrem Mut abgeschnitten hätte. Vielleicht wäre ich dann auch auf Ellie zugegangen und hätte sie begrüßt. Möglicherweise hätte ich sogar erfahren, wer diese mysteriöse Fremde an ihrer Seite war. Stattdessen hockte ich nun auf der Tribüne und trank den letzten Schluck meiner Cola.

Die Zeit verging leider nicht wie im Flug. Ich hätte gerne gesagt, dass ich einen tollen Abend und mit meinen Freund*innen eine Menge Spaß gehabt hatte, doch im Endeffekt blies ich nur Trübsal. Ich war von mir selbst genervt, dass ich mich von meinen Gefühlen völlig aus der Bahn werfen ließ. Aber so war ich nun einmal. Ein herabwürdigender Spruch oder ein abfälliger Kommentar konnte mich wochenlang beschäftigen. Selbst wenn ich im gleichen Atemzug Lob erhielt. Ich hatte wahnsinnige Angst, jemandem vor den Kopf zu stoßen und wusste, dass es keinen Grund gab, so zu reagieren. Doch Ängste handelten nicht nach diesem Prinzip. Sie waren dunkle Wolken, die sich um meine Gedanken legten und alles vernebelten.

Ein paar Songs lang saß ich weiterhin so da, ehe ich mich irgendwann von meinem Platz erhob und die Tribüne verließ. Sue war noch immer am Tanzen, und ich wollte sie nicht stören. Ich beobachtete mich selbst, wie mein Blick ein letztes Mal zu Ellie glitt. Sie stand mit ihrer Begleitung an der Bar und lachte laut. Warum konnte ich nicht einfach Spaß haben wie sie? Wieso musste ich mich andauernd so stark von meinen Ängsten leiten lassen?

Aus meiner Handtasche holte ich mein Smartphone hervor und schrieb Sue eine Nachricht, damit sie mich nicht noch suchen würde.

Ich war noch immer die ängstliche Stella, die lieber alleine in der Ecke hockte, anstatt sich unter die Leute zu mischen.

Und das war eigentlich okay.

Was mich ärgerte, war die Tatsache, dass ich es mit meinen Gedanken einfach nicht schaffte, mich wieder aufzuraffen. Ich geriet in eine Spirale, aus der ich nicht mehr entkommen konnte. Jedes Mal. Und es übermannte mich die Angst, dass die Leute das sahen. Dass sie mit dem Finger auf mich zeigen würden und lachten.

Verdammt, ich musste damit aufhören. In meinen Augen stiegen bereits Tränen auf, und ich ballte meine Hände zu Fäusten, nachdem ich mein Handy wieder in die Tasche gesteckt hatte.

Ich wollte nur noch zurück ins Zimmer.

Kapitel 20

Am liebsten wäre ich die nächsten Tage einfach in meinem Bett geblieben, doch die Uni rief, und ich musste folgen. Sue hatte ich seit dem Ball kaum noch gesehen, denn entweder verbrachte sie Zeit mit Chris, oder sie musste sich dringend um irgendwelche Hausaufgaben kümmern. Das war vielleicht auch gar nicht schlecht, denn so kam sie nicht auf die Idee, mich wegen meiner miesen Laune auszufragen, die ich seit dem Abend hatte.

Keine Ahnung, warum meine Gedanken um Ellie und diese andere Frau kreisten. Wieso ich ständig diesen Blick im Kopf hatte, den sie Ellie zugeworfen hatte. Es konnte mir doch egal sein, ob da etwas zwischen den beiden lief.

Das Schlimme daran war nur, dass ich am Dienstag nach meinen Kursen zurück ins Haus der Zeta Kappa Sigmas musste. Ich hatte gestern, am Montag, einen Brief erhalten, in dem alle Informationen standen. Dort würde ich dann erfahren, ob ich meine Aufgabe zur Zufriedenheit der Schwesternschaft erfüllt hatte. Ich wollte Ellie nicht unter die Augen treten. Zu groß war meine Angst, dass sie irgendetwas von meinen Gefühlen bemerken könnte. Und das wollte ich auf keinen Fall riskieren.

Mir blieb jedoch nicht viel anderes übrig. Entweder ich bewegte mich zum Zeta-Haus, oder ich ließ es bleiben und flog damit aus der engeren Auswahl.

Ich schleppte mich am Abend, nachdem ich Herbert gegossen hatte, über den Campus und bemerkte, dass jemand die Accessoires von Christian J. Brown entfernt hatte. Hoffentlich war es Brittainy gewesen, denn dann würde ich die Federboa und das Stirnband immerhin noch zurückbekommen. Ich ärgerte mich, dass ich nicht selbst auf die Idee gekommen war, zur Statue zu gehen und meine Sachen einzupacken.

Eine leichte Brise wehte durch mein Haar, während ich einen Fuß vor den anderen setzte. Bis der Winter vollends in Haydensburgh einsetzte, würde es nicht mehr lange dauern, und vielleicht war der Boden schon bald von einer zarten Schneeschicht bedeckt. Es war bereits November, und ich konnte selbst kaum glauben, wie schnell die Zeit vorangeschritten war. Auch wenn ich aktuell auf gar nichts Lust hatte, ich freute mich bereits auf die Ferien, in denen ich endlich meine Eltern besuchen würde. Sie fehlten mir. Wenn es mir nicht gut ging, waren sie mein Rückzug. Meine Mutter würde mir eine Wärmflasche und einen Tee machen, und wir würden gemeinsam mit Dad irgendeine Show im Fernsehen gucken. Ich wünschte, ich wäre jetzt bei ihnen.

Stattdessen betrat ich die kleine Treppe vor dem Zeta-Kappa-Sigma-Haus und schob die Tür beiseite. Bereits im Flur vernahm ich Stimmen aus dem Wohnzimmer, die miteinander sprachen. Tatsächlich waren die meisten Anwärterinnen bereits eingetroffen und saßen auf den Sofas. Mein Blick registrierte sofort Ellie, die neben Taylor am Kamin stand und gelangweilt auf ihre roten Fingernägel starrte und den Lack abkratzte. Ich schluckte schwer und senkte den Kopf, denn ich wollte auf keinen Fall, dass mich jemand dabei beobachtete, wie ich Ellie anstarrte.

Ein leises »Hallo« kam über meine Lippen, ehe ich mir einen Platz auf einem der unbelegten Sofas suchte und meine Hände unbeholfen in den Schoß legte. Ich schaute mich um, entdeckte aber noch nirgendwo Brittainy. Nun gut, sie hatte ja noch ein paar Minuten, bis wir anfangen würden. Mit Samirah und Lilly tauschte ich einen kurzen Blick aus, doch wegen meiner schlechten Laune konnte ich mich nicht zu einem Gespräch aufraffen.

Ich gab mir alle Mühe, meine Gedanken ruhen zu lassen und an etwas Schönes zu denken. Meine Nervosität stieg mit jeder Minute, die verstrich, ins Unermessliche. Natürlich war ich neugierig, ob ich eine Runde weiterkommen würde. Ich fand, dass Brittainy und ich echt gute Arbeit geleistet und Christian J. Brown noch nie so glanzvoll ausgesehen hatte. Aber ob auch die Zeta-Schwestern unserer Meinung waren, konnte ich leider nicht wissen.

Es dauerte ein paar Minuten, ehe auch Brittainy durch die Tür schritt und sofort meinen Blick auffing. Sie lächelte und setzte sich neben mich. Jetzt hatte ich keine andere Wahl, als auf gute Laune zu machen.

»Hey, Stella. Alles klar?«

Nein, nichts war klar. Aber das konnte ich ihr nicht sagen.

»Hi, ja, alles okay«, entgegnete ich und lächelte, in der Hoffnung, dass sie nicht hinter meine Fassade sehen konnte.

Kaum hatte Brittainy Platz genommen, trat auch schon Taylor einen Schritt vor und hob die Hände, so dass das Geplapper im Raum verstummte. Unfassbar, was für eine Macht sie auf die Anwärterinnen hatte.

»Hallo ihr Lieben«, begrüßte sie uns freundlich, und auch Ellie kam an ihre Seite. Als ich sie für einen Moment genauer ansah, bildete sich eine Gänsehaut auf meinen Armen.

»Heute wollen wir diejenigen ehren, die ihre Aufgabe mit Bravour bestanden haben. Und es war wirklich nicht leicht, eine Entscheidung zu fällen. Ihr wart alle phantastisch.«

»Wir hatten echt viel zu lachen«, ergänzte Ellie. »Und wir hoffen, dass ihr keine Probleme bekommen habt. Wir haben am nächsten Abend alle Accessoires von den Statuen entfernt.« Ellie drehte sich zur Seite und hob eine Kiste hoch, die mir vorher gar nicht aufgefallen war. »Ihr könnt später gern euren Kram wieder mitnehmen.« Da waren also meine Sachen gelandet.

»Aber zunächst wollen wir euch verkünden, wer eine Runde weiter ist.« Taylor kramte aus der Tasche ihres hellrosa Blazers einen Zettel heraus, den sie entfaltete und auf dem mutmaßlich die Namen der Anwärterinnen standen. »Legen wir los!«

Es wurde vollkommen still im Wohnzimmer. Anspannung legte sich über den Raum, und alle Blicke waren auf Taylor gerichtet.

»Mailin und Imani, Glückwunsch. Ihr habt es geschafft.«

Alle Anwesenden applaudierten, ehe sich Taylor räusperte und den nächsten Namen vorlas. Mein Herz rutschte mit jeder Sekunde, die verstrich, mehr in die Hose. Meine Hände wurden so warm, dass ich einen feinen Schweißfilm darauf spürte, und mir wurde richtig schlecht. Zurück war plötzlich der Wunsch, es einfach nur zu schaffen. Hatte ich den ganzen Morgen eine absolute Mir-ist-alles-scheißegal-Haltung bewiesen, war mein Ehrgeiz nun zurückgekommen. Ich wollte das hier. Unbedingt.

Ich bemerkte, dass Taylor schon bei den letzten beiden Namen angekommen sein musste. Ich schluckte schwer und wagte es nicht, auch nur zu blinzeln.

»Und zu guter Letzt …«

Jetzt würde es sich entscheiden.

»Brittainy und Stella.«

Die Anwärterinnen klatschten begeistert und ich konnte kaum glauben, dass Taylor gerade wirklich unsere Namen vorgelesen hatte.

»Es hat uns echt beeindruckt, dass ihr Christian J. Brown in unsere erste Zeta-Präsidentin verwandelt habt. Gut gemacht.«

Und dann sogar noch ein Lob von Taylor höchstpersönlich. Ich war so geschockt, dass ich mich keinen Zentimeter regte.

»Das war's. Tut mir leid für alle, die es nicht geschafft haben. Ich bitte euch nun, das Zeta-Haus zu verlassen. Ihr könnt es beim nächsten Mal noch mal bei uns versuchen. Danke für eure Aufmerksamkeit.«

Während einige Frauen aus dem Wohnzimmer gingen, stand mein Mund ein Stückchen offen, und ich hatte keine Ahnung, was mich plötzlich dazu brachte, doch vor lauter Adrenalin, das durch meine Adern schoss, umarmte ich Brittainy aus einem Reflex heraus.

»Hast du das gehört, Stella? Wir sind weiter!«

Als ich fühlte, dass sie auch die Arme um mich legte, freute ich mich. Vielleicht hatte ich mit Brittainy sogar noch eine neue Freundin gefunden. Wir lösen uns voneinander, und meine Muskeln entspannten sich endlich.

Verdammt, es hatte tatsächlich geklappt.

»Wir geben euch demnächst die nächste Aufgabe durch«, informierte uns Ellie. »Aber dieses Mal müsst ihr noch ein bisschen warten. Dann könnt ihr wenigstens etwas durchatmen.«

Und genau das taten Brittainy und ich in diesem Moment. Erleichterung setzte ein, und die Last der letzten Tage fiel mir mit einem Mal von den Schultern. Vielleicht rührte meine schlechte Laune ja gar nicht von dem Ball, sondern von der Tatsache, dass ich noch nicht gewusst hatte, wie es für mich bei den Zeta Kappa Sigmas weiterging.

»Das war es für heute, ihr dürft jetzt gehen, wenn ihr möchtet«, verdeutlichte Taylor und wies mit ihrer Hand in Richtung Tür.

Ich erhob mich langsam vom Sofa und sah zu, wie auch die anderen Anwärterinnen nach und nach das Wohnzimmer verließen.

»Bis bald, Stella«, verabschiedete sich Brittainy von mir, und ich winkte ihr mit einem ehrlichen Lächeln zu.

»Bis bald.«

Gerade wollte auch ich durch die Wohnzimmertür schreiten, da hielt mich Ellie zurück.

»Hey du, warte mal kurz.«

Die Befreiung, die ich eben noch verspürt hatte, war sofort wie weggeweht. Ein dicker Kloß bildete sich in meinem Hals, und mir wurde wieder bewusst, dass diese Sache mit Ellie auf dem Ball mir doch noch nachhing.

»Ja?«

Ich drehte mich um, nahm allen Mut zusammen und machte einen Schritt auf Ellie zu. Sie atmete tief durch und biss sich auf die Unterlippe, was irgendwie verwegen aussah.

»Sag mal …«, begann sie behutsam.

Ich zog meine Augenbrauen hoch und war gezwungen, sie dabei anzusehen. Ihre blauen Augen musterten mich, und in mir stieg die Hitze auf.

»Ich wollte dich etwas fragen.«

»Dann frag mich.« Ich wusste nicht, woher ich plötzlich dieses Selbstbewusstsein nahm.

»Du und Brittainy …« Jetzt war es Ellie, die den Kopf sinken ließ und es nicht wagte, mich anzusehen. »Ich bin neugierig. Entschuldige meine Frage, aber als möglicherweise Schwestern in spe dachte ich, ich kann dich alles fragen …«

Mir schwante Übles. Meine Hände waren mittlerweile schweißnass, und ich verspürte ein drängendes Ziehen in meiner Magengegend.

»Seid ihr zusammen?«

Es fühlte sich an, als würde sich der Raum um 180 Grad drehen. Alles stand Kopf.

»Sorry, wenn ich zu forsch bin oder so. Es interessiert mich einfach.« Ellie zog die Schultern hoch und wagte es nun, mir in die Augen zu sehen, doch ich war wie gelähmt.

Brittainy und ich. Ein Paar.

Wie kam Ellie darauf?

»Nein, sind wir nicht«, bekam ich mit fester Stimme heraus und war selbst ein bisschen stolz auf mich. Ellie machte einen Schritt nach hinten, und ich sah in ihrem Gesicht, dass sie verwirrt war.

»Tut ... tut mir leid, wenn ich dir zu nahe getreten bin. Das wollte ich nicht. Ich ... ich war wie gesagt einfach nur neugierig.«

Ich war völlig überfordert von meinen Emotionen. Genau in diesem Moment kam Samirah zu uns rüber.

»Glückwunsch, Stella.« Sie umarmte mich, und ich war ehrlicherweise ziemlich froh über diesen Themenwechsel. Ellie bemerkte, dass mich Samirah in ein Gespräch zog, und wandte sich mit gesenktem Kopf von uns ab. Samirah begleitete mich nach draußen.

Auf dem Weg nach Hause spürte ich, wie sich etwas verändert hatte. Eben noch war ich froh über die Verkündung der Präsidentinnen, jetzt hatte ich den seltsamen Drang, Mülltonnen umzuschmeißen oder gegen Laternenpfähle zu treten, doch das war nicht ich. So etwas tat ich nicht.

Aber ich wusste, woran es lag. Ellie hatte etwas in mir geregt. Eine alte Erinnerung, die ich sicher verschlossen gewähnt hatte. Sie kratzte Wunden auf, von denen ich gehofft hatte, dass sie längst geheilt waren. Nun, vielleicht nicht ganz geheilt, aber immerhin hatte ich ein Pflaster darüber geklebt.

Ich fühlte mich an meine Schulzeit zurückerinnert. An eine Zeit, die für mich voller Dunkelheit war. Ich hatte zwar immer gute Noten gehabt, auch wenn ich mich im Unterricht nie wirklich meldete. Meine Stimme zu erheben, das war mir schon immer schwergefallen. Denn es war einmal schiefgegangen, und das wollte ich nicht noch mal erleben.

Es gab einen Grund, wieso ich kaum Freund*innen in der Schule gehabt hatte. Ich war das Gespött der ganzen Schule geworden. Nur, weil ich mir einen Fehler geleistet hatte. Einen Fehler, der in meinen Augen gar keiner war. Und dennoch war es passiert, und ich hatte nichts dagegen tun können.

Ich hatte ein besonderes T-Shirt getragen. Zur Unterstützung. Und das war daraus geworden.

Ich biss mir auf die Zunge, um nicht zu fluchen. Meine Schritte wurden immer eiliger, denn ich wollte nur noch in mein Bett und weinen.

Als ich bei den Wohnheimen angekommen war, ging ich durch die Flure und fand mich schließlich vor meinem Zimmer wieder. Erst überlegte ich, ob ich klopfen sollte, denn vermutlich war Sue zu Hause, und ich wollte sie nicht aufschrecken. Doch verdammt, mir war nicht danach, höflich zu sein. Ich konnte nicht immer die nette Stella sein. Denn genau das hatte mich in den Ruin getrieben.

Ich öffnete schwungvoll die Tür.

»Heilige Scheiße, Stella! Alles okay bei dir?«, fragte Sue entgeistert.

Nein. Nichts war okay.

Tief saugte ich die Luft in meine Lungen und versuchte, ruhig zu atmen, doch meine Knie zitterten, und ich hatte die Hände schon wieder zu Fäusten geballt. Normalerweise hätte ich meine Gefühle versteckt. Ich hätte ein Lächeln aufgesetzt und gesagt, dass es mir gut ging. Doch danach war mir heute nicht. Ich wollte wütend sein, zornig, und alles herauslassen, was ich so erfolgreich bisher heruntergeschluckt hatte.

So schüttelte ich langsam den Kopf und bemerkte, wie Tränen in meinen Augen aufstiegen. Langsam rann ein Tropfen über meine Wange, und ich konnte nicht mehr anders, als geräuschvoll zu schniefen.

Sofort war Sue auf den Beinen und kam zu mir herüber. Sie schloss hinter mir die Tür, damit die Menschen im Flur nichts von meinem Ausbruch mitbekamen, wofür ich sehr dankbar war.

»Komm, setz dich erst mal.«

Sie führte mich zu meinem Bett. Gemeinsam setzten wir uns auf die Matratze, die leise quietschte. Ich stützte meine Ellenbogen auf den Knien ab und vergrub die Hände in meinem Gesicht. Üblicherweise wäre das hier für mich unangenehm, doch bei Sue hatte ich das unbekannte Gefühl, dass ich mich fallen lassen konnte. Dass sie mich verstand. Und das tat unheimlich gut.

Eine Weile saßen wir einfach nur da. Sue gab mir den Raum, um all die Tränen loszuwerden, und fragte nicht nach, was mich so aufgebracht hatte.

Irgendwann hob ich den Kopf und griff zu einer Taschentuchpackung, die auf meinem Nachttisch lag. Fest schniefte ich hinein und wischte mir die Tränen an einem weiteren Tuch ab. Ich zerknüllte beide zu kleinen Bällen, die ich unachtsam auf den Boden warf.

»Geht's dir jetzt etwas besser?«, wollte Sue wissen und lächelte sanft. Ich nickte und richtete mich ein Stück auf. Sofort verfiel ich wieder in alte Muster.

»Sorry.«

Sues Stirn lag in Falten, und sie sah mich irritiert an.

»Wofür entschuldigst du dich denn jetzt?«

»Für all das hier«, japste ich und senkte den Blick, weil ich es nicht schaffte, meine Mitbewohnerin dabei anzusehen.

»Hey, es ist okay. Wir haben alle mal einen schlechten Tag.«

Doch darum ging es nicht.

»Es ist nur …«, kam es vorsichtig aus meinem Mund, jedoch stoppte ich noch mitten im Satz. Sollte ich Sue wirklich davon erzählen? *Konnte* ich es ihr sagen?

Ich spürte, dass Sues erwartungsvoller Blick auf mir lag, und auch wenn ich wusste, dass sie mich niemals dazu zwingen würde, mir etwas von der Seele zu reden, sah ich darin eine Chance. Eine Chance, endlich jemanden gefunden zu haben, dem ich etwas anvertrauen konnte. Die Dinge nicht mehr nur noch mit mir selbst auszumachen. Denn ich hatte heute zu gut gemerkt, was geschah, wenn es wieder passierte. Ich brach auseinander.

»Ich bin eine Runde bei den Zetas weiter.«

»Aber das sind doch tolle News!«

Ja, das waren gute Nachrichten. Aber Sue konnte nicht ahnen, dass ich damit nur verschleierte, was ich eigentlich hatte ausdrücken wollen.

»Absolut«, entgegnete ich geknickt.

Verdammt, wo sollte ich nur anfangen? In mir brannte alles darauf, Sue von meinen Gefühlen zu berichten. Nicht damit allein zu sein. Aber ich hatte absolut keine Ahnung, wie man ein solches Gespräch begann.

»Waren die Zetas irgendwie komisch zu dir?«, fragte Sue schließlich. Ich war ihr so verflucht dankbar, wie einfach sie es mir machte.

»Ja … Ich meine nein …« Meine Wörter waren wirr, und ich konnte an Sues Gesichtsausdruck sehen, dass sie nicht verstand, was ich ihr mitteilen wollte.

»Ich weiß auch nicht, Ellie war irgendwie seltsam«, sagte ich dann endlich.

»Inwiefern?«

Jetzt gab es keinen Weg mehr zurück. Ich musste es ihr erzählen.

»Sie ist nach der Verkündung zu mir gekommen und wollte wissen, ob ich etwas mit Brittainy hätte. Mit ihr habe ich die Statue dekoriert.«

Sue wurde plötzlich ganz still, und sie nickte nur, als würde sie all meinen Schmerz verstehen. Doch das konnte sie nicht.

»Das hat mich völlig aus der Bahn geworfen. Dabei war es nicht einmal so, dass sie unverschämt geworden wäre. Sie meinte, sie wäre einfach neugierig und wollte mich das fragen. Ich glaube, das ist schlichtweg ihre direkte Art. Aber mich hat diese Frage wie ein Zug überrollt.«

Sue seufzte.

»Okay, also langsam. Ellie kam zu dir und wollte von dir wissen, ob da etwas mit dieser Brittainy läuft. Und was ist dann passiert?«

Sue grinste ein wenig, doch sie konnte mich damit nicht anstecken wie sonst.

Eigentlich war doch auch nichts dabei, zu fragen, ob ich jemanden datete. Es war nur …

»Na ja, sie war eigentlich ganz nett dabei und hat sich auch sofort entschuldigt, als sie gemerkt hat, dass ihre Frage mir vor den Kopf stößt.«

»Ach so, ich dachte jetzt … Ach, egal.« Ich ahnte, dass Sue nur die Lippen schloss, um nicht zu fragen, was mir dann solche Sorgen bereitet hatte, und ich wusste, dass ich jetzt endlich den Mut zusammennehmen und es ihr sagen musste.

»Um das direkt zu klären, da läuft nichts zwischen Brittainy und mir«, begann ich. »Wir sind nur Bekannte oder besser gesagt Anwärterinnen.« Vielleicht würden wir irgendwann ja sogar richtige Freundinnen sein.

»Alles klar«, war alles, was Sue zurückgab, und mir war bewusst, dass sie mir dazu keine weiteren Fragen stellen würde.

»Weißt du …« Wieso war es so schwer, ihr davon zu erzählen? Der wirkliche Grund, wieso mich Ellies Worte so aufgebracht hatten. Denn sie erinnerten mich an ein Ereignis, das ich nur zu gerne vergessen würde.

Sue beugte sich ein Stück zu mir rüber und legte ihre Hände auf meine. Mit ihren großen dunklen Augen sah sie mich an, und darin lag so viel Wärme, dass mein Herz einen Satz machte.

»Du musst es mir nicht sagen, wenn du nicht kannst, Stella.«

Womit hatte ich eine Mitbewohnerin wie Sue verdient? Ich hatte nie viele Freund*innen gehabt, und Sue war die erste Person, die so unglaublich nett zu mir war. Die mich einfach ich selbst sein ließ, ohne Einschränkungen.

Sofort stiegen wieder die Tränen in meine Augen, doch ich ließ nicht zu, dass sie meine Lippen erneut versiegelten.

»Ich … Diese Sache heute hat mich an etwas erinnert. Aus meiner Vergangenheit. Es ist schon eine Weile her.« Ich dachte an das Gespräch, das ich vor kurzer Zeit mit Sue über Beziehungen geführt hatte, als wir über Chris gesprochen hatten. Sue und ich waren uns bereits sehr nahe gewesen, doch nicht so wie jetzt. Auch wenn dazwischen nur ein paar Wochen vergangen waren, hatte ich nun das Gefühl, ihr mehr über mich anvertrauen zu können.

»Ich hatte in der Schule einen Freund. Ich habe dir von ihm erzählt.« Und ich wusste, wenn ich jetzt nicht seinen Namen ausspräche, würde ich mich nie trauen. »Jackson.« Bereits in diesem Moment fiel mir eine riesige Last von meinen Schultern. Meine Atmung ging bei dem Gedanken an ihn auf einmal schneller, und die Worte verstrickten sich in meinem Hirn.

»Stella, ganz ruhig.«

Ich atmete langsam tief ein und aus und konnte mich wieder besinnen.

»Irgendwie hatten alle um mich herum Beziehungen und einen Freund. Und ich kam mir so schrecklich allein vor. Vielleicht wollte ich deswegen auch einfach unbedingt eine Beziehung haben.« Es tat so unendlich gut, die Worte auszusprechen und ihr die ganze Geschichte zu erzählen.

»Und Ellie hat dich heute daran erinnert?«

Ich nickte. »Genau, irgendwie hat die Frage nach einer Beziehung wieder alte Gefühle in mir geweckt. Mir gezeigt, wie verkorkst meine Beziehung damals war. Und wie sehr ich gelitten habe, als es vorbei war.«

Jetzt war es meine Mitbewohnerin, die Luft holte und mich eindringlich ansah.

»Stella, wenn du je jemanden zum Reden brauchst, dann bin ich da, ja?«

Und erneut kullerte eine Träne über meine Wange. Jedoch nicht wegen all der aufgewühlten Gefühle, sondern weil ich wirklich gerührt war. Eine Freundin wie sie hatte ich noch nie gehabt. Es war schön zu spüren, dass ich Sue an meiner Seite wissen konnte.

»Danke dir. Das bedeutet mir viel.«

Und ich fühlte mich in diesem Augenblick befreit.

Kapitel 21

Danach

Ihre Lippen schmeckten einfach unbeschreiblich. Süß wie Honig und trotz der Härte, mit der ihr Mund mir begegnete, zärtlich und liebevoll. Sie ließ ihre Hände über meinen Rücken wandern, und auch wenn mein T-Shirt im Weg war, konnte ich die Wärme ihrer Finger spüren.

Gemeinsam lagen wir auf dem Bett und wälzten uns in den Laken. Ich auf dem Rücken, sie über mir, doch der Druck ihres Körpers war in keinem Augenblick unangenehm. Immer wieder fiel ihr eine Haarsträhne ins Gesicht, die ich fürsorglich hinter ihr Ohr klemmte. Am liebsten hätte ich die Augen nicht einmal zum Küssen geschlossen. Ich wollte sie nur ansehen. Diese blauen Augen und das seidige lange Haar. Wie konnte sie nur so wunderschön sein? Das fragte ich mich wieder und wieder, ohne eine Antwort darauf zu finden.

Sie hatte eine Leichtigkeit an sich, die ich niemals erreichen würde. Wenn sie lächelte, dann steckte dahinter keine bösartige Absicht. Niemals. Ihre Bewegungen waren sanft und schienen mit dem leichten Wind, der durch das Fenster wehte, zu verschmelzen.

Ihre Zunge gewährte sich behutsam Einlass in meinen Mund und begann ihr tänzelndes Spiel. Wir bewegten uns zum Rhythmus unserer Herzschläge. Meines schlug wie wild bei jeder Berührung ihrer Hände, und ich konnte spüren, dass auch ihres einen Satz machte. Als trüge ich es zwischen meinen Fingern.

Ich setzte mich vorsichtig auf, und wir konnten uns kaum beherrschen, die Küsse dabei zu unterbrechen. Ihre Hände schoben sich zum Saum meines Shirts, das sie mit gekonnter Fingerfertigkeit über meinen Kopf zog. Ich saß nur noch in Unterwäsche vor ihr. Ein Déjà-vu, von dem ich lange nicht mehr gedacht hatte, es irgendwann noch mal auf diese Art und Weise zu erleben. Doch ich fühlte mich so anders als die anderen Male. Nicht schwach und verletzlich. Sie gab mir das Gefühl, begehrenswert zu sein. Wie sie mich ansah und jeden Zentimeter meines Körpers musterte.

»Du bist wunderschön«, hörte ich sie sagen, und ein Lächeln stahl sich auf meine Lippen.

Ich wollte auch sie von der Kleidung befreien. Ich wollte mit ihr all die Grenzen überwinden, die ich mir ein Leben lang selbst gesetzt hatte.

Etwas schüchtern beugte ich mich vor, und meine Finger rannten über ihren Körper, ehe sie mir half, ihr Shirt auszuziehen. Wir saßen beide nur noch in Unterwäsche auf der Matratze. Sie trug einen schwarzen Spitzen-BH, der überhaupt nicht mit ihrem weißen Slip harmonierte, doch das störte uns nicht. Ganz im Gegenteil, es passte zu ihrer chaotischen Art.

Sie nahm meine Hände in ihre und bettete mich mit jeglicher Vorsicht auf die Matratze, bevor wir uns im Kuss vereinten. Ich spürte, wie sie meine Hände losließ und ihre über meinen Körper fuhren. Erst über mein Schlüsselbein, dann über meine Brust, was mir einen warmen Schauer über den Rücken laufen ließ, bis hin zu meinen Seiten. Ich wünschte mir, dass sie niemals damit aufhörte.

Sie hob ihren Kopf, sah mich einen Moment lang an und bat um Einverständnis, das ich ihr mit einem nervösen Nicken gab. Ich hatte keine Ahnung, was sie vorhatte, doch ich vertraute ihr. Auf einmal beugte sie sich wieder über mich und senkte ihre Lippen auf meine Haut. Sie begann an meinem Hals, was mir ein erleichterndes

Stöhnen entlockte, und bedeckte meinen Körper mit Küssen. Meine feinen Nackenhärchen stellten sich auf, und eine Gänsehaut machte sich auf meinen Armen breit. Wie konnte eine so zarte Berührung eine solche Gefühlsexplosion in mir auslösen?

Aber sie ging noch weiter. Als ihre Lippen an meiner Brust ankamen, sehnte ich mich danach, den lästigen Stoff endlich loszuwerden. Ich ergriff sonst nie die Initiative. Meist war ich zurückhaltend. Doch nicht jetzt. Nicht hier mit ihr. Ich nahm ihre Hände, wofür ich von ihr einen irritierten Blick kassierte, richtete mich ein Stück auf und führte sie an meinen Rücken. Sie verstand schließlich, lächelte und öffnete mit einem gezielten Griff meinen BH. So entblößt vor ihr zu liegen, hätte normalerweise dafür gesorgt, dass ich das Bettlaken nahm und es mir überwarf, aber in diesem Moment lag mir dieser Gedanke fern.

Hingebungsvoll legte ich meine Arme um ihren Nacken und zog sie auf diese Weise noch näher an mich heran. Ihre Lippen fuhren über die weiche Haut an meinem Nacken und bahnten sich ihren Weg weiter hinab, was meinen Puls zum Rasen brachte. Ich konnte hören, wie das Blut in meinen Adern rauschte, und glaubte, dass mein Herz jeden Moment aus der Brust hüpfen würde, so schnell wie es schlug. Sie hob ihren Kopf, um mich anzusehen, und grinste, als sie auch ihren BH loswurde und ihn unachtsam auf den Boden warf. Wir trugen nur noch Slips, doch ich war mir sicher, dass auch dieser Stoff bald weichen würde.

Ihre Fingerspitzen zogen zarte Bahnen an meinem Schlüsselbein, bevor sie sich tiefer bewegten. Ich konnte ihre warmen Hände spüren, die über meine Brust und meinen Bauch tiefer und tiefer glitten. In meinem Kopf explodierten bereits jetzt tausend Lichter, und ich wollte, dass sie nie mehr damit aufhörte.

Ich beugte mich vor, um sie zu küssen, und ließ jetzt meine Hände über ihre Seite fahren. Ihre Haut prickelte unter jeder meiner Berührungen, und auch ihr Atem ging immer schneller. Vorsichtig spielte ich mit dem Saum ihres Slips, ehe ich die Daumen hineinschob und den Kuss unterbrach, um sie anzusehen. Stirn an Stirn blickten wir uns in die Augen und gaben uns das gegenseitige Einverständnis, weiterzugehen. Ich schob den Slip behutsam über ihren Hintern, und sie half mir dabei, ihn auch über die Knie und die Füße zu ziehen. Er landete irgendwo bei der anderen Kleidung auf dem Boden. Sie fühlte sich unendlich gut an, wie sie völlig unbekleidet auf mir lag, und es dauerte nicht lange, bis auch ich mich meiner restlichen Unterwäsche entledigte.

Wir waren ein einziges Knäuel aus Händen und Körperteilen und wälzten uns gemeinsam auf der Matratze. Mir war so heiß, dass ich unter ihren Küssen nach Atem ringen musste. Sie berührte mich an Stellen, die bisher nur eine einzige Person außer ihr hatte erkunden dürfen, und brachte mich damit fast in den Wahnsinn.

Mit ihm war es damals so ganz anders gewesen. Fast so, als hätten wir uns nur geliebt, weil wir uns dazu gezwungen fühlten. Es war nicht richtig gewesen. Nicht so wie heute. Jetzt war jede Berührung voller Leidenschaft, jeder Kuss ein Vulkanausbruch, und ich konnte es kaum erwarten, gemeinsam mit ihr über den Abgrund zu springen.

Als ihre Finger tiefer glitten, konnte ich ein tiefes Stöhnen kaum noch unterdrücken. Ich hatte das hier so sehr gewollt. Mit ihr. Gemeinsam. Und es war besser, als ich es mir je hatte vorstellen können. Sie gab mir damit ein Stück meiner Freiheit zurück, die wir beide auskosteten. Freiheit, die ich auf diese Weise noch nie gespürt hatte. Sie gab mir Flügel und hob mich in die Welt hinaus. Nur mit ihren Küssen konnte sie mir den Verstand rauben und ein Feuerwerk an

Emotionen auslösen. Niemals hätte ich gedacht, dass ich all das fühlen könnte. Dass sie mich so komplettierte.

Unsere Hände waren unbezwingbar, und unsere Zungen führten einen wilden Tanz miteinander auf. Ich hatte keine Ahnung, wo mir der Kopf stand. Nie wieder wollte ich aus dem Bett aufstehen. Für immer hätte ich hier in ihrer engen Umarmung liegen können.

Unsere Körper waren so aufgeheizt, dass wir uns gegenseitig Wärme spendeten, während unsere Finger sinnlich die empfindlichsten Stellen der anderen erkundeten.

Wir keuchten, japsten nach Luft, und sie hatte mich irgendwann so weit, dass ich nicht mehr an mich halten konnte. Ich kam mit einem Stöhnen und sank erleichtert in das Kissen unter mir. Doch ich verweilte nur einen Moment, gönnte mir nur kurz die Ruhe, bevor ich meine Finger weiter spielen ließ und auch sie über den Rand des Möglichen schoss.

Außer Atem lagen wir nebeneinander auf dem Bett und konnten unser Glück kaum fassen. Ihre Finger malten spielerisch kleine Bilder um meinen Bauchnabel, und wir lächelten in die Nacht hinein. Ich wollte in diesem Moment an keinem anderen Ort sein als hier in ihren Armen. Wie konnte sich etwas so gut anfühlen? Warme Haut und sanfte Küsse, die nach Ungezwungenheit schmeckten. Wieso hatten wir diesen Schritt nicht viel eher gewagt?

Ich wusste, warum.

Und beinahe hätte ich all das hier zwischen uns mit nur wenigen Worten zerstört.

Kapitel 22

Davor

Es hatte wirklich gutgetan, mich mit Sue ein bisschen auszusprechen. Eine kleine Last war mir von den Schultern gefallen, und ich ging befreiter in die Woche. Für mich war es etwas völlig Neues, jemanden zum Reden zu haben, auch wenn es mir noch schwerfiel, die Worte über die Lippen zu bringen. Immerhin wusste ich jetzt, dass Sue mein Fels in der Brandung war. Die Freundin, die ich nie gehabt hatte. Und das war unfassbar viel wert.

Am Donnerstag besuchte ich meine Kurse und erledigte im Anschluss fleißig meine Hausaufgaben. Ich wollte heute schnell damit durch sein, denn ich hatte noch weitere Pläne für den Abend. Morgen fand ein Spendentag bei den Zeta Kappa Sigmas statt, und ich wollte einen Kuchen backen, um die Schwestern ein bisschen zu entlasten.

Da gab es nur ein Problem: Ich würde ins Verbindungshaus zurück müssen, und wenn ich Pech hatte, traf ich ausgerechnet auf Ellie. Die eine Person, der ich aktuell aus dem Weg gehen wollte. Es tat weh, wenn ich daran dachte, wie sie mich hatte einschüchtern können, obwohl sie das vermutlich nicht einmal beabsichtigt hatte.

Ich war froh darüber, dass ich gegen achtzehn Uhr die Küche im Wohnheim für mich hatte und in Ruhe den Schokoladenkuchen backen konnte. Früher war es ein Desaster gewesen, einen veganen Kuchen zu backen, doch heutzutage gab es genug Ersatzprodukte auf dem Markt, die man nutzen konnte. Ei-Ersatz oder Mandelmilch gab es mittlerweile in so gut wie jedem Supermarkt.

Der Kuchen brauchte noch eine Weile im Ofen, und solange ging ich in meinem Zimmer in meinen Büchern noch ein paar Dinge für die Seminare morgen durch. Ich mochte es, gut vorbereitet zu sein. Wenn ich meine Arbeit schleifen ließ, dann hatte ich oft das Gefühl, in den Kursen nicht richtig mitzukommen.

Als der Kuchen fertig war, ging ich zurück in die Küche und begutachtete mein Werk. Er duftete herrlich, und ich wollte am liebsten schon mal ein Stück probieren. Leider würde dann eine Ecke fehlen, und ich wollte bei den Zeta-Schwestern auf keinen Fall mit einem angeschnittenen Kuchen auftauchen. Ich musste einfach hoffen, dass mein Endprodukt überzeugte.

Mit dem abgekühlten Kuchen in der Hand ging ich eine Weile später über den Campus zum Verbindungshaus. Mittlerweile war es schon dunkel geworden, und nur die Lampen beleuchteten spärlich meinen Weg. Dieses Mal stand die Tür nicht offen und war auch nicht angelehnt, was bedeutete, dass ich klopfen musste. Mir rutschte sofort das Herz in die Hose. Der Plan war doch, schnell in die Küche zu huschen, den Kuchen abzugeben und nach Hause zu gehen. Nicht, mit jemandem großartig ein Gespräch anzufangen, und das würde ich wohl oder übel müssen, wenn mir jemand die Tür öffnete. Verdammt, was würde passieren, wenn es Ellie war, die mir aufmachte? Am liebsten hätte ich auf dem Absatz kehrtgemacht, doch dann wäre der ganze Aufwand mit dem Kuchen völlig umsonst gewesen. Ich musste jetzt mutig sein. Während ich hin und her überlegte und mit den Füßen auf der Stelle trat, bemerkte ich am Fenster einen Schatten, und ehe ich mich versah, öffnete jemand die Tür. Ich hatte die Schwester schon häufiger gesehen. Sie trug ihr Haar unter einem Hijab und hatte große braune Augen.

Leider wusste ich ihren Namen nicht, was mir sofort peinlich war.

»Hi. Ich ... ich wollte einen Kuchen vorbeibringen«, stammelte ich, bevor sie etwas sagen konnte.

»Ach, das ist aber lieb von dir! Stella, oder?« Sie lächelte mich so freundlich an, dass es mir noch unangenehmer war, dass sie meinen Namen kannte aber ich nicht ihren.

»Ja, genau. Ich kenne deinen Namen leider nicht.« Verlegen biss ich mir auf die Unterlippe.

»Kalila«, antwortete sie mir mit einem netten Lächeln.

»Schön, dich kennenzulernen, Kalila. Darf ich kurz reinkommen und den Kuchen in die Küche bringen?«

Sie nickte und machte einen Schritt zur Seite. »Klar, du kannst ihn einfach auf den Küchentisch stellen. Der ist für den Spendentag morgen, oder?«

»Ja, genau.«

Die Schwester schloss hinter uns die Tür, und plötzlich fiel mir auf, dass ich keine Ahnung hatte, wo sich die Küche befand.

»Kannst du mir zeigen, wo die Küche ist?«, fragte ich sie daher und versuchte mich an einem schüchternen Lächeln.

Sie fackelte nicht lange. »Logisch, folg mir einfach.«

Ich lief ihr durch den Flur nach, in dem die vielen Fotografien der ehemaligen Schwestern und Präsidentinnen hingen, doch ich schenkte ihnen keine Beachtung. Mein Plan war klar: nur eben den Kuchen abgeben und schnellstmöglich wieder nach Hause gehen.

»Hier drüben ist die Küche«, sagte sie schließlich und wies mit dem Kinn rechts um die Ecke.

»Danke dir.«

Ehe ich mich versah, war die Schwester auch schon verschwunden und nahm die Treppen nach oben, die auf der linken Seite vor uns lagen. Helle, aufgebrachte Stimmen kamen aus der geöffneten Küchentür. Es klang fast so, als würde jemand heftig diskutieren. Ich überlegte, ob ich es riskieren sollte, die Küche zu betreten. Konnte ich den Kuchen nicht vielleicht doch auch irgendwo im Flur abstellen? Ich sah mich um, doch ich konnte keine geeignete Ablage für den Kuchen finden. *Verdammt, jetzt geh da rein und liefere deinen Kuchen ab!* Ich musste mich selbst ermahnen, um einen Fuß vor den anderen zu setzen, doch irgendwie schaffte ich es, Mut zu fassen, und betrat die Küche.

Was ein absoluter Fehler war.

Vor mir standen ausgerechnet Ellie und Taylor, die lautstark miteinander stritten.

»Es ist mir egal, ob das deine Meinung ist, Ellie. Du verhältst dich einfach nicht angemessen für eine Zeta Kappa Sigma! Du solltest dich wirklich mehr zurückhalten.« Taylor hatte wutentbrannt die Hände zu Fäusten geballt, während Ellie die Arme vor der Brust verschränkte und sie aus kleinen Augen anstarrte.

»Du musst einfach mal deinen Stock aus dem Arsch ziehen, dann würdest du schon sehen, dass sich die Verbindung mit der Zeit geändert hat. Du willst es nur nicht wahrhaben, weil du an deinen alten Traditionen festhältst.«

»Und du bringst hier alles durcheinander, wofür wir jahrelang gekämpft haben. Wenn meine Mutter sehen würde, was du mit der Verbindung machst, dann würde sie durchdrehen.«

Offensichtlich hatten mich die beiden noch nicht bemerkt. Vorsichtig trat ich einen Schritt aus dem Türrahmen nach hinten zurück. Vielleicht konnte ich mich wegschleichen und den Kuchen einfach im Wohnzimmer loswerden.

»Blah, blah, blah, du und deine Mutter. Nur weil sie auch eine Präsidentin der Zetas war, heißt das nicht, dass du ihr alles nachmachen musst. Die Zeiten haben sich geändert, Taylor. Wir sollten endlich Offenheit zeigen und die Türen für alle öffnen.«

»Was nicht bedeutet, dass man alles über Bord werfen muss, was unsere Vorgängerinnen so mühselig aufgebaut haben.«

Und dann passierte es. Taylor drehte den Kopf zur Seite und sah mich in der Tür stehen. Ihre Augen wurden ganz groß, und ich konnte sehen, wie ihre Wangen rot anliefen. Ich hatte gerade ein Gespräch belauscht, das ich nicht hätte mithören dürfen.

Taylor sah von mir wieder zu Ellie und holte tief Luft.

»Das vertagen wir.« Dann stürmte sie aus der Küche an mir vorbei, und ich hörte noch, wie sie mir etwas nachrief. »Sorry, dass du das mit anhören musstest, Stella. Ellie weiß sich einfach nicht zu benehmen.«

Und weg war sie.

Ich räusperte mich und blickte von dem Kuchen zu Ellie, die jetzt allein in der Küche stand. Dass ich unbedingt auf sie treffen musste, war ein verdammt schlechter Wink des Schicksals.

Ellie hatte den Kopf gesenkt, und ich bemerkte, dass sie irgendwie geknickt aussah. Mein Körper wurde stocksteif, und ich wusste nicht, was ich tun sollte. Es kam mir seltsam vor, einfach aus der Tür zu treten und Ellie allein zu lassen, vor allem, weil es ihr nicht gut zu gehen schien. Nach dem hitzigen Gespräch mit Taylor war das kein Wunder.

Dann seufzte sie und hob das Kinn.

»Tut mir leid, ich dachte, wir wären allein.«

»Ich ... ich wollte euch wirklich nicht belauschen«, entgegnete ich mit leiser Stimme. »Ich wollte nur den Kuchen für den Spendentag morgen vorbeibringen.« Unentschlossen trat ich von einem Fuß auf den anderen, und eine angespannte Stille setzte ein, mit der ich nicht umgehen konnte. Was ich auch tun würde, alles kam mir so merkwürdig vor. Den Kuchen abliefern und wieder gehen war Ellie gegenüber nicht fair, die ganz offensichtlich ziemlich getroffen war. Auf der anderen Seite war ich ihr nichts schuldig. Wieso also den Plan nicht in die Tat umsetzen? Mich ging diese Sache zwischen Taylor und ihr doch sowieso nichts an.

Bevor ich eine Entscheidung treffen konnte, war es Ellie, die den Mund aufmachte. »Schon okay, du kannst ja nichts dafür«, winkte sie ab. Ihre Körperhaltung entspannte sich ein wenig, doch mich ließ das Gefühl nicht los, dass sie diese Streiterei weiterhin belastete. »Stell den Kuchen ruhig einfach hier ab.« Ellie wies auf den Küchentresen, und ich sah, dass dort bereits einige Kuchen unter Plastikhauben und Alufolie aufgetürmt waren. Die Schwestern hatten für den morgigen Spendentag wohl schon einiges vorbereitet, und auf einmal kam ich mir gar nicht mehr so besonders vor. Mein Kuchen würde einfach in der Menge untergehen, wenn ich Pech hatte.

Vorsichtig trat ich einen Schritt in die Küche, so als würde ich jeden Augenblick gegen einen unsichtbaren Laser laufen, der eine Sirene auslöste. »Ich habe einen Schokoladenkuchen gebacken«, kommentierte ich unnötigerweise. »Er ist vegan.« Als ob das Ellie in diesem Moment tatsächlich interessieren würde. Sie war bestimmt viel zu sehr mit ihren eigenen Gedanken beschäftigt. *Großartig, Stella. Wirklich großartig.*

»Danke, das ist lieb von dir.« Ellie fuhr sich mit den Händen über die Nase und gab ein Schniefen von sich. »Ich richte es Taylor noch mal aus, dass du einen Kuchen vorbei gebracht hast, falls sie das in der Eile nicht mitbekommen haben sollte.« Denn darum ging es schließlich, oder? Einen guten Eindruck bei den Präsidentinnen zu hinterlassen – und Ellie hatte genau gecheckt, worauf ich aus war. Es war mir ein bisschen unangenehm, denn natürlich sollte es überhaupt nicht so aussehen. Ich wollte großzügig und freundlich wirken und nicht so, als müsse ich mich in die Verbindung einkaufen. Ellies Ehrlichkeit schockierte mich völlig ungeschönt.

Ich stellte den Kuchen neben den anderen ab, und prompt hatte ich keine Ahnung, was ich mit meinen nun leeren Händen anstellen sollte, also vergrub ich sie ungelenk in meinen Jeanstaschen.

»Also noch mal sorry für das ganze Chaos hier. Taylor und ich, wir haben momentan keinen guten Lauf.«

»Schon okay.« Meine Stimme war fast nur ein leises Flüstern, so unangenehm war es mir, über diese Situation zu sprechen. Ellie seufzte abermals und beobachtete die Kuchentheke mit einem Ausdruck in ihren Zügen, den ich nicht richtig deuten konnte.

»Wenn ich ehrlich sein soll, dann waren wir noch nie gut aufeinander zu sprechen.« Sie setzte zu einem kleinen Lachen an, auch wenn man ihr ansah, dass ihr nicht nach Lachen zumute war. »Wir sind zwar beide Präsidentinnen unserer Verbindung, aber einig waren wir uns noch nie.« Auf einmal drehte sich Ellie um und hievte sich mit einem Ruck auf den Tresen neben den Kuchen. Sie strich sich eine Haarsträhne aus der Stirn, ehe sie sich mit den Händen am Tresen abstützte und mich anblickte. Unsere Blicke trafen sich.

Ich hatte keinen Schimmer, was ich ihr entgegnen sollte. Es stand mir nicht zu, über die Beziehung der beiden zu urteilen.

»Wie auch immer, ich kann mich gar nicht oft genug für die Sache eben entschuldigen.«

»Nein, nein, schon in Ordnung«, versicherte ich ihr mit einer abwinkenden Geste. »Ich bin hier einfach so reingeplatzt, ich hätte etwas mehr Feingefühl beweisen können.« Dass ich mich hier aus der Situation rausredete, war nur ein weiterer Beweis für meine schlechten social skills.

Ellie senkte den Blick. »Nichts ist in Ordnung.« Ihre Stimme hatte an Schwung verloren. »Der Streit zwischen Taylor und mir schlägt sich immerhin auch in der Grundstimmung in der Verbindung nieder.«

Darüber hatte ich noch gar nicht nachgedacht. Ich erinnerte mich daran zurück, wie die beiden beim Bauernfest miteinander umgegangen waren und wie sie sich offen vor meinen Augen gestritten hatten. Auch das Beach Cleaning war ganz anders verlaufen, als es sich die beiden vermutlich ausgemalt hatten. Während Ellie laut, offen und wild war, hielt sich Taylor eher bedeckt und stellte viele von Ellies Ideen in Frage. Dabei wollten beide wahrscheinlich unterm Strich dasselbe: den Zeta Kappa Sigmas gute Präsidentinnen sein.

»Gibt es einen Grund für euren Streit?« Ich wusste auch nicht, wo plötzlich die Entschlossenheit her kam, sie danach zu fragen. Vermutlich kam ich mir einfach seltsam vor, Ellie die ganze Zeit reden zu lassen, ohne selbst etwas beizutragen – und einfach abhauen konnte ich jetzt auch nicht mehr.

»Wir sind einfach völlig verschiedene Menschen«, erklärte sie mir. Etwas, das ich längst herausgefunden hatte. »Taylors Mutter war schon Präsidentin der Zetas, und sie trägt damit sozusagen ein Erbe weiter. Für Taylor ist das wahnsinnig wichtig, und sie will an diesen ganzen Traditionen festhalten. Aber es nervt mich. Die Traditionen der Verbindung sind völlig veraltet, und es muss dringend etwas passieren, damit sich etwas bewegt. Es sollte jeder Mensch in die Verbindung dürfen. Und ich finde auch, dass man beim Bewerbungsprozess etwas tun muss. Du siehst ja, wie schwer es ist, einen

Platz zu bekommen und was man dafür alles tun soll. Außerdem möchte ich unbedingt das Haus bunt streichen, weil ich diese weiße Farbe furchtbar finde, aber Taylor ist dagegen. Ich will nicht länger auf derselben Stelle laufen.« Ich konnte Ellies Standpunkt durchaus nachvollziehen – und er machte mir so viel klar. Darum hatte sie bei der Strandsäuberung mehr Spaß in die Sache bringen wollen, indem sie eine Party daraus gemacht hatte, und deshalb debattierte sie so lange mit Taylor über die winzigsten Kleinigkeiten. Ellie wollte die Regelungen lockern und gewisse Dinge reformieren.

»Es tut mir leid, wenn Taylor mal irgendwie fies zu dir war oder so. Sie meint das eigentlich gar nicht so.« Und dennoch nahm Ellie sie in Schutz. Weil sie beide Präsidentinnen waren.

»Schon okay«, sagte ich ruhig.

Ellie hüpfte mit einem gezielten Satz vom Tresen und stand plötzlich nicht einmal einen Meter entfernt vor mir.

»Nein, das ist ja. Es ist nicht okay.« Ihr Blick war starr auf mich gerichtet, und ich spürte, wie sich meine feinen Nackenhaare aufstellten. Wieso war sie mir auf einmal so nah? »Sie muss einfach mal lockerer werden. Und anstatt das Ding von ihrer Mom durchzuziehen, sollte sie viel lieber ihre eigenen Regeln aufstellen.«

Ich wusste gar nicht so recht, wohin ich schauen sollte. Mein Blick glitt zwischen dem Fußboden und Ellie immer wieder hin und her, und ich wurde aus heiterem Himmel nervös, wenn ich in ihre Augen sah.

»Was würdest du denn anders machen, wenn du könntest?«, wollte ich von ihr wissen. Meine Hände hatte ich vor mir gefaltet, und ich knetete fieberhaft die Finger.

»Oh, so viel!« Ellie setzte ein Lächeln auf und streckte sich, gefolgt von einem herzlichen Gähnen. »Ich würde vor allem dafür sorgen, dass nicht nur Frauen in die Verbindung einsteigen können, das ist nämlich ganz schön scheiße. Weißt du eigentlich, wie viele Menschen das ausschließt? Ich versuche Taylor schon seit einem Semester davon zu überzeugen, dass wir das Auswahlverfahren für alle öffnen und uns einen neuen Auswahlprozess ausdenken sollten, doch es ist einfach wahnsinnig schwer, gegen sie anzukommen. Sie will nichts ändern, aber ich habe so viele Ideen, was man alles anders machen könnte.« Ellie hatte total recht. Klar, früher mochte es vielleicht so gewesen sein, dass die Frauen unter sich waren, aber die Zeiten hatten sich mittlerweile geändert. Ich hatte noch nie verstanden, warum eine Verbindung ausschließlich einem Geschlecht offenstehen sollte.

»Und sie erwägt das nicht mal, oder?« Jetzt wagte auch ich mich an einem leisen Lächeln. Ellie machte einen Schritt auf mich zu und verringerte damit automatisch die Distanz zwischen uns. Hörbar atmete sie tief aus und rollte dramatisch mit den Augen, während sie sprach. »Ganz genau. Sie sagt immer wieder nur, dass ich gegenüber der Verbindung auch eine Verantwortung als Präsidentin habe. So, als wüsste ich das nicht bereits. Taylor würde es lieber sehen, wenn ich ein bisschen mehr wäre wie sie und weniger ich selbst.«

»Aber das kann sie kaum von dir verlangen.« Ellie war ein Freigeist, das musste doch selbst Taylor einsehen. Man konnte sie nicht zähmen. Sie war frei und wild wie der Wind.

»Tut sie aber.« Der genervte Ton in Ellies Stimme war kaum zu überhören. »Wir wollen beide nur das Beste für unsere Verbindung, aber das sind völlig verschiedene Dinge.« Wieder trat sie einen Schritt auf mich zu und stand nun so nah bei mir, dass ich nur die Hand ausstrecken musste, um sie zu berühren. Nicht, dass ich das vorhatte.

»Und ihr schafft es nicht, euch zu einigen?«

Ellies Blick haftete noch immer an mir. Unter meiner Haut wurde es seltsam warm, und ich spürte, wie mein Herz schneller schlug. Mein Puls schien fast zu rasen. Ich konnte einfach einen Schritt nach hinten machen, mehr Raum zwischen uns bringen, doch aus irgendeinem Grund war ich wie versteinert und konnte mich kaum rühren. All die Angst, die ich am Anfang hatte, Ellie zu begegnen, war wie weggeblasen. Dafür beschlich mich eine andere Art der Nervosität.

»Wir haben es schon so oft versucht, aber wir finden nie einen Konsens.«

»Verstehe«, gab ich zurück und musste darüber nachdenken, wie seltsam es war, dass ich hier mit Ellie stand und über die Zukunft der Verbindung sinnierte. Vorhin noch hatte ich mir gewünscht, in einem tiefen Loch im Boden zu versinken und ihr bloß nicht unter die Augen zu treten, mittlerweile war all die Angst gewichen und machte Platz für etwas anderes. Etwas, das ich nicht deuten konnte. Das mir ein seltsames Rumoren im Magen verursachte und meine Finger zum Kribbeln brachte.

»Wie auch immer. Ich will mich nicht weiter bei dir über Taylor beschweren.« Ellies Blick glitt von meinen Augen tiefer hinab, als würde sie mich mustern, doch dann hob sie erneut das Kinn, und ihre Augen sahen tief in meine. Mit nur einem Satz hatte sie die Leere zwischen uns verringert, und sie stand nun so nah vor mir, dass sie mich völlig um den Verstand brachte. Sanft öffnete sie ihre Lippen, lächelte und legte mir ihre Hand auf meine Wange, die sie zart streichelte. Was zur Hölle ging gerade hier ab?

»Es tut mir leid, falls ich dir mit meiner Frage beim letzten Mal zu nahe getreten bin. Auf keinen Fall wollte ich dich bedrängen.« Eben noch hatte ich beinahe völlig vergessen, dass ich eigentlich stinkwütend auf Ellie war, aber jetzt brachte sie all die Erinnerungen zurück.

Wie sie mich gefragt hatte, ob zwischen mir und Brittainy etwas lief. Wie sie etwas in mir damit geregt hatte.

»Schon okay«, gab ich in fast nur noch einem Hauchen zurück. Und auf einmal war es in Ordnung. Sie war aufbrausend, temperamentvoll und handelte impulsiv. Aber Ellie hatte sich bei mir entschuldigt. In ihren Augen konnte ich sehen, dass es ihr aufrichtig leid tat, wie sie mich angegangen war, und ich verzieh ihr.

»Ich sollte lieber nachdenken, bevor ich spreche.« Sie schüttelte in sanften Bewegungen ihren Kopf. »Ich kann mich nicht oft genug entschuldigen, sorry.«

Und auf einmal war da etwas zwischen uns. Ein Funke, der im Schimmer des Küchenlichts aufleuchtete. Ellie ließ ihre Hand sinken, und ich bemerkte, wie sie mir mit ihrem Kopf immer näher kam und den Blick kaum von mir nehmen konnte. Ich wusste, was jetzt passieren würde, und verdammt, ich hatte keine Ahnung, was mit mir los war. Meine Lider schlossen sich wie von selbst, und ich streckte mich ihr ein Stück entgegen. Auf einmal konnte ich ihren Atem an meinen Lippen spüren und roch ihr Parfum so intensiv, dass es mir den Kopf verdrehte.

»Hast du die Kuchengabeln gesehen?«

Eine Stimme schallte durch die Küche, und wir stoben mit einem Satz auseinander. Irritiert blickte Ellie auf, und auch ich sah jetzt, dass eine der Schwestern im Türrahmen stand. Es war Lilly.

»Oh, sorry, ich wollte nicht stören.« Ihr Kopf lief rot an, und sie machte einen Schritt nach hinten.

»Nein, nein, schon okay«, versuchte Ellie, ihre Stimme zu festigen, und räusperte sich. Egal, was da eben zwischen uns passiert war – jetzt war es weg. Wo eben noch Funken geflogen waren, war eine peinliche Stille zwischen uns getreten. Sie wandte sich von mir ab und öffnete eine Schublade direkt neben ihr, um ein paar Gabeln herauszunehmen. »Hier sind schon mal ein paar, die anderen sind vielleicht noch in der Spülmaschine.« Ellie legte die Gabeln auf dem Tresen ab. Ich konnte Lilly ansehen, dass sie nicht wusste, ob sie jetzt in die Küche kommen oder lieber schnell verschwinden sollte, doch schließlich wagte sie es und trat ein. Während sie unbeholfen die Spülmaschine öffnete und eine Ladung frischer Gabeln herausnahm, vergrößerte Ellie die Distanz zwischen uns. Sie sah mich mit einem Blick an, den ich nicht richtig deuten konnte. Irgendwie lag darin eine Entschuldigung, aber ich hatte das Gefühl, dass sie diese Unterbrechung ganz und gar nicht guthieß, und ich wusste gar nicht mehr, was ich denken sollte.

»Ich sollte dann wieder gehen«, stellte ich verunsichert in den Raum und verschränkte die Arme eingeschüchtert vor der Brust. »Wir sehen uns morgen beim Spendentag«, sagte ich noch, bevor Ellie etwas einwerfen konnte. Mein Blick huschte von Lilly zu Ellie, und ich spürte, dass sie mir nachsah, als ich die Küche verließ.

Kapitel 23

Als ich zurück in mein Zimmer kam, war ich immer noch völlig verwirrt von dem Zusammentreffen mit Ellie. Zwischen uns war diese plötzliche Spannung gewesen, die ich nicht ignorieren konnte. Und dann ihre Hand auf meiner Wange. Ihre Lippen so nah an meinem Gesicht, dass wir uns beinahe geküsst hätten. Aber nur fast. Was wäre wohl passiert, wenn Lilly nicht auf einmal in die Küche geplatzt wäre? Hätte Ellie mich wirklich geküsst? In meinem Kopf ging sofort das Gedankenkarussell los: Hatte sie nicht letztens noch auf dem Homecoming-Ball mit einer anderen getanzt? War sie überhaupt Single? Ich hasse meinen Kopf für das Chaos, das in ihm herrschte.

Sue war mal wieder nicht in unserem Zimmer. Ich hätte ihr so gerne von all dem erzählt, was mich gerade beschäftigte, auch wenn ich mir selbst nicht sicher war, was mich eigentlich so sehr aus der Bahn warf. Mal ganz abgesehen davon, dass ich die Worte vermutlich ohnehin nicht über die Lippen brachte. Und außerdem: Wenn ich aussprach, dass da irgendwas zwischen Ellie und mir war, würde das so real. Und wer wusste schon, wie Sue darauf reagieren würde? Klar, sie war meine Freundin. Das hatte ich mittlerweile begriffen. Eine wirklich gute Freundin, die zu mir stand und die sich wahrhaftig um mich sorgte. Etwas, das auch für mich völlig neu war. Doch insgeheim war mir bewusst, dass ich ihr die heutigen Geschehnisse nicht so unverblümt ins Gesicht sagen konnte. Dafür fehlte mir der Mut, meine eigenen Grenzen zu überschreiten.

Mit einem flüchtigen Blick schaute ich zu Herbert. Er ließ ein wenig die Blätter hängen, und ich fühlte mich in diesem Moment von meiner Zimmerpflanze sehr verstanden. Aus meiner Wasserflasche goss ich ein bisschen von dem Inhalt über ihn und hoffte, er würde sich wieder fangen. Ich nahm noch eine Weile mein Buch zur Hand, ehe ich mich auf mein Kopfkissen bettete und die Augen schloss. Meine Träume waren leer und sinnlos, und ich schreckte hoch, als am nächsten Morgen der Wecker klingelte. In mir tobte das Gefühl, ich hätte verschlafen, weshalb ich es im Badezimmer besonders eilig hatte. Ich kippte meinen Kaffee in mich hinein, damit das Koffein seine Wirkung zeigte und ich endlich richtig wach wurde, ehe ich zu meinen Kursen aufbrach. Es tat gut, eine Ablenkung von all den Gedanken zu haben, und ich konzentrierte mich auf das, was vor mir lag. Heute Nachmittag würde ich beim Spendentag der Zeta Kappa Sigmas vorbeischauen müssen, um mich bei den Schwestern zu zeigen. Es nervte mich mittlerweile schon ein wenig, dass mit dem Eintritt in diese Verbindung so viel verbunden war. Man musste Kuchen backen, zu den Festen gehen und immer ein Lächeln auftragen. Aber ich wusste auch, dass ich am Ende mit vielen neuen Freundschaften und einem Bund belohnt werden würde, der ewig anhielt. Beim Homecoming-Fest waren viele der ehemaligen Zeta-Schwestern da gewesen, hatten ein paar Spenden abgegeben, und ich hatte gemerkt, dass es nicht nur eine leere Phrase war, wenn man sagte, dass eine Verbindungsschwester immer eine Verbindungsschwester blieb. Und genau das war es, was ich mir erhoffte. Genau deshalb musste ich das hier durchstehen.

Zur Mittagspause ging ich in die Mensa und wurde sogar mit einem köstlich duftenden Gericht belohnt: Kartoffelsuppe mit Brokkoli. Ich war wirklich überrascht, wollte aber nicht zu viel Euphorie hineinlegen, denn Mensaessen schmeckte eben meist wie Mensaessen, und so war auch die Suppe letztlich leider kein großes Tages-Highlight. Meine Nachmittagskurse brachte ich hinter mich, und ich verzog mich rasch zurück in mein Zimmer. Sue war noch nicht zurückgekommen. Wahrscheinlich steckte sie selbst noch in ihren Vorlesungen.

Bis die Spendenveranstaltung begann, versuchte ich, mich mit meinen Hausaufgaben abzulenken. Irgendwie hatte ich nach dem gestrigen Tag Angst, Ellie wiederzusehen. Ich hatte keine Ahnung, wie ich ihr in die Augen sehen sollte, ohne hochrot anzulaufen. Konnten wir dort weitermachen, wo wir aufgehört hatten, oder würden wir ungelenk umeinander tanzen und der Sache aus dem Weg gehen? Ganz ehrlich, ich war nicht sonderlich erpicht darauf, das Gespräch mit ihr zu suchen, denn das bedeutete, dass ich erst über meinen Schatten springen musste.

Ich seufzte. Zum dritten Mal las ich dieselbe Aufgabenstellung, als sich plötzlich die Tür öffnete und Sue hereinkam. Ich sah von meinen Hausaufgaben auf. Sie hatte wie so oft dunkel geschminkte Augen und trug die Kette mit dem Fledermausanhänger, die sie mir für Halloween geliehen hatte.

»Ich fall einfach nur noch tot ins Bett«, begrüßte sie mich grummelnd und warf sich auf ihre Matratze.

»War dein Tag so schlimm?«

»Frag nicht.«

Ich knabberte an meiner Nagelhaut, um mir die aufkeimenden Worte zu verkneifen. Sue schien zu bemerken, dass ich fast vor Neugier platzte, denn dann rückte sie doch mit der Sprache heraus. »Ich hab gestern bei Chris gepennt, weil sein Zimmerkollege mal wieder auf Tour war, und bin total spät aufgewacht. Bin dann irgendwie zu meinen Kursen gehetzt, und alles war heute einfach anstrengend. Die Dozenten hatten irgendwie heftige Anforderungen an einen Freitag, und jetzt bin ich dermaßen platt.« Ich kannte das Gefühl sehr gut, von den eigenen Seminaren überfordert zu sein. Solche Tage gab es ab und an eben. Ich schenkte Sue ein mitleidiges Lächeln.

»Tut mir leid, dass dein Tag so daneben war«, sagte ich aufrichtig. »Vielleicht willst du ja nachher mit mir eine Runde um den Campus laufen und zum Spendentag der Zetas gehen?« Ich blinzelte sie aus großen Augen an, doch Sue widerstand.

»Keine Chance, ich werde gleich einfach nur schlafen.«

Mir wurde klar, dass ich sie nicht überreden konnte. Zum Spendentag würde ich also allein gehen müssen.

»Schade.« Etwas geknickt beschäftigte ich mich wieder mit meinen Hausaufgaben, während Sue lediglich auf ihrem Bett vor sich hin vegetierte.

Die Zeit verging für mich wie im Flug, und als ich gerade bei meiner letzten Aufgabe angekommen war, klopfte es aus dem Nichts an der Tür. Sue öffnete die Augen, und wir sahen uns fragend an. Ich rechnete nicht mit Besuch – von wem schon? –, und auch Sue schien überrascht, dass es klopfte. Eilig legte ich mein Lehrbuch und das Notizheft auf dem Bett zur Seite und stand auf. Als ich die Tür öffnete, war ich überrascht, Ellie dort stehen zu sehen. Sie hatte ihr Haar zu einem wuscheligen Dutt gebunden und trug eine Jeansjacke mit vielen bunten Buttons und Patches.

»Hi«, grinste sie mich an und hob dabei die Hand. Irritiert sah ich sie an, und mir gingen sogleich zwei Fragen durch den Kopf: Was zur Hölle machte Ellie hier vor meiner Tür, und woher kannte sie meine Adresse? Letztere Frage löste sich gleich in Luft auf, denn natürlich wussten die Zeta Kappa Sigmas, wo ich wohnte, andernfalls hätte mich nie ein Brief von ihnen erreicht. Vermutlich durften sie die Adressen irgendwie nachfragen, anders konnte ich mir das nicht erklären. So viel zum Thema Datenschutz, aber wahrscheinlich galt das nicht für eine angesehene Verbindung wie die Zetas.

»Hey«, grüßte ich vorsichtig zurück und lächelte verhalten. Nach der gestrigen Situation wusste ich nicht so recht, wo wir standen. Sie hatte meine Wange berührt. Wir waren uns nähergekommen. Aber dennoch war da diese Distanz, die ich nur schwer überbrücken konnte.

»Kann ich reinkommen?«, fragte sie nach einem Augenblick der Stille und lugte durch den Türspalt. Ich sah über die Schulter zu Sue, die müde auf ihrer Matratze lag.

»Wollen wir vielleicht spazieren und zusammen zum Spendentag gehen?« Mir war es unangenehm, Ellie rein zu lassen, wenn Sue so ausgelaugt war. Dass ich Angst hatte, sie würde vor meiner Mitbewohnerin ein Wort wegen des gestrigen Abends fallen lassen, verdrängte ich schnell, denn ich wollte den Gedanken nicht real werden lassen.

»Klar, wieso nicht?« Ellie zuckte mit den Schultern, und ich machte eine Geste mit dem Zeigefinger, um ihr zu bedeuten, einen Moment auf mich zu warten. Ich drehte mich um, schnappte mir eine Handtasche, die ich mit meinem Smartphone und meiner Geldbörse füllte, und warf einen Blick zu Sue.

»Ich bin dann mal weg. Pass schön auf Herbert auf.« Sue murrte in ihr Kissen. »Bis später.« Leise schloss ich die Tür hinter mir und stand etwas ratlos mit Ellie auf dem Flur.

»Wollen wir dann?«, grinste sie mich an, und wir verließen gemeinsam das Wohngebäude. Die Sonne stand tief, und das Leben auf dem Campus pulsierte. Studierende liefen eilig über die Wege, vielleicht hatten einige von ihnen noch Abendkurse. Wir gingen zielstrebig in Richtung des Hauptgebäudes.

»Sorry, wenn ich dich gerade irgendwie überrumpelt habe.« Wir passierten die Statue unsere Gründers, die mir ohne die bunten Accessoires von Brittainy und mir langweilig erschien.

»Schon okay«, behauptete ich, auch wenn sie mich tatsächlich kalt erwischt hatte. Ich fragte mich, wieso Ellie überhaupt an meine Tür geklopft hatte.

»Ich dachte, wir quatschen einfach mal ein bisschen«, beantwortete mir Ellie meine Frage, als hätte sie in meinen Gedanken gelesen. Sie war dabei so locker und gelassen, dass man meinen könnte, der Beinahekuss wäre gestern gar nicht passiert. Wie konnte sie damit so ruhig umgehen, während ich innerlich ein tobender Orkan war? Ich war mit der Situation einfach heillos überfordert. Ich hatte mich noch nie so in Gegenwart einer anderen Frau gefühlt. Genau genommen, wenn ich es recht betrachtete, hatte ich mich überhaupt noch nie so gefühlt.

»Klar, wieso nicht?«, versuchte ich mich lässig, doch meine Worte kamen nicht halb so entspannt rüber, wie sie sollten.

»Ich fand das gestern Abend übrigens sehr schön, mit dir zu quatschen. Sorry, wenn ich wie ein Wasserfall geklungen habe, ich musste irgendwie ein bisschen Dampf wegen der ganzen Sache mit Taylor ablassen.« Ellie seufzte und verschränkte im Gehen die Hände vor der Brust.

»Schon okay«, bestätigte ich ihr. »Ich fand es auch schön gestern.« Es fiel mir nicht leicht, den Satz zu formulieren, ohne direkt rot anzulaufen. Ich wandte den Kopf zur Seite und beobachtete einige Studierende, die ihrer Wege gingen, damit sie nicht die Farbe auf meinen Wangen bemerkte.

»Ich hab dich auf dem Homecoming-Ball gesehen.« Wie kam sie jetzt auf den Ball? Unweigerlich drehte ich den Kopf in ihre Richtung und hoffte, dass ich nicht mehr aussah wie eine rot leuchtende Ampel.

»Ich hab dich auch gesehen«, gab ich zu.

»Du sahst toll aus.«

Das hatte sie nicht wirklich gerade gesagt, oder? Und schon war sie wieder da, die unvermeidliche Wangenrötung.

»Danke.« Verlegen schluckte ich und hoffte, dass wir dieses Thema schnell abhakten. Ich konnte nicht gut mit Komplimenten umgehen, erst recht nicht, wenn sie mir eine Person schenkte, die selbst so unerreichbar wirkte.

»Du warst mit deiner Mitbewohnerin da, oder?«

Ich nickte und war froh über den schnellen Themenwechsel. »Ja, sie heißt Sue. Das war vorhin auch das Bettgespenst in unserem Zimmer.«

Sie schnaubte lachend.

»Ich war auch mit einer Freundin auf dem Ball.« Jetzt wurde es doch ein bisschen interessanter. Ich hatte mich so lange gefragt, mit wem Ellie getanzt und intime Blicke ausgetauscht hatte. »Wir hatten ein paar Dates, aber haben dann schnell nach dem Ball festgestellt, dass wir nicht zueinander passen.« Warum sie ausgerechnet mir dieses delikate Detail erzählte, wusste ich auch nicht. Aber ich hatte schon oft erlebt, dass mir Leute Dinge anvertrauten, die mit Vorsicht zu genießen waren. Vielleicht wirkte ich auf andere einfach wie eine zuverlässige Person – die ich tatsächlich auch war.

Mir lag bereits ein *Schade für euch* auf den Lippen, doch ich sprach den Satz nicht aus. Sofort wurde ich an meine Gefühle nach dem Ball erinnert. Wie ich ein seltsames Grummeln in der Magengegend verspürt hatte, nachdem ich Ellie mit ihrer Begleitung gesehen hatte. *Eifersucht*, kam es mir in den Sinn, doch worauf sollte ich eifersüchtig sein? Ich kannte Ellie durch die Verbindung nur beiläufig. Dennoch regte sich in mir eine Erleichterung, als sie mir davon erzählte, dass aus ihrem Date nichts wurde. Ich bemerkte, dass ich jetzt schon eine ganze Weile die Lippen geschlossen hielt, und suchte nach Worten.

»Ach so.« Wow, Stella. Richtig gut.

»Wie auch immer«, winkte Ellie dann zu meinem Glück ab, und wir erreichten das Hauptgebäude. Einige der Verbindungen hatten kleine Stände aufgebaut und verkauften allerlei Lebensmittel. Ich konnte sehen, dass die Alpha-Jungs wieder ihren Hau-den-Lukas errichtet hatten, an dem sie sich gegenseitig übertrumpfen wollten. Zielstrebig gingen wir auf den Stand der Zeta-Schwestern zu. Hinter einem Tisch, auf dem die Kuchen präsentiert wurden, wechselte Taylor gerade Geld mit einer Spenderin.

»Sag mal, musst du keine Schicht am Stand schieben?«, fragte ich Ellie beiläufig.

»Ich war heute schon dran.« Das erklärte natürlich einiges. Als wir vor dem Tresen ankamen, hob Taylor den Kopf.

»Hey, wollt ihr auch ein Stück Kuchen kaufen?« Egal, was zwischen Ellie und ihr kürzlich vorgefallen war, sie blieb freundlich, was ich echt bemerkenswert fand. Ellie und ich tauschten Blicke aus und nickten beide energisch.

»Ich nehme was von dem Bienenstich da vorn.« Sie zeigte auf einen köstlich aussehenden Kuchen, von dem ich vermutlich keinen Bissen nehmen konnte, da er wahrscheinlich Eier und Milch enthielt. Mir blieb nicht gerade eine große Auswahl.

Natürlich konnte ich auch einfach meinen eigenen Kuchen kaufen. Aber das war mir ein bisschen peinlich.

»Gibt es noch andere vegane Kuchen?«, fragte ich Taylor.

Sie blickte sich auf dem Kuchenbuffet um und schien einen Moment zu grübeln.

»Ja, tatsächlich. Neben deinem Schokokuchen gibt es noch einen Blaubeerkuchen, der ohne Eier und Milch ist.«

Innerlich freute ich mich total und zeigte es mit einem Lächeln.

»Dann nehme ich den.«

»Gerne.« Taylor nahm zwei kleine Pappstücke, auf denen sie die Kuchen platzierte. Ellie und ich holten unsere Portemonnaies heraus und ließen eine kleine Spende in die Kasse gleiten, ehe wir unsere Kuchen entgegennahmen und uns bei Taylor bedankten.

»Läuft es sonst gut bei euch?« Ich wunderte mich auch über den höflichen Ton, den Ellie gegenüber Taylor anschlug. Vielleicht hatten sie mittlerweile miteinander gesprochen und sich wieder eingekriegt.

»Ja, wir haben schon echt viel verkauft.« Erst jetzt bemerkte ich, dass von den Kuchenstücken nicht mehr viele da waren. Auch mein Schokoladenwerk schien gut weggegangen zu sein.

»Freut mich, heute Nachmittag lief es auch richtig super. Aber jetzt ist natürlich die Zeit perfekt, weil viele aus ihren Kursen kommen.«

»Ich wünsche euch noch viel Erfolg«, meinte ich mit einem Lächeln an Taylor gerichtet.

»Danke, Stella.«

Taylor widmete sich bereits der nächsten Person am Stand. Ellie setzte sich in Bewegung, und ich folgte ihr. Wir bahnten uns einen Weg durch die Spendenstände. Das Basketball-Team hatte einen kleinen Pavillon und einen Tisch aufgebaut, auf dem sie Flyer und Bälle dekoriert hatten. Ich war kein großer Sportfan, weswegen ich ihnen nicht viel Beachtung schenkte.

»Cool, dass es so gut für euch läuft«, meinte ich eher beiläufig, während ich mir ein Stückchen Kuchen nach dem anderen in den Mund schob.

»Ja, ich bin auch echt froh, ich würde Taylors Launen sonst nicht ertragen.« Ellie aß ihren Kuchen genau wie ich mit den Händen, was ich wirklich sympathisch fand. Sie schien sich nicht dafür zu schämen, sich vollzukrümeln. Ich ging im Gegensatz zu ihr doch eher vorsichtig vor und wischte mir jedes Mal über das Shirt, wenn ein Krümel darauf landete.

»Ich wusste gar nicht, dass du dich vegan ernährst.« Ellie sah zu mir herüber.

»Ja, schon länger. Früher gab es noch nicht so viele praktische Alternativen, da war es gar nicht so leicht, ohne tierische Produkte zu leben.« Vor allem zu Beginn war es schwer gewesen, meine Eltern von meinem neuen Lebensstil zu überzeugen. Ich hatte vor einigen Jahren vegetarisch angefangen, was sie schon verwirrt hatte, aber dann auf vegan umzusteigen … Damit waren sie erst mal gar nicht klargekommen. Es hatte viel Überzeugungsarbeit gekostet, und irgendwann hatte ich sogar für sie die Wocheneinkäufe übernommen, damit die richtigen Lebensmittel im Einkaufswagen landeten.

»Find ich echt cool«, lächelte Ellie, und ich war froh darüber, einfach mal keinen gehässigen Kommentar zu meinem Veganismus zu erhalten.

»Danke«, grinste ich zurück und leerte meinen Pappteller.

»Erzähl mir mehr über dich, Tollpatsch.« Ihre plötzliche Neugier überraschte mich, und ich hätte mich beinahe an meinem Kuchen verschluckt.

»Was willst du denn wissen?«

»Alles, einfach alles.« Sie lächelte so breit, dass man ihr kaum widerstehen konnte. Verdammte Ellie.

»Ich bin hier in der Nähe aufgewachsen, habe eine gute Beziehung zu meinen Eltern und lese, wann ich kann. Ich habe eine Katze zu Hause, die ich wirklich vermisse. Ihr Name ist Mrs Smitty, und sie ist echt total süß. Fleckig weiß und schwarz und immer hungrig. Reicht dir das?« Natürlich reichte es ihr nicht.

»Das ist schon mal ein guter Anfang.«

»Und was ist mit dir?«, forderte ich sie heraus. Wenn ich schon mehr über mich erzählen sollte, dann musste sie auch ihre Leistung erbringen.

»Mal sehen«, begann Ellie nachdenklich. »Ich verstehe mich überhaupt nicht mit meinen Eltern, und ich schaue lieber Serien, anstatt meine Nase in ein Buch zu stecken.« Ich rümpfte die Nase, als sie behauptete, den Serien Vorrang zu geben. Die Diskussion wollte ich lieber nicht breittreten.

»Tut mir leid, dass du mit deinen Eltern nicht so gut klarkommst.«

»Muss dir nicht leid tun, ist schon okay.« Und an Ellies Gesichtsausdruck konnte ich ablesen, dass es für sie wirklich in Ordnung war.

»Sie kommen nicht mit meinem Lebensstil zurecht, und dann ist es eben ihr Pech, wenn sie den Bezug zu ihrer Tochter verlieren«, erklärte Ellie. Ich konnte mir gar nicht vorstellen, mich mit meinen Eltern in die Haare zu bekommen. Sie waren für mich immer die wichtigsten Personen in meinem Leben gewesen. Wenn ich Ärger in der Schule hatte, waren sie diejenigen, die mich trösteten. Und als mit meinem Exfreund Schluss war, konnte ich mich bei ihnen ausheulen.

»Ich habe Probleme quasi magisch angezogen.« Ellie schien zu bemerken, dass ich mich damit schwertat, offen zu reden. »Meine Noten waren echt oft im Keller. Ein Wunder, dass ich den Abschluss geschafft habe und an einer Uni angenommen wurde.« Sie lachte, als würde sie sich über sich selbst amüsieren. »Die Leute kamen nicht mit meiner lauten Art zurecht, und wenn sie erfuhren, dass ich lesbisch bin, haben sie einen großen Bogen um mich gemacht.« Ich bewunderte sie für ihre Offenheit und wünschte mir, ich könnte mir ein Stück von ihr abschneiden. Mut, ich brauchte dringend mehr Mut.

»Ging mir ähnlich, ich hatte in der Schule auch nur eine Handvoll Freund*innen. Aber jetzt weiß ich, dass sie eigentlich nie richtige Freund*innen waren.« Die Worte gingen mir nicht leicht von den Lippen, doch ich war stolz auf mich, sie auszusprechen.

»Dann gehören wir wohl beide zum Außenseiterteam.« Ellie grinste mich an und streckte ihre Hand zu einem High five aus, das ich zögerlich erwiderte.

»Ich weiß nicht, ob ich da so stolz drauf sein kann.«

»Klar, man muss immer stolz auf sich sein, Stella. Egal, welchen Grund es dazu gibt.« Und irgendwie gab sie mir damit die Courage, die mir sonst so fehlte. Sie hatte völlig recht. Man musste an sich selbst glauben, sonst konnten einem nie Flügel wachsen. Vorsichtig blickte ich zwischen dem Boden und Ellie hin und her, während wir über den Campus gingen.

»Ich wurde in der Schule gemobbt.« Ellie sah mich an, doch ich konnte ihrem Blick nicht standhalten. Dafür saßen die Wunden noch immer zu tief. »Ich hatte gute Noten und wurde dafür ausgelacht. ›Streberin‹ haben sie mich genannt. Und meine Mitschüler*innen waren einfach solche Ärsche.« Ich schluckte heftig und vergrub meine Hände in den Taschen meiner Jeans, um Halt zu finden.

»Das tut mir echt leid, Stella«, entgegnete Ellie mitfühlend nach einem Moment des Schweigens.

Meine Schritte wurden immer langsamer, und ich spürte, dass sich meine Augen plötzlich mit Wasser füllten. Nicht einmal Sue gegenüber hatte ich erwähnt, wie schlimm es damals in der Schule für mich gewesen war. Mich hier vor Ellie so verletzlich zu offenbaren, war eine riesige Sache für mich.

»Danke.« Ich schluckte den Kloß in meinem Hals hinunter, zog die Hände aus meinen Taschen und wischte mir über das Gesicht. Auf keinen Fall wollte ich jetzt in Tränen ausbrechen.

»Wenn du mal reden willst …« Ellie verringerte die Distanz zwischen uns, und ehe ich mich versah, legte sie behutsam einen Arm um meine Schulter. »Ich bin da, okay?« Meine Nase gab ein Schniefen von sich, und ich nickte heftig. Das war echt lieb von Ellie, und ich merkte ihr an, dass sie es wirklich ernst meinte und nicht nur sagte, um mich zu beruhigen.

»Lass uns über etwas anderes reden«, schlug ich schließlich vor und versuchte mich an einem Lächeln. Ich wollte nicht weiter über die schlimmen Dinge in meinem Leben nachdenken.

»Klar, ich bin Meisterin im unsinnigen Smalltalk, wenn du das meinst.« Ellie zog ihre Mundwinkel in die Höhe und schaffte es damit, auch mich zum Lächeln zu bringen. Für einen Herzschlag lang trafen sich unsere Blicke, und ich sah in ihre blaue Augen. »Wie wäre es, wenn wir morgen noch mehr sinnfreien Smalltalk halten?«

Moment. Fragte sie mich gerade echt, ob wir zusammen etwas unternehmen wollten? Ich öffnete den Mund, doch brachte keinen Ton raus, so überrascht war ich.

Heilige Scheiße, würde das etwa ein Date werden? Je mehr ich darüber nachdachte, desto verwirrter war ich.

»Ähm.« Ich hatte keine Ahnung, was ich darauf antworten sollte. Auf der einen Seite hatte ich morgen nichts vor, und es wäre bestimmt lustig, den Tag mit Ellie zu verbringen, auf der anderen Seite kannte ich sie noch gar nicht so gut. Aber war das wirklich ein Grund, abzusagen oder baute ich nur wieder Mauern auf, um mich selbst zu schützen? Man konnte einander schlecht besser kennenlernen, wenn man nichts miteinander unternahm. »Okay.« Ich konnte es kaum fassen, was ich da von mir gab. Ellie lächelte noch breiter und schien sich darüber zu freuen, dass ich zugesagt hatte.

»Cool, ich hol dich morgen um vierzehn Uhr ab, passt das für dich?«

Kurz dachte ich darüber nach, was ich alles noch zu erledigen hatte, aber wenn ich ehrlich zu mir selbst war, schob ich meine Hausaufgaben nur als Vorwand vor, um mich aus der Sache vielleicht doch noch irgendwie herauszuwinden.

»Das passt.«

Wir schlenderten noch eine Weile gemeinsam über den Campus, sahen uns die Buden und Stände der Verbindungen, Clubs und Arbeitsgemeinschaften an, und Ellie berichtete mir von ihren Kursen in Sozialwissenschaft. Unser Gespräch war locker, und ich fühlte mich bei ihr gut aufgehoben. Als könnte ich ihr alles erzählen, was mir auf dem Herzen lag. Sogar bei meiner Mitbewohnerin hatte ich nicht dieses Gefühl empfunden, und so eine enge Bindung zu einer Freundin wie Sue hatte ich bisher noch nie gehabt. Aber das mit Ellie war irgendwie anders.

Als wir uns voneinander verabschieden wollten, weil Ellie beim Abbau für den Zeta-Kappa-Sigma-Stand helfen musste, rückte für einen Moment wieder die Unsicherheit ins Licht.

»Wir sehen uns dann morgen.« Ellie machte einen Schritt auf mich zu und schien abzuwägen, ob das für mich in Ordnung war. Um ihr zu zeigen, dass ich damit einverstanden war, kam ich ihr ebenfalls näher, und ehe ich mich versah, umarmten wir uns. Ellies Haut war warm, und es fühlte sich schön an, sie so nah zu spüren. Es war fast ein bisschen wie gestern Abend im Verbindungshaus. Nur ohne diese unsägliche Anspannung.

»Bis morgen.«

Ich ging mit einem Lächeln, und mein Herz machte einen riesigen Satz.

Kapitel 24

Am nächsten Morgen schreckte ich völlig panisch auf und sah auf das Display meines Smartphones, nur um festzustellen, dass es bereits kurz nach zehn Uhr war. Hektisch blickte ich mich im Zimmer um, und mir wurde bei dem Anblick der schlummernden Sue schlagartig bewusst, dass ich heute gar keine Kurse hatte und demnach nicht zu spät aufgestanden war.

Erleichtert ließ ich mich zurück in die Federn sinken und seufzte. Ich checkte mein Handy auf neu eingegangene Nachrichten. Meine Mutter hatte mir ein Selfie mit unserer Katze geschickt. Ich antwortete ihr, ehe ich mich von der Matratze erhob. Mein Handy landete wieder auf meinem hölzernen Nachttisch. Auf leisen Sohlen schlich ich mich aus dem Zimmer, damit ich Sue nicht wecken würde, und machte mich im Badezimmer fertig. Um diese Uhrzeit an einem Wochenende war nicht viel los. Mittlerweile hatte ich begriffen, dass die meisten erst gegen Mittag in die Badezimmer schlichen, wenn sie ausgeschlafen hatten, was für mich perfekt war, denn so hatte ich meine Ruhe.

Als ich frisch geduscht und angezogen zurück in mein Zimmer kam, schlief Sue immer noch, und weil ich sie nicht wecken wollte, machte ich es mir in meinem Bett gemütlich und klappte den Laptop auf. Ich arbeitete sorgfältig an den Hausaufgaben, die ich bis Montag fertig machen musste, und die Zeit ging so schnell rum, dass eine Stunde später auch Sue irgendwann ein Lebenszeichen von sich gab.

»Morgen«, murmelte sie von ihrer Zimmerseite zu mir herüber.

»Morgen! Na, gut geschlafen?« Meine Stimme war fast schon schrill und vermutlich viel zu fröhlich für den Morgenmuffel Sue.

Sie antwortete mir mit einem lauten Brummen und zog die Bettdecke wieder über ihren Kopf, wo sie auch die nächste halbe Stunde blieb, bevor sie sich in Schlafkleidung einen Kaffee machte. Sie trug ein übergroßes Bandshirt von Led Zeppelin und eine weite Boxershorts. Ich versuchte, an ihrem Gesichtsausdruck auszumachen, ob ich schon mit ihr reden konnte. Sie sah müde aus und hatte tiefe Schatten unter den Augen. Ich musste es einfach wagen. »Hattest du einen besseren Abend gestern?«

Schläfrig nickte sie und wartete geduldig darauf, dass der Kaffee durch die Kanne floss.

»Ja, war schon okay.« Sie rieb sich über die Augen und stieß hörbar Luft aus. Ich dachte schon, damit wäre unsere Konversation beendet, doch Sue überraschte mich. »Und bei dir? Du hast gestern Besuch bekommen, oder?«

Ich hatte die Sache mit Ellie in den letzten Minuten wirklich gut verdrängt, doch jetzt kamen die Erinnerungen zurück wie eine große Welle, die mich tief ins Meer riss.

»Ja, genau«, quittierte ich kurz angebunden und senkte den Blick, falls sich meine Wangen wieder verräterisch röten würden.

»War das eine von den Zeta-Schwestern?«

Behutsam nickte ich mit dem Kopf und wägte ab, ob ich Sue davon erzählen sollte. »Ellie.«

»Ach so, stimmt. Ich hatte mich schon gefragt, ob sie das ist. Und was wollte sie?«

Jetzt hatte ich sowieso keine andere Wahl.

»Wir sind ein bisschen über den Campus gelaufen und haben uns die Spendenstände angesehen.« Vermutlich konnte Sue mir ansehen, dass das noch nicht alles gewesen war. Ich war schließlich ziemlich durchschaubar. Sie schenkte sich ihren fertigen Kaffee in die Tasse und blickte fragend zu mir herüber. »Und wir sind heute wieder verabredet.«

»Cool«, kommentierte sie lässig und nahm einen Schluck von ihrem Heißgetränk. »Habt ihr etwas Bestimmtes vor?«

Meine Handflächen wurden ganz heiß, und ich rieb sie nervös gegeneinander. »Ehrlich gesagt habe ich keine Ahnung, was wir machen werden.« Ich befand mich auf einem Drahtseil und musste aufpassen, weder zur einen Seite noch zur anderen zu stolpern. Natürlich wollte ich Sue gegenüber ehrlich sein, aber ich wusste nicht, welche Details ich ihr verraten konnte. War dieser Tag ein Date? Die Frage ging mir immer wieder durch den Kopf.

»Dann mal viel Spaß.« Für Sue war das Thema damit offensichtlich abgehakt, denn sie setzte sich mit ihrer Tasse aufs Bett und zog ihren Laptop hervor.

Ich verbrachte die restliche Zeit bis halb zwei mit meinem Unikram, ehe ich meinen Kleiderschrank auf den Kopf stellte, weil ich nicht wusste, was ich anziehen sollte. Auf keinen Fall wollte ich zu schick aufkreuzen, falls ich zu viel in diese Sache hineininterpretierte und es doch kein Date zwischen Ellie und mir sein würde. Aber egal, welche Jeans ich anzog und welches Shirt ich auch überstreifte, ich gefiel mir im Spiegel einfach nicht. Gegen Ellie sah ich wie eine Langweilerin aus. Schließlich entschloss ich mich für eine schwarze Jeans mit hohem Bund und einen bordeauxroten Pullover, der zumindest ein kleines bisschen zu sagen schien *Hey, ich bin interessant!*

Als ich gerade meine Tasche packte und eine Jacke drüber zog, klopfte es pünktlich um vierzehn Uhr an der Tür. Ich warf den Riemen über meine Schulter und öffnete Ellie, die mich freudestrahlend angrinste.

»Na, bist du fertig?«

»Einen Moment noch«, gab ich kurzatmig zurück, hechtete zu meinem Nachttisch und packte mein Handy und mein Portemonnaie ein. »Jetzt können wir.« Ich versuchte es ebenfalls mit einem Lächeln.

Ellie schien zu bemerken, dass ich nicht allein in meinem Zimmer war, und als ich zur Tür zurückging, trat sie einen Schritt ins Zimmer und winkte in Sues Richtung.

»Hi, ich bin Ellie.«

Sue blickte vom Monitor auf und sah zu uns herüber.

»Hi, Sue.« Sie war kurz angebunden und senkte sofort wieder den Kopf.

»Sei ihr nicht böse, sie ist nicht immer so grummelig«, grinste ich Ellie an, streckte Sue die Zunge raus, und wir verließen mein Zimmer und kurz darauf auch das Wohnheim.

»Deine Mitbewohnerin redet wohl nicht viel, oder?«

Ich warf Ellie einen Seitenblick zu und bemerkte erst jetzt, dass sie wirklich hübsch geschminkt war. Ihr blaues Haar lag in sanften Wellen knapp über ihrer Schulter, und sie trug unter einer Jacke ein bordeauxfarbenes Skaterkleid, das über ihren Knien endete. Weil es draußen nicht mehr so warm war wie noch einige Wochen zuvor, steckten ihre Beine in einer schwarzen Strumpfhose. Als ich sie verstohlen musterte, entdeckte ich auch einen kleinen Korb, den sie mit sich trug. Ich ahnte, was sie vorhatte.

»Ach, eigentlich ist Sue eine super Gesprächspartnerin. Manchmal steckt sie aber ganz in ihrer eigenen Welt, und dann ist es schwer, sie da rauszuholen. Sie kann stundenlang auf den Bildschirm starren und irgendwelche Serien schauen.«

»Das könnte ich auch«, lachte Ellie und versteckte ihre freie Hand in den Seitentaschen ihres Kleides.

»Bei mir sind es eher die Bücher, die mich in ihren Bann ziehen.«

»Okay, Bücherwurm, dann hau doch mal ein paar Tipps raus.« Von ihrer Aufforderung war ich ein bisschen überrumpelt, denn so auf Knopfdruck fiel mir im ersten Moment kein einziges Buch ein, das ich Ellie empfehlen konnte. Ich wusste ja nicht einmal, was sie gerne las.

»Erst einmal. Es heißt Bücherdrache.« Ich grinste.

»Okay, merke ich mir.« Auch Ellie lächelte.

»Dann zu deiner Frage: Das ist gar nicht so leicht«, gab ich zurück und kratzte mich verlegen am Nacken. »Das kommt natürlich darauf an, was du so magst.«

»Na ja, eigentlich lese ich nicht wirklich viel. Bei Serien interessiere ich mich für viele Genres, aber ich glaube, ich mag spannende Fantasy-Geschichten besonders gerne.« Ellie zog die Schultern zu den Ohren und sah mich an.

»Hm …« Damit bot sie mir eine ganz schön krasse Bandbreite. »Hast du *Das neunte Haus* gelesen?«

Ellie schüttelte den Kopf. »Worum geht es da?«

»Um Studierendenverbindungen«, grinste ich. »Aber alles ist sehr düster, und es gibt auch Magie.«

»Klingt echt cool, vielleicht sollte ich mir das wirklich mal ansehen.«

»Solltest du«, versicherte ich ihr.

Mittlerweile waren wir auf dem Campus angekommen. Es war zum Glück ein warmer Tag für Mitte November, und die Sonne schien am Horizont. Ich lief direkt neben Ellie und versuchte auszumachen, wohin sie mich führen würde.

»Du hast doch etwas Bestimmtes vor, oder?« Meine Augen schielten zum Korb hinüber, den Ellie mit sich trug.

»Möglicherweise.« Geheimnisvoll grinste sie und wackelte daraufhin mit ihren Augenbrauen, was bei ihr wirklich witzig aussah.

»Du willst es mir nicht sagen«, stellte ich mit gespielt erschütterter Mimik fest.

»Ganz genau, Tollpatsch.«

Eine Weile streiften wir weiter über den Campus, gingen am Hauptgebäude vorbei und bogen an einer Kreuzung ab. Diesen Weg hatte ich bisher noch nie genommen, weshalb ich auch nicht sagen konnte, wohin mich Ellie führen würde. Wir passierten eine Grünfläche, auf der einige Studierende saßen und sich in den Novemberstrahlen sonnten. Ich hatte den Campus bisher noch nie so grün erlebt. Meist war ich von großen Gebäuden umgeben gewesen oder hatte das Innere des Zeta-Kappa-Sigma-Hauses gesehen. Hier säumten kleine Bäume und Büsche eine Allee.

»Wow, ich wusste gar nicht, dass wir so etwas hier haben.« Beeindruckt ließ ich meinen Blick schweifen.

»Du warst also noch nie in der Chill-Zone?« Ellie sah mich erstaunt an.

»Chill-Zone?«, wiederholte ich fragend und legte den Kopf dabei schief.

»So nennen wir die Wiesen und Flächen hier. Man kann dort ausgesprochen gut chillen.« Eben schon hatte ich die Studierenden auf dem Gras bemerkt, und wenn ich mich genauer umsah, gerieten immer mehr Menschen in mein Sichtfeld. Die einen saßen auf Parkbänken, die anderen hatten Handtücher und Decken auf den Wiesen unter sich ausgebreitet. Der Tag war aber auch prädestiniert dafür.

Ellie ging an einer kleinen Kreuzung links, und plötzlich standen wir inmitten eines Rosengartens. Mir stand vor lauter Begeisterung der Mund offen, selbst wenn die Blumen nicht mehr blühten, und ich hielt in meinen Schritten inne.

»Das ist echt krass.«

»Da sagst du was, so habe ich auch geguckt, als ich die Rosen das erste Mal gesehen habe. Du solltest mal herkommen, wenn sie blühen.«

Ich folgte ihr auf eine Wiese.

»Da wären wir.« Ellie stellte den Korb in ihrer Hand auf dem Rasen ab, bückte sich und zog eine Picknickdecke daraus hervor. Seufzend nahm sie Platz, und ich tat es ihr gleich, auch wenn ich den Blick noch nicht von den Rosensträuchern nehmen konnte.

»Ich wusste gar nicht, dass unser Campus so grün ist.« Ich stützte mich mit den Händen hinter dem Rücken ab und lehnte mich zurück.

»Na ja, das wundert mich nicht. Du bist im ersten Semester, da wirst du noch einige Örtchen hier auf dem Campus entdecken, die dich überraschen werden.« Bei weitem hatte ich noch nicht alles gesehen, das wusste ich selbst. Meist ging ich an den immer gleichen Orten vorbei: der Bibliothek, der Mensa und dem Verbindungshaus.

»Vielleicht kannst du sie mir ja zeigen.« Ich hatte keine Ahnung, wie ich auf diese Idee kam, doch sie war mir einfach so herausgerutscht.

»Klar, wieso nicht?« Ellie drehte den Kopf in meine Richtung und lächelte, ehe sie sich mit dem Korb beschäftigte, der neben ihr stand.

»Ich bin echt froh, dass das Wetter heute mitspielt und es so schön ist. Wirkt gar nicht wie November.«

»Hm«, machte Ellie und zog den Korb näher zu sich ran.

»Was ist da eigentlich drin?« Meine Neugierde war kaum noch zu zügeln, und ich wollte endlich wissen, was Ellie für unseren gemeinsamen Nachmittag geplant hatte. Ein Picknick?

»Das siehst du gleich.« Sie zog aus dem Korb zwei Plastikbecher und eine Flasche Limonade, drückte mir beide Becher in die Hand, schenkte uns ein und ließ die Limo wieder im Korb verschwinden. Als Nächstes zog sie eine Dose heraus, deren Inhalt ich nicht ausmachen konnte. Ich lag mit meiner Vermutung wohl nicht falsch. War auch eigentlich auch nicht weiter verwunderlich, bei diesem Korb, den sie mit sich trug. Aber dann wurde meine Vorfreude direkt von dem Gedanken gedämpft, dass ich vermutlich nichts von ihren mitgebrachten Speisen essen konnte. Manchmal war es wirklich nicht leicht, sich an eine vegane Ernährung zu halten.

»Tada!« Ellie zog die Vokale lang und machte eine ausladende Geste Richtung Picknickdecke. Sie beugte sich vor, nahm mir einen der Pappbecher mit Limonade ab und stieß ihren Becher gegen meinen, um mir zuzuprosten.

»Das ist echt lieb von dir.« Ich schenkte ihr ein Lächeln, bevor ich einen Schluck von meinem Getränk nahm. Die Limo war noch ein wenig gekühlt, vermutlich hatte Ellie sie im Kühlschrank gelagert, und sie schmeckte herrlich frisch. Leicht minzig und ein bisschen säuerlich.

Ellie stellte den Becher auf dem Korb ab, da der Boden zu uneben war, und nahm dann die Plastikdose in die Hand. Als sie den Deckel öffnete, sah ich darin kleine Küchlein, wahrscheinlich Schokolade, und ich zwang mich, meine Gedanken zum Thema vegan oder nicht im Zaum zu halten. Schließlich wollte ich Ellie nicht vor den Kopf stoßen, obwohl sie sich so viel Mühe gemacht hatte.

»Und ich habe Brownies gebacken«, erklärte sie und reichte mir die Dose. »Sogar vegan.«

»Echt jetzt?«

»Klar, du hast doch gesagt, dass dir das wichtig ist.« Ellie nahm sich selbst einen Brownie und fischte sich eine blaue Haarsträhne aus dem Gesicht.

»Das ist echt lieb von dir.« Ich konnte es nicht anders sagen, ich war beeindruckt.

»Kein Thema«, winkte Ellie beiläufig ab und biss in ihren Brownie. »Hab ich gestern Abend extra noch gebacken, hat Spaß gemacht, mal etwas Neues auszuprobieren. Ich find sie sogar ziemlich gelungen.« Sie sprach noch mit Krümeln im Mund, was irgendwie verdammt süß aussah.

Ich nahm einen Bissen und erlebte eine schokoladene Explosion mit kleinen Nüssen auf meiner Zunge. »Die sind echt gut geworden«, meinte ich zwischen zwei Bissen und verschlang den Brownie schneller als gedacht. Ich nahm mir gleich einen zweiten aus der Dose, und auch Ellie griff beherzt zu, so dass ich mir nicht verfressen vorkommen musste.

»Wir haben gestern übrigens echt viel beim Spendentag eingenommen.«

Gezielt wischte ich mir die Krümel von den Lippen und rieb meine Hände gegeneinander, um jegliche Überreste loszuwerden. »Freut mich echt, das habt ihr verdient.«

»Danke dir.« Ellie senkte kurz den Blick, dann sah sie mir direkt in die Augen, und ich spürte, wie mein Puls schneller schlug. »Und der Tag mit dir gestern war auch nicht verkehrt.« Sie zeigte mir ein schiefes Grinsen, und plötzlich wurde mir ganz warm.

Auch jetzt hatte ich keinen Schimmer, was das hier eigentlich war.

Ein Date? Kein Date, sondern nur ein Treffen unter … was? Freundinnen? Meine Gedanken fuhren Karussell.

Als Antwort schenkte ich ihr ein Lächeln, denn zu mehr war ich in diesem Moment nicht fähig. Ellie schien zu bemerken, dass mich die Situation überforderte, denn sie nahm sich gleich noch einen Brownie und war damit beschäftigt.

»Du hast gesagt, du schaust gerne Serien. Was guckst du denn momentan so?«, versuchte ich das Thema auf etwas anderes zu lenken.

Ellie schluckte ihren Bissen herunter, ehe sie mir antwortete. »Aktuell rewatche ich *Parks and Recreation*, meiner Meinung nach eine der besten Comedy-Serien, die es gibt.« Ich hatte von der Serie auch schon mal gehört, aber noch nie wirklich reingesehen. »Und *One Day at a Time*.« Bei der Erwähnung setzte ich mich gerader hin und erwiderte ihren Blick.

»Die Show ist mega!«, kam es lauter als gewohnt aus mir heraus. »Ich liebe die Familie und die Figuren und dass die Sendung so toll divers ist.«

Ich konnte sehen, dass auch Ellie Feuer und Flamme war, denn sie legte ihren angebissenen Brownie in ihren Schoß, um die Hände zum Gestikulieren frei zu haben. »Ja, oder? Immer wenn man sich denkt, *boah, die könnten jetzt auch mal über dieses und jenes sprechen*, wird es in der Serie thematisiert. Und endlich gibt es auch mal nicht-binäre Figuren in einer größeren Produktion.«

Mit *One Day at a Time* hatten wir ein Gesprächsthema, das uns lange beschäftigte. Wir futterten fast die ganze Dose Brownies auf, bis sich in meinem Magen ein Völlegefühl einstellte und ich ahnte, dass ich platzen würde, äße ich noch einen einzigen Happen.

Es war echt schön, so locker mit Ellie zu sprechen, und ich entdeckte eine Seite an ihr, die mir bisher nicht bekannt war. Sie konnte auch ruhig sein, gelassen und vor allem nachdenklich. Nicht nur ihre wilde Art blieb mir im Gedächtnis.

»Wie sieht's aus, möchtest du noch ein paar beeindruckende Orte am Campus sehen, Tollpatsch?« Ellie zog herausfordernd die Augenbrauen hoch, und auch wenn ich leicht genervt von dem Spitznamen war, musste ich zugeben, dass ich noch nicht genug hatte.

»Gern«, nickte ich, und wir packten Dose und Becher zurück in den Picknickkorb. Langsam erhoben wir uns von der Decke, die Ellie einmal ausschüttelte, bevor sie ebenfalls im Korb landete.

Wir gingen den Weg zurück, den wir gekommen waren, und unterhielten uns dabei über die Neuerscheinungen auf Netflix, die wir uns ansehen wollten. Dieses Mal führte mich Ellie wieder zum Hauptgebäude, doch dann bogen wir an einer Ecke ab, und ich befand mich erneut an einem Ort, den ich zuvor noch nicht gesehen hatte. Der Weg war gesäumt von zwei Universitätsgebäuden, die hoch aufragten.

»Hier rechts finden die meisten Sozialwissenschaftskurse statt«, klärte sie mich auf und zeigte dabei in die Richtung. »Und links sind die Jurist*innen.« Dort hatte vermutlich auch Chris das eine oder andere Seminar.

Wir folgten dem Weg, gingen links beim Jura-Gebäude weiter und plötzlich spiegelte sich die Sonne in Fenstern, die mich für einen kurzen Moment blinzeln ließ. Als sich meine Augen an das Licht gewöhnt hatten, baute sich eine riesige Glasfront vor mir auf. Ich konnte durch die Fenster in Hörsäle und Büros blicken, die sich vom Rest der Universität stark abhoben.

»Du kennst echt die coolsten Orte auf dem Campus.«

»Na ja, ich bin auch schon etwas länger hier.« Ellie zuckte mit den

Schultern, und einen Moment lang verweilten wir in Stille. Erstaunt musterte ich das Gebäude, vor dem wir standen. Die Räume und Hörsäle, die ich bisher besucht hatte, waren entweder total altbacken, oder sie sahen aus wie typische Klassenräume aus meiner Schulzeit. Vielleicht sollte ich nächstes Semester doch einen Jura-Kurs besuchen, nur um mal in das wunderschöne Gebäude zu kommen.

»Danke für die Tour.« Ehrfürchtig wandte ich den Blick ab, und Ellie und ich setzten uns wieder in Bewegung.

»Gerne doch, ich wollte dir immerhin etwas bieten.« Sie grinste mich an, und ich konnte gar nicht anders, als ebenfalls zu lächeln.

Auch wenn sie mir nicht diese Orte gezeigt hätte, wäre dieser Nachmittag wirklich schön gewesen. Es tat gut, unbeschwert mit Ellie zu sprechen, ohne die ganze Zeit die Schwesternschaft im Hinterkopf zu haben.

»Wie gefällt es dir denn bisher hier in Haydensburgh?« Wir liefen noch eine Weile ziellos über den Campus.

»Echt gut. Die Pflichtseminare sind ein wenig ätzend, vor allem Theater, aber amerikanische Literatur ist genau so, wie ich es mir vorgestellt habe.«

»Freut mich zu hören. Und wer weiß, vielleicht schaffst du es sogar in die Verbindung. Bisher hast du jedenfalls gute Karten.«

Mit dieser Offenheit hatte ich nicht gerechnet. Durfte Ellie mir das überhaupt sagen?

»Ja, mal sehen«, gab ich lockerer zurück, als ich war, denn natürlich lag es mir am Herzen, es irgendwie zu den Zetas zu schaffen. So sehr ich auch immer wieder an mir zweifelte.

»Ich find's auf jeden Fall schön, dass du dich für Haydensburgh entschieden hast.« Ellie zog ihre Mundwinkel so hoch, dass auf ihrer Wange ein kleines Grübchen auftauchte. Aus dem Nichts spürte ich plötzlich sanfte Finger an meiner Hand, und ich bemerkte, wie Ellie sie umschloss und mich dabei vielsagend ansah. Sie kam mir immer näher. Wollte sie ... wollte sie mich etwa küssen? Mir wurde unerwartet heiß. Auf meiner Stirn bildeten sich Falten, und mein ganzer Körper war aus heiterem Himmel angespannt. Mitten im Schritt blieb ich stehen und zog meine Hand weg. Auch Ellie verharrte. Eilig löste sich mein Blick von ihr, meine Augen scannten in alle Richtungen nach Menschen, um auszumachen, ob jemand gesehen hatte, wie Ellie nach meiner Hand gegriffen hatte. Sofort setzte eine Angst ein, von der ich gehofft hatte, sie endlich vergraben zu haben. Mir wurde schummrig, und in meinem Hals bildete sich ein großer Kloß. Vereinzelt gingen Studierende über den Campus, doch niemand schien uns zu bemerken. Ein wenig Erleichterung stellte sich ein, allerdings nicht genug, um mich vollends zu beruhigen.

»Alles okay, Stella?« In Ellies Gesichtszügen spiegelte sich Besorgnis.

Meine Kehle war so trocken, dass ich nicht wusste, ob ich je wieder ein Wort bilden konnte. Die Silben lagen mir auf der Zunge, doch sie kamen nicht heraus. Ich schluckte schwer und öffnete die Lippen, um es noch einmal zu versuchen.

»Nein.« Meine Stimme war beinahe nur ein Flüstern, so schwer fiel es mir.

Mit dieser Geste hatte Ellie eine alte Kiste geöffnet, in der nur Schmerz und Pein lagen. Sie hatte nicht wissen können, wie sehr mich diese Berührung triggerte. Dass sie ein wahnwitziges Gedankenchaos in mir auslöste.

»Ich wollte dich nicht ärgern oder so.« Ellie kratzte sich befangen am Kopf und sah zwischen dem Boden und mir hin und her. Sie konnte nicht wissen, wieso ich so harsch reagiert hatte. Und ich würde den Teufel tun und ihr jetzt in diesem Moment mein Herz ausschütten. »Ich wollte nur deine Hand nehmen.« Sie biss sich auf die Unterlippe, und ich konnte ihr ansehen, wie ihr Hirn ratterte und sie nachdachte. »Da ist doch nichts dabei.«

Oh, wenn sie wüsste.

Manchmal waren kleine Worte oder winzige Gesten wie ein Feuerwerkskörper, der unerwartet in die Luft ging. Ich verschränkte die Hände vor meinem Körper, als könnte ich mich so irgendwie schützen. Was hätte ich nur dafür gegeben, dass sich ein großes Loch auftat, in das ich verschwinden könnte.

»Ich …« Tausende Wörter rasten durch meinen Kopf, und kein einziges wollte über meine Lippen kommen.

»Ich dachte, wir würden uns gut verstehen.« Dass Ellie die Welt nicht mehr begriff, stand in ihrem Gesicht geschrieben. Sie hatte die vollen Augenbrauen zusammengezogen und schob eine Hand in ihre Kleidertasche.

Noch immer war ich wie erstarrt. Am liebsten wäre ich einfach weggelaufen, doch meine Füße wollten sich keinen Zentimeter bewegen.

»Es ist doch nur eine Hand …« In ihrem Ton schwang etwas mit, das mir sagen sollte, mich nicht so sehr anzustellen, und sofort schwang mein Unmut in Zorn um. Ellie hatte keine Ahnung, was ich alles durchgemacht hatte. Wie viel ein Händchenhalten kosten konnte. Vielleicht war es für sie nur eine Hand, für mich bedeutete sie so viel mehr. Mal ganz davon abgesehen, dass ich nicht bereit war, sie in der Öffentlichkeit zu küssen.

Ich wollte irgendetwas sagen, ihr mit Widerworten die Stirn bieten, doch noch immer fiel es mir so verdammt schwer, etwas zu antworten. Was sollte ich nur tun? Ich konnte nicht auf ewig wie zur

Salzsäure erstarrt hier stehen und sie ansehen. Irgendetwas musste ich machen, doch mein Kopf schrie nach Rückzug, und zu mehr war ich nicht fähig.

»Ich gehe jetzt.«

Auch wenn meine Stimme brüchig wurde, schaffte ich es irgendwie, einen Schritt vor den anderen zu setzen, und ließ Ellie allein zurück.

»Hey, warte doch!«

Es brachte nichts, dass sie mir hinterherrief. Ich würde mich nicht zu ihr umdrehen.

Kapitel 25

Danach

Ich würde ersticken. Ich bekam keine Luft mehr, musste mich zwingen, tief durch die Nase zu atmen und die Lungen zu leeren. Meine Hände zitterten unentwegt, selbst, als ich mein Gesicht mit ihnen bedeckte und den Kopf darin stützte. Fahrig wischte ich mir eine Träne von der Wange. Irgendwo mussten doch die verdammten Taschentücher liegen. Nur langsam reckte ich den Kopf und fand auf meinem Nachttisch eine Packung, die ich aufriss. Heftig schnäuzte ich in ein Taschentuch und zerknüllte es anschließend zu einem Ball, der unachtsam auf dem Boden landete.

Wie hatte das alles nur passieren können? Warum begab ich mich immer wieder auf brüchiges Eis? Dieses Mal war ich eingestürzt und fand keinen Halt mehr. Die Kälte zog sich durch meinen Körper, und wenn ich nicht bald etwas dagegen tat, würde ich erfrieren.

Ich war völlig am Ende, konnte einfach nicht mehr. Meine erbarmungslosen Tränen waren der deutlichste Beweis dafür.

Aber ich hatte auch nicht mehr schweigen können. Die Stille war über so viele Jahre mein Begleiter gewesen. Sie war meine beste Freundin und auch meine schlimmste Feindin.

So schwer ich litt, es war richtig gewesen, und sobald ich die Worte endlich ausgesprochen hatte, überkam mich die sehnsüchtige Erleichterung. Es fühlte sich an, als hätte mir jemand eine kiloschwere Last von den Schultern genommen. Ich schaffte es, wieder freier zu atmen, und aus meinem schonungslosen Schluchzen wurde ein erleichtertes Seufzen. Das war ich. In jeder Facette.

Nur ein paar kleine Worte, die alles verändert hatten. Ein Geständnis, das so viele Jahre tief in mir verborgen war. Dabei gehörte diese Seite zu mir wie meine Liebe zur Literatur oder mein introvertiertes Selbst. Dass ich es schließlich einsehen konnte, bedeutete mir die Welt.

Und nicht nur mir, auch sie schien viel unbeschwerter als zuvor. Ein Lächeln zierte ihre wunderschönen Lippen, und ehe ich mich versah, landete ich in einer engen Umarmung. Ohne sie und meine Mitbewohnerin hätte ich mich weiterhin versteckt. Ich hätte all meine Ängste, die schlimmen Geschehnisse meiner Vergangenheit, vergraben und sie nie wieder ausgebuddelt.

Vielleicht war sie etwas forsch gewesen, doch ich hatte genau diesen Anschub gebraucht. Von allein hätte ich weiter eine Lüge gelebt und mein Bekenntnis nie preisgegeben. Verdammt, ich war ihr so viel schuldig. Und gleichsam dachte ich an die Momente zurück, in denen ich sauer auf sie war. In denen ich mich überrumpelt gefühlt hatte. Winzige Worte, die etwas tief in mir bewegt und die mich wütend gemacht hatten. Doch all das war nun vergeben und vergessen. Ich wusste, dass sie es nie so gemeint hatte. Sie wollte einfach nur meine Haut an ihrer spüren, sanfte Küsse und zärtliche Berührungen. Und wie sehr ich auch sie wollte, hatte ich die ganze Zeit nicht einsehen können. Stattdessen war ich stur gewesen und hatte mich von meinen Schicksalsschlägen abhalten lassen.

Die ganze Zeit war mir nur ein Gedanke durch den Kopf gegangen: Was würde passieren, wenn es wieder wie früher wäre? Würde sie auch mit dem Finger auf mich zeigen, mich auslachen und ein Häufchen Elend zurücklassen? Diesen Schmerz wollte ich nie wieder spüren müssen. Er hatte mich zugrunde gerichtet und dafür gesorgt, dass ich nie wieder darüber reden wollte. Aber ich hätte keine

Angst haben müssen, das verstand ich nun endlich. Einmal in meinem Leben war ich mutig gewesen. Verdammt mutig. Und dieser Mut hatte mich belohnt.

Mit ihr.

Kapitel 26

Davor

Nachdem ich Ellie den Rücken zugekehrt hatte, vermied ich es, ins Verbindungshaus zu gehen. Glücklicherweise standen an diesem Wochenende keine neuen Prüfungen oder Feierlichkeiten an, so dass es mir nicht schwerfiel, am Wochenende in meinem Zimmer zu bleiben. Als ich von dem Picknick und dem Spaziergang zurückgekommen war, war von Sue keine Spur zu sehen, was mir ebenfalls in die Karten spielte. Noch auf dem Rückweg waren Tränen über meine Wange gerollt, und ich fühlte bereits, dass meine Augen völlig verquollen und rot waren. Ich hatte mich sofort in mein Bett gelegt und erleichtert über die Abwesenheit meiner Mitbewohnerin Atem geholt. Sue kam erst am Sonntag zurück, vermutlich hatte sie wieder bei Chris übernachtet, doch da ich ihr keine Fragen stellte und sie von sich aus nichts sagte, konnte ich es nicht mit Sicherheit wissen.

Ich verbrachte den Sonntag gemütlich in meinem Bett mit einem Buch und zwischendurch mit einer neuen Serie auf Netflix. Immer, wenn ich mich dabei erwischte, wie meine Gedanken abdrifteten, ermahnte ich mich selbst, im Hier und Jetzt zu bleiben. Dass ich absichtlich den Zeta-Schwestern und vor allem Ellie aus dem Weg ging, wollte ich nicht auch noch stundenlang mit mir selbst ausmachen. Verdrängung war meine Taktik.

Es hätte theoretisch auch funktioniert, hätte nicht eine der Zetas mir erneut einen Brief zukommen lassen.

In dem Brief stand, dass wir uns schon morgen Abend im Verbindungshaus treffen würden, und in dem Moment rutschte mir das Herz in die Hose. Ich wollte Ellie auf keinen Fall unter die Augen treten, dafür war diese Sache zwischen uns viel zu frisch, und sie tat zu weh, um mich ihr zu stellen. Aber wenn ich mich weiter bei den Zeta Kappa Sigmas bewerben wollte, hatte ich keine Wahl. Die nächste Aufgabe stand an, und ich musste erfahren, worum es dieses Mal ging, andernfalls würde ich nicht antreten können. Und dann wäre all die Mühe umsonst gewesen, die ich vorher in die Sache hineingesteckt hatte.

Ich faltete den Brief und steckte ihn wieder in den Umschlag. Er landete achtlos auf meinem Nachttisch neben Herbert, und ich sank tief ausatmend in mein Kissen. Warum musste die Sache auch so verzwickt sein? Wieso hatte dieses Treffen mit Ellie nicht einfach ganz normal ablaufen können? Wieso musste sie ausgerechnet meine Hand halten und mich küssen wollen? Aber vor allem ärgerte ich mich darüber, so reagiert zu haben. So harsch. So unnachgiebig. Ja, ich wollte das nicht in aller Öffentlichkeit. Dafür kannte ich Ellie noch nicht gut genug, und vor allem wollte ich nicht, dass uns jemand mitten auf dem Campus beobachtete. Was wäre passiert, wenn Sue in dem Moment an uns vorbeigegangen wäre? Oder sogar Chris? Oder meine Professor*innen? Ich hörte bereits den Hohn und den Spott in ihren Stimmen.

Nein, dem wollte ich mich bestimmt nicht erneut aussetzen.

Ich versuchte mich abzulenken, indem ich am Abend mit meinen Eltern telefonierte. Wir verabredeten uns zum Videochat, damit wir virtuell eines unserer liebsten Würfelspiele spielen konnten. Danach kochte ich mir ein leckeres Reisgericht, ehe ich völlig erschöpft unter meine Bettdecke kroch und einschlief.

Doch selbst in meinen Träumen suchten mich meine Ängste

heim. Sie zeigten mit den Fingern auf mich, und ich wurde mit jedem Lachen aus ihren Mündern kleiner und kleiner. Irgendwann wachte ich völlig fertig auf und exte erst einmal ein Glas Wasser. Ich bemerkte, dass ich schweißnass gebadet war, und wechselte im Dunkeln das Shirt. Es fiel mir schwer wieder einzuschlafen, und so wachte ich immer wieder auf und geriet mehr in einen Dämmer- als in einen Schlafzustand.

Dementsprechend war ich am Montagmorgen ziemlich zerknautscht, aber es half nichts, ich musste mich für meine Kurse fertig machen. Den ganzen Tag über konnte ich kaum meine Konzentration halten, egal wie viel Kaffee ich in mich hineinkippte – und ich stattete der Mensa wirklich oft einen Besuch ab.

Nachdem ich mein letztes Seminar für den Tag besucht hatte, wollte ich am liebsten einfach nur noch zurück in mein Bett und schlafen, doch ich musste mich um sieben Uhr noch in das Verbindungshaus schleppen. Dieses Mal war ich recht spät dran, so dass sich die Schwestern und die übrigen Anwärterinnen bereits alle im Wohnzimmer versammelt hatten. Ein halbherziges »Guten Abend« kam mir über die Lippen, ehe ich auf einem der Sofas neben Brittainy Platz nahm. Sie grüßte mich mit einem freundlichen Lächeln, und auch wenn ich meine Mundwinkel in die Höhe zog, erreichte der Ausdruck nicht meine Augen.

»Und, was glaubst du, was wir dieses Mal machen müssen?« Brittainy wirkte ziemlich aufgeregt, so wie sie mit den Fingern in ihrem Schoß spielte und leicht mit einem Bein wippte. Unter anderen Umständen wäre ich vermutlich auch aufgewühlt, aber in der aktuellen Situation wollte ich es einfach nur noch hinter mich bringen.

»Weiß nicht, echt keine Ahnung.« Ich vermied es, den Kopf zu heben und nach vorne zu schauen, denn ich wusste, dass dort Ellie mit Taylor stand. Sie waren immer die einzigen Schwestern, die stehen blieben.

»Alles okay bei dir?« Brittainy schien sofort zu bemerken, dass bei mir etwas nicht stimmte, doch ich nickte nur und wich ihr aus.

»Ja, alles klar.« Ich war froh, dass in diesem Moment Taylor die Stimme erhob und alle Anwesenden begrüßte.

»Schön, dass ihr da seid«, schaltete sich Ellie ein. »Wir wollen heute die letzte Aufgabe verkünden, also zieht euch schon mal warm an.«

Es war seltsam, ihre Stimme zu hören. Ich vermied noch immer den Blickkontakt und starrte stattdessen in meinen Schoß.

»Ihr seid wirklich weit gekommen, darauf könnt ihr stolz sein. Die meisten schaffen es gar nicht bis hierhin«, fügte Taylor hinzu.

Aber ich war alles andere als stolz auf mich. In mir blieb nur eine Leere, die ich nicht füllen konnte. Ich fragte mich sogar, warum ich überhaupt den Weg auf mich genommen hatte. Und das alles nur, weil ich nicht den Blick heben und Ellie ansehen konnte.

»Die finale Aufgabe hat es wirklich in sich«, erklärte Taylor. »Ich bin schon sehr gespannt, wer von euch diese Prüfung überhaupt meistern wird. Daran sind nämlich schon einige Anwärterinnen gescheitert.« Das waren keine guten Aussichten. Ich brauchte jetzt echt nicht auch noch eine schwierige Aufgabe, die ich bewältigen musste.

»Dieses Mal müsst ihr beweisen, dass ihr euch für die Schwesternschaft einsetzen könnt«, übernahm Ellie, und ich sah aus dem Augenwinkel, wie sie einen Schritt nach vorne tat. »Ihr wisst bestimmt alle, dass unsere Schwesternschaft in einem erbitterten Kampf mit den Alpha Omega Psis um die beliebteste Verbindung steht. Schon damals, als unsere Gemeinschaft gegründet wurde, mussten die

Frauen dafür einstehen, dass die Zetas genauso angesehen wurden wie die Alphas.«

Ich fand diese Feindschaft ziemlich albern, also würde ich einfach nicht erzählen, dass ich mich gut mit einem Alpha-Anwärter verstand.

Generell mochte ich dieses Kopf-an-Kopf-Rennen überhaupt nicht. Die beiden Verbindungen waren doch sowieso total unterschiedlich.

»Wir wollen beweisen, dass sich eine Zeta niemals von einem Alpha einschüchtern lässt«, fuhr Taylor fort. »Und deshalb ist es eure Aufgabe, einen ganz bestimmten Gegenstand aus dem Haus der Alpha Omega Psi zu stehlen.«

Na wunderbar.

Ich war zugegebenermaßen nicht gerade begeistert über diese Prüfung. Etwas zu stehlen war falsch, selbst wenn man es aus den Händen des Feindes klauen wollte.

»Ihr bekommt alle einen Gegenstand von uns zugewiesen. Am Mittwochabend soll es dann so weit sein. Ihr kommt bitte pünktlich um acht Uhr abends in unser Verbindungshaus und erfahrt dann, welchen Gegenstand ihr stehlen sollt. Es können Kleinigkeiten sein, wie ein Briefbeschwerer, oder auch ein Buch. Deswegen ist es wichtig, dass ihr am Mittwoch gut zuhört. Und sollten wir erfahren, dass ihr gar nicht ins Verbindungshaus gegangen seid, sondern die Gegenstände irgendwo anders hergeholt habt, scheidet ihr sofort aus.«

Die Regeln waren ziemlich klar. Dennoch ließ meine Motivation zu wünschen übrig.

Kaum hatte Taylor geendet, begann ein wildes Getuschel im Raum. Auch Brittainy wandte sich mir zu. »Und was passiert, wenn wir uns von den Alphas erwischen lassen? Meinst du, dann gibt es Punkteabzug?«

Lustlos zuckte ich mit den Schultern. »Keine Ahnung.« Ich seufzte, denn ich hatte echt keine Lust, mich jetzt noch weiter damit zu beschäftigen. Brittainy bemerkte, dass ich kurz angebunden war, und hakte nicht weiter nach.

»Weil gerade die Frage aufkam.« Taylor erhob ihre Stimme, und sofort verstummten die anderen. »Natürlich dürft ihr euch nicht erwischen lassen, das ist ganz klar.« Offensichtlich hatten noch mehr Anwärterinnen diese Frage gestellt.

»Da hast du deine Antwort.« Ich gab mir echt Mühe, dass meine Tonlage nicht so gleichgültig klang, wie sie es in meinem Kopf tat.

»Wir können das natürlich nicht richtig nachprüfen, deswegen appellieren wir an eurer Ehrlichkeit. Eine Zeta sollte ihre Schwestern nie belügen. Das ist demnach auch Teil der Aufgabe.«

Dass alle Anwärterinnen tatsächlich fair spielten, wagte ich jedoch zu bezweifeln. Ich wusste nicht, ob ich wirklich aufrichtig sein würde, wenn man mich erwischte. Aber gerade war ich mir nicht einmal sicher, ob ich überhaupt zu der Aufgabe antreten würde.

»Wir wünschen euch viel Spaß, und wir sehen uns dann am Mittwoch um acht Uhr«, verabschiedete sich Ellie von uns, und plötzlich standen alle Anwärterinnen von den Sofas auf und verließen den Raum. Ich erhob mich schnell, um nicht in die Bredouille zu kommen, als Letzte gehen zu müssen. Es konnte ja immerhin noch sein, dass mich Ellie ansprechen würde, und das wollte ich partout umgehen.

Als ich aus dem Flur an die frische Luft schritt, fühlte ich mich gleich weniger eingeengt. Diesen Abend hätte ich mir echt sparen können. Aber was wäre dann passiert? Hätte man mich automatisch von der Liste gestrichen oder hätte man mir die Aufgabe postalisch zukommen lassen? Was auch immer.

»Dann sehen wir uns also am Mittwoch, Stella.« Irritiert blickte ich über die Schulter und sah Brittainy neben mir stehen.

»Ja, klar, bis Mittwoch.« Und auf einmal umarmte mich Brittainy, womit ich überhaupt nicht gerechnet hatte. Vorsichtig versuchte ich, die Umarmung zu erwidern.

»Ich freu mich schon.« Brittainy löste sich mit einem Grinsen von mir und ging in die Richtung ihres Wohnheimes. Mit schlappen Schritten machte ich mich ebenfalls auf den Weg. Ich wollte nur noch in mein Bett und dieses ganze Theater vergessen. Die Aufgabe war völlig sinnlos. Ich hatte keine Lust, bei einer fremden Verbindung einzubrechen und etwas zu klauen. War das nicht ein Verbrechen? Oder galt so etwas noch als Spaß unter den Verbindungen?

Es war bereits dunkel, als ich zurück in mein Zimmer kam. Sue hockte wie so oft mit ihrem Laptop im Bett.

»Hey«, begrüßte ich sie knapp, zog meine Schuhe aus und setzte mich sogleich auf meine eigene Matratze.

»Hey.« Sue sah nicht von ihrem Bildschirm auf, worüber ich froh war, denn so konnte sie mir nicht ansehen, wie dreckig es mir momentan ging. »Wie war's bei deinem Treffen?«

»Ganz okay«, wich ich aus und zückte mein Handy, um beschäftigt zu wirken.

»Und, was müsst ihr als Nächstes machen?« Leider klappte Sue jetzt ihren Laptop zusammen und sah zu mir herüber. Warum musste sie ausgerechnet jetzt Interesse an den Zeta Kappa Sigmas haben?

»Ach, wir sollen bei den Alpha-Jungs etwas aus dem Verbindungshaus klauen. Aber wir bekommen erst Mittwoch Bescheid, was es ist. Vermutlich, damit wir uns nicht schon vorher reinschleichen.«

»Seltsam.« Sue schüttelte den Kopf und gab mir damit ganz genau zu verstehen, was sie von der Prüfung hielt.

»Jupp.« Dieses Mal blieb mir gar nichts anderes übrig, als ihr zuzustimmen.

»Wollen wir morgen Abend vielleicht zusammen kochen?« Keine Ahnung, wie Sue auf diesen plötzlichen Themenwechsel kam. Ich legte mein Smartphone zur Seite. Sah ich so fertig aus, dass sie mir Ablenkung verschaffen wollte?

»Klar, wieso nicht. Schwebt dir etwas Besonderes vor?«

»Wie wäre es mit einem Curry? Hatte ich schon länger nicht mehr.«

»Dann müssen wir morgen aber noch einkaufen gehen.« Meine Lust, das Haus dafür zu verlassen, hielt sich in Grenzen.

»Falls du ein gutes veganes Rezept kennst, immer her damit. Ich besorg alles, und dann treffen wir uns um sechs Uhr?« Ich war schon irgendwie ganz froh darüber, dass sich Sue um die Zutaten kümmern wollte, und nickte daher energisch. Dann musste ich es nur irgendwie schaffen, meine Seminare hinter mich zu bringen und versuchen, meine Gedankenschleifen abzustellen. Und das war gewiss nicht einfach.

»Klingt super.«

Kapitel 27

Am nächsten Morgen wachte ich mit Kopfschmerzen auf, und ich wäre am liebsten einfach nur im Bett geblieben. Dort war es warm und weich, und ich musste mich um nichts sorgen. Aber leider standen meine Kurse an, und ich wollte sie nicht wegen ein bisschen Kopfweh sausen lassen.

»Wenn du schon nicht zu Hause bleiben willst, nimm wenigstens die«, seufzte Sue leicht genervt und gab mir eine Tablette. Offensichtlich war Sue nicht sonderlich begeistert davon, dass ich trotz der Kopfschmerzen den Tag durchstehen wollte.

»Danke.« Ich zog mein Glas Wasser von meinem Nachttisch heran und tat wie mir geheißen, ehe ich den Rest des Wassers dazu nutzte, Herbert zu gießen. Danach machte ich mich für meine Seminare fertig, trug ein bisschen Wimperntusche gegen meine müden Augen auf und verließ das Zimmer.

Irgendwie schleppte ich mich so durch den Tag, und ich war wirklich wahnsinnig froh darüber, nicht auch noch für das Curry einkaufen zu müssen, das Sue und ich heute Abend zusammen machen wollten. Immerhin schwollen die Kopfschmerzen dank der Tablette schnell ein wenig ab. Ginge es nach mir, würde ich vermutlich sogar das gemeinsame Kochen absagen und mich einfach in mein Bett verkriechen. Allerdings hatte sich Sue so viel Mühe gegeben, mich aufzumuntern, und immerhin ging sie extra für mich einkaufen. Das wollte ich keinesfalls mit Füßen treten.

Als ich in unser Zimmer zurückkam, war Sue unterwegs, und ich nutzte die Zeit, um in etwas Bequemeres zu schlüpfen und noch eine Weile auf meiner Matratze zu dösen.

Leider hielt meine Pause jedoch nicht so wahnsinnig lange an, denn schon eine Viertelstunde später raschelte es an der Tür, und Sue kam voll bepackt mit einer Einkaufstüte zurück.

»Ich hab Spinat, Zwiebeln, Tomaten, Kokosnussmilch und Kartoffeln gekauft«, flötete sie fröhlich. »Das wird ein grandioses Curry.« Schwer atmend ließ sie die Einkaufstüte neben ihrem Bett auf den Boden sinken.

»Danke dir«, murmelte ich aus dem Bett heraus und schälte mich langsam aus den Federn.

»Hast du dich noch etwas ausgeruht?« Sue drückte den Rücken durch und sah zu mir herüber, ehe ich mit einem Nicken antwortete.

»Klasse, dann können wir ja gleich loslegen.«

Meine Motivation, das Bett zu verlassen, war gleich null. Ohne eine Wahl zu haben, stand ich aus dem Bett auf und machte mich mit Sue samt unseren Zutaten in die Küche auf.

»Wie waren deine Kurse heute?« Dass Sue Smalltalk halten wollte, um mich ein wenig abzulenken, war zwar echt nett gemeint, doch ich war überhaupt nicht in der Stimmung dazu.

»Ganz okay«, antwortete ich knapp und zog die Ärmel meines langen Gammelpullovers ein Stück hinunter. »Und bei dir?« Ich wollte höflich sein, und wenn ich ihr Fragen stellte, musste ich wenigstens nicht diejenige sein, die antwortete.

»War eigentlich echt gut. Wir haben in Philosophie heute ein paar interessante Themen angeschnitten. Und ich glaube, nächstes Semester möchte ich einen Sportkurs wählen.«

»Weißt du schon, in welche Richtung es gehen soll?«

Sue neigte ein wenig den Kopf. »Vielleicht irgendetwas mit Kampfsport. Wir haben ja zum Glück echt ein großes Angebot. Willst du auch mitmachen?«

»Oh nein, auf keinen Fall«, entgegnete ich entschieden. Sport war nie so meins gewesen. Schon in der Schule hatte ich mich darüber geärgert, dass man, anstatt sinnvolle Dehn- und Rückenübungen gelehrt zu bekommen, Völkerball und Co. spielen und sich dabei blamieren musste. Ich gehörte immer zu den Leuten, die als Letztes in ein Team gewählt worden waren. Das musste ich mir nicht auch noch an der Uni antun.

»Dann muss ich wohl ohne dich auskommen.« Sue schien es mir nicht wirklich übel zu nehmen, dass ich keine Lust auf einen Sportkurs hatte.

»Das schaffst du schon«, bestärkte ich sie und war froh, dass wir in der Küche angekommen waren und das leidige Thema Sport vergessen konnten.

Sue zog aus den Schränken Schneidebretter und einen großen Topf, während ich uns Messer zusammensuchte. Wir stellten alles an seinen Platz und legten los, indem Sue die Zwiebeln bearbeitete und ich die Tomaten in kleine Stücke schnitt.

»Sag mal, seit wann ernährst du dich eigentlich vegan?«

»Weiß ich gar nicht so richtig«, gab ich nachdenklich zurück. »Schon eine ganze Weile. Ich mochte als Kind schon nie wirklich Fleisch und hab's dann als Jugendliche vegetarisch probiert. Bis mir das irgendwann nicht mehr reichte und ich mich umgestellt habe. Es ist mir schon wichtig, auf meinen ökologischen Fußabdruck zu achten. Und das kann ich am ehesten einschränken.«

»War das schwer?«, wollte Sue von mir wissen und beförderte die geschnittenen Zwiebeln in den heißen Topf.

»Eigentlich nicht. Wenn man sowieso schon darauf achtet, was man isst, ist das kein Thema. Aber für meine Eltern war es schwer, weil sie beim Einkauf auf völlig andere Dinge achten mussten. Deswegen bin ich oft gemeinsam mit ihnen einkaufen gegangen, bis ich irgendwann ganz die Einkäufe für sie erledigt habe.« Während sich meine Eltern weiterhin auch von tierischen Produkten ernährten, verzichtete ich gänzlich darauf. Das war beim Kochen für meinen Dad nicht immer leicht gewesen, aber irgendwie hatten wir es hinbekommen.

Hätte ich eben noch am liebsten keinen Ton über die Lippen gebracht, machte Sue es mir jetzt sehr leicht, mit ihr zu reden. Sie hatte so eine entspannte Art, die beim Kochen sofort auf mich übertragen wurde.

»Am schwierigsten ist es eigentlich nur, wenn man außerhalb isst, wie zum Beispiel bei uns in der Mensa. Ich kann oft nur die Beilagen wie Pommes oder Nudeln pur essen oder muss auf Salat ausweichen. Manchmal sind die Suppen vegan, da muss man meist nachfragen. Das ist schon ein wenig nervig, aber auch das funktioniert.«

»Das klingt nicht gerade befriedigend.«

Leider musste ich Sue in dieser Sache Recht geben. »Tja, manchmal muss man einfach das nehmen, was man kriegt.«

Die Zwiebeln rochen herrlich, und wir konnten den frischen Spinat und die Tomaten dazugeben. Sue schwitzte die Zutaten ein wenig an, ehe die Kokosnussmilch hinzukam und ich eine Gemüsebrühe ansetzte.

»Wie sieht's eigentlich aus, bist du wegen der Aufgabe morgen aufgeregt?«

Seufzend gab ich die Gemüsebrühe in den Topf und zerkleinerte schließlich die Kartoffeln. Ich wusste noch nicht, ob mir der plötzliche Themenwechsel gefiel.

»Keine Ahnung«, meinte ich ehrlich und strich mir eine braune Haarsträhne hinter das Ohr, die mir in die Stirn gefallen war. »Bei den anderen Prüfungen war ich irgendwie nervöser.« Aber da hatte diese seltsame Sache mit Ellie noch nicht so viel an Bedeutung gewonnen. Seit diesem Beinahe-Kuss, von dem ich nicht wusste, was er war, und diesem Treffen mit ihr auf dem Campus spielten meine Gefühle verrückt. Ich hatte nicht ihre Hand in aller Öffentlichkeit nehmen wollen, egal wie gut wir uns vorher verstanden hatten. War ihrem Kuss ausgewichen. Dafür war ich einfach noch nicht bereit gewesen. Aber würde ich je dafür bereit sein? Ich fragte mich, wie ich reagiert hätte, wenn wir allein gewesen wären. Wie damals im Verbindungshaus, bevor Lilly in die Küche gekommen war.

Fakt war, dass Ellie meine Beziehung zu den Zeta-Schwestern unabsichtlich verändert hatte. Lag am Anfang noch Spannung in der Luft und wollte ich unbedingt ein Teil der Verbindung sein, schwang jetzt eine ungewohnte Gleichgültigkeit mit.

Ich verstand meine eigenen Emotionen nicht mehr. Sie waren ein Gemisch aus vielen verwirrenden Regungen, die mir den Schlaf raubten und meine Gedanken vernebelten.

»Du bist dir also sicher, dass du das dieses Mal ohne Probleme rocken wirst?«, fragte mich Sue und schenkte mir einen Seitenblick.

Nein, so war es nicht. Ganz und gar nicht. Ich hatte keine Ahnung, ob ich mich überhaupt traute, in ein fremdes Haus einzusteigen und einen Gegenstand zu stehlen. Diese ganze Aufgabe war in meinen Augen ziemlich fragwürdig. Klar, zwischen den Zetas und den Alphas herrschte seit Jahren eine gewisse Rivalität um die beste Verbindung in Haydensburgh, aber das hieß nicht, dass man etwas

Verbotenes tun musste. Selbst wenn es nur ein Spaß war, den die Schwestern sich erlaubten. Wahrscheinlich brachten sie das Diebesgut noch am nächsten Tag mit einer Entschuldigung und einem breiten Grinsen im Gesicht zurück.

»Ich glaube, das ist nicht so ganz meins.« Ich beobachtete, wie Sue die Kartoffeln in den Topf gab, damit sie köcheln und weich werden konnten. Unser Curry musste nun eine Weile ziehen. Wir hatten also ausreichend Zeit für dieses Gespräch.

»Was meinst du damit?« Sue sorgte mit ihrer Frage dafür, dass ich mein Kinn reckte und sie unweigerlich ansah.

»Ach, ich weiß nicht einmal, ob ich echt antreten soll«, seufzte ich schließlich und hatte damit tatsächlich die Worte ausgesprochen, die mir auf der Seele lagen.

»Wie, du weißt nicht, ob du hingehst?« Sue blickte mich empört an und stemmte ihre Hände in die Hüften, nachdem sie im Curry gerührt hatte.

»So wie ich es dir gesagt habe.« Meine Stimme wurde plötzlich ganz leise. »Ich bin mir nicht sicher, ob ich den Mut habe, bei den Alphas einzubrechen. Das kommt mir irgendwie falsch vor.«

»Aber es soll doch nur ein Spaß sein, da musst du dir keine Sorgen machen, Stella.« Sie versuchte, mir Mut zu machen, doch so richtig kam ihr Zuspruch nicht bei mir an.

»Ja, vielleicht. Aber ich meine damit …«, zögerte ich und biss mir auf die Unterlippe. »Ich weiß nicht, ob ich überhaupt weitermachen will.«

Ich beobachtete, wie Sue die Stirn in Falten legte und mich aus kleinen Augen musterte.

»Du willst mir sagen, dass du dir den ganzen Stress angetan, Kuchen gebacken hast und so weiter, um jetzt das Handtuch bei der letzten Aufgabe zu werfen?« Wenn sie es so formulierte, klang es wirklich absurd. Doch ich wollte meine Mitbewohnerin in dieser Sache nicht anlügen. Ich hatte gelernt, dass ich mich vor Sue nicht verstecken musste.

»Ach, keine Ahnung. Mir ist das gerade einfach alles zu viel.« Für den Moment sah Sue so aus, als würde sie gleich nach dem Kochlöffel greifen und mir damit eine verpassen. Aber natürlich wusste ich, dass sie das niemals machen würde.

»Nein.« In ihrer Stimme lag eine Ernsthaftigkeit, die mich zum Schlucken brachte.

»Wie, *nein*?« Zögerlich machte ich vorsichtshalber einen kleinen Schritt nach hinten.

»Ich meine damit, dass ich dir nicht glaube.« Sue holte tief Luft und verschränkte die Arme vor der Brust. »Du hast dich so ins Zeug gelegt und alles gegeben, und dann willst du aus einer Laune heraus auf einmal nicht mehr mitmachen? Nein, das raffe ich nicht.«

Wieso kannte mich Sue so gut? Warum kam sie dahinter, dass das nicht alles war?

»Ich …« Was sollte ich ihr sagen? Dass sie recht hatte und ich selbst nicht wusste, wie ich mit der Situation umgehen sollte? Aber dann würde ich ihr erzählen müssen, was zwischen Ellie und mir vorgefallen war, und das war etwas, das ich in mein Herz einschloss und verbergen wollte.

»Glaub mir oder eben nicht.« Ich hatte nicht beabsichtigt, so zickig zu klingen und fühlte mich sofort schuldig. »Wie auch immer«, legte ich daher nach und wandte den Blick von Sue ab.

Leider ließ sie nicht locker. Ich hörte, wie sie einen Schritt auf mich zutrat, und als ich den Kopf in ihre Richtung drehte, stand sie mit einem Mal nur wenige Zentimeter von mir entfernt.

»Stella, du musst vor mir nicht dichtmachen. Du kannst immer mit mir reden, wenn du möchtest. Und ich zwinge dich auch nicht, irgendetwas zu sagen, falls du das jetzt denkst. Nur weil ich ein offenes Buch bin, musst du das nicht sein. Aber ich möchte dir mitteilen, dass ich für dich da bin. Dass ich dir zuhöre. Dass ich deine Geheimnisse niemals ausplaudern würde.« Sie versuchte sich an einem Lächeln.

Das war doch nicht fair! Ich kämpfte hier mit meinen Emotionen, und sie versicherte mir, für mich da zu sein.

Dennoch, wenn ich ihr davon erzählte, dann stand zu viel auf dem Spiel. Ich war einmal offen und ehrlich gewesen und hatte einen zu hohen Preis dafür bezahlt. Ich wollte diesen Schmerz nie mehr spüren müssen.

»Danke, aber ... Ich weiß auch nicht.« Sue unterbrach den Blickkontakt nicht, was mich so einschüchterte, dass ich mich von ihr abwandte.

»Ich kann dich nicht zwingen.« Ich konnte ihr anhören, wie mitleidig sie mich musterte. Und Mitleid, das war etwas, das ich jetzt nicht wollte.

»Kannst du nicht«, entgegnete ich und legte alle Kraft in meine Stimme.

Währenddessen köchelte das Curry vor sich hin, doch ich hatte endgültig meinen Appetit verloren.

»Liegt es an dieser Ellie?«

Ich hob den Blick und sah Sue aus ungläubigen Augen an. Wieso traf sie mich mitten ins Herz? Warum konnte ich nicht eine Mitbewohnerin haben, der ich völlig gleichgültig war und die sich nicht für meine privaten Angelegenheiten interessierte?

Meine Hände ballten sich zu Fäusten, und ich spürte, dass ich zitterte. Ich schob meine Finger in die Taschen meiner Hose, in der Hoffnung, dass Sue es so nicht mitbekam.

»Du hast ja keine Ahnung.« Unbeabsichtigt legte sich Zorn in meine Stimme.

»Ja, und deswegen möchte ich mit dir reden.«

Aber ich wollte nicht reden. Nicht über Ellie, nicht über diese Sache, die zwischen uns vorgefallen war, und nicht über die Schwesternschaft.

Ich konnte nicht zulassen, dass Sue die Wahrheit erfuhr. Dass ich ihr von dem Beinahekuss erzählte, unseren seltsamen Annäherungsversuchen und der Tatsache, dass sie in aller Öffentlichkeit auf dem Campus meine Hand halten und mich küssen wollte. Dazu war ich nicht bereit. Vielleicht würde ich dazu nie bereit sein.

»Ich ... ich kann nicht.« Jedes Wort war brüchig und klang wie Eis, das zersplitterte.

Das Essen, all das hier, war mir egal. Ich musste weg, musste unbedingt Sue entkommen, damit sie mich nicht weiterhin mit Fragen löchern konnte.

Und dann spürte ich, wie sich die Tränen anbahnten. Ich war völlig überfordert mit all den verschiedenen Gefühlen, die in mir auflodderten.

»Ich habe keinen Hunger mehr«, erklärte ich Sue und drehte ihr den Rücken zu. »Tut mir leid.« Meine Beine setzten sich wie automatisch in Bewegung, und mit eiligen Schritten verließ ich die Küche. Ich hatte keine Ahnung, wo ich hin sollte. In unserem Zimmer würde Sue gleich das selbstgemachte Curry verspeisen, doch es war der einzige Raum, den ich für meinen Rückzug hatte.

Eine ganze Weile schlich ich durch die Flure, irrte ziellos in dem Wohnheimgebäude herum, ehe ich mich dazu entschloss, eine

Runde über den Campus zu drehen. Die frische Luft schlug mir erbarmungslos ins Gesicht, und ich stellte fest, dass ich für diese Jahreszeit unpassend gekleidet war, doch ich musste irgendwie meinen Kopf freibekommen. Ich trat einen Schritt vor den anderen, passierte das Hauptgebäude und entschloss mich, den einen Ort aufzusuchen, an dem ich mich an der Universität besonders wohlfühlte.

Als ich die Tür zum Hauptgebäude aufstieß, sah ich mein Spiegelbild im Glas. Tiefe Schatten unter den Augen, verquollenes Gesicht. Ich trug eine alte Jogginghose und einen Pullover, der schon mal bessere Zeiten gesehen hatte. Unter anderen Umständen wäre ich in dem Outfit nie vor die Tür gegangen. Es war etwas anderes, eine halbe Stunde in diesem Look in der Küche zu stehen. Dort verschwendete niemand einen Blick an die Person, die vor den dampfenden Töpfen stand. Doch hier, während ich meiner Wege ging, spürte ich bereits den einen oder anderen Blick auf mir liegen. Ich war unendlich froh darüber, dass es bereits dunkel war und lediglich die Laternen leuchteten.

Meine Schritte wurden immer schneller, denn je länger ich auf diesem Campus lief, desto unwohler fühlte ich mich. Als ich den Weg in die Bibliothek fand, atmete ich erleichtert aus. Ich würde mich nicht zwischen Büchern und Regalen verstecken können, denn ich hatte meine Universalkarte zum Check-in nicht dabei. Aber wenigstens konnte ich im Bereich bei den Spinden eine verlassene Nische suchen, mich auf eine Bank setzen und die Knie anwinkeln. Ich blickte ins Leere, fixierte einen beliebigen Punkt vor mir und wollte einfach nur atmen. Tief ein und aus, doch die Spannung löste sich nicht so schnell.

Jetzt hatte ich auch noch der einzigen Person vor den Kopf gestoßen, die mir zuhörte und mir ihre Hilfe anbot. Doch ich war noch nicht so weit. Ich brauchte die Ruhe und die Akzeptanz – und vermutlich hätte Sue sie mir auch gegeben, hätte ich sie nur gelassen. Wieso stand ich mir immer selbst im Weg?

Ich war unfähig, andere Menschen in mein Herz zu lassen. Erst Ellie, jetzt Sue. Und wenn ich so weitermachte, würde ich bestimmt auch noch Chris, Samirah oder Brittainy enttäuschen.

Wenn es nur nicht so entsetzlich wehtun würde. Wenn es nicht mehr alte Wunden aufriss … dann, vielleicht, konnte ich frei sein. Doch so war ich eine Gefangene meiner eigenen Ängste.

Kapitel 28

Früher oder später hatte ich in mein Zimmer zurückgehen müssen. Ich konnte nicht die ganze Nacht in der Bibliothek verbringen, so gerne ich es auch getan hätte. Ohne eine Ahnung, wie viel Zeit vergangen war, tapste ich zurück und stellte fest, dass Sue nicht da war. Vermutlich war sie nach unserer Diskussion zu Chris gegangen. Ich konnte mir sogar vorstellen, dass sie mir den Freiraum geben wollte, den ich brauchte. Und wieder fühlte ich mich schlecht, so harsch reagiert zu haben.

Die Nacht war unruhig und von Albträumen geprägt. Als ich am nächsten Morgen erwachte, schleppte ich mich mit Mühe und Not zu Algebra, und selbst amerikanische Literatur konnte meine Laune an diesem Mittwoch nicht heben. Viel schlimmer war aber die Tatsache, dass am Abend die Prüfung bei den Zeta Kappa Sigmas ausstand.

Mir graute es davor, einen Schritt in das Verbindungshaus zu setzen. Schon beim letzten Mal war ich Ellies Blicken ausgewichen und hatte einfach nur nach Hause gewollt. Ich glaubte nicht, dass es heute anders laufen würde, denn jetzt kam noch die Auseinandersetzung mit Sue dazu, die mich zusätzlich belastete.

Zunächst ging ich in mein Zimmer zurück und war froh darüber, meiner Mitbewohnerin nicht begegnen zu müssen. Alles in mir schrie danach, mich auf meine Matratze fallen zu lassen, etwas in meinem Buch zu lesen und die Außenwelt zu ignorieren. Vorher musste ich mich jedoch noch mit meinen Hausaufgaben beschäftigen und irgendwie etwas in den Magen bekommen. In der Mensa hatte ich mir einen abgepackten Salat zum Mitnehmen gekauft, den ich verputzte, während ich über meinen Aufgaben hing. Ich hatte noch drei Stunden, bis ich im Verbindungshaus sein sollte. Bis dahin würde ich locker mit meinen Hausaufgaben durch sein.

Auch eine Stunde später war Sue noch nicht zurück. Ich hatte keine Ahnung, ob ihre Kurse heute länger gingen, sie sich in die Bibliothek verkrümelt hatte oder bei einem Freund oder einer Freundin war. Nach der Sache gestern hatte sie mir keine Notiz hinterlassen und mir auch keine Nachricht auf dem Handy geschrieben. Ich konnte es ihr nicht verübeln und fühlte mich schlecht.

Als ich mit meinen Hausaufgaben fertig war, klappte ich die Bücher und den Laptop zu und hörte über Kopfhörer ein bisschen Musik auf meinem Smartphone, um mich abzulenken, doch meine Gedanken tobten wie ein Hurrikan. Es war nicht nur die Tatsache, dass es mit Ellie wirklich beschissen gelaufen war, sondern dass ich auch noch meine einzige Freundin hier vergrault hatte.

In Freundschaften war ich noch nie gut gewesen. Mir fiel es schwer, welche zu knüpfen, weil ich es selten wagte, den ersten Schritt zu tun. Mich anderen anzuvertrauen. Und wer immer im Schatten blieb, hatte auch kaum die Möglichkeit, das Licht zu finden.

Als ich meine Mitbewohnerin kennengelernt hatte, dachte ich wirklich, es hätte sich etwas geändert, aber ich war immer noch die alte Stella. Die, die es nicht hinbekam, ihre Freund*innen zu halten. Die immer wieder in alte Verhaltensmuster zurückfiel. Meine Gedanken vernebelten mein Hirn wie eine dunkle Wolke. Ich musste jetzt etwas tun. Musste endlich mehr Mut beweisen. So zückte ich mein Handy und schrieb Sue eine Nachricht.

> Es tut mir so leid!

Mit einem Blick auf mein Handydisplay stellte ich fest, dass es noch eine halbe Stunde bis zur Verkündung der zu stehlenden Gegenstände im Zeta-Haus war. Wenn ich pünktlich kommen wollte, musste ich mich langsam fertig machen. Aber wollte ich wirklich pünktlich erscheinen? Wollte ich überhaupt kommen? Die Antwort darauf formte sich glasklar in meinen Gedanken: *nein*.

Heute hatte ich keine Motivation und auch keinen Grund mehr, aufzustehen. Meine Lust, bei den Zeta Kappa Sigmas einzutreten, war auf den Nullpunkt gesunken. Wieso sollte ich mir auch noch die Mühe geben? Jedes Mal würde ich Ellie unter die Augen treten müssen, wenn ich tatsächlich eine Schwester wurde, und diesen Gedanken ertrug ich nicht.

Erbarmungslos verstrichen die Minuten, und ich realisierte, dass ich sowieso zu spät zu dem Treffen erscheinen würde. Dann konnte ich es auch gleich sausen lassen. Und dennoch pochte bei diesem Gedanken ein Schmerz in mir. Ich hatte mir Veränderungen gewünscht. Ich wollte endlich die alte Stella ablegen und neue Erfahrungen sammeln. Jetzt lag ich trotzdem wieder regungslos in meinem Bett, starrte Herbert an und ließ die Dunkelheit über mich hereinbrechen. Ich war schwach, so unendlich schwach.

Als ich das nächste Mal auf mein Handy blickte, war es schon kurz nach acht Uhr, und damit war ich offiziell nicht zur Aufgabe der Zeta-Schwestern angetreten. Es nervte mich, dass mich meine Gefühle so sehr übermannten. Wieso konnte ich das nicht einfach abstellen?

Obwohl ich hellwach war, schloss ich meine Augenlider und versuchte, alles um mich herum abzuschirmen, doch es war beinahe unmöglich, auf andere Gedanken zu kommen. Vor meinen Augen tanzten wild die Bilder, und meine Laune wurde mit jeder Minute schlechter.

Jäh wurde ich aus meiner Mitleidstour gerissen, als plötzlich jemand gegen die Tür klopfte.

»Stella, bist du da?« Es war eine weibliche Stimme, die irgendwie aufgebracht klang, und ich wusste sofort, dass sie zu Ellie gehörte. Aber was zur Hölle wollte sie hier vor meinem Zimmer? Auch wenn sie mich nicht sehen konnte, zog ich die Bettdecke noch ein Stückchen weiter über meinen Kopf und grummelte.

»Ich kann hören, dass jemand da ist, mach doch bitte auf.« Sie klopfte erneut, und in dieser Geste lag so viel Energie, die mir aktuell fehlte. »Du weißt, dass ich die Tür auch einfach aufmachen könnte, oder?« Natürlich konnte sie das. Aber zum Glück blieb Ellie höflich und versuchte es nicht sofort.

Ich hatte keine Lust, mit ihr zu reden. Aus welchem Grund war sie überhaupt hergekommen? Sollten nicht gerade die Anwärterinnen ins Alpha-Haus einbrechen und ihre verdammten Gegenstände stehlen? Musste sie das nicht irgendwie überwachen als Präsidentin dieser Verbindung?

»Ich mache mir Sorgen, Stella. Du bist nicht zur Aufgabe erschienen. Ich weiß, dass du sauer auf mich bist, aber bitte sei doch vernünftig und sag mir, was los ist.« Das Klopfen ebbte ab. Würde sie einfach verschwinden, wenn ich weiterhin regungslos unter meiner Decke lag, oder machte sie tatsächlich kurzen Prozess und kam einfach in mein Zimmer? Ich wollte es ehrlicherweise nicht austesten. Genervt stand ich auf und ging zur Tür. Als ich sie aufriss, blickte ich in die Augen von Ellie, die irgendwie traurig aussahen. Nein, nicht traurig. Enttäuscht.

»Ich dachte schon, du machst nie auf«, murmelte sie und senkte leicht den Kopf. »Darf ich reinkommen?« Ich tat einen Schritt zur Seite, so dass sie in mein Zimmer treten konnte, und schloss die Tür hinter ihr.

»Was willst du hier?« Meine Stimme klang launenhafter, als ich es beabsichtig hatte, und ich verschränkte die Arme vor der Brust. Ellie sah sich in meinem Zimmer um, musterte die Lichterkette an meiner Wand und das Foto mit meinen Eltern auf dem Nachttisch, doch dann blieb sie in der Mitte des Raumes stehen.

»Ich habe mir Sorgen gemacht, weil du nicht zur Aufgabe erschienen bist. Die anderen Anwärterinnen sind alle gekommen, nur du hast gefehlt.«

Gleichgültig zuckte ich mit den Schultern. »Na und?«

»Du wolltest doch so gern Teil der Zeta Kappa Sigmas werden? Ich konnte mir nicht vorstellen, dass du das plötzlich sausen lässt. Ich meine, du hast so viel für diese Aufnahme getan!«

»Ich habe mich eben anders entschieden.« Ich hoffte, dass meine Stimme so fest klang, wie ich es mir vorstellte.

»Ach Stella, komm schon … Ich weiß, dass es zwischen uns nicht gut lief. Aber willst du deswegen hinschmeißen?« Es ärgerte mich, dass sie mich so gut durchschaute.

»Vielleicht wollte ich am Anfang unbedingt eine Zeta-Schwester werden, aber jetzt habe ich eben gemerkt, dass ich mich auf meine Kurse fokussieren muss.« Meine lahme Ausrede glaubte ich mir nicht einmal selbst.

»Ich habe bei Taylor ein gutes Wort für dich eingelegt, du kannst nachträglich noch mitmachen, wenn du jetzt mit mir kommst. Aber wenn nicht, dann ...« Sie musste nicht weiterreden, ich verstand sie auch so.

»Ich komme nicht mit«, blieb ich standhaft.

»Stella, es tut mir leid, wenn ich dich überfordert habe. Ich wollte dich nicht kränken oder sonst etwas. Ich wollte einfach nur deine Hand halten und dir näherkommen.«

Ich spürte, wie sich wieder die Tränen anbahnten, doch dieses Mal wollte ich sie nicht die Oberhand gewinnen lassen.

»Bitte lass mich in Ruhe.« Mitten im Satz brach meine Stimme, und ich wandte den Blick von Ellie ab, die schwer seufzte. Die alte Stella war zurück.

»Ich weiß nicht, was ich noch tun kann, um dich vom Gegenteil zu überzeugen oder dir zu versichern, dass ich dich nie verletzen wollte. Ich bin impulsiv, manchmal denke ich nicht nach, was ich da tue. Aber eins ist klar, dir wollte ich nie wehtun. Noch kannst du es dir anders überlegen und bei der Aufgabe antreten. Schau doch mal, was du alles wegwerfen würdest.« Ich dachte an all die Veranstaltungen der Schwestern, die ich besucht hatte. Doch die schönen Erinnerungen verblassten.

»Ich möchte jetzt wirklich allein sein.«

Für einen Moment sah es so aus, als wäre Ellie zur Salzsäure erstarrt, doch dann regte sie sich tief ausatmend.

»Offensichtlich stoße ich hier auf Granit. Dann ... dann werde ich jetzt gehen.« Ihre Züge veränderten sich, und ich sah die Trauer, die sich auf ihr Gesicht legte. Kurz blieb sie auf der Stelle stehen, wartete vielleicht darauf, dass ich meine Meinung änderte, doch meine Lippen blieben geschlossen. Ellie wandte mir den Rücken zu, und ich beobachtete, wie sie durch die Flure schritt.

Gerade wollte ich die Tür schließen, da sah ich am Ende des Flurs

Sue. Sie trug schwere Boots und ein schwarzes Maxikleid, über das sie einen grauen Crop-Pulli und eine Jacke angezogen hatte. Unweigerlich glitt ihr Blick an Ellie vorbei, ehe sie mich in der Tür stehen sah. Jetzt war sowieso alles zu spät.

»Hey«, begrüßte sie mich stürmisch, und ich konnte ihr ansehen, dass sie darüber nachdachte, mich zu umarmen, doch seit unserer Diskussion hielt sie vermutlich lieber Abstand. Sue sah mir direkt in die Augen, und ich drehte ihr schnell den Rücken zu, damit sie nicht in dem offenen Buch las, das ich war.

»Alles okay?« Zu spät. Sie hatte es bemerkt. Zu allem Überfluss blickte sie noch mal aus der Tür heraus durch den Flur, als würde sie Ellie nachsehen, die wahrscheinlich mittlerweile schon verschwunden war.

So sehr wollte ich meine Fassade aufrechterhalten. Einfach nicken und ihr versichern, dass es mir gut ging, aber ich konnte nicht. Zu tief saßen die Wunden, die ich mir immer wieder selbst zufügte.

Behutsam schüttelte ich den Kopf und konnte die Tränen nicht mehr aufhalten, die gnadenlos über meine Wangen rollten.

Sue setzte sofort den Rucksack ab, den sie auf dem Rücken getragen hatte, und zog mich in eine Umarmung.

»Ganz ruhig, Stella.« Ihre Worte klangen sanft an meinem Ohr und versprachen mir, dass alles gut werden würde. Dabei war mein Leben ein einziges Chaos. Ich hatte es vermasselt, schon wieder. Diese neue Chance …

Ihre Arme lagen weich um meinen Körper, und ich schaffte es irgendwie, die Umarmung zu erwidern. Ich wollte ihr sagen, wie leid mir all das tat und wie furchtbar ich mich fühlte, doch ich konnte nicht. Nur der Tränen war ich in diesem Augenblick fähig.

»Komm, wir setzen uns erst einmal«, schlug Sue schließlich vor und löste sich aus unserer Umarmung. Sie legte mir eine Hand auf den Rücken und führte mich zu meinem Bett, auf dem wir beide Platz nahmen. Ohne mich zu einer Antwort zu zwingen oder zu fragen, was mir widerfahren war, zückte sie eine Packung Taschentücher von meinem Nachttisch, und ich schniefte laut in eines hinein.

Eine ganze Weile saßen wir in Stille auf der Matratze, die nur von meinem Schluchzen begleitet wurde. Ich wusste, dass ich irgendetwas sagen musste. Dass ich irgendetwas sagen musste. Und gleichzeitig war ich unendlich froh, dass meine Mitbewohnerin nichts davon erzwang. Sie ließ mich einfach sein, und genau das war es, was ich in diesem Moment brauchte.

»Sue, es tut mir leid, dass ich gestern einfach geflüchtet bin. Mir ging es nicht gut.«

»Schon okay, Stella.« Ihre Stimme klang so beruhigend, dass sich meine Muskeln langsam entspannten und die Tränen immer weniger wurden. »Ich wollte dir gestern nicht zu nahe treten.« Womit hatte ich eine Freundin wie Sue verdient? Vielleicht war doch nicht alles so wie früher. Wäre Sue nicht meine Mitbewohnerin geworden, hätte ich nie einen so freundlichen und liebevollen Menschen kennengelernt.

Erneut nahm ich das Taschentuch zur Hand und schnäuzte geräuschvoll. Es war mir egal, wie furchtbar ich gerade aussah. Sue würde nicht über mich urteilen, das hatte ich begriffen.

»Wenn du möchtest, dann kannst du immer mit mir reden, okay?«

Ich zerknüllte das Taschentuch in meinen Händen und blickte auf meine Finger, die ich zu Fäusten geballt hatte. »Danke.« Mehr brachte ich nicht heraus.

»Sag mal, solltest du jetzt nicht im Verbindungshaus sein?« In ihrem Blick lag so viel Sorge, dass ich es beinahe nicht aushielt.

»Schon …« Meine Stimme war brüchig, und ich brachte es kaum zustande zu reden. »Aber ich bin nicht hingegangen, ich habe es versäumt.« Ich hatte alles zerstört, was ich mir so sorgfältig aufgebaut hatte.

»Kannst du nicht noch nachträglich hingehen?«

Meine Schultern zuckten. »Keine Ahnung.«

»Stella … Ich weiß nicht, was du durchgemacht hast. Und du musst mir auch nicht davon erzählen, wenn du das nicht möchtest. Aber ich habe gesehen, wie Ellie gerade aus unserer Tür getreten ist. Was auch immer da zwischen euch ist … Ist sie der Grund, wieso du nicht zur Prüfung gehen willst?«

Verdammt, wieso konnte sie mich so gut durchschauen? »Nein«, gab ich unmittelbar zurück, nur um mich zu korrigieren. »Ich meine ja. Ich weiß doch auch nicht.« Schon wieder wollte ich am liebsten losheulen, doch ich schluckte dieses Mal die Tränen einfach hinunter. Ich wollte stark sein. So sehr.

»Wir haben uns gestritten«, brach es aus mir hervor, und ich spürte, wie Sue den Druck ihrer Hand auf meinem Rücken verstärkte.

»Hast du deshalb so gereizt reagiert, als ich dich gestern auf Ellie angesprochen habe?«

Vorsichtig nickte ich und rupfte einen Zipfel meines Taschentuchs ab, der lautlos auf dem Boden landete.

»Es tut mir leid, wenn ich mich falsch ausgedrückt habe. Das wollte ich echt nicht. Ich konnte ja nicht wissen, was ich mit meinen Worten auslösen würde.« Auch wenn Sue keine Schuld traf, weil ich all das Chaos zu verantworten hatte, war es gut, diese Worte zu hören.

»Danke.«

»Wie sieht's denn aus, sollen wir vielleicht zusammen zum Verbindungshaus gehen und schauen, ob du noch mitmachen kannst?«

Ich hatte keine Ahnung, was ich tatsächlich wollte. Auf der einen Seite hatte ich Angst, Ellie zu sehen und erneut von ihr konfrontiert zu werden. Auch wenn ich wusste, dass sie es gut gemeint hatte. Dass sie mir zu keinem Zeitpunkt hatte schaden wollen. Ich war diejenige, die alles vermasselt hatte, und dafür würde ich jetzt büßen müssen, indem die Verbindung mich im hohen Bogen von der Anwärterinnenliste kickte. Auf der anderen Seite ärgerte ich mich über meine Entscheidung. Ich hatte für diese Verbindung so viel gegeben. Ich wollte doch einfach nur Freundinnen finden, die mich schätzen und respektieren.

»Ich weiß nicht …« Meine Lippen wollten das *Ja* unbedingt formen, doch ich schaffte es einfach nicht. Sue schien meine Zweifel zu bemerken, denn sie rückte noch ein Stück näher an mich heran.

»Schau mal. Ich bin mir sehr sicher, dass du das mit der Verbindung möchtest. Meine Meinung dazu ist völlig egal, hier geht es um dich. Du warst bei all diesen Veranstaltungen und bist sogar für die Mutproben über deinen Schatten gesprungen. Willst du das echt sausen lassen, nur weil du mit Ellie aneinandergeraten bist? Das lässt sich doch bestimmt klären.«

Ich hatte keinen blassen Schimmer, ob ich noch mal mit ihr darüber reden konnte. Ihr in die Augen zu sehen tat mehr weh, als ich mir eingestehen wollte.

»Du bist stark, Stella. Ich finde, du solltest da jetzt reingehen und die Aufgabe rocken.« Sue schenkte mir ein Lächeln, das auch mich erreichte. Wie war es nur möglich, dass sie mir so viel Mut schenkte?

»Es wäre schon irgendwie echt schade, wenn ich es nicht einmal versuchen würde«, gab ich nach einem Augenblick zu und sah zwischen dem Taschentuch und Sue hin und her.

»Siehst du, sag ich ja. Ich begleite dich gern zum Verbindungshaus, wenn du das willst.«

Tief saugte ich die Luft in meine Lungen und traf eine Entscheidung. »Ich glaube, das muss ich allein schaffen.«

»Na siehst du, es geht doch.« Sue klopfte mir sachte auf den Rücken und stand vom Bett auf, vermutlich, um mich ebenfalls dazu zu bewegen. Das zerknüllte Taschentuch landete auf meinem Nachttisch neben der Pilea, und ich erhob mich in Zeitlupe. Ich musste etwas ändern. Nur dann würde ich auch zufrieden mit mir sein. Wenn ich nicht einmal zu dieser Prüfung antrat, dann konnte ich mein Leben hier in Haydensburgh gleich in die Tonne werfen. Ich hatte so viel für die Zeta Kappa Sigmas gegeben, warum sollte ich damit jetzt aufhören, nur weil ich mich die Präsidentin aus der Bahn warf?

»Okay. Ich mach's.«

Kapitel 29

Ich schuldete Sue so unendlich viel. Ohne ihren Anstoß hätte ich niemals den Mut aufgebracht, aus dem Zimmer zu stürmen und tatsächlich noch zum Verbindungshaus zu gehen. Es war bereits kurz nach neun Uhr, und damit war ich eine Stunde zu spät, doch vielleicht hatte Ellie recht, und die Schwestern gaben mir noch eine Chance, zur letzten Prüfung anzutreten. Eilig lief ich über den Campus und kam außer Atem bei den Zeta Kappa Sigmas an. Die Tür war nicht abgeschlossen, wie so häufig, weswegen ich einfach eintrat. Im Verbindungshaus war es ungewohnt still. Aus dem Flur konnte ich nur einzelne Stimmen ausmachen, die vermutlich aus dem Wohnzimmer kamen. Ich folgte ihnen, und als ich mein Ziel erreichte, sah ich einige der Schwestern auf den Sofas sitzen. Sofort fiel mir auf, dass Ellie und auch Taylor fehlten.

»Hallo«, gab ich mich schüchtern zu erkennen. Die Köpfe wandten sich in meine Richtung, und einzelne Begrüßungen erreichten mich.

»Ich wollte fragen, ob ich noch zur Aufgabe antreten darf.« Befangen legte ich meine rechte Hand an meinen linken Oberarm und trat einen Schritt weiter in den Raum hinein.

»Stella Northam, oder?« Eine der Schwestern, Kalila, erhob sich. Sie hatte ein freundliches Lächeln, was mir in diesem Moment ein wenig Hoffnung gab.

»Ja, genau«, gab ich zurück. Kalila sah sich zu ihren Freundinnen um, und es folgten einzelnes Schulterzucken und fragende Gesichter.

»Also, von meiner Seite aus spricht nichts dagegen. Taylor und Ellie sind mit einigen anderen Schwestern unterwegs und prüfen die Anwärterinnen. Deswegen kann ich kein Urteil darüber fällen. Aber du hast ja noch Zeit, den Gegenstand aus dem Alpha-Haus zu holen, also wieso nicht? Oder was meint ihr?«

Ich stellte mir vor, wie die Präsidentinnen in einem Busch vor dem Alpha-Haus hockten und die Anwärterinnen beobachteten, und unweigerlich hob sich meine Stimmung. Kalila drehte sich zu den Schwestern um, die zustimmend nickten.

»Klar, wieso nicht?«, meinte eine.

»Gut, also ich suche mal die Liste, und dann kann ich dir sagen, welchen Gegenstand du besorgen sollst.« Sie lief durch das Wohnzimmer und nahm einen Zettel vom Tisch, den sie auffaltete. »Also, Stella …« Ihre Augen scannten den Zettel und suchten nach meinem Namen, während meine Aufregung ins Unermessliche stieg. Hoffentlich hatte man mir keinen allzu schwierigen Gegenstand zugeteilt. »Du sollst ein Foto eines der Alpha-Präsidenten mitnehmen und in unser Verbindungshaus bringen.« Sie faltete den Zettel wieder zusammen, und ich glaubte, ein wenig Schadenfreude in ihren Zügen zu erkennen.

»Okay«, entgegnete ich und hoffte, ich wirkte nach außen ein wenig gelassener als ich es von innen war. »Dann mache ich mich mal auf den Weg.«

»Viel Erfolg, Stella.«

»Und lass dich nicht erwischen.«

»Ich gebe mein Bestes.« War ich vorhin noch motivationslos gewesen, verspürte ich jetzt einen richtigen Adrenalinstoß, der mir hoffentlich dabei helfen würde, diese Prüfung nicht zu vergeigen.

Erst als ich über den Campus lief, fiel mir auf, dass ich den Weg zu den Alphas gar nicht kannte. Ich war nur ein einziges Mal bei den Jungs gewesen, ganz am Anfang meines Studiums, als ich Chris kennengelernt hatte. Also nahm ich mein Handy in die Hand und navigierte mich durch die Campuskarte. Dass es schon dunkel war, half mir nicht unbedingt weiter. Auf meinem Weg dahin, kamen mir sogar einige der Anwärterinnen entgegen. Ich war bestimmt die Letzte, die ihre Aufgabe erfüllte. Irgendwie fand ich meinen Weg zum Verbindungshaus, packte mein Handy in die Hosentasche und schlich mich auf leisen Sohlen zur Tür. Wenn ich Glück hatte, war das Wohnheim der Alphas genauso aufgebaut wie das der Zeta-Schwestern. Dann hingen hoffentlich bereits im Flur die Fotografien der Mitglieder und ehemaligen Präsidenten, und ich konnte die Aufgabe schnell erledigen.

Behutsam testete ich, ob die Tür abgeschlossen war und machte mich klein, damit man mich durch die Fenster nicht entdecken konnte. Erleichtert atmete ich aus, als sich die Tür nach außen hin öffnete. Mit kleinen Schritten wagte ich mich in die Höhle der Löwen und musste genervt feststellen, dass das Licht im Flur ausgeschaltet war. Allerdings stand eine der Türen im Flur einen winzigen Spalt breit offen, aus der nicht nur Licht, sondern auch Stimmen drangen.

»Jetzt! Hau drauf!«, rief jemand laut aus dem Zimmer. Ich näherte mich vorsichtig und spähte durch den Schlitz hinein. Im Raum saßen sechs Männer, die vor dem Fernseher ein Spiel auf der Konsole zockten. Mein Herz machte einen großen Satz, und vor Aufregung wurde mir schlecht. Sie waren ziemlich laut, was uns Zetas bei dieser Aktion in die Karten spielte. Vielleicht würden sie mich gar nicht erst hören.

Ich wandte mich ab, zog erneut mein Smartphone hervor und öffnete die Taschenlampe, damit ich etwas sehen konnte. Der Flur war schmaler als im Zeta-Haus, und zu meiner Enttäuschung erblickte ich keine Bilder von Verbindungsmitgliedern an der Wand. Es hing dort nur ein großes Foto vom Universitätscampus, die restliche Fläche war leer. Ich leuchtete vorsichtig weiter in das Haus hinein und fixierte mit meinem Blick eine gewundene weiße Treppe, die nach oben führte. Das Licht schien gegen die Wände, und da bemerkte ich die eingerahmten Fotografien, die dort hingen. Jackpot!

Gerade näherte ich mich meinem Ziel, als ich etwas, nein, jemanden, hörte. Irgendjemand stolperte die Treppen im Dunkeln herunter und war nicht gerade leise dabei. Sofort erstarrte ich zur Salzsäure, ehe ich realisierte, dass meine Taschenlampe noch angeschaltet war. Wie wild fuchtelte ich auf dem Display herum, doch dann ebbte das Knarzen der Stufen ab, und jemand huschte mit den Armen an die Brust gepresst an mir vorbei.

»Bis später, Stella.« Es war nur ein Flüstern, doch ich konnte ganz genau die Stimme von Brittainy erkennen. Sie hatte es geschafft und ihren Gegenstand, um was auch immer es sich handelte, aus dem Haus geschmuggelt. Bevor ich etwas sagen konnte, war sie schon verschwunden. Natürlich freute ich mich für Brittainy, dass sie erfolgreich gewesen war. Wenn sie das schaffte, dann würde ich das auch packen! Tief holte ich Luft und wagte mich den Stufen entgegen. Ich tat ganz bedacht einen Schritt vor den anderen, um ja kein Geräusch zu machen, und musste wohl einfach hoffen, dass niemand das Gepolter von Brittainy wahrgenommen hatte.

Jetzt musste ich nur noch herausfinden, welche dieser Fotografien zu einem Präsidenten gehörte. Ähnlich wie im Zeta-Haus hingen hier Bilder von Partys und Veranstaltungen der Männer, aber auch einzelne Portraits. Ich konnte auf gut Glück einfach irgendeins mitnehmen, doch falls ich danebenlag, würde ich diese Mission nicht richtig abgeschlossen haben. Also nahm ich mir vor, erst einmal alle Bilder ein wenig genauer zu studieren, ehe ich meine Wahl traf und die Treppen ganz nach oben hoch ging. Mit meinem Licht strahlte ich weiterhin die Bilder an und bekam plötzlich einen riesigen Schrecken, als ich oben an der letzten Stufe angekommen war und eine Silhouette im Dunkeln erkannte. Ich musste mir alle Mühe geben, nicht laut aufzuschreien und meinen Puls zu beruhigen. Vermutlich war es nur eine meiner Konkurrentinnen. Das Handylicht leuchtete von der Wand die Gestalt an, und sofort legte sich meine Stirn in Falten, als mir allzu bekanntes blaues Haar ins Sichtfeld geriet. Ellie trug schwarze Kleidung und war gerade dabei, eines der Bilder von der Wand abzuhängen. Als sie mich bemerkte, zuckte sie zusammen.

»Verdammte Scheiße, hast du mich erschrocken.« Ihre Stimme war ein leiser Flüsterton, um nicht bemerkt zu werden.

»Ellie? Was machst du denn hier?« Ich tat einen weiteren Schritt nach vorn und ließ die Treppe hinter mir.

»Na, wonach sieht's denn aus?« Sie nahm das Bild vom Haken und drückte es fest an ihre Brust.

»Keine Ahnung!« Ich bemerkte, wie meine Stimme lauter wurde, und musste mich selbst zügeln. Jetzt verstand ich gar nichts mehr. Aus welchem Grund hatte sich Ellie in das Haus geschlichen und war gerade dabei, eines der Portraits mitzunehmen?

»Ich will dir helfen!«

Mein Mund stand offen, weil ich überhaupt nichts begriff. »Du willst WAS?«

»Man, wir haben dafür jetzt keine Zeit. Wir müssen schleunigst hier raus, bevor uns jemand sieht!«

Ellie schob mich die Treppen hinunter, und ich war so perplex, dass ich nichts anderes tun konnte, als mit ihr zu fliehen.

»Komm schon«, ermahnte sie mich, und ich versuchte, so schnell und so leise es nur ging, mich aus dem Haus zu schleichen. Ellie lehnte die Tür hinter mir leicht an und atmete erleichtert aus.

»Los, wir sollten von hier abhauen.« Sie griff nach meinem Ellenbogen und zog mich vom Treppenabsatz weg, bis wir in sicherer Entfernung waren. Ich ließ mein Handy in der Jeans verschwinden, ohne zu prüfen, ob die Taschenlampe noch an war. Erst dann traute ich mich wieder, in normaler Lautstärke mit ihr zu reden. Für einen Moment vergaß ich sogar den Streit zwischen uns, denn meine Neugierde siegte.

»Was zur Hölle soll das, Ellie?«

Sie reichte mir das Bild, und ich erkannte jetzt die Züge eines Mannes mit braunen Haaren und grünen Augen, der einen Football in der Hand hielt.

»Ich hab dir den Arsch gerettet!« Auch Ellie gab sich jetzt keine Mühe mehr, die Stimme zu senken. »Du wolltest ja nicht zu dieser Aufgabe antreten, also bin ich losgegangen und hab das Bild für dich gestohlen.«

»Wie bitte?« Ich blieb stehen und verschränkte wütend die Arme vor der Brust. Hatte sie geglaubt, ich würde die Prüfung nicht allein schaffen?

»Ich wollte das Bild einfach zu den anderen Gegenständen schmuggeln und behaupten, ich hätte dich am Haus gesehen. Dann wärst du eine Runde weiter und fein aus dem Schneider.« Ich konnte es nicht fassen, dass Ellie ihre eigenen Schwestern betrügen wollte. War das nicht genau das, was Taylor noch gepredigt hatte? Dass es darum ging, offen und ehrlich gegenüber den Zetas zu sein? Aber bei Ellies seltsamen Methoden sollte es mich eigentlich nicht verwundern.

»Aber das geht nicht, Ellie. Das ist Betrug!«

»Mir egal, ich konnte nicht zulassen, dass du dir diese Chance verbaust. Ich dachte mir schon, dass du es bereuen würdest.«

»Aber ich bin doch jetzt hier.«

»Ja, aber …« Ellie schien sich jetzt plötzlich nicht mehr sicher zu sein und biss sich nachdenklich auf die Unterlippe. »Ich hab bemerkt, wie sehr du das hier willst. Von Anfang an. Man konnte dir ansehen, dass du ein Teil der Verbindung sein wolltest. Und dann lief es zwischen uns so beschissen, ich hab alles verbockt, und ich wollte nicht, dass du deshalb diese Aufgabe verkackst.« Sie ließ den Kopf hängen, und einen Moment lang standen wir beide völlig verloren im spärlichen Licht der Laternen.

Ich hatte keine Ahnung, was ich darauf antworten sollte. Klar, ich war wütend auf sie, dass sie mir die Prüfung abgenommen hatte. Dass sie glaubte, einfach so meinen Part übernehmen und schummeln zu können. Aber ich musste mir eingestehen, dass es echt nett von ihr gewesen war, sich so für mich einzusetzen. Irgendwie konnte ich kaum glauben, dass sie das für mich getan hatte.

»Meinst du echt, wir kommen damit durch, wenn wir beide gleichzeitig zum Verbindungshaus zurückkommen? Taylor wird die Sache doch sofort durchschauen.« Ich dachte daran, wie wütend sie darüber gewesen war, als mir Ellie beim Kürbisschnitzen geholfen hatte. Was würde sie erst zu dieser Aktion sagen?

»Na ja, ich kann einfach behaupten, ich hätte dich noch observiert.« Ellie zuckte mit den Schultern und reichte mir das gestohlene Portrait, das ich aber nicht annahm.

»Das kann ich nicht«, seufzte ich, so sehr ich diese Sache auch hatte durchziehen wollen. Ich war vollkommen verwirrt.

»Du musst aber, Stella. Oder willst du noch mal allein in das Haus zurück und dabei riskieren, dass man dich erwischt?« Tatsächlich war das für mich gerade die einzige Option, um den Spieß irgendwie herumzudrehen. »Ernsthaft, was machen wir dann mit dem Bild hier? Ich kann ja wohl kaum damit bei den Schwestern aufkreuzen, dann fliegen wir erst recht auf.«

Mist, darüber hatte ich gar nicht nachgedacht.

»Und was, wenn ich dein Bild mitnehme, es aufhänge und ein anderes stehle?«, schlug ich ihr vor und löste die Verschränkung meiner Arme.

»Willst du echt noch mal da rein?«

Ich nickte heftig. Das konnte ich einfach nicht auf mir sitzen lassen, dass Ellie diese Aufgabe für mich löste.

Ellie atmete hörbar aus, und ihre Schultern sackten hinunter.

»Ich kann dich nicht überzeugen, richtig?«

»Ganz genau.« Jetzt zeigte sich ein kleines Lächeln auf meinen Lippen, und bevor Ellie handeln konnte, nahm ich ihr das Bild aus der Hand und bewegte mich wieder auf das Verbindungshaus zu. Im Prinzip war es doch ganz einfach. Jetzt, wo ich wusste, wie das Haus aufgebaut war, konnte ich mich problemlos noch mal hineinschleichen und das Bild auswechseln. Keiner würde mich bemerken. Nun ja, hoffte ich zumindest.

Als ich über die Schulter sah, wurde mir bewusst, dass mir Ellie nicht folgte. Das war vermutlich auch besser so, um weniger Geräusche zu machen. Ich stieß wie vorhin langsam die Tür auf, zückte meine Handytaschenlampe, die immer noch angeschaltet war, wie ich nun feststellte, und huschte die Treppen bis zur ersten Etage hinauf. Ich sah sofort den Nagel, an dem wohl Ellies gestohlenes Bild gehangen hatte, tat es wieder an seinen Platz und ließ das Licht der Taschenlampe über die anderen Fotografien gleiten. So gerne ich mich auch in dem Flur der ersten Etage umgesehen hatte, so sehr wusste ich, dass ich leider keine Zeit dafür haben würde. Als ich ein älteres Portrait eines Mannes, der in Schwarz-Weiß abgelichtet worden war, erkannte, nahm ich das Bild von der Wand und ging mit leisen, aber schnellen Schritten wieder die Treppe hinunter. Ich war froh über meine Taschenlampe, die mir den Weg leuchtete. Vor lauter Anspannung hielt ich die Luft an und wagte erst wieder zu atmen, nachdem ich die Tür hinter mir angelehnt hatte. Ich hatte es wirklich geschafft! Ganz ohne Ellies Hilfe.

Eilig rannte ich auf sie zu und sah schon aus der Ferne ihr breites Grinsen. Als ich bei ihr angekommen war, hob sie die Hand, und ich gab ihr ein High five.

»Du hast es geschafft«, jubelte Ellie euphorisch, und mein Herz pochte wie wild vor Aufregung.

»Ja, ich hab's!« Ich zeigte ihr das Portrait des Mannes, das ich gestohlen hatte, und war glücklich über meine Ausbeute.

»Okay, dann lass uns schnell abhauen, bevor uns jemand bemerkt.« Das ließ ich mir nicht zweimal sagen. Wir beeilten uns, möglichst schnell über den Campus zu laufen, und versuchten, dabei keine Aufmerksamkeit zu erregen, was nicht gerade einfach war. Immerhin liefen wir mit einem eingerahmten Bild durch die Gegend. Zum Glück war der Campus nachts nicht so gut beleuchtet.

»Und wie machen wir es jetzt, wenn wir zu zweit im Haus auftauchen?« Meine Atmung hatte sich wieder einigermaßen normalisiert.

»Ich sage einfach, wie es war. Dass ich dich beobachtet habe und wir dann gemeinsam gegangen sind.«

»Aber glaubst du, das kauft uns jemand ab?« Ich war irgendwie ziemlich skeptisch bei dieser Sache.

»Also, ich habe die meisten Anwärterinnen tatsächlich vorher schon gesehen, da saß ich mit Taylor zusammen in einem Busch. Nachdem Brittainy ins Haus gegangen ist, sie war übrigens die Letzte, hab ich ihr gesagt, sie soll schon mal zum Verbindungshaus zurückgehen, um die zurückkehrenden Anwärterinnen zu begrüßen. Zum Glück hat sie nicht widersprochen, sonst hätte ich nicht das Bild entwenden können.«

Ich war also die Letzte im Bunde. Hoffentlich zeigte sich das nicht auch in meiner Benotung.

»Okay, lass es uns versuchen.« Etwas anderes blieb mir jetzt sowieso nicht mehr übrig.

Als wir schließlich am Haus der Zeta Kappa Sigmas ankamen, ging Ellie vor. Tatsächlich drang bereits ein Stimmgewirr aus dem Wohnzimmer an mein Ohr, und als wir den Raum betraten, stellte ich fest, dass wir wirklich die Letzten waren.

»So, jetzt müssten alle wieder da sein«, bemerkte Ellie locker und gesellte sich ohne weitere Worte zu Taylor. Ich drückte das Portrait fest an meine Brust und spürte, wie die Anspannung wieder aufkam. Mein Blick musterte Taylor, die kurz von mir rüber zu Ellie sah, aber glücklicherweise keine weiteren Fragen stellte. Ich brachte Taylor das Bild und mischte mich unter die Anwärterinnen.

»Klasse, ihr habt das wirklich gut gemacht, Anwärterinnen.« Taylor klatschte in die Hände, und ein gemeinschaftlicher Applaus ging durch den Raum. »Wir werden uns diese Nacht besprechen und möchten, dass ihr morgen Abend wiederkommt. Dann werden wir verkünden, wer es in die Verbindung geschafft hat. Da ihr alle mit den ausgemachten Gegenständen wiedergekommen seid, wird auch euer allgemeines Engagement für die Verbindung in die Bewertung mit einfließen. Und natürlich unser Eindruck, von wem wir glauben, dass sie gut zu uns passen.«

Heute Abend würde ich also nicht mehr erfahren, wie ich abgeschnitten hatte. Ein leiser Seufzer entfuhr mir. Jetzt musste ich mich nur noch bis morgen Abend gedulden und es irgendwie schaffen, das Adrenalin in meinem Körper zu senken. Mein Puls raste immer noch vor lauter Aufregung, und ich hoffte, Sue würde zu Hause sein, damit ich ihr von diesem merkwürdigen Abend erzählen konnte.

»Habt noch einen guten Abend, und versucht, euch bis morgen ein wenig abzulenken.« Taylor hatte leicht reden. Ich würde wahrscheinlich an nichts anderes denken können! Diese Warterei machte mich noch völlig wahnsinnig.

Als Taylor und Ellie uns entließen, ging ich mit den anderen Anwärterinnen nach draußen. Ich blickte mich ein letztes Mal über die Schulter um und sah, wie mir Ellie geheimnisvoll zuzwinkerte.

Kapitel 30

Wie war es nur dazu gekommen, dass mir Ellie hatte helfen wollen? Nach der Diskussion zwischen uns hatte ich gedacht, dass sie nie wieder ein Wort mit mir wechseln würde. Aber genau das Gegenteil war eingetreten. Doch je mehr ich darüber nachdachte, desto eher begriff ich, dass Ellie es wirklich nicht böse gemeint hatte. Ganz im Gegenteil. Und ich bereute es jetzt schon, dass ich zuvor alles über Bord hatte werfen wollen. Wie hatte ich nur ernsthaft darüber nachdenken können, nicht an der letzten Aufgabe teilzunehmen? Wie ein dunkler Schatten hatten mich die Dämonen meiner Vergangenheit verschluckt und meine Gedanken verklärt. Dabei war ich im Nachhinein so froh, dass ich doch zu der Aufgabe angetreten war, denn sobald ich erfolgreich mit dem Portrait zurück ins Haus der Schwestern gekommen war, hatte mich eine Welle an Glücksgefühlen überströmt. Nicht nur, weil ich es tatsächlich geschafft hatte, etwas aus dem Haus der Alphas zu stehlen, ohne bemerkt zu werden. Ich fühlte mich zugehörig.

Und genau aus dem Grund schlotterten mir am nächsten Tag bereits die Knie.

Heute würde ich erfahren, ob ich es wahrhaftig in die Reihen der Zetas geschafft hatte.

Meine Nachmittagskurse zogen sich nervenzerreißend in die Länge, und immer wieder starrte ich auf meine Uhr an meinem Handgelenk, doch es schien, als würden sich die Zeiger keinen Millimeter regen. Immer wieder dachte ich an Ellie und daran, wie sie mir den Hintern hatte retten wollen. Es war schon heftig, wie sich meine Beziehung zu ihr seit meiner Ankunft in Haydensburgh verändert hatte. Zunächst war sie nur irgendeine Frau auf einer Party gewesen, die mit ihrer lauten Art und der unglaublichen Ausstrahlung meine Aufmerksamkeit erregt hatte. Dann hatte sie mir diesen Spitznamen, Tollpatsch, gegeben, und wir gerieten durch die Verbindung immer wieder aneinander. Beim Kürbisschnitzen, bei den Aufgaben, im Verbindungshaus … Und ohne es zu provozieren, war Ellie ein Teil meines Lebens geworden. Nur ich hatte es viel zu lange verdrängt. Ein Puzzlestück, das ich schon fast hatte wegwerfen wollen. Dabei konnte ich nicht leugnen, wie viel mir ihre Gesten insgeheim bedeuteten. Aber war es wirklich nur das?

Ich war so froh, als es endlich Abend wurde und mich mein Weg in das Zeta-Kappa-Sigma-Haus führte. Wie fast immer stand die Tür offen, so dass ich eintrat und zu den anderen ins Wohnzimmer ging. Taylor und Ellie standen, die übrigen Schwestern und Anwärterinnen hatten sich auf den Sofas verteilt. Eine Szene, mit der ich vertraut war. Ich setzte mich auf einen freien Platz neben einer schwarzhaarigen Anwärterin im roten Pullover, bei deren Namen ich mir unsicher war, und wurde mit einem warmen Lächeln begrüßt. Vorsichtig nickte ich ihr zu und faltete die Hände in meinem Schoß. Leises Gemurmel ging durch den Raum, und man konnte die Anspannung förmlich in der Luft greifen. Nach mir kamen noch zwei weitere Anwärterinnen zu uns, ehe Taylor das Wort ergriff und ich fest schluckte.

»Guten Abend, liebe Schwestern und Anwärterinnen. Heute wollen wir verkünden, wen wir in unsere Verbindung aufnehmen. Ein wirklich spannender Tag für uns alle.« Sie stemmte ihre Hände in die Hüften und wirkte dabei so selbstsicher, wie ich es nie sein könnte.

»Ihr habt die letzte Prüfung alle erfolgreich gemeistert. Wir wollen es fair halten. Deswegen haben wir uns für eine andere Methode entschieden. Wir stimmen darüber ab, wer sich demnächst eine Zeta-Kappa-Sigma-Schwester nennen darf«, mischte sich Ellie ein. Es wunderte mich, dass sie etwas an ihrem Auswahlverfahren verändert hatten, aber vielleicht brachte es mir ja Glück, und ich wurde aufgenommen. Möglicherweise hatte sich Ellie auch endlich einmal gegenüber Taylor durchsetzen können.

»Aber zunächst noch eine Anmerkung.« Taylor räusperte sich, und Ellie sah stirnrunzelnd zu ihr, als wäre das eine weitere Planänderung, von der sie jedoch nichts wusste. »Beinahe alle Anwärterinnen haben die Prüfung gestern perfekt gemeistert. Beinahe.« Sie machte eine bedeutungsschwere Pause. »Mir ist zu Ohren gekommen, dass es bei der Prüfung gestern eine Person gab, die geschummelt hat, und es tut mir aus vollem Herzen leid, dass wir diejenige leider nicht aufnehmen können. Wer sich gegen die Regeln stellt, ist kein Teil unserer Verbindung. Wir haben zuvor ziemlich deutlich gemacht, was es für Konsequenzen haben wird, solltet ihr nicht ehrlich sein.«

Ellie schien keine Ahnung zu haben, was Taylor da von sich gab, so irritiert wie sie dreinblickte. Das Gemurmel im Raum stieg erneut an, ehe Taylor die Hand hob und die Stimmen erstarben. »Es tut mir leid.« Auf einmal sah Taylor zu mir, und ein dicker Kloß bildete sich in meinem Hals. »Stella, wir haben mitbekommen, dass dir Ellie bei der Prüfung geholfen hat. Deswegen scheidest du aus.« Taylor sah nun mit wütenden Augen zu Ellie. »Und auch für dich wird das Konsequenzen haben, die wir gemeinsam besprechen werden.« Mein

Mund stand leicht offen, und ich wollte so vieles sagen, doch kein Wort kam über meine Lippen. Stattdessen war es Ellie, die redete.

»Nein, das stimmt so nicht«, versuchte sie, die Situation zu retten. »Ich meine, ja, ich wollte ihr anfänglich helfen, aber Stella hat mich nicht gelassen.«

Wie hatte Taylor herausfinden können, dass Ellie mir unter die Arme hatte greifen wollen?

»Eine Anwärterin hat euch beide im Haus gesehen, Ellie.« Taylors Ton strotzte nur so vor Enttäuschung.

Mein Blick glitt durch den Raum und blieb an Brittainy haften. Sie war die Einzige, die Ellie möglicherweise gesehen haben konnte. Die anderen waren zu dem Zeitpunkt, als wir im Haus waren, schon fertig gewesen. Brittainy hatte den Blick gesenkt und sah zu Boden.

»Hör mir bitte zu, Taylor.« Ellies Augenbrauen hatten sich zusammengezogen, und sie gestikulierte mit den Händen. »Es stimmt, ich gebe zu, dass ich in das Alpha-Haus gegangen bin, um die Aufgabe für Stella zu erledigen, damit sie nicht aus der Runde herausfliegen würde. Aber sie hat mich erwischt und mich direkt ermahnt. Stimmt's, Stella?«

Hilfesuchend sah sie mich an, und ich nickte. Irgendwie brachte ich ein leises »ja« zustande.

»Ich hatte den Gegenstand schon in der Hand, sie sollte ein Bild eines der Präsidenten stehlen. Und dann hat sie mir das Foto entrissen, ist zurück ins Haus und hat es ausgetauscht. Stella hat die Aufgabe letztlich ohne mich bewältigt.« Es sah ein bisschen so aus, als wäre diese Information auch für Taylor neu. Ich hatte keine Ahnung, was Brittainy ihr erzählt hatte, aber so oder so: Sie hatte mich verraten.

»Wenn, dann solltet ihr mich bestrafen und nicht sie.« Am liebsten wäre ich vom Sofa aufgesprungen und hätte irgendetwas dagegen gesagt, doch ich konnte nicht. Ich klebte an der Couch fest und war nicht imstande, Silben zu bilden. Nachdenklich wiegte Taylor den Kopf hin und her und schaute plötzlich in meine Richtung.

»Stimmt das, Stella?«

Jetzt musste ich etwas sagen. So schwer es mir auch fiel.

»Ja«, wiederholte ich in gedämpftem Ton und hob behutsam den Kopf.

»Das ist nicht das, was an mich herangetragen wurde.« Jetzt schaute Taylor zu Brittainy, und mein Verdacht bestätigte sich endgültig. »Ich weiß nur davon, dass sich Ellie eingemischt und Stella geholfen hat. Aber hier steht Aussage gegen Aussage.«

Tief holte ich Luft und räusperte mich erneut. Ich konnte nicht länger schweigen, ich musste Ellie irgendwie aus dieser Situation herausboxen. Und auch mich selbst. »Es stimmt, Ellie wollte mir helfen. Aber ich habe sie nicht gelassen. Ich habe den Gegenstand von ihr wirklich zurückgebracht und selbst ein ganz anderes Portrait aus dem Haus mitgehen lassen. Sie hat mir dabei zu keinem Moment beigestanden, sondern draußen gewartet.« Zwei gegen eine. Enttäuscht blickte ich zu Brittainy, die den Kopf noch immer leicht gesenkt hatte. Es sah fast ein bisschen aus, als würde sie sich schämen – gut so. Ich war selten schadenfroh, aber in diesem Moment konnte ich gar nicht anders.

»Wir werden darüber abstimmen«, entgegnete Taylor mit fester Stimme. Sie wollte die Sache wohl diplomatisch lösen. »Bitte nur die Schwestern, die Anwärterinnen halten sich aus dieser Sache heraus.« Ihr Blick glitt durch das Wohnzimmer. »Meldet euch, wenn ihr meint, dass Stella keine Schuld trägt.« Ich konnte sehen, wie sich vereinzelt Hände hoben und es nach und nach immer mehr wurden.

»Gegenprobe, wer findet, dass Stella deshalb nicht aufgenommen werden darf und sofort fliegen sollte?« Ich hielt den Atem an und zählte die Hände, die in die Luft gestreckt waren. Es war knapp, aber ich konnte beruhigt ausatmen.

»Gut. Du hast noch mal Glück gehabt, Stella.« Jetzt drehte sie sich wieder Ellie zu. »Aber für dich wird es Konsequenzen haben, wir werden später in Ruhe darüber reden.« Es tat mir wirklich leid, dass Ellie wegen mir Ärger bekommen würde. Ich hoffte, sie verlor deswegen nicht ihren Posten als Präsidentin.

»Kommen wir zu der Abstimmung über die Anwärterinnen.« Zunächst schien die Sache mit Ellie vergessen. Taylor wandte sich wieder den Anwesenden zu. »Auch hier werden wir wieder per Handzeichen abstimmen, um es möglichst einfach zu halten. Wir nehmen nur fünf Anwärterinnen auf. Das heißt, jede von euch Schwestern hat insgesamt fünf Stimmen. Wir haben aber noch sechs Anwärterinnen. Das bedeutet, wer am wenigsten Stimmen erhält, muss uns leider verlassen und kann es gerne im nächsten Jahr noch einmal probieren.«

Taylor begann alphabetisch, und damit war Brittainy die Erste, über die abgestimmt wurde. Einige Hände gingen in die Höhe, und ich merkte, dass es vordergründig diejenigen waren, die eben gegen mich gevoted hatten. Dennoch war die Rückmeldung eher zögerlich. Als Nächstes wurde über die Anwärterin mit dem roten Pullover entschieden, die neben mir saß. Ich erblickte ein Meer an Händen, und mein Herz zog sich eng in meiner Brust zusammen. Jetzt lag es nicht mehr an mir, ob ich in die Verbindung eintreten würde. Ich konnte absolut gar nichts mehr erwirken.

Namen wurden genannt, und daraufhin streckten sich Hände in die Luft oder Meldungen blieben aus. Als Taylor bei einer Anwärterin namens Salma angekommen war, wurde mir bewusst, dass ich die Nächste sein würde. Meine Hände begannen vor lauter Nervosität zu schwitzen, und ich spürte, wie sich die feinen Härchen in meinem Nacken aufstellten.

»Dann machen wir weiter mit Stella«, verkündete Taylor schließlich und holte mich damit aus meinen Gedanken. Ich blickte in die Runde und fragte mich, wer wohl für mich abstimmen würde. Wenn Brittainy tatsächlich gequatscht hatte, hatte ich sie vollkommen falsch eingeschätzt. Und die anderen Schwestern? Würden sie die Hand für mich erheben? Ich kannte die meisten von ihnen nur flüchtig. Niemand würde sich an meine Kuchen erinnern oder die Tatsache, wie viele Säcke ich beim Beach Cleaning vollgemacht hatte.

Und dennoch, langsam gingen einige Hände nach oben. Ich zählte automatisch mit. Zögernd kamen mehr und mehr dazu, und es schien, als würden die Schwestern Ellie und mir Glauben schenken. Ich war erstaunt darüber, wie viele mich wählten, und mein Mund stand plötzlich leicht offen. Am liebsten hätte ich sofort losgeheult, weil ich niemals damit gerechnet hatte, dass so viele Schwestern ihre Stimme für mich abgaben. Fest knetete ich die Hände in meinem Schoß, und ehe ich mich versah, machte Taylor auch schon mit dem nächsten Namen weiter. Es hatte noch nichts zu bedeuten.

Und dann war es plötzlich so weit. Der Moment der Wahrheit. »Gut, gut, ich habe mitgezählt«, begann Taylor mit ehrfürchtiger Stimme. Sie schenkte Ellie einen Seitenblick, die sich daraufhin auf die nächstbeste Couch neben den anderen Schwestern und Anwärterinnen setzte. Nach dem kleinen Eklat wollte sie sich vermutlich heraushalten.

»Ich werde jetzt die fünf Namen nennen, die es in die Verbindung geschafft haben. Die Person, die es nicht geschafft hat, bitte ich, das

Verbindungshaus im Anschluss zu verlassen. Wir wollen nach der Verkündung mit den neuen Schwestern noch anstoßen.« Erst jetzt bemerkte ich die Sektflasche auf dem Tisch neben Taylor. Vermutlich war es alkoholfreier Sekt, denn viele von uns waren noch keine 21 Jahre alt.

»Legen wir los!« Aufgeregt klatschte Taylor in die Hände. Es war auch für sie ein großer Moment. »Cecilia.« Eine Anwärterin in einer schwarzen Bluse und mit vielen bunten Armbändern am Handgelenk erhob sich. Ein Applaus ging durch die Menge.

»Danke, vielen Dank«, grinste sie breit.

Das bedeutete aber auch, dass Brittainy es nicht geschafft hatte, sollte Taylor erneut nach dem Alphabet gehen. Ich blickte zu ihr und konnte die Enttäuschung in ihrem Gesicht nicht übersehen.

Ich bemerkte, dass ich den nächsten Applaus schon verpasst und Taylor gerade den nächsten Namen verkündet hatte. Dieses Mal klatschte auch ich in die Hände. Drei Anwärterinnen waren bereits aufgenommen. Zwei blieben noch, und damit sanken meine Chancen immer mehr.

»Maha, du hast es ebenfalls geschafft. Willkommen.«

Nur noch ein Name war übrig.

»Und jetzt die Letzte im Bunde.« Taylor sog scharf die Luft ein und ließ den Blick durch den Raum gleiten, ohne jemand Bestimmtes zu fixieren.

»Unsere letzte neue Schwester ist …« Mein Herz klopfte wie wild, und ich hatte meine Hände im Schoß mittlerweile zu Fäusten geballt.

»Stella! Glückwunsch auch an dich.« Der Applaus, der erklang, war wie ein leises Rauschen in meinen Ohren. Ich konnte es nicht fassen. Hatte Taylor wirklich meinen Namen verkündet? Ich schlug die Hände vor dem Mund zusammen und spürte, wie mir jemand von rechts feste auf die Schulter klopfte.

»Damit hätten wir unsere fünf neuen Schwester beisammen.« Ich musste mich jetzt wirklich am Riemen reißen, um nicht euphorisch vom Sofa aufzuspringen und Taylor als Dankeschön zu umarmen. Es war kaum zu glauben, dass sie mich nach all dem Ärger wirklich aufnahm. Aber gut, sie hatte bereits verlauten lassen, dass Ellie ihre Abreibung noch erhalten würde. Vielleicht konnte ich jetzt als vollwertige Zeta Kappa Sigma irgendwie dafür sorgen, dass Ellie keinen oder möglichst wenig Ärger bekam.

Brittainy stand auf, doch anstatt das Wohnzimmer zu verlassen, wie sie es tun sollte, da sie nicht ausgewählt worden war, machte sie vor mir halt. »Tut mir leid, dass ich gepetzt habe. Das habe ich jetzt wohl davon.« Sie hatte ihre linke Hand an den rechten Ellenbogen gepresst und sah bedröppelt zwischen dem Boden und mir hin und her.

»Schon okay«, erwiderte ich, denn immerhin hatte sich für mich trotzdem alles zum Guten gewendet.

»Ich wollte dir echt nichts Böses, Stella. Du bist so nett und freundlich. Ich … ich wollte nur einfach unbedingt in die Verbindung und hab wohl zu sehr an diese Konkurrenz gedacht.«

Es war echt lieb, dass sich Brittainy bei mir entschuldigte, und ich war so aufgeladen vor Freude, dass ich gar nicht anders konnte, als ihr zu verzeihen.

Dann verabschiedete sich Brittainy von mir.

Erst als sie das Haus verlassen hatte, erhob Taylor wieder ihre Stimme.

»Noch einmal ein herzliches Willkommen. Ihr seid jetzt offiziell Zeta-Kappa-Sigma-Schwestern! Mit eurem Mut und eurem Ehrgeiz habt ihr bewiesen, dass ihr würdig seid, diesen Titel zu tragen. Ihr habt euch erfolgreich unseren Prüfungen gestellt, und Ellie und ich sind total happy, dass ihr jetzt mit an Bord seid. Darauf trinken wir jetzt erst mal einen – natürlich alles legal und alkoholfrei. Kalila, gehst du kurz in die Küche, bitte?« Taylor nahm die Flasche vom Tisch, öffnete sie, und kurz darauf kam Kalila mit einem Tablett voller Sektflöten zurück.

»Danke dir!« Taylor goss nach und nach ein, dann drehte sie sich zu einer anderen Schwester um. »Marie, kannst du noch die zweite Flasche aus dem Kühlschrank holen, bitte?« Eine Zeta mit riesigen goldenen Ohrringen machte sich sofort auf den Weg, und es dauerte nicht lange, bis alle ein Glas hatten.

»Wir stoßen an mit dem Leitspruch, dem unsere Schwestern seit Anbeginn der Gründung verpflichtet sind: *Omnia Concordia Est* – Zusammenhalt ist alles. Denn damit diese Verbindung bestehen konnte und so erfolgreich wurde, mussten sich die Frauen auf dem Campus zusammentun und erbittert kämpfen. Ich höre heute noch die Stimme meiner Mutter, die mir immer wieder sagt, wie viel Glück wir haben, in diesen Zeiten zu leben. Oder um es mit einem Hamilton-Zitat zu sagen: *Look around at how lucky we are to be alive right now.*«

Und damit hoben alle ihre Gläser, und es erklang in einem Chor der lateinische Leitspruch der Verbindung, was mir eine Gänsehaut bereitete. Ich hatte es geschafft. Endlich war ich Teil einer Gemeinschaft. Und es fühlte sich verdammt gut an.

Nachdem wir mit den Schwestern angestoßen hatten, hatte Taylor uns erklärt, dass wir nächstes Semester in das Verbindungshaus einziehen konnten, wenn wir wollten. Das war für mich durchaus eine

Möglichkeit, aber ich wollte jetzt noch nicht zu intensiv darüber nachdenken. Taylor hatte ein wenig aus der Geschichte der Zetas geplaudert, und irgendwann tauschten die Schwestern witzige Anekdoten aus dem letzten Auswahlverfahren aus. Ich fühlte mich wirklich wohl zwischen ihnen und konnte es immer noch kaum fassen, eine Zeta Kappa Sigma zu sein. Ellie hatte die gesamte Zeit geschwiegen und war irgendwann aufgestanden und die Treppen nach oben gegangen. Ich hatte erst überlegt, ihr nachzugehen, kam dann aber zu dem Schluss, dass Ellie sicher etwas Ruhe wollte, sonst hätte sie mir sicher ein Zeichen gegeben.

Irgendwann war ich volltrunken vor Glück zurück ins Wohnheim gelaufen. Der Campus war an diesem Abend wie leer gefegt, und lediglich die Laternen beleuchteten spärlich meinen Weg. Ganz leise öffnete ich die Zimmertür, da ich Sue nicht wecken wollte. Sie lag unter ihrer Bettdecke und gab ein leises Schnarchen von sich, das irgendwie echt süß war. Mit einem Grinsen machte ich mich schnell bettfertig und sank schließlich ins Land der Träume.

Am nächsten Morgen wurde ich wie so oft noch vor Sue wach. Ich beschloss, erst einmal duschen zu gehen, vielleicht wäre sie wach, wenn ich zurückkam, und dann würde ich ihr alles haarklein erzählen. Das warme Wasser lief angenehm über meine Haut, und es fiel mir schwer, nicht durchweg zu lächeln. Noch immer war es unvorstellbar, dass ich es wirklich in die Verbindung geschafft hatte. Als ich zurückkam, war Sue tatsächlich schon auf den Beinen und hatte sogar Kaffee aufgesetzt.

»Und, wie lief es gestern?«, fragte sie auf dem Bett sitzend. »Du kommst ja gar nicht mehr aus dem Grinsen raus.«

Frisch angezogen, ließ ich mich auf mein Bett plumpsen und wartete darauf, dass der Kaffee durchgelaufen war, um mir meine tägliche Dosis Koffein abzuholen.

»Ich bin drin.« Meine Mundwinkel zogen sich so weit in die Höhe, dass es mir fast Schmerzen bereitete.

»Cool, Glückwunsch!« Auch wenn ich Sues Meinung über Verbindungen kannte, war es schön zu hören, dass sie sich für mich freute. Sie stand von ihrer Matratze auf, kam zu mir rüber und umarmte mich. Es war ein ungewohntes Gefühl für mich, doch tat es so schrecklich gut, ihre Unterstützung zu haben.

»Danke dir«, entgegnete ich und löste mich sanft von ihr.

»Das müssen wir nachher feiern. Bock auf Pizza?« Sue ging zur Kaffeemaschine und goss sich eine Tasse ein, nachdem der Kaffee endlich durchgelaufen war.

»Klingt gut.« Pizza ging immer – auch wenn ich eine Sonderbestellung aufgeben musste.

»Dann bestellen wir nachher.« Auch ich nahm mir jetzt einen Kaffee und nippte vorsichtig an dem heißen Getränk.

»Ich freu mich schon.« Und tatsächlich konnte ich es kaum abwarten, meine Seminare zu absolvieren und zurück zu Sue ins Zimmer zu kommen. Die Spannung zwischen uns hatte sich durch die guten Nachrichten und unser letztes Gespräch gelegt, und ich war froh darüber, dass sie nicht mehr sauer auf mich war. Sollte sie das überhaupt je gewesen sein. Immerhin hatte ich sie beim Kochen einfach stehen gelassen und war abgedampft. Aber auch das war jetzt kein Thema mehr zwischen uns. War das wahre Freundschaft?

Der Tag ging schnell vorbei, ich versuchte, positiv zu denken, und sah mich schon mit einer heißen Pizza auf dem Schoß auf dem Bett sitzen.

Sue war schon zu Hause, als ich zurück in unser Zimmer kam.

»Ich habe einen Bärenhunger«, ließ sie mich wissen und wies auf dem Bett sitzend auf ihren Bauch. »Gut, dass du wieder da bist.«

Wir bestellten online über Sues Laptop bei einem Lieferdienst, und es dauerte eine halbe Stunde, bis wir endlich unsere Pizzen verschlingen konnten. Sue hatte sich für Pizza Hawaii entschieden, ich mich für eine Spinatpizza ohne Käse.

Mit den Pappkartons auf dem Schoß lagen wir in unseren Betten, und ich erzählte meiner Mitbewohnerin von der Prüfung und dem Auswahlverfahren. Dass mir Ellie geholfen hatte, ließ ich dabei nicht aus, auch wenn es mir irgendwie unangenehm war, vor Sue über sie zu sprechen.

Als wir unsere Pizzen aufgegessen hatten, sammelten wir die Kartons, machten sie klein und quetschten sie irgendwie passend in unseren Müll.

Kurz darauf klopfte es an unsere Tür. Sue sprang auf, und ich sah, dass Ellie im Türrahmen stand.

»Hi.«

»Oh, äh, hi«, grüßte ich sie verwirrt zurück.

»Kann ich reinkommen oder so?«

Sue blickte von Ellie zu mir, und bevor ich etwas sagen konnte, lenkte sie ein.

»Ich geh dann mal duschen.« Sie schnappte sich Schlafkleidung und Kosmetikbeutel, dann war sie auch schon aus dem Zimmer.

»Ich hoffe, ich störe dich nicht«, fragte Ellie ungewohnt vorsichtig.

»Nein, schon okay«, winkte ich ab, stand vom Bett auf und versuchte mich dabei an einem Lächeln. Etwas verloren standen wir im Raum herum, und man merkte deutlich die Anspannung zwischen uns.

»Wollen wir uns vielleicht setzen?«

Ellie nickte, und wir nahmen auf meiner Matratze Platz. Zwischen uns hätte durchaus noch eine Person gepasst, so viel Distanz wahrten wir. »Ich wollte dir noch mal gratulieren.« Sanft lächelte sie, und ich begann vor lauter Nervosität meine Hände im Schoß zu kneten.

»Danke dir, das ist nett.« Und plötzlich war da wieder diese Stille zwischen uns. Ich hatte keine Ahnung, was ich sagen sollte.

»Es tut mir leid, dass ich dich mit meinem Hilfsversuch beinahe übergangen habe«, entschuldigte sie sich schließlich und sah dabei zwischen dem Boden und mir hin und her. »Ich dachte zu keinem Zeitpunkt, dass du es nicht schaffen würdest, so war es nicht. Ich habe nur geglaubt, du würdest gar nicht mehr antreten, und dann wäre deine Chance vertan gewesen. Du hättest es dann nicht mehr in die Verbindung geschafft, und ich wollte dir nur helfen, bevor du es nachher bereust. Das war nicht okay von mir, ich hätte mich von Anfang an nicht einmischen sollen.« Sie seufzte schwer, und ich konnte ihr ansehen, wie schrecklich leid ihr die Sache tat.

»Schon okay, wirklich«, gab ich zurück und legte so viel Ehrlichkeit in meine Worte wie nur möglich. »Du wolltest mich nur vor einem Fehler bewahren.« Es tat gut, so offen und ehrlich mit ihr zu sein. War ich eben noch wahnsinnig angespannt gewesen, löste sich der Stress mittlerweile ein wenig.

»Danke dir«, gab Ellie zurück. »Das bedeutet mir viel, dass du mir verzeihst.« Auf einmal nahm sie ihre Hand und legte sie mir mit einem fragenden Gesichtsausdruck auf meinen Oberschenkel, so als würde sie prüfen wollen, ob diese Geste okay war. Ich ließ sie gewähren. Als ihre Fingerspitzen den Stoff meiner Hose berührten, erzitterte mein gesamtes Bein.

»Ich war ein Arsch, ich kann mir selbst kaum verzeihen ...« Sie ließ den Kopf hängen und zog ihre Hand zurück, was ich in dem Augenblick fast schon bedauerte. Es hatte gutgetan, sie so nah zu spüren, auch wenn es ungewohnt für mich war.

»Du bist kein Arsch, Ellie.« Meine Stimme hatte einen sanften, aber ernsthaften Ton angenommen. Ellie war keine, die absichtlich jemanden verletzte. Sie war fürsorglich, setzte sich für ihre Schwestern ein und hatte immer gute und witzige Ideen. Und plötzlich wurde mir klar, dass ich vielleicht nie in die Verbindung hatte eintreten wollen, wenn ich Ellie nicht damals auf dieser Party der Alphas getroffen hätte. Sie hatte so frei gewirkt, so lebensfroh ...

Wie konnte ich ihr nur klarmachen, dass sie völlig in Ordnung war? Mehr als das. Sie war ein toller Mensch, der mich beeindruckte.

»Ich denke manchmal einfach nicht bis zum Ende ... Ach, was mache ich mir nur vor. Ich bin total verkorkst.«

»Bist du nicht, glaub mir. Du bist stark und einfach ... wundervoll.« Hatte ich das echt gerade gesagt? Ich war überrascht über meine eigenen Worte, doch es war zu spät, sie zurückzunehmen. Ich wollte sie gar nicht ungeschehen machen. Ellie sah mich an. Tief sah sie in meine Augen, und ich konnte nicht anders, als den Blick zu erwidern.

»Ich mag dich wirklich sehr, Stella.« Ich vergaß alles um mich herum. Dass wir gerade in meinem Zimmer saßen, dass Sue jeden Moment aus dem Badezimmer zurückkommen konnte und dass ich eigentlich immer vorsichtig und schüchtern war. Doch diese Stella wollte ich endlich vergessen. Langsam beugte ich mich vor, und ich bemerkte, dass sich auch Ellie regte. Wir näherten uns an, bis ich ihren warmen Atem auf meinen Lippen spürte. Und dann küssten wir uns.

Kapitel 31

Der Kuss war unbeschreiblich. Es war nicht mein erster, aber es fühlte sich so an, als hätte ich zuvor nie richtig geküsst. Meine Lippen prickelten unter ihrer Berührung, und sie schmeckte so wunderbar, dass ich nie wieder aufhören wollte.

Vielleicht lag es daran, dass dieser Kuss mein erster mit einer Frau war. Bisher hatte ich nur Küsse mit meinem damaligen Freund geteilt, und das war ganz anders gewesen als jetzt mit Ellie. Sie hatte sanft eine Hand auf meinen Oberschenkel gelegt und berührte mit der anderen meine Schulter. Dabei gab sie mir die Freiheit, selbst zu entscheiden, wie weit ich gehen wollte. Zu keinem Zeitpunkt drängte sie mich. Nicht einmal, als ich bedacht meine Hände auf ihren Brustkorb legte und ihren schnellen Herzschlag spürte.

Nur unfreiwillig trennten wir uns voneinander. Wir lächelten beide in den Abend hinein, und ich konnte kaum glauben, was hier gerade passiert war. Mein Atem ging rasend, und ich musste mein Herz erst einmal beruhigen.

»Das war ... schön.« Ich war mir sicher, man sah mir an, wie sehr ich den Kuss genossen hatte. Ellie hatte in mir eine Explosion ausgelöst.

»Sehr schön«, sagte auch Ellie, und ihr Blick lag noch immer auf meinem Gesicht.

In diesem Moment rüttelte es an der Tür, und plötzlich stand Sue wieder im Raum. Verlegen rutschte ich ein Stück von Ellie weg.

»Ich sollte dann jetzt gehen.« Ellie erhob sich vom Bett, räusperte sich und winkte mir vom Türrahmen aus noch einmal zu. »Bye, vielleicht bis morgen oder so.«

»Tschüss«, entgegnete ich noch immer lächelnd. Erstaunlich, dass das Lächeln geblieben und nicht einer starren Maske gewichen war. Schließlich waren wir beinahe erwischt worden, und die Situation war definitiv eine, die mich normalerweise stressen würde. Ich war vermutlich so rot um die Nase wie eine Tomate, deswegen zog ich schnell meine Bettdecke hoch und versteckte mich darunter. Zum Glück stellte Sue keine Fragen, sondern setzte sich an ihren Laptop und hackte auf den Tasten herum. Ich nahm mein Buch in die Hand, um mich irgendwie abzulenken, doch meine Gedanken kreisten immer wieder um Ellie und unseren Kuss. Wie unglaublich er gewesen war. Ich musste mir eingestehen, dass Ellie seit unserem ersten Treffen in meinem Kopf herumspukte.

Als ich mich irgendwann schlafen legen wollte, bekam ich kein Auge zu. Wieder und wieder tauchte das Bild von uns beiden in meinen Gedanken auf. Wie wir uns vorsichtig annäherten und uns schließlich küssten. Meine Nacht war traumlos, doch jedes Mal, wenn ich aus dem Schlaf schreckte, war da ein Lächeln auf meinen Zügen.

Am nächsten Morgen hätte ich beinahe verschlafen. Etwas, das mir eigentlich nie passierte. Mit drei Tassen Kaffee im Blutkreislauf startete ich meine Kurse und konnte das Wochenende kaum abwarten. Endlich ein wenig Ruhe von alldem. Allerdings warteten nach meinen Vorlesungen in meinem Zimmer bereits die Hausaufgaben auf mich, die ich schleunigst zu bewältigen versuchte. Ich ging alles chronologisch durch und arbeitete die Aufgaben ab, die ich als Erstes kommende Woche benötigte. Die Ruhe, die ich nur Sues

Abwesenheit zu verdanken hatte, gab mir die nötige Konzentration, und irgendwann war ich so in meine Hausaufgaben vertieft, dass ich gar nicht bemerkte, wie die Zeit verflog. Als irgendwann die Tür aufging, schreckte ich von meinen Notizen hoch. Doch es war nur Sue. Sie trug zerrissene Jeans, die über ihrem Bauchnabel endeten, und einen schwarzen gecroppten Pulli. Ihre Haare hatte sie in einem hohen Zopf zusammengebunden, und einzelne Strähnen fielen ihr wild ins Gesicht. Sie zog ihre Jacke aus und hing sie über den Stuhl am Schreibtisch.

»Hey«, begrüßte sie mich und ging gleich auf ihr Bett zu. »Ich sag's dir, ich freue mich ganz und gar nicht auf die Prüfungen. Ich bin jetzt schon voll durch.«

Das Ende des Semesters war zwar noch etwas hin, aber früher oder später würden wir uns alle mit dem Thema Finals beschäftigen müssen. Ich vermutlich früher als Sue, so wie ich uns kannte.

»Ist ja noch etwas Zeit«, versuchte ich, sie zu beruhigen.

»Zum Glück.« Wir tauschten uns über unseren Tag aus, und ich erzählte ihr, dass ich eine ziemlich seltsame Nacht hinter mir hatte. Allerdings verriet ich ihr nichts von dem Kuss mit Ellie. Ich war einfach noch nicht so weit.

»Ich habe mir das mit dem Sportkurs noch mal überlegt«, ließ mich Sue eine Weile später wissen.

»Und zwar?« Zugegeben, mich interessierte eigentlich keine Sportart so wirklich, aber ich war neugierig, was sich Sue in den Kopf gesetzt hat.

»Ich hatte dir ja schon gesagt, dass ich vielleicht etwas mit Kampfsport machen möchte.« Unser Gespräch kam mir vage wieder in Erinnerung. »Natürlich habe ich keine Ahnung, welche Kurse nächstes Semester angeboten werden, aber ich habe mal in dem aktuellen Verzeichnis nachgeguckt und schwanke zwischen Kickboxen und Wing Tsjun. Klingt beides echt cool.«

»Na, dann drücke ich dir die Daumen, dass die Kurse nächstes Semester noch mal stattfinden.« Ich hoffte, Sue berichtete mir nicht davon, um mich doch noch zu einem Sportkurs zu überreden, denn mich würden keine zehn Pferde dahin bringen.

»Sag mal, hast du heute nichts vor?«, wechselte ich das Thema.

»Vielleicht später«, gab Sue zurück, ohne von ihrem Bildschirm aufzuschauen. »Ich bin gerade noch zu platt von den Kursen heute. Aber eventuell gehe ich nachher noch zu Chris oder so.«

»Ach so.« Mir fiel auf, dass Sue in letzter Zeit kaum noch über Chris redete – und auch ich hatte ihn länger nicht gesehen.

Ein Klopfen an der Tür ließ mich aufhorchen. Seufzend nahm ich den Laptop von meinem Schoß und stand vom Bett auf. Es war Ellie, mal wieder. Sie hatte ihre blauen Haarsträhnen zu einem wuscheligen Dutt gebunden und trug einen gelben Oversize-Pullover als Kleid unter ihrer Jacke.

»Hey.« Sie lächelte mich an. »Darf ich reinkommen?« Sie versuchte, durch den offenen Türspalt zu lugen, als würde sie nachsehen, ob die Luft rein war. Zögerlich schaute ich über die Schulter, und beim Anblick von Sue wurde mir unwohl.

»Meine Mitbewohnerin ist da«, entgegnete ich in einem Flüsterton, damit Sue mich nicht hören konnte. Zum Glück hatte sie zwischenzeitlich ohnehin Kopfhörer aufgezogen. Ellie hob die Augenbrauen, so als würde sie nicht verstehen, worin das Problem bestand, und in ihren Augen lag ein fragender Blick.

»Nur kurz.«

Aber ich wollte nicht mit ihr in meinem Zimmer sprechen, wenn Sue zugegen war. Auch nicht *nur kurz*. Ich suchte nach einer Antwort, die Ellie hoffentlich zufriedenstellen würde, doch ich fand keine.

»Und?« Ellies Augen huschten von mir in das Zimmer hinein, und ich hatte keine Ahnung, wie ich ihr verklickern sollte, dass ich durchaus ein Problem damit hatte, wenn wir vor Sue sprachen. Absichtlich hatte ich meiner Mitbewohnerin nichts von dem Kuss zwischen uns verraten. Was würde geschehen, wenn Ellie versehentlich etwas herausrutschte? Oder wenn sie mich so ansah wie am gestrigen Abend? Konnten ihre Blicke verraten, was zwischen uns vorgefallen war? Oder würde sie mich vor Sue küssen?

Ich räusperte mich und wollte ihr gerade mit der Ausrede kommen, dass ich noch an meinen Hausaufgaben saß – immerhin stimmte diese Aussage sogar –, da hörte ich das Knarzen von Sues Bett. Ich sah über meine Schulter. Sue war aufgestanden und hatte die Kopfhörer ausgezogen.

»Ich geh eine Runde spazieren«, sagte sie, und damit nahm sie mir unbeabsichtigt eine riesige Last von den Schultern. Sue konnte ja gar nicht wissen, dass ich durchaus mit Ellie reden wollte. Aber eben nur, wenn wir allein wären. Hatte sie gemerkt, was in der Luft lag? Ich öffnete die Tür ein Stück weiter. Sue nahm sich aus ihrem Kleiderschrank einen langen schwarzen Mantel, den sie überzog, und ich machte ihr Platz, so dass sie rausschlüpfen konnte. Als sie sich noch einmal zu uns umdrehte, schenkte ich ihr ein dankbares Lächeln.

Ich atmete tief aus und trat in mein Zimmer ein. Ellie hatte nun genug Raum, um hinterherzukommen. Hinter uns schloss sie die Tür, und für einen Augenblick lang standen wir etwas verloren herum.

»Also ... Du wolltest mit mir sprechen?« Ich verschränkte meine

Arme vor der Brust, weil ich nicht wusste, wohin mit meinen Händen.

»Ich wollte dich besuchen«, korrigierte mich Ellie.

»Ach so.« Ich hatte keine Ahnung, was ich sagen sollte. Waren diese Nacht noch so viele Worte in meinem Kopf gewesen, die ich nicht hatte aussprechen können, fühlte er sich plötzlich an wie leer gefegt.

»Deine Mitbewohnerin hatte es aber plötzlich ganz schön eilig.«

Ihre Bemerkung ließ mich nicht kalt. Wie hatte es wohl auf Ellie gewirkt, dass Sue auf einmal aufgesprungen war? Wieso hatte ich so ewig herumgedruckst und sie nicht einfach reingelassen? Was hätte im schlimmsten Fall passieren können?

Leider kannte ich die Antwort darauf. Zu oft hatte ich durchmachen müssen, was geschah, wenn ich offen und ehrlich war. Ich stieß auf Argwohn und sah die blanken Finger, die lachend auf mich zeigten. Sie sorgten dafür, dass sich eine riesige schwarze Wolke über meinem Kopf bildete, die ein Gewitter auslöste. Gedankenschleifen und Angstzustände. Damit musste ich am Ende leben. Ich allein.

»Kann sein«, sagte ich und zuckte mit den Schultern.

Dabei hatte ich einfach Glück gehabt. Wenn Sue nicht gegangen wäre, hätten Ellie und ich noch eine ganze Weile an der Tür umeinander getanzt. Sie hätte mich früher oder später gefragt, ob alles okay wäre – und spätestens dann hätte ich nicht mehr verheimlichen können, was mich belastete.

»Ist sie immer so?« Ellie stemmte die Hände in die Hüften und sah dabei so mutig und selbstbewusst aus.

»Manchmal. Sie ist vor allem ein kleiner Morgenmuffel, aber eigentlich ganz lieb.«

Verdammt, ich musste irgendwie das Thema wechseln, aber egal woran ich dachte, es führte immer wieder zum selben Moment zurück. Ich schluckte schwer und hoffte, dass Ellie es nicht mitbekam. Wenn ich nicht aufpasste, würde ich unweigerlich in Tränen ausbrechen, und dann würde ich mich erst recht erklären müssen.

»Hattest du einen guten Tag?«, versuchte ich mich schließlich selbst abzulenken.

»Ja, war ganz okay. Ich habe noch mal mit Taylor gesprochen.« Das war ein guter Themenwechsel. Ich war Ellie ein bisschen dankbar, dass sie mir gerade den Arsch rettete.

»Und was hat sie gesagt?«

»Sie ist echt angepisst, dass ich dir helfen wollte. Und als ihr weg wart, haben sie in der Gruppe sogar diskutiert, ob man mir nicht den Posten entziehen sollte. Taylor hat sich total in Rage geredet, aber die anderen und ich konnten sie besänftigen.«

»Dann ist ja noch mal alles gut gegangen«, versuchte ich es mit einem hoffnungsvollen Lächeln.

»Ja, so mehr oder weniger. Es hat zwar richtig Krach gegeben, aber im Endeffekt wollten wir alle dasselbe: dass ihr die Prüfung gut meistert. Und Taylor hat eingesehen, dass meine Beihilfe dir absolut gar nichts gebracht hat.«

Ich war erleichtert, dass Ellie die Sache mit der Verbindung hatte klären können. Wenn sie wegen mir rausgeschmissen worden wäre, hätte ich mir das nie verziehen. Es reichte schon, dass sie wegen mir so viel Ärger am Hals gehabt hatte.

»Da bin ich aber froh.« Meine Worte standen leer im Raum, und als für einen Herzschlag lang wieder die Stille siegte, schien auch Ellie zu bemerken, dass mit mir etwas nicht stimmte.

»Ist wirklich alles okay bei dir?« Sie machte einen Schritt auf mich zu und breitete die Arme aus, als würde sie mich umarmen wollen, doch sofort ging ich nach hinten und wich ihr aus. Dabei wusste ich, dass Sue nicht mehr hier im Raum war. Ich hätte diese Geste ruhig annehmen können. Aber mein Gedankenchaos hinderte mich daran.

»Ja, schon okay«, gab ich zurück und strich mir eine Haarsträhne hinter das Ohr.

Nein, war es nicht.

Kapitel 32

Jetzt

Dieser eine Ausweichschritt war zu viel gewesen. Ich wusste es. In Ellies Augen spiegelte sich eine Ungewissheit, die mich zermürbte.

»Stella …« Der Klang meines Namens hallte in diesem kleinen Zimmer wider und brannte sich in meine Haut. Mein Gedankenkarussell kreiste weiter und weiter und wollte einfach nicht aufhören, sich zu drehen. Schlagartig änderte sich die Stimmung. War Ellie eben noch ausgelassen gewesen, wirkte sie jetzt zögerlich, als würde sie nach Worten ringen. Doch dann teilten sich ihre Lippen erneut. »Du weißt, dass du mit mir über alles reden kannst, wenn du möchtest, oder?«

Aber wollte ich das? Ich wagte es ja selbst kaum, die Gedanken in meinem Kopf auszuformulieren. Sie waren vage Punkte, die ich nicht miteinander verbinden wollte, denn meine Angst, über den eigenen Schatten zu springen, war einfach zu groß. Ich versteckte mich lieber im Dunkeln, als einen Schritt ins Licht zu machen. Schon immer hatte ich es so gemacht. Ich erinnerte mich an meine Schulzeit, in der sie alle über mich gelacht hatten – nur wegen dieser einen sinnlosen Sache. Es tat weh, so schrecklich weh. Seitdem hatte ich mir geschworen, meine Geheimnisse für mich zu behalten und nicht weiter aufzufallen. Ich hatte sie in einen kleinen Safe gesperrt, wo sie sicher vor Gelächter und Hohn waren.

Wozu sollte das hier führen? Ellie würde nicht lockerlassen, das konnte ich spüren. Auf ihrer Stirn hatten sich schwere Sorgenfalten gebildet, und ihre Mundwinkel zeigten beunruhigend nach unten.

Vorsichtig nickte ich, um ihr mitzuteilen, dass ich durchaus verstanden hatte. Mein Blick war auf meine Füße gerichtet, und der Druck meiner vor der Brust verschränkten Arme intensivierte sich dabei. Aus dem Augenwinkel bemerkte ich, dass mich Ellie noch immer ansah.

»Komm, setzen wir uns erst einmal.« Wir nahmen auf der Matratze nebeneinander Platz. »Ist es wegen gestern?« Langsam hob ich den Kopf, und unsere Blicke trafen sich. Ellie wirkte nicht neugierig, ganz im Gegenteil, sie schien tatsächlich besorgt um mich zu sein. »Ich dachte, es hätte dir auch gefallen.«

Ich hatte ihr sogar ziemlich konkret gesagt, dass ich den Kuss genossen hatte. War das ein Fehler gewesen? Vielleicht hätte ich gar nicht so weit gehen dürfen. Aber ich hatte es gewollt. So sehr. Ihre Lippen waren nur wenige Zentimeter von meinen entfernt gewesen. Ihr Atem heiß auf meiner Haut. Nein, ich bereute diesen Kuss ganz gewiss nicht. Doch wieso fiel es mir in dieser Situation so schwer, dazu zu stehen? Die Antwort darauf lastete auf meinen Schultern.

Weil ich immer weggelaufen war. Mein ganzes Leben lang. Nach dem furchtbarsten Tag der Welt hatte ich immer darauf geachtet, wie ich mich nach außen präsentierte. Nie wieder hatte ich auffällige Kleidung getragen. Ich hatte dafür gesorgt, dass ich zu einem unsichtbaren Schatten wurde, nur damit man mich nicht bemerkte. Ich hatte am eigenen Leib gespürt, wie sich Menschen von mir distanzierten und wie ich plötzlich ganz allein da gestanden hatte. Niemand, der mir den Rücken stärkte, nur Getuschel und Spott.

Verdammt, ich musste jetzt endlich etwas sagen, sonst würde Ellie denken, dass ich diesen Kuss bereute, und ich wollte nicht, dass sie sich auch noch schlecht fühlte.

»Es … Es war schön, das ist es nicht.« Meine Stimme war ein Zittern, und ich schluckte schwer, nachdem die Worte ausgesprochen waren. Würde ich zusammenbrechen, wenn ich ihr davon erzählte? Meine Angst war groß, dass ich in kleine Teile zerfiel und sie mich nicht mehr aufsammeln konnte.

»Ich werde dich nicht drängen, Stella. Aber ich bin hier, und ich bleibe, wenn du das möchtest.« Sanft legte sie mir eine Hand auf den Oberschenkel, und ich konnte durch den Stoff spüren, wie meine Haut zu prickeln begann. Ich genoss diese Berührungen von ihr, und insgeheim war mir bewusst, dass ich mehr davon wollte. Doch konnte ich es auch vor Ellie eingestehen?

»Danke«, war alles, was krächzend aus meiner Kehle kam. Ich war eine verschlossene Truhe, deren Schlüssel irgendwann verloren gegangen war. In meinem Kopf tanzten die Gedanken, und je länger wir hier saßen, desto drängender wurde das Gefühl, irgendetwas zu sagen. Ich kam mir total einfältig vor. Ellie bot mir eine Stütze. Warum nahm ich sie nicht einfach an? Wieso konnte ich mich verdammt nochmal nicht fallen lassen?

Schlagartig bemerkte ich, wie meine Augen feucht wurden, und so sehr ich es auch vermeiden wollte, vor Ellie zu weinen, die Tränen rollten über meine Wange.

»Es tut mir so leid«, japste ich und holte tief Luft.

»Was tut dir leid, Stella?« Ich bemerkte, wie sie sich zu mir beugte, doch ihr Bild war vor meinen Augen verschwommen. War dies der Moment, in dem der Damm brach?

»Ich … ich …« Es fiel mir so schwer, gerade Sätze zu bilden.

Ellie zog mich in eine Umarmung. Ich weinte und legte mein Kinn auf ihrer Schulter ab, während sie mich fest an sich drückte. Es tat so unendlich gut, sie neben mir zu wissen. Dass sie einfach nur da war, ohne mich zu drängen. Sie gab mir den Raum, den ich brauchte. Würde mich Ellie verstehen? Sie war so herzensgut und offen. Wenn mein Geheimnis bei jemandem sicher war, dann doch bei ihr, oder?

Eine ganze Weile saßen wir einfach nur da, und sie wiegte mich beruhigend im Arm. Meine Atmung regulierte sich mit jeder Sekunde, die verstrich, und auch die Tränen verebbten langsam. Ich holte tief Luft und löste mich allmählich aus unserer Umarmung. Wenn ich je bereit gewesen war, dann jetzt. Es musste verdammt nochmal endlich raus. Ich konnte nicht weiter damit leben.

»Kann ich dir etwas erzählen?«, begann ich vorsichtig und wischte mit meinen Handrücken über mein Gesicht, um auch die letzte Träne zu verabschieden.

»Immer. Wenn du es möchtest.« Ellie nickte leicht, und ohne es richtig zu bemerken, falteten wir beide die Hände in unserem Schoß.

Es war an der Zeit.

»Es gibt einen Grund, wieso ich so bin, wie ich nun einmal bin.« Ich hob den Kopf und wagte es, sie dabei anzusehen. »Ich hatte wirklich keine schöne Schulzeit.« Allein die Erinnerung daran schmerzte so sehr, dass sich mein Herz zusammenzog. »Noch nie hatte ich wirklich viele Freund*innen. Aber dann ist etwas passiert, und danach stand kaum noch jemand zu mir.« Der erste Schritt war getan. Jetzt musste ich nur einen Fuß vor den anderen setzen. Ganz langsam und bedacht. Ich würde es schaffen.

»Und deswegen fällt es mir so schwer, das hier … einfach zuzulassen. So sehr ich es auch will. Und glaube mir, das gestern Abend war wirklich schön.« Bei dem Gedanken bildete sich ein Lächeln auf meinen Lippen, und ich konnte sehen, dass auch Ellie lächelte. Doch dieser Moment hielt nur kurz an, denn dann holte mich meine Vergangenheit wieder ein.

»Ich habe damals übereilt gehandelt und nicht nachgedacht, dass ich in einer Gesellschaft lebte, die dafür noch nicht bereit war. Und mit den Folgen kämpfe ich noch heute.«

»Das kommt mir bekannt vor«, entgegnete Ellie, und ehe ich mich versah, legte sie eine Hand auf meine. Sie wollte mir Kraft geben, wollte mich unterstützen, damit ich endlich aussprach, was mich so sehr belastete.

»In der Schule gehörte ich eher zu den Außenseitern. Deswegen hatte ich gehofft, hier in Haydensburgh neue Freund*innen zu finden. Und darum wollte ich auch unbedingt in die Verbindung. Ich habe gesehen, wie ihr Schwestern zusammensteht und euch gegenseitig stärkt. Das war genau das, was mir immer gefehlt hat.«

»Und jetzt gehörst du zu uns.« Wieder war da ein sanftes Lächeln, das von ihr ausging.

»Jetzt gehöre ich zu euch«, bestätigte ich mit leiser Stimme, und mir wurde jetzt erst so richtig bewusst, dass ich wirklich eine Zeta Kappa Sigma war. Ich war Teil einer echten Gemeinschaft.

»Aber worauf ich hinauswill ... In der Schule ist es mir wirklich schwergefallen, Vertraute zu finden. Es gab da einen ganz bestimmten Tag, der alles ruiniert hat.« Es tat so unbeschreiblich weh, daran zurückzudenken. Noch immer sah ich genau, wie ich gerade die Treppen des Schulgebäudes heruntergenommen war und im Flur stand. »An meiner Schule gab es zwei Mädchen, die nach dem Unterricht von einem der Sportler miteinander gesehen wurden. Sie hatten sich in einem Eiscafé geküsst. Es war ein riesiger Skandal an unserer Schule. In Großstädten mag das ja normal sein, aber wir waren in einem kleinen Dorf aufgewachsen, in dem die meisten total konservativ und rückständig erzogen wurden. Jeder kennt da jeden, also verbreitete sich die Nachricht wie ein Lauffeuer. Alle haben sich über die beiden lustig gemacht. Und ich fand das nicht fair. Dann habe ich bei einem Einkauf dieses Shirt gesehen. Darauf stand *Love is Love* mit einem Regenbogen. Damals war mir nicht bewusst, was ich damit auslösen würde. Ich wollte nur zeigen, dass ich zu den beiden stand. Dass ich mich nicht auf die Seite der Mobber*innen stellen würde. Ich habe das Shirt in der Schule getragen. Jemand aus meiner Parallelklasse hat mich in der Pause mit dem T-Shirt gesehen und angefangen, Fotos von mir zu machen. Die Bilder verbreiteten sich unglaublich schnell, und in der nächsten Pause standen die Leute bereits um mich herum und zeigten lachend mit dem Finger auf mich. Sogar mein Ex-Freund Jackson. Nach diesem Tag war ich eine Ausgestoßene, genau wie die beiden Mädchen, die sich geküsst hatten. Meine wenigen Freund*innen haben sich von mir abgewandt, und immer, wenn ich dachte, dass doch irgendwer nett zu mir wäre, hat es sich als grausamer Scherz herausgestellt. Seitdem habe ich niemanden mehr an mich herangelassen. Der Schmerz saß einfach zu tief.«

Bist du auch eine von denen?

Diese unaufgeklärten, homofeindlichen Worte würde ich nie vergessen.

Warum gab es immer noch solche furchtbaren Menschen?

Ellies Mund stand offen. Sie konnte kaum fassen, was ich ihr da erzählte.

»Stella, das tut mir so schrecklich leid, was du durchmachen musstest.« Wieder rückte sie ein wenig näher an mich heran, und ich ließ es zu.

»Es war der absolute Horror.«

»Hast du deinen Lehrer*innen davon erzählt?« Ich schüttelte den Kopf.

»Nein, dazu war ich viel zu paralysiert von der ganzen Sache. Ich hab das Shirt weggeschmissen und es in mich hineingefressen. Es ist das erste Mal, dass ich mit jemandem darüber rede.«

»Es ist vollkommen okay, wie du fühlst.«

Diese Worte taten so unendlich gut. Ellie war an meiner Seite, sie würde mich nicht verurteilen und auslachen, nicht so wie diese Menschen damals. Ich war so erleichtert, dass ich es ihr endlich gesagt hatte.

»Und darum«, begann ich schließlich und holte ausgiebig Luft. »Fällt mir auch das hier so schwer.« Ich blickte zwischen unseren Händen und Ellie hin und her, in der Hoffnung, dass sie verstand.

»Das ist in Ordnung, Stella. Ich möchte dich auf keinen Fall zu irgendetwas drängen, wenn du das nicht willst.«

»Aber das ist ja die Sache. Ich ... ich möchte das hier.« Ich war stolz darauf, es formuliert zu haben. »Ellie, ich ... ich weiß nicht, was ich bin. Ich habe mir noch nie ein Label gegeben.« Und auf einmal schossen die Worte nur aus mir heraus. »Ich hatte mal einen Freund, aber die Beziehung lief nicht so, wie ich es mir erhofft hatte. Ich war so verdammt unsicher und ging dann plötzlich mit diesem Kerl aus, und nun ja ... es lief auch mehr zwischen uns.« Meine Wangen röteten sich leicht. Ich hatte das dringende Gefühl, ihr von dieser einen Beziehung, die ich bisher in meinem Leben geführt hatte, erzählen zu müssen. Damit sie begriff, wie schwer meine Gedanken wogen. Und Ellie verstand sofort.

»Dieser Struggle ist total normal. Den haben viele. Ich meine, ich wusste schon früh, dass ich lesbisch bin.« Sie hob dabei die Schultern und lächelte. »Ich habe nie einen Hehl daraus gemacht.«

»Siehst du, und so offen konnte ich nie sein. Nicht nachdem, was mir widerfahren ist.«

Ellie seufzte schwer bei dieser Erkenntnis. »Völlig verständlich. Und es ist okay, wenn du das hier nicht kannst. Es ist okay, wenn du Zeit brauchst.«

Ellie war so verflucht rücksichtsvoll mir gegenüber. Sie gab mir die Chance, all das, was mich so sehr beschäftigte, für mich zu behalten. Zu schweigen. Doch ich wollte nicht länger stumm sein.

»Ich bin wirklich nicht gut darin, mir ein Label aufzudrücken. Aber ich mag ... Frauen. Oder ich mag auch Frauen. Wie auch immer. Was ich eigentlich sagen will ... Ich mag ... dich.« Und da hatte ich es endlich ausgesprochen. Es war das erste Mal, dass ich mich vor jemandem geoutet hatte. Und dann auch noch vor Ellie. Stolz überkam mich, und es war, als hätte ich eine jahrelange Last endlich abgelegt. Plötzlich fühlte ich mich federleicht, als würde ich schweben, und ein Lächeln eroberte mein Gesicht.

Auch Ellie schien bemerkt zu haben, was hier gerade passiert war. Sie beugte sich ohne ein Wort zu sagen zu mir herüber und nahm mich fest in den Arm. Es tat so gut, von jemandem gehalten zu werden. Ihre Haut war so unendlich warm, und ich wollte gar nicht daran denken, wie sehr ich wohl glühen musste.

»Du bist so stark.« Ihre Stimme war nur noch ein Flüstern, doch ich vernahm sie deutlich an meinem Ohr. »Ich bin so stolz auf dich.«

Und das brach endgültig alle Dämme. Mir rollten die Tränen das Gesicht hinunter, und ich begann, hemmungslos zu schluchzen. Irgendwie brachte ich ein »Danke« heraus, auch wenn ich keine Ahnung hatte, wie.

Eine ganze Weile saßen wir so beieinander, sagten nichts und ließen die Stille über uns regieren, während ich vor lauter Erleichterung weinte. Ellie fuhr mit ihrer Hand liebevoll über meinen Rücken und gab mir Halt.

Als wir uns voneinander lösten, sah sie mich intensiv an, und ich konnte gar nicht anders, als mich in ihren Iriden zu verlieren.

»Das war echt stark von dir, mir das anzuvertrauen.«

»Ich weiß auch nicht, woher das auf einmal kam«, gestand ich und kratzte mich verlegen am Nacken. »Das habe ich dir zu verdanken.«

Ellie fühlte sich offensichtlich geschmeichelt, denn um ihre Nase wurde sie ein bisschen rot.

»Ach, das hättest du auch ohne mich geschafft.«

Hätte ich das? Die Wahrheit war, dass ich durch sie endlich klargesehen hatte.

»Ich kann nicht sagen, ob ich jetzt bi, pan oder was auch immer bin. Ich bin mir gar nicht sicher, ob ich den Typen damals wirklich mochte oder nur dachte, ihn mögen zu müssen. Ich weiß aber, jetzt in diesem Moment, genau, dass ich *dich* mag. Und das reicht mir – und ich hoffe, dir auch.«

Ellie bekam ganz große Augen und rutschte noch ein bisschen näher zu mir. »Natürlich reicht mir das. Du sollst dir alle Zeit der Welt lassen, dich selbst zu finden. Und wenn du dir kein Label aufdrücken willst, ist das auch in Ordnung. Niemand muss sich ein Label geben. Sie können helfen, müssen es aber gar nicht.«

Ich wischte mir über die Augen, um die letzte Feuchtigkeit zu vertreiben, auch wenn Ellie dafür sorgte, dass ich fast schon wieder zu heulen begann. Sie war wundervoll. Punkt.

»Ich kann dir nicht genug danken«, flüsterte ich und holte tief Luft. »Wirklich.«

»Ich bin immer zur Stelle, wenn du mich brauchst.« Und das glaubte ich ihr sofort. Ellie hatte mir bei der Verbindung geholfen, hatte mir Kraft gegeben und mich unterstützt – und jetzt war sie die Person, vor der ich mich das erste Mal geoutet hatte. Ich hätte nie damit gerechnet, die Worte tatsächlich irgendwann auszusprechen. Sie hatten schon so lange tief in mir geschlummert.

In meiner alten Schule gab es nur Hass für mich. Ich hatte quasi nur meine Eltern gehabt, und irgendwie war ich noch nicht bereit, es auch ihnen zu erzählen, obwohl ich mir relativ sicher war, dass sie locker darauf reagieren würden. Meine Mutter hatte schon immer gesagt, dass ich das machen sollte, was mich glücklich machte.

»Es ist schön, dass du da bist«, sagte ich nach einem Moment und blickte Ellie dabei lächelnd an. Ich hatte das Gefühl, von innen heraus zu strahlen.

»Immer, wenn du es möchtest.« Und ich glaubte es ihr sofort.

»Willst du hören, wie ich mich geoutet habe?«

»Klar, wenn du es erzählen willst.« Vielleicht würde ich dadurch noch mehr meiner eigenen Unsicherheiten ablegen können, wenn ich ihre Geschichte kannte.

»Aber ich muss dich vorwarnen, es ist nicht immer so gut gelaufen.«

»Alles klar«, gab ich zurück und bereitete mich mental auf eine erneute Achterbahnfahrt der Gefühle vor. Wer wusste schon, was mir Ellie gleich anvertrauen würde. Ich konnte mir bei ihr vieles vorstellen. Ein absolutes Chaos oder auch ein harmonisches Gespräch mit den Eltern. Sie war so vielschichtig, dass es schwer war, ihr Outing in eine Schublade zu stecken. Aber das wollte ich auch gar nicht. Ich wollte an ihren Lippen kleben und ihr zuhören. Es auf mich zukommen lassen.

»Also, dann legen wir mal los.«

Kapitel 33

Es war für mich noch immer kaum vorstellbar, dass ich mich gerade echt bei ihr geoutet hatte. Umso schöner fühlte es sich nun an, diesen Berg bewältigt zu haben. Wenn ich bei Ellie so ehrlich sein konnte, dann vielleicht auch irgendwann bei Sue. Und danach bei meinen Eltern. Es war ein wichtiger Schritt gewesen, den ich gemacht hatte, selbst wenn er mir schwergefallen war. Jetzt ging es mir so viel besser. Ich hatte das erste Mal das Gefühl, wirklich ich selbst zu sein. Als hätte vorher die ganze Zeit ein Puzzleteil von mir gefehlt.

Aber jetzt war ich wirklich gespannt auf das, was Ellie mir über ihr Outing berichten würde. Ich lehnte mich gegen die Wand und zog die Beine an, so dass ich mit meinen Armen meine Knie umarmen konnte. Ellie setzte sich in einen Schneidersitz mir gegenüber und hielt den Blickkontakt zu mir.

»Wie gesagt, ich wusste eigentlich schon sehr früh, dass ich auf Frauen stehe«, begann sie, und ich klebte förmlich an ihren Lippen. »Schon als Kind wollte ich die Barbies lieber unter sich spielen lassen, und Ken blieb in der Kiste liegen.« Wir mussten bei dieser Vorstellung beide lachen. »Spaß beiseite, ich hatte es einfach immer im Gefühl, weißt du? Als wäre etwas anderes für mich gar nicht möglich gewesen.«

Das konnte ich nur teilweise nachvollziehen, denn ja, auch in mir schlummerte diese Stimme, die mir zuflüsterte, dass ich Frauen vermutlich viel attraktiver fand als Männer. Allerdings war sie eher leise und lange leicht zu ignorieren. Nicht laut und bestimmt wie bei

Ellie. Möglicherweise war diese Stimme bei mir deshalb auch nie so deutlich ausgebrochen.

»In der Pubertät wurde es dann krasser«, fuhr Ellie fort. »Ich habe mich mit zwölf das erste Mal in eine Mitschülerin verguckt und hatte keine Ahnung, wie ich ihr das sagen sollte. Ich meine, wir waren ja noch Kinder.«

Sofort musste ich an meine erste Verliebtheit denken. Er hieß Thomas. Das war im Kindergarten. Sofern man da überhaupt von Verliebtheit sprechen konnte. Thomas war ein halbes Jahr älter als ich, und wir haben zusammen im Sandkasten gespielt. Er hat mir einen Sandkuchen gebacken, und das fand ich so toll, dass ich ihn heiraten wollte. Unsere Scheinehe hielt nicht lange, denn als er von einem anderen Mädchen eine Blume geschenkt bekam, war ich schon wieder abgeschrieben gewesen.

»Ich hab echt wochenlang gegrübelt, und dann habe ich ihr einen Brief geschrieben. Sie hat mir allerdings nie geantwortet und ging im nächsten Jahr auf eine andere Schule, damit war die Sache dann sowieso erledigt.«

»Oh, das ist ja schade. Und was hast du dann gemacht?«

»Weitergelebt.« Das klang so logisch und einfach, doch vermutlich war es das nie gewesen. »Als ich dreizehn wurde, habe ich es meinen Eltern gesagt. Ich habe nach dem Abendessen darum gebeten, dass sie länger am Tisch sitzen bleiben und ihnen erzählt, dass ich lesbisch bin. Wie gesagt, ich wusste es schon sehr früh.«

»Und wie haben sie reagiert?« Ich ahnte Schlimmes, denn Ellie hatte mal erwähnt, dass sie kein gutes Verhältnis zu ihrer Familie hatte.

»Am Anfang meinte meine Mom, dass es bestimmt nur eine Phase wäre, und hat es abgetan. Mein Dad hat einfach geschwiegen.«

»Das tut mir leid«, meinte ich ehrlich. Ich wollte gar nicht wissen, wie furchtbar es sich anfühlen musste, wenn die eigenen Eltern nicht zu einem standen.

»Ach, schon okay. Wir haben nicht den besten Kontakt, muss ich gestehen. Wir telefonieren ab und an mal, aber schon seit meinem Outing sprechen wir eigentlich nur sporadisch.« Für mich absolut unvorstellbar. Meine Eltern standen mir bei, wenn es mir schlecht ging, und unterstützten mich bei meinem Studium. Nicht nur finanziell.

Auch wenn Ellie so locker tat, konnte ich ihr ansehen, dass sie daran zu knabbern hatte. Vielleicht wollte sie auch einfach nicht zulassen, dass es sie verletzte, wie ihre Eltern sie behandelten.

»Jedenfalls habe ich es danach öffentlich gemacht. Ich habe meinen Freund*innen gesagt, dass ich lesbisch bin. Meine damalige beste Freundin hat echt cool reagiert. Wir haben dann zusammen eine Liste mit Leuten gemacht, die wir toll fanden. Also mit Promis und auch Menschen aus unserer Schule. Aber die positiven Reaktionen haben leider nicht überwogen. Ich glaube, die meisten waren einfach noch zu jung, um zu checken, was abging.«

»Wieso, was ist denn passiert?«

»Na ja, ein paar Leute fanden es witzig, sich über mich lustig zu machen. Aber das waren alles Ärsche, auf die gebe ich nichts.« Und ich wünschte so sehr, dass ich wie Ellie sein konnte. Dass ich auch einfach darauf scheißen konnte, was damals in der Schule passiert war. Aber das war mir nicht möglich. Ihr Spott hing mir auch jetzt noch nach, und mein Herz zog sich bei Ellies Geständnis schmerzvoll zusammen. Nicht alle aus ihrem Umfeld hatten positiv reagiert. Irgendwie hätte mir das klar sein müssen, schließlich ging nicht immer alles glatt.

»An der Uni wurde es definitiv einfacher«, sprach sie weiter, und ich wechselte die Position, indem ich mich auf der Matratze auf den Bauch legte. »Das liegt vermutlich auch daran, dass die Menschen hier nicht mehr so pubertär sind. Klar, auch an der Uni gibt's Arschlöcher, aber mit denen muss man dann ja nichts zu tun haben. Hier in der Verbindung gehen alle super locker damit um, wir haben einige queere Leute unter uns. Auch wenn sich leider nur cis-Frauen bewerben dürfen ... Deswegen ist es mir auch so wichtig, dass wir die Tore für alle öffnen. Aber das kriege ich mit Taylor an meiner Seite einfach nicht umgesetzt. Echt ätzend.«

Das Gespräch ging plötzlich in eine ganz andere Richtung.

»Das ist wirklich schade. Wenn Taylor keine Präsidentin mehr wäre, dann könntest du dafür sorgen, dass nicht nur Frauen aufgenommen würden?« Sie nickte heftig.

»Ja, so ungefähr. Ich rede echt ständig mit ihr über das Thema, in der Hoffnung, sie irgendwie umzustimmen. Aber es ist nicht so leicht.«

»Kann ich mir vorstellen.« Ich hatte Taylor schon mehrfach erlebt, und sie war wirklich deutlich strenger als Ellie. Sie hatte auch einen ziemlich kurzen Geduldsfaden. Ich erinnerte mich daran, wie sie Ellie beim Kürbisschnitzen angegangen war. »Aber wer weiß, vielleicht lässt sie sich irgendwann überreden. Sie versteht es einfach nicht, weißt du?« Ich musste ehrlich sein, dass ich nicht wirklich daran glaubte, aber die Hoffnung starb ja bekanntlich zuletzt.

»Ja, mal sehen«, seufzte Ellie und legte sich auf den Rücken. Auf einmal waren wir uns auf diesem Bett so viel näher als zuvor. »Was ich damit eigentlich sagen will ... Lass dich einfach nicht unterkriegen, Stella. Du musst dich vor niemandem outen, wenn du nicht willst.«

Ellie hatte total recht. Ich musste mich gar nicht outen, wenn ich es nicht wollte. Im Endeffekt ging meine Sexualität niemanden etwas an. »Am meisten habe ich Angst davor, mit meinen Eltern darüber zu reden.«

»Aber warum denn? Du sagst doch, ihr versteht euch gut. Sind sie sehr streng?«, wollte Ellie wissen und sah mich aus großen Augen an.

»Nein, ganz im Gegenteil sogar. Sie sind echt locker. Beinahe ein bisschen zu locker. Sie wollten immer, dass ich mehr rausgehe und Leute treffe, anstatt bei ihnen zu hocken und mit ihnen fernzusehen oder Spiele zu spielen.«

»Dann wird das bestimmt kein Problem werden. Denk immer daran: Deine Eltern lieben dich so, wie du bist, und daran wird sich nichts ändern.« Dass ausgerechnet Ellie das sagte, die mir eben noch davon erzählt hatte, dass die Beziehung zu ihren Eltern seit ihrem Outing nicht mehr so war wie zuvor, passte irgendwie nicht ins Bild. Andererseits war ihr Verhältnis, soweit ich das verstanden hatte, auch vorher nicht ideal gewesen.

»Vermutlich.« Ein Seufzen entwich mir, und ich bemerkte, wie sich Ellie auf die Seite drehte. Damit war sie mir noch näher als sowieso schon. Ich durfte nicht zu genau darüber nachdenken, dass wir hier zu zweit auf meinem Bett lagen. Ich wurde schrecklich nervös und begann zu schwitzen.

»Lass dir einfach Zeit«, riet mir Ellie, und ich antwortete mit einem Nicken. »Das war ein riesiger Schritt heute für dich, vergiss das nicht.« Ellie stemmte ihren Ellenbogen gegen die Matratze und stützte mit dem angewinkelten Arm ihren Kopf ab. Ich müsste nur die Hand ausstrecken und würde ihre Wange berühren.

»Danke für alles, echt jetzt.« Ich schenkte ihr ein kleines Lächeln und sah, wie sich auch ihre Mundwinkel nach oben zogen.

»Ich bin immer gern deine Gay-Beraterin.« Wir brachen in lautes Gelächter aus.

Als wir uns wieder beruhigten, herrschte kurzweilig Stille zwischen uns. Ich reckte vorsichtig meinen Kopf, und als ich Ellie ansah, trafen sich unsere Blicke. Ihre Augen wirkten in dem Licht des Zimmers noch blauer und heller als sonst, und ich konnte mich sofort darin verlieren. Wenn sie so sanft lächelte wie in diesem Moment, bildete sich ein kleines Grübchen auf ihrer Wange, das ich am liebsten mit meinen Fingerspitzen berührt hätte, doch ich wagte es nicht, mich zu regen. Ellie war es, die sich auf einmal bewegte. Sie streckte ihre Hand nach mir aus und strich mir eine braune Haarsträhne hinters Ohr.

»Weißt du eigentlich, wie verdammt hübsch du bist?«

Sofort röteten sich meine Wangen, und mir wurde unerwartet noch heißer. Dieses Kompliment riss mir unweigerlich den Boden unter den Füßen weg.

Dieses Mal senkte ich das Kinn nicht, denn ich wollte auf keinen Fall den Blickkontakt zwischen uns unterbrechen. Dafür war dieser Moment einfach viel zu magisch. Das Knarzen meines Bettes gab mir zu verstehen, dass Ellie noch ein wenig näher an mich herangerückt war, und jetzt passte zwischen uns nicht einmal eine weitere Person. All das kam mir so unreal vor. Ellie, hier in meinem Bett. Kaum Distanz zwischen uns. Ihre wunderschönen Augen, dieses niedliche Grübchen und ihr warmer Atem, der mir entgegenhauchte.

Ich beobachtete sie ganz genau, und als sie ihre Lider ein wenig schloss und sich vorbeugte, raste mein Puls. Kurzerhand war Ellie fast über mir, und es würde nicht mehr lange dauern, bis sich unsere Lippen berührten. Ich wollte es. Ich wollte sie. Mit jeder Faser meines Körpers, die sich nach ihr sehnte. Langsam drehte ich mich noch mehr in ihre Richtung und kam damit auch ihr näher. Ihr heißer Atem vermischte sich mit meinem, und als sich unsere Münder trafen, durchfuhr mich eine Welle an Emotionen. Ihre Lippen waren weich, und ich kostete es voll aus, wie sie meine Unterlippe einsog und leicht daran knabberte. Erst waren wir ganz vorsichtig, als würden wir jeden Schritt erst erproben müssen. Unsere Küsse waren scheu und dennoch so intensiv, dass mein Herz fast zu platzen drohte. Wie konnte so etwas Einfaches wie Küssen so wundervoll sein? Noch nie hatte ich dabei *so* gefühlt.

Wir unterbrachen unsere Küsse nur, um Luft zu holen. Ellie rollte sich über mich, und ich spürte ihr Gewicht auf mir. Ihre Brüste drückten auf meine, und sie wölbte sich mir mit der Hüfte immer weiter entgegen. Nur unsere Klamotten waren noch zwischen uns, und in diesem Moment wollte ich nichts lieber, als all den Stoff loszuwerden. Doch sogleich kamen auch die Zweifel auf. Ich war noch nie mit einer anderen Frau intim geworden. Bisher hatte ich nur mit meinem Exfreund geschlafen, und wenn ich ehrlich war, hatte mir diese Körperlichkeit nie wirklich gefallen. Nicht, dass ich vorhatte, heute mit Ellie so weit zu gehen, doch unsere Küsse feuerten uns dagegen jetzt gegenseitig an.

Meine Gedanken kreisten in eine völlig falsche Richtung, und Ellie schien zu bemerken, dass ich abgelenkt war. Sie löste sich von mir und sah mich an.

»Ist alles okay bei dir?«

Ich rang nach Worten. »Ja, alles in Ordnung«, war das Einzige, was ich herausbrachte.

»Ich sehe doch, dass du über irgendwas nachdenkst. Und es ist vermutlich nicht, wie du mich am schnellsten aus meinen Klamotten bekommst.« Ellie lächelte und tippte mir mit ihrem Zeigefinger gegen die Stirn.

»Ich ... Es ist nur ...« Mir fiel es so schwer, die Sätze auszuformulieren. »Du bist die erste Frau, die ich geküsst habe.« Vermutlich war es für Ellie nach unserem bisherigen Gespräch nicht weiter verwunderlich, schließlich hatte ich mich eben erst vor ihr geoutet.

»Wir können jederzeit aufhören, wenn es dir zu schnell geht.« Ellie fand genau die richtigen Worte, die ich in diesem Moment hören musste. Es war mir wichtig zu wissen, dass wir das beide wollten. Dass niemand gedrängt wurde.

»Und wenn ich nicht aufhören will?«

Ellie sah mich mit einem hungrigen Blick an, und ehe ich nach Atem ringen konnte, versenkte sie ihre Lippen erneut auf meinen. Sie küsste mich mit einer Heftigkeit, die ich zuvor noch nie erlebt hatte. Ihre Zunge erbat sich Einlass und tanzte um meine. Solche Küsse waren auch neu für mich, doch ich genoss jede Sekunde davon.

Meine Hände fuhren zärtlich über ihren Rücken, und ich ertastete den Verschluss ihres BHs unter ihrem Pullover. Ich wusste nicht, was mich so plötzlich dazu veranlasste, doch ich zog den Saum leicht nach oben, und ehe ich mich versah, half Ellie mir dabei, den Pullover auszuziehen. Achtlos landete er irgendwo auf dem Boden neben dem Bett. Sie lag jetzt nur noch in ihrer Strumpfhose und dem BH über mir. Ihre Lippen verließen meinen Mund und streiften meine Wange, ehe sie meine Halsbeugte küsste. Ich gab ein sehnsuchtsvolles Seufzen von mir, als sie die Stelle berührte. Davon wollte ich mehr, so unendlich viel mehr.

Ellie richtete sich ein wenig auf und zog mich mit sich, so dass wir nun auf der Matratze saßen. Sie verschwendete keine Zeit und zog auch mir das Shirt aus, das sich zu dem Pullover auf dem Boden gesellte. Wir vereinten unsere Lippen, und meine Hände bahnten sich einen Weg von ihren Schultern weiter hinab zu ihren Brüsten. Sie trug einen roten BH, in dem sie wunderschön aussah.

Als meine Fingerspitzen ihre Brust berührten, gab Ellie ein Raunen von sich, und ich sah es als Zeichen, dass ich weitermachen durfte. Wir küssten uns wild und wollten nicht mehr voneinander lassen. Jetzt wagte auch ich es, kleine Küsse an ihrem Hals zu verteilen, und genoss es, wie Ellie unter meinen Berührungen keuchte. Wir sehnten uns so sehr nacheinander, dass es fast schmerzte.

Langsam ließen wir unsere Körper wieder auf das Bett sinken. Dieses Mal lag ich über Ellie, so dass ich die Kontrolle über das hatte, was als Nächstes passierte. Nun war sie es, die meine Brüste berührte und sie mit ihren Händen sanft massierte. Als wir uns wieder küssten und ich ihre Zunge spürte, stöhnte sie meinen Namen in meinen Mund, und das gab mir den Rest. Irgendwie schafften wir es, auch ihre Strumpfhose loszuwerden, und ich konnte es immer noch kaum glauben, was wir hier taten. Ich dachte keine Sekunde daran, dass Sue vielleicht nach Hause kommen und uns erwischen könnte. Ellie gab mir Halt, und diesen wollte ich voll und ganz auskosten. Auch wenn da natürlich noch die Angst war. Angst, etwas falsch zu machen. Angst, dass es ihr nicht gefiel, was ich tat.

Wir zogen die Bettdecke über uns, und als Nächstes war ich dran, meine Hose auszuziehen. Ich drehte mich auf den Rücken, und Ellie rollte sich über mich. Sie hakte ihre Daumen in den Saum meiner Hose und zog sie langsam über meine Knie, während sie den Blick fest in meinem verankert hatte. Mittlerweile hatten wir auf dem Boden einen kleinen Klamottenberg geschaffen.

Ihre Küsse begannen an meinem Hals und gingen immer tiefer, bis sie an meinen Brüsten angekommen war. Dabei glitten ihre

Hände über meine Seite, und ich bäumte mich ein Stück auf, damit sie den Verschluss meines BHs öffnen konnte. Es war seltsam und verdammt intim, so entblößt unter ihr zu liegen, doch ich genoss jede ihrer Berührungen. Ob ihr gefiel, was sie sah?

Keuchend ließ ich es zu, dass sie mit ihren Fingern sachte über meine Brüste fuhr und schließlich ihren Mund hinabsenkte. Währenddessen spürte ich eine Hand, die über meinen Bauchnabel immer tiefer hinabfuhr, und ich konnte einen wohligen Laut nicht verhindern, als sie sanft über meinen Slip streifte.

Es dauerte nicht lange, da trug auch sie keinen BH mehr, und mittlerweile waren unsere Küsse und Berührungen so vertraut, dass ich keinerlei Zweifel mehr hegte.

Ich hatte keine Ahnung, wohin das hier führen sollte, doch ich wollte es. So sehr. Auch wenn ich schüchtern war, viel zurückhaltender als sie. Verdammt, ich war so schrecklich nervös. Ich wusste doch gar nicht, wie ich sie berühren sollte oder was ihr gefiel. Also ließ ich mich einfach von ihr leiten. Sie gab mir Sicherheit und das Gefühl, dass es völlig okay war, sich erst einmal auszutesten. Und trotz meiner tausend Gedanken, die mir durch den Kopf schwirrten, war da plötzlich nur noch Ellie.

Kapitel 34

Es war nicht das letzte Mal, dass wir innige Berührungen miteinander teilten. Oft besuchte ich Ellie nach meinen Kursen im Verbindungshaus, in dem sie als Präsidentin ein eigenes Zimmer mit einem deutlich bequemeren Bett als meinem hatte. Das war dann doch ungefährlicher, als sich bei mir zu treffen, wo jeden Moment Sue hineinplatzen konnte. Auch meiner Mitbewohnerin war nicht entgangen, dass ich wieder vermehrt Zeit mit Ellie verbrachte, doch Sue stellte keine Fragen. Lediglich einmal hatte sie sich erkundigt, ob zwischen Ellie und mir wieder alles in Ordnung wäre, und ich hatte mit einem Nicken bejaht. Noch wollte ich nicht ins Detail gehen, erst wollte ich sicher sein, dass die Sache mit Ellie kein kurzes Strohfeuer war.

    Ich fühlte mich richtig gut. Ausgelassen. Als hätte man mir endlich Flügel gegeben, um frei zu sein. Mit ihr war ich unbändig und wild. Eine Seite, die ich an mir bisher gar nicht kannte. Ellie gab mir den Halt, den ich so lange gesucht und endlich gefunden hatte. Allerdings hatte ich noch meine Schwierigkeiten damit, diese Gefühle auch nach außen zu tragen. Wenn Ellie und ich allein waren, küssten wir uns oder lagen gemeinsam im Bett, doch gingen wir in die Gemeinschaftsküche der Verbindungsschwestern, hielten wir oft Abstand zueinander. Ich wollte diese Sache nicht überstürzen, sondern langsam angehen, und dazu gehörte auch, dass Ellie mir Zeit ließ. Wenn es nach ihr ginge, würde sie daraus keinen großen Hehl machen, doch ich war es, die in der Öffentlichkeit Distanz wahrte, und das akzeptierte sie. Mittlerweile hatte Ellie begriffen, warum ich mich so verhielt. Immerhin wusste sie jetzt, dass ich damals nur für eine T-Shirt-Aufschrift und meine Unterstützung so sehr gemobbt worden war, dass ich bis heute daran zu knabbern hatte. Was würde erst passieren, wenn ich tatsächlich die Hand einer anderen Frau auf dem Campus hielt? Sie versicherte mir immer wieder, dass wir nichts tun mussten, was mir ein komisches Gefühl gab, und ich glaubte ihr. Es war eine Sache des Vertrauens. Ich brauchte meine Zeit und irgendwann wäre all das kein Problem mehr für mich.

Mittlerweile war es auch vollkommen normal, dass Ellie nach ihren Seminaren ab und an bei mir im Wohnheim vorbeischaute. Es störte Sue nicht, wenn wir zu dritt Hausaufgaben machten oder einfach quatschten. Zwischendurch schauten wir auch mal einen Film oder eine Serie und bestellten Essen. Drei Wochen war es jetzt schon her, seitdem ich mich vor Ellie geoutet hatte, und es konnte mir kaum besser gehen.

An einem Freitagabend kam Ellie zu mir ins Zimmer. Sue war noch nicht von ihren Kursen zurück, weswegen wir zu zweit auf meinem Bett saßen und uns auf dem Laptop eng aneinandergekuschelt eine Folge unserer neu entdeckten Serie, *Anne with an E*, auf Netflix anguckten.

»Kommt Sue heute wieder so um acht nach Hause?«, wollte Ellie von mir wissen, nachdem die Episode fertig war.

»Kann schon sein, außer sie geht noch zu Chris.« Auch solche Gespräche waren für uns zur Normalität geworden, wenn ich nicht wollte, dass man uns in flagranti erwischte. War Sue da, dann hielten wir nicht die Hand der anderen, und auch Küsse tauschten wir nicht miteinander aus. Ellie akzeptierte es, dass ich bisher noch nicht so weit war.

»Sag mal, bald ist der Winter-Wonderland-Ball ...« Ellie strich mir sanft über den Rücken und verpasste mir damit einen angenehmen Schauer.

»Ja, kann sein.« Ich rutschte auf dem Bett noch ein wenig näher an sie heran. Ellie hatte hier und da schon häufiger mal ein Wort über den Winter-Wonderland-Ball fallen lassen, da sich die Verbindung bei der Organisation beteiligen wollte. Immer zur Winterzeit veranstaltete die Universität einen großen Ball, und alle Studierenden konnten kommen und gemeinsam feiern.

»Hast du eigentlich schon ein Date für den Abend?« Ellie zwinkerte mir zu, und ich wusste sogleich, worauf sie hinauswollte.

»Mich hat noch niemand gefragt«, grinste ich zurück. Ellie richtete sich auf dem Bett auf, setzte sich hin und nahm meine Hände in ihre.

»Stella Northam, mein kleiner Tollpatsch, willst du mit mir zusammen auf den Winter-Wonderland-Ball gehen?«

Auf meine Lippen schlich sich ein breites Grinsen.

»Natürlich.« Ich konnte gar nicht anders als *ja* zu sagen, doch sobald das Wort meinen Mund verlassen hatte, schlichen sich die Ängste ein. Da war wieder das Thema mit dem Tanzen. Würde ich mich überhaupt trauen, mit Ellie gemeinsam auf die Tanzfläche zu gehen, wenn sie tanzen wollte? Hand in Hand? Und was passierte, wenn die Leute hinter unserem Rücken tuschelten? Würden unsere Verbindungsschwestern checken, was zwischen uns abging? So häufig, wie Ellie und ich mittlerweile stundenlang in Ellies Zimmer im Verbindungshaus verschwanden, war es vermutlich kein großes Geheimnis mehr, dass wir zusammen waren.

Ich schluckte schwer, und Ellie schien meine Zweifel sofort zu bemerken.

»Wir müssen auch nicht hin, wenn du nicht willst.« Sie beugte sich vor und küsste mich sanft. Als sie sich von mir löste, strich sie behutsam mit ihrem Handrücken über meine Wange. Ohne es zu ahnen, bestärkte sie mich damit.

»Doch, ich möchte wirklich gerne mit dir hin.« Ich hatte keine Ahnung, woher plötzlich dieser Mut kam. »Weißt du, ich will das. Es fällt mir nur schwer, so offen damit umzugehen wie du. Ich habe wahnsinnige Angst, Ellie. Aber vielleicht ist dieser Winter-Wonderland-Ball der Arschtritt, den ich brauche.«

»Wir müssen ja nicht vor allen knutschen und Händchen halten«, versicherte sie mir.

»Wir gehen zusammen hin. Und alles Weitere schauen wir, wenn wir da sind.«

Ellie nickte zustimmend, und genau in diesem Augenblick rüttelte es an der Tür. Reflexartig rutschte ich ein Stück von Ellie weg und fühlte mich sogleich schlecht dabei. Sue kam herein und ließ ihre Umhängetasche neben dem Bett fallen.

»Was für ein Scheißtag«, murrte sie.

»Dir auch ein fröhliches Hallo«, winkte Ellie und ließ sich nicht anmerken, dass es sie möglicherweise verletzt haben könnte, dass ich mal wieder die Flucht ergriffen hatte.

Verdammt, wenn ich es noch nicht einmal schaffte, bei Sue offener zu sein, wie sollte ich dann erst mit Ellie auf diesen blöden Ball gehen?

»Hey«, begrüßte ich sie knapp und ärgerte mich sofort noch mehr über mich.

»Wollen wir Essen bestellen? Ich hab heute keinen Nerv, etwas zu kochen.«

»Klar, wieso nicht«, meinte Ellie, und ich stimmte ebenfalls zu.

Wir entschieden uns für gebratene Nudeln von einem Imbiss in der Nähe des Campus, bei dem wir schon einmal bestellt hatten. Es dauerte eine ganze Weile, bis das Essen kam. In der Zeit ließ sich Sue bei uns über ihren furchtbaren Tag aus und berichtete, dass sie sich zu allem Übel auch noch mit Chris gestritten hatte.

»Habt ihr euch denn wieder vertragen können?«, wollte ich vorsichtig von ihr wissen.

»Nicht wirklich«, seufzte Sue. »Es ging um diesen unsinnigen Winterball.«

Ellie und ich tauschten bedeutungsschwere Blicke miteinander.

»Wir haben auch eben noch darüber geredet.«

Ich dachte daran, wie ich mich eben noch von Ellie entfernt hatte. Wie ich wieder die alte Stelle gewesen war, die nichts wagte. Und ich wollte so sehr über meinen eigenen Schatten springen. Ich konnte das. Sue war meine Freundin. Wenn ich mich jemandem anvertrauen konnte, dann doch ihr. Ich holte tief Luft und gab mir einen Ruck.

»Und entschieden, dass wir zusammen hingehen«, ergänzte ich und sah, wie Ellie lächelte. Wie auch immer Sue diese Sache auslegen würde, ich hatte einen Schritt nach vorn gewagt.

Doch Ellie gab ihr gar nicht die Möglichkeit, darüber nachzudenken, was genau ich damit wohl meinen könnte. »Willst du nicht hingehen, oder was ist los?« Sie setzte sich in den Schneidersitz und sah zu Sue rüber.

»Ach, Chris will unbedingt, dass wir gemeinsam hingehen, so richtig schick mit Anzug und Abendkleid und so, aber das ist einfach nicht mein Stil. Ich will mir nicht vorschreiben lassen, was ich anziehen soll.«

»Bestimmt hat er es nicht so gemeint«, versuchte Ellie, sie zu beschwichtigen. Chris war doch eigentlich ein ganz netter, verständnisvoller Typ. »Wahrscheinlich will er einfach, dass es etwas Besonderes wird, und hat dir deshalb diesen Vorschlag mit der Garderobe gemacht.«

»Wie auch immer«, winkte Sue ab. Vermutlich war sie das Thema bereits leid. »Es hat jedenfalls zu einem riesigen Streit zwischen uns geführt, und dann bin ich einfach abgedampft und hab ihn stehen lassen.« Sue konnte durchaus ziemlich temperamentvoll sein, das war einfach ihre Art. Mir tat der arme Chris ein wenig leid.

»Vielleicht könnt ihr morgen noch mal in Ruhe darüber reden«, schlug ich vor und war froh, dass es in diesem Moment an unserer Tür klopfte und das Abendessen eintraf.

Die Nudeln waren wirklich köstlich, genau mit der richtigen süß-scharfen Sauce, die dem Essen den besonderen Geschmack gab. Ellie hatte ihre Portion mit extra Erdnusssauce getoppt, und Sue hatte ihre Nudeln mit Chiliöl bestellt. Für sie konnte es wirklich nicht scharf genug sein. Keine Ahnung, wie sie das aushielt.

»Vielleicht überlegst du es dir noch mal mit dem Winterball«, warf ich irgendwann zwischen zwei Bissen ein. »Ellie und ich gehen ja auch zusammen hin.«

Ellie bedachte mich mit einem vielsagenden Seitenblick, der Sue kaum entgehen konnte, doch ich schämte mich nicht mehr. Ganz im Gegenteil. Irgendwie fühlte ich mich seltsam aufgeputscht. Kam das von der scharfen Sauce? Ich legte den Gedanken sofort beiseite, das war doch totaler Quatsch.

»Genau, wir könnten zu dritt gehen«, schlug Ellie vor und machte Sue damit ein meiner Meinung nach echt gutes Angebot. »Wenn du nicht mit Chris hinwillst, dann komm mit uns. Wir müssen uns auch nicht schick machen, wenn du darauf keinen Bock hast.«

»Mal sehen«, entgegnete sie mit einem Seufzen. Sue war wohl echt nicht in der Stimmung, weiter über den Winter-Wonderland-Ball zu sprechen, was ich irgendwie schade fand. Ich nahm mir fest vor, noch mal unter vier Augen mit ihr zu reden. Sue tanzte doch so gerne, da wäre es schade, wenn sie den Winterball verpasste.

Nachdem wir unsere Bäuche vollgeschlagen hatten, lag ich mit allen Vieren von mir gestreckt auf der Matratze. Ellie hatte sich auf den Boden gesetzt und lehnte mit dem Rücken gegen mein Bett. Aus dem Lautsprecher meines Laptops, der auf meinem Nachttisch stand, tönte leise im Hintergrund ein Album von Taylor Swift. Sue und ich wurden uns mit unserem doch sehr unterschiedlichen Musikgeschmack selten einig. Sie hörte eher rockigere Musik, oft auch Metal und Hardcore, wohingegen ich Indie und Pop liebte. Aber Taylor Swift, das war offensichtlich ihr *guilty pleasure*, denn dagegen sagte sie meist nichts.

»Ich stehe nie wieder auf«, jammerte ich und hielt mir den Bauch.

»Dann muss ich dich morgen aus dem Bett zerren.« Sue grinste mich von ihrem Bett aus an.

»Hey, und was ist mit mir? Ich muss auch noch irgendwie zurück ins Verbindungshaus kommen. Mit mir hat natürlich niemand Mitleid.« Ellie zog eine Schnute, und Sue und ich begannen ein langgezogenes »Oh« im Chor, woraufhin wir gemeinsam lachen mussten.

»Ne, mal ehrlich, ich sollte langsam rübergehen.« Etwas unbeholfen erhob sich Ellie vom Boden.

»Dann bis bald«, verabschiedete sich Sue von ihr, ohne sich von der Matratze zu regen. Sie nahm ihr Handy vom Nachttisch und tippte darauf rum. Ich musste mich am Riemen reißen, um nicht auch einfach liegen zu bleiben, und stöhnte beim langsamen Aufstehen dramatisch laut auf.

»Ich wünsche dir noch einen schönen Abend.« Normalerweise verabschiedeten wir uns immer mit einer Umarmung, wenn wir beide nicht ungestört waren. Wie üblich machte ich einen Schritt auf sie zu und drückte sie fest an mich. Ihr Duft stieg mir trotz des Geruchs nach gebratenen Nudeln im Zimmer in die Nase, und ich wollte sie am liebsten gar nicht mehr loslassen. Warum musste Ellie jetzt auch nach Hause gehen? Ich ärgerte mich, dass sie nicht einfach hier schlafen konnte. Aber wie auch? Sue war ja noch da. Sie hatte bisher schließlich auch immer bei Chris übernachtet und nicht anders herum. Gut, an den Abenden, an denen ich bei Ellie schlief, hatte ich keine Ahnung, was in diesem Zimmer abging. Aber wenn ich ehrlich war, wollte ich das auch gar nicht wissen.

Was glaubte Sue wohl, was wir machten, wenn ich im Verbindungshaus schlief? Ich hatte ihr bisher immer von Übernachtungspartys zu zweit oder von Filmabenden erzählt, wenn ich drüben geblieben war. Und so gesehen war das auch keine Lüge. Nur die Küsse ließ ich eben aus. Sue hatte jetzt schon seit einigen Wochen mitbekommen, wie Ellie und ich ständig aufeinanderhingen. War sie nicht schon längst selbst darauf gekommen, was uns miteinander verband? Dass wir eben nicht nur Verbindungsschwestern waren? Wie würde Sue wohl darauf reagieren, wenn ich es ihr sagte? Ich erinnerte mich an unser Gespräch vor einiger Zeit, als mich Sue gefragt hatte, ob ich mich wegen Ellie so seltsam benahm. Schon damals hatte sie mich durchschaut, oder nicht?

Ich nahm all meinen Mut zusammen und wagte es. Als ich mich vorsichtig aus der Umarmung löste, hielt ich Ellies Hände. Sie sah mich mit einem merkwürdigen Blick an, und ich wusste ganz genau, dass sie sich fragte, was ich hier tat. Und dann küsste ich sie. Nicht sachte und zärtlich, sondern forsch. Ich wollte ihr zeigen, dass ich einen Schritt nach vorn machen konnte. Dass ich etwas wagte.

Als sich unsere Lippen trennten, bemerkte ich aus dem Augenwinkel, dass Sue leicht den Kopf angehoben hatte.

»Wow, na endlich«, kam es aus ihrer Richtung, und ich konnte gar nicht anders als zu lächeln. Ich hatte es wirklich getan! Ich hatte Ellie vor Sue geküsst! Endorphine schossen durch meinen Körper und veranstalteten eine Party. Auch Ellie schien von meiner Kussattacke überrascht zu sein, denn sie machte große Augen und sah zwischen meiner Mitbewohnerin und mir hin und her.

»Ähm, Stella. Was …«

Ich wusste, dass sie das nur sagte, um mich zu schützen, doch ich stoppte sie mitten im Satz.

»Nein, keine Ausreden mehr. Es ist okay.« Auf einmal verwandelte sich ihre misstrauische Mimik in ein Lächeln, und ich konnte sogar ihren glitzernden Stein am vorderen linken Schneidezahn sehen.

»Bist du dir sicher?«, flüsterte sie mir zu, und ich beantwortete ihre Frage mit einem erneuten Kuss.

»Ja. Ich bin mir sicher.«

Auf einmal hörte ich, wie Sue das Handy beiseitelegte und in die Hände klatschte. Ganz gemächlich. Ellie und ich wandten beide unsere Köpfe in ihre Richtung und mussten lachen.

»Wirklich, ich habe mich schon gefragt, wie lange das noch dauert.«

»Du hast es gewusst?«, hakte ich neugierig nach. Aber was wunderte es mich eigentlich? Seitdem ich Ellie das erste Mal gesehen hatte, war sie mir nicht mehr aus dem Kopf gegangen.

»Na klar, wie kann man das zwischen euch bitte übersehen?«

Sofort wurde ich rot, denn ich hoffte, so ging es nicht allen Menschen, die uns miteinander sahen. Vielleicht war ich noch nicht bereit, mein Outing öffentlich zu machen, doch ich hatte es geschafft, vor Sue zu Ellie und vor allem zu mir selbst zu stehen.

»Das frage ich mich allerdings auch«, lachte Ellie.

»Aber ich bin froh, dass ich es jetzt ganz offiziell weiß.«

Ich räusperte mich, denn eine Sache lag mir trotzdem noch auf dem Herzen. »Also ... Ist es okay für dich?«

»Ob es OKAY für mich ist?« Sue schwang sich aus dem Bett, stand auf und ging auf uns zu. »Was für eine Frage, natürlich. Ich wollte schon die ganze Zeit eure Köpfe packen und sagen: *Küsst euch endlich!*« Sie machte in der Luft eine dazu passende Bewegung mit ihren Armen, als würde sie unsere Köpfe gegeneinanderpressen.

Ich löste mich jetzt endgültig von Ellie und fiel Sue in die Arme.

»Danke dir.«

»Doch nicht dafür.«

Ich war unendlich dankbar, Sue meine Freundin nennen zu dürfen. Ellie verabschiedete sich von uns, und nur noch meine Mitbewohnerin und ich blieben zurück.

»Du wusstest es wirklich schon länger, oder?«, fragte ich sie, als ich mich zurück auf mein Bett setzte.

»Hmmm.« Sue lächelte und gab mir damit alles zu wissen. »Und ich finde es verdammt klasse.«

Wieder brachte sie mich damit zum Grinsen.

»Ich auch.«

Kapitel 35

»Ich weiß nicht, was ich anziehen soll.« Ellie stapelte ein Klamottenstück nach dem anderen auf dem Bett. Sie stand nur in Unterwäsche bekleidet vor ihrem Kleiderschrank und sortierte rigoros aus.

»Ich finde das lilafarbene Kleid echt schön. Das harmoniert toll mit deinen Haaren.«

»Ne, ich will lieber kein Kleid anziehen. Ich hab Bock auf einen Anzug oder so. Oder was hältst du davon?« Ellie trug jetzt einen neonpinken Blazer und dazu eine schwarze High-Waist-Hose mit leichtem Schlag. Sie sah ein bisschen aus, als würde sie gleich aus den 1980ern springen, aber mir gefiel der Look an ihr.

»Sieht super aus!«, kommentierte ich das Outfit und klatschte begeistert in die Hände.

»Nicht too much?«

»Nein, es passt super zu dir.«

»Dann ist das gekauft.« Ellie drehte sich noch einmal im Spiegel, bevor sie auf ihre kleine weiße Schminkkommode zuging, die neben dem Bett stand.

»Freust du dich schon auf den Ball?«, wollte sie von mir wissen, während sie ihre Haare zu einem Dutt band und mit dem Make-up loslegte.

»Jetzt schon«, grinste ich von meiner gemütlichen Position auf der weichen Matratze zu ihr rüber. Als mich Ellie vor einigen Wochen gefragt hatte, ob ich mit ihr zum Winter-Wonderland-Ball gehen würde, hatte ich voreilig zugesagt. Danach hatten mich all die Ängste und Dämonen mit einem Schlag überfallen. Aber ich hatte dieses Mal nicht alles in mich hineingefressen, sondern mit Ellie darüber gesprochen. Wir hatten ausgemacht, es zwischen uns langsam angehen zu lassen und nichts zu überstürzen. Wenn ich etwas nicht wollte, dann würden wir nicht so weit gehen. Eine einfache, aber doch schwerwiegende Entscheidung für mich.

»Das wird super.« Ellie nahm eine Lidschattenpalette nach der anderen in die Hand und schminkte sich noch zu Ende.

»Denke ich auch.« Und ich meinte es wirklich ernst. Ich freute mich, auf diesen Ball zu gehen. Sogar Sue hatten wir überreden können, nachher zu kommen. Sie hatte nach dem Streit noch mal mit Chris gesprochen und ihm klargemacht, dass sie sich nicht schick machen würde. Unter keinen Umständen – und irgendwie hatte Chris seinen Stolz runtergeschluckt und ihr mitgeteilt, dass er lieber in Jogginghose mit ihr auf den Ball ging als gar nicht. Meine Freund*innen würden also auch anwesend sein, und ich konnte es kaum abwarten, sie nachher zu sehen.

Ein letztes Mal begutachteten Ellie und ich uns vor dem Spiegel, ehe wir uns gegenseitig für unsere vollendeten Looks abklatschten und die Treppen des Verbindungshauses hinuntergingen. Ich trug mein schwarzes Kleid, das ich am Anfang des Semesters ausgeführt hatte. Bei den Zeta Kappa Sigmas war es wie in einem Bienenstock. Aus den einzelnen Zimmern ertönte bis unten in den Flur Musik, und alle rannten hektisch von einem Ort zum anderen. Hier und da wurde nach einem Glätteisen gerufen, und alle paar Minuten ging jemand aus der Tür. Ich war froh, als wir das Zeta-Haus hinter uns ließen.

Draußen war es bereits dunkel. Der Campus wurde spärlich von den Laternen beleuchtet, und Ellie und ich gingen ganz gemütlich den Weg zur Sporthalle entlang. Ich war schon sehr gespannt, was die Uni dieses Mal auffahren würde. Wir würden uns erst vor Ort mit Sue und Chris treffen, weswegen wir keinen Grund zur Eile hatten.

Die letzten zehn Meter zur Turnhalle waren mit zahlreichen elektronischen LED-Kerzen gesäumt und sorgten für eine angenehm romantische Atmosphäre.

»Sieht doch schon mal vielversprechend aus«, meinte ich zu Ellie und grinste breit.

»Wollen wir reingehen?«

Das ließ ich mir nicht zweimal sagen. Ich folgte Ellie, die die Tür zur Sporthalle aufstieß, und sogleich drang Musik an unsere Ohren. Es lief ein Song von *Halsey*, den ich sofort erkannte. Wir mussten zunächst noch einige Flure passieren, ehe wir im Hauptsaal angekommen waren, doch sobald wir ihn betraten, stockte mir der Atem. Von der hohen Decke hingen Schneeflockengirlanden, und jemand hatte ein Banner mit der Aufschrift *Winter Wonderland in Haydensburgh* aufgehängt. Die Dekoration war in Hellblau und Weiß gehalten, was echt super zum Thema passte. Ich ließ meinen Blick weiter durch den Raum gleiten. Auf der einen Seite war das DJ-Pult aufgestellt worden, und genau gegenüber befand sich die provisorische Bar, hinter der vier Studierende standen und ausschenkten.

»Wollen wir uns erst mal was zu trinken holen?« Ellie sah mich mit fragendem Blick an, ehe ich nickte.

»Gerne.«

Wir machten uns gemeinsam zur Bar auf, die ebenfalls hübsch mit Pompons und Tischgirlanden dekoriert war. Es gab sogar zum Thema passende Drinks, doch ich entschied mich, wie so oft, für eine einfache Cola. Ellie kaufte sich eine Winterlimonade, die mit Zimt und Vanille gewürzt war.

»Meinst du, Sue und Chris sind schon da?«

»Keine Ahnung«, gab ich zurück. »Wir wollten uns mit ihnen ja bei der Tribüne treffen, vielleicht sehen wir sie dort.« Ellie und ich gingen auf die Tribüne zu, und aus der Ferne sah ich eine Person in Jeans und einem Shirt. »Das ist bestimmt Sue.« Sie stand in einer kleinen Gruppe, und als wir näher kamen, sah ich auch Chris neben ihr stehen. Er trug zwar keinen schicken Anzug, dafür aber eine schwarze Hose und ein Hemd.

»Hey ihr«, begrüßte Ellie die Gruppe, und wir fielen uns nacheinander in die Arme.

Sue und Chris verabschiedeten sich von den anderen, so dass wir unter uns vieren waren.

»Seid ihr schon lange hier?«, hakte ich nach und trank einen Schluck von meiner Cola.

»Ne, wir sind erst vor zehn Minuten oder so gekommen.« Das erklärte natürlich auch, wieso Sue und Chris noch keine Getränke in der Hand hielten. »Ich glaube, wir holen uns auch erst mal etwas zu trinken.«

»Gute Idee«, gab Ellie zurück. »Die Winterlimo lohnt sich.« Ehe wir uns versahen, waren die beiden schon in Richtung Bar verschwunden. Ellie und ich nahmen solange Platz auf der Tribüne und beobachteten das Geschehen auf der Party.

»Guck mal da vorn.« Sie zeigte auf ein weißes Etwas neben dem DJ-Pult. »Ist das etwa ein Iglu?« Jetzt bemerkte ich es auch. Irgendjemand hatte ein kleines unechtes Iglu aufgestellt.

»Ich frage mich, wie viele Betrunkene da nachher drin landen.«

»Wollen wir wetten?« Ellie funkelte mich mit einem gefährlichen Blick an.

»Klar, wieso nicht«, grinste ich. »Ich tippe auf mindestens zehn Leute, die sich im Iglu verirren.«

»Ich verdoppele.«

Wir besiegelten unsere Wette mit einem Handschlag, und nur wenige Augenblicke später kamen Sue und Chris mit Getränken in der Hand zurück.

»Die Winterlimo war leider nichts für mich«, meinte Chris. »Da bleibe ich doch lieber bei der guten alten Cola.«

»Team Cola!«, jubelte ich und stieß mit Chris an.

Und dann fiel mir ein, dass ich ihn schon die ganze Zeit etwas hatte fragen wollen. »Sag mal, Chris, was ist eigentlich aus deiner Bewerbung bei den Alpha-Jungs geworden?«

Verlegen kratzte er sich am Nacken und wich meinem Blick aus.

»Sie haben mich leider nicht genommen.« Ich sah kurz zu Sue und konnte ein kleines Lächeln auf ihren Lippen sehen. War sie etwa schadenfroh?

»Tut mir leid für dich.«

»Schon okay, ich probiere es einfach nächstes Jahr noch mal.«

»Musstest du nachts nackt über den Rasen rennen?«, schaltete sich Ellie ein und lachte.

»Kein Kommentar.« Chris wurde etwas rot um die Wangen, Sue rollte mit den Augen, und wir konnten uns unseren Teil denken.

Eine Weile unterhielten wir uns über die kommenden Prüfungen. Sue sah das Ganze ziemlich locker, wohingegen Chris und ich schon echt nervös waren. Ich wollte die Klausuren natürlich mit dem bestmöglichen Ergebnis abschließen, und Chris ging es offensichtlich genauso.

»Ich bin einfach nur froh, wenn ich nicht durchfalle«, lachte Ellie. »Ganz ehrlich, ich hab in meinem ersten Jahr auch super viel gebüffelt, aber mittlerweile gilt für mich, dass ich lieber eine gute Zeit an der Uni habe.«

»Kommt für mich gar nicht in Frage, meine Eltern würden durchdrehen, wenn ich nur knapp durchkommen würde«, quittierte Chris, und wir verstrickten uns in ein Gespräch.

Ich hatte keine Ahnung, wie viel Zeit bisher vergangen war, aber es interessierte mich auch nicht. Heute wollte ich mich nicht davon ablenken lassen, früh im Bett zu sein und noch ein paar Kapitel in meinem Buch zu lesen. Ich wollte mit meinen Freund*innen eine tolle Zeit haben und ein bisschen feiern. Die nächsten Wochen würden aufgrund der Prüfungen schon stressig genug werden, da war der Winter-Wonderland-Ball die perfekte Gelegenheit, um ein bisschen Abstand zu gewinnen.

Irgendwann waren Sue und Chris gemeinsam auf die Tanzfläche gegangen, und Ellie und ich hatten sie von der Tribüne aus beobachtet. Mittlerweile war ich bei meiner dritten Cola angekommen.

»Wie sieht's aus, wollen wir auch tanzen?«, fragte mich Ellie.

»Möchtest du das denn?«

»Klar, wieso nicht?« Sie grinste mich vielsagend an. Auf Partys stand ich sonst meist in der Ecke herum und nippte an meinem Drink. Ich mochte es nicht, wenn die Leute mich ansahen und die Aufmerksamkeit auf mir lag. Aber hier in der Turnhalle, da war das etwas anderes. Ich versuchte, das Ganze von außen zu beobachten und realistisch zu betrachten. Auf der Tanzfläche waren viele Menschen, niemand würde mich beachten. Und was noch wichtiger war, ich hatte Ellie an meiner Seite, die mir den Rücken stärkte. Sie würde niemals zulassen, dass mich jemand anpöbelte. Etwas zögerlich machte ich einen Schritt in Richtung Tanzfläche und fort von der Tribüne.

»Wir können es ja mal versuchen. Aber sei nicht wütend, wenn ich dir auf die Füße trete, ich bin eine furchtbare Tänzerin.« Hatte ich das gerade echt gesagt?

Ich war wirklich stolz, wie sehr ich mich seit meiner Ankunft in Haydensburgh verändert hatte. Zum Semesterstart war ich trotz meiner Pläne, jemand völlig Neues zu sein, ein schüchternes und zurückhaltendes Mädchen geblieben. Ich war immer wieder in alte Verhaltensmuster gefallen. Kaute an meinen Nägeln und biss mir auf die Unterlippe. Jetzt wollte ich sogar mehr oder weniger freiwillig tanzen gehen und machte den ersten Schritt. Meine neuen Freund*innen waren es gewesen, die mir gezeigt hatten, dass das Leben nicht nur aus Versteckspielen bestand. Und vor allem ich hatte auch einen großen Teil dazu beigetragen. Ich war mutig gewesen, hatte mich den Prüfungen der Zeta Kappa Sigmas gestellt und es sogar aus eigener Kraft in die Verbindung geschafft. Ellie und Sue hatten mich womöglich ein wenig angestoßen, doch den Weg war ich allein gegangen, das begriff ich nun.

»Du wirst mir schon nicht auf die Füße treten.« Ellie legte mir eine Hand auf den Rücken, um mich sanft vorwärtszuschieben.

»Darauf würde ich nicht wetten.« Wir lachten beide, und ich war froh, dass in diesem Moment, als wir die Tanzfläche betraten, die Musik wechselte. *Shut up and Dance* von *Walk the Moon* erklang aus den Lautsprechern, und es war der perfekte Song, der mich zum Tanzen motivieren sollte. Immer mehr Menschen strömten zu dem Lied auf die Tanzfläche, und ehe wir uns versahen, waren wir umzingelt. Die Leute warfen ihre Hände in die Luft, wackelten mit den Hüften, und die Stimmung wurde mit jeder Sekunde, die verstrich, ausgelassener. Ich bewegte mich von einem Fuß auf den anderen und nahm dabei leicht die Arme mit. Bei Ellie sah es so viel lockerer aus als bei mir, das wusste ich, doch scherte ich mich in diesem Moment nicht um mein Aussehen. Ich fühlte mich einfach nur frei und glücklich. Irgendjemand stupste mich von hinten an, und plötzlich traten Sue und Chris in mein Sichtfeld, die sich lachend Hand in Hand zu uns gesellten. Aus lautem Hals sangen wir beim Refrain mit, und ich wollte in diesem Augenblick an keinem anderen Ort der Welt sein. Wir bildeten zu viert einen kleinen Kreis, damit wir uns gegenseitig anschauen konnten, und Ellie begann, ihre albernen Tanzskills auszupacken. Sie machte witzige Bewegungen mit den Armen oder packte sich an die Nase und tauchte in Schlangenbewegungen nach unten ab.

Als ein Song erklang, den ich nicht kannte, gingen einige Leute von der Tanzfläche, doch das störte mich nicht. Ganz im Gegenteil, ich war so beflügelt, dass ich einen Schritt auf Ellie zumachte und nach ihren Händen griff. Ich wollte sie spüren. Ich wollte sie küssen. Und plötzlich machte es mir nichts mehr aus, wenn die anderen uns dabei beobachteten.

Dabei kam ich ihr so nah, dass kein Blatt Papier mehr zwischen uns gepasst hätte.

»Das gefällt mir.« Ellie lächelte mich an.

»Mir auch«, antwortete ich und beugte mich leicht vor. Unsere Lippen trafen aufeinander, und ich schloss die Augen. Die Welt um mich herum verstummte einen Herzschlag lang. Als ich die Lider sanft öffnete, hörte ich ein begeistertes Händeklatschen, das von Sue kam.

»Yeah!« Auch Chris stimmte mit ein, und sofort lief ich rot an.

»Hey, hört auf damit«, wies ich die beiden zurecht, und zum Glück klatschten sie nicht noch weiter.

Ellie nutzte die Ablenkung und legte ihre Arme um meinen Nacken. Wir bewegten uns beide im Takt der Musik.

»Von mir aus können wir das immer so machen«, flüsterte sie mir leise zu, und ich hätte sie beinahe bei der Musiklautstärke nicht gehört.

»Von mir aus auch.« Verdammt, ich schwebte auf Wolke sieben.

Irgendwann, als meine Beine müde vom Tanzen wurden, nahmen Ellie und ich auf der Tribüne Platz, nachdem wir uns frische Getränke geholt hatten. Die Bänke dort waren mittlerweile belegter als zuvor, vermutlich weil sich der Raum immer mehr gefüllt hatte.

»Weißt du eigentlich schon, ob du nächstes Semester ins Verbindungshaus einziehst?«, wollte Ellie von mir wissen. Tatsächlich hatte ich in den letzten Wochen schon mehrfach darüber nachgedacht, doch zu einem Entschluss war ich noch nicht gekommen. Ich mochte es, mit Sue zusammenzuleben. Sie war unproblematisch und liebevoll und ganz anders als ich sie am Anfang eingeschätzt hatte. Ich dachte daran, wie ich zum Semesterstart noch geglaubt hatte, dass sie sich jede Nacht betrunken in unser Zimmer schleichen würde. Glücklicherweise war es dazu nicht gekommen – stattdessen war sie meine beste Freundin geworden. Und dafür war ich echt dankbar.

»Ehrlich gesagt, weiß ich es noch nicht. Wenn ich ins Verbindungshaus einziehe, müsste ich mich ja an eine neue Mitbewohnerin gewöhnen, und ich weiß nicht, ob ich das hinbekomme.« Nur die Präsidentinnen hatten ganze Zimmer für sich allein, die anderen teilten sich zu zweit und manchmal sogar zu dritt ein Schlafzimmer.

»Kann ich verstehen«, gab Ellie zurück und seufzte. Klar, sie wünschte sich schon irgendwie, dass ich zu ihr ins Verbindungshaus kam. Einen Vorteil hätte es ja, wir könnten dann mehr Zeit miteinander verbringen. Und jetzt, nachdem ich mich auf der Tanzfläche getraut hatte, sie vor all den Leuten zu küssen und nichts geschehen war, was mich beunruhigte, konnte ich möglicherweise auch den nächsten Schritt wagen.

»Du musst dich noch nicht jetzt entscheiden. Du hast noch etwas Zeit.«

»Stimmt.«

Plötzlich tauchte jemand neben uns auf, und ich glaubte schon, Sue und Chris wären von der Tanzfläche zurück, doch es war Taylor. Sie trug ein dunkelblaues Kleid, das hervorragend zum Motto des Abends passte. Ihr blondes Haar fiel ihr in wunderschönen Locken über die Schultern. Ich hatte sie schon eine ganze Weile nicht mehr gesehen, eher flüchtig, wenn ich im Verbindungshaus Ellie besuchte.

»Hey ihr beiden«, begrüßte sie uns. »Darf ich mich kurz dazusetzen?« Wir nickten, und Taylor nahm neben uns auf der Bank Platz.

»Amüsiert ihr euch gut?«

»Ja, wir haben gerade darüber gesprochen, ob Stella ins Verbindungshaus einziehen wird.«

»Und? Wirst du?« Taylor sah mich interessiert an, und ich glaubte nicht, dass sie es nur vortäuschte.

»Mal sehen, kommt ein bisschen drauf an, wie sich alles für mich entwickelt. Ob ich die Prüfungen schaffe und so.« Dabei war das *Ob* eigentlich gar nicht so wichtig, sondern eher *wie* ich die Klausuren abschloss.

»Ah, ich verstehe. Du kannst es dir bis zum nächsten Semester ja noch mal überlegen.« Taylor war heute wirklich gut drauf. Vielleicht lag es auch daran, dass wir uns häufig nicht auf dem besten Fuß begegnet waren. Irgendwie hatte ich bei ihr immer das Gefühl gehabt, dass ein bisschen Missgunst mitschwang. Sie hatte sich damals so aufgeregt, als Ellie mir beim Kürbisschnitzen geholfen hatte, und auch danach war ich ihr eher weniger positiv aufgefallen, wenn man von meinen Kuchen absah, die ich für die Verbindung gebacken hatte.

»Mache ich«, gab ich zurück, und Taylor wandte sich jetzt Ellie zu.

»Ellie, kann ich mal mit dir sprechen?« Etwas an ihrem Gesichtsausdruck veränderte sich.

»Klar, immer. Ich laufe nicht weg.«

»Ich meinte unter vier Augen.« Ein wenig verlegen blickte sie zu mir. »Entschuldige, Stella.«

»Alles, was du mit mir bereden möchtest, kannst du auch vor Stella tun.« Und auf einmal nahm sie meine Hand und fuhr mit ihrem Daumen zärtlich über meinen Handrücken. Es tat so wahnsinnig gut, sie an meiner Seite zu wissen. Ganz öffentlich, ohne Angst und Scham.

Taylor sah etwas irritiert drein, fing sich dann aber wieder.

»Gut, dann eben so.« Sie räusperte sich. »Ich habe für kommendes Semester eine Entscheidung gefällt – eine wichtige Entscheidung.« Sie zog ihre Stirn kraus. »Ich werde nicht als Präsidentin der Zeta Kappa Sigmas antreten.« Ihre Worte standen im Raum, und niemand von uns traute sich, etwas zu sagen. Ich konnte kaum fassen, was Taylor uns da unterbreitete. Sie wollte als Präsidentin der Verbindung zurücktreten?

»Du willst *was*?« Auch Ellie schien nicht zu begreifen, was hier gerade passierte.

»Ich danke ab.« Taylor atmete schwer aus, und man sah ihr an, dass ihr dieser Schritt nicht leichtfiel.

»Wie ... Ich meine ... Ist alles okay?« Ellie machte sich wohl wirklich Sorgen.

»Ja, schon, alles in Ordnung«, winkte Taylor ab und versuchte sich an einem Lächeln. »Mir geht es gut, ehrlich.« Sie legte Ellie für einen kurzen Moment beruhigend eine Hand auf die Schulter. »Ich habe nachgedacht. Schon länger. Und ich muss zugeben, dass du in vielen Dingen recht hattest. Ich habe so sehr an meinen Idealen und falschen Vorstellungen festgehalten, dass ich nicht mehr gesehen habe, wie es um die Verbindung steht. Wir brauchen schon länger eine Veränderung, aber ich wollte stur auf meiner Meinung beharren. Das hat niemandem gutgetan.«

Ellies Mund stand leicht offen. Auch ich konnte es kaum fassen.

»Die Zeta Kappa Sigmas stehen für Veränderung, Ellie. Die Verbindung wurde damals gegründet, damit auch Frauen in Verbindungen aufgenommen werden durften. Sich jetzt gegen Veränderungen zu stellen ist naiv. Aber es brauchte erst deinen starken Willen, bis ich das einsehen konnte. Ich habe schon die letzten Wochen mit mir gehadert und überlegt, noch mittendrin abzubrechen. Du hast mich so oft auf die Palme gebracht, dass ich vor blinder Wut nicht einsehen wollte, wie recht du hast. Es tut mir schrecklich leid, wirklich.« Sie senkte den Blick, und jetzt war es Ellie, die ihre Hand auf Taylors Schulter legte.

»Schon okay, du hast es nicht besser gewusst.« Dass Ellie so freundlich und locker reagierte, überraschte mich. Doch warum sollte sie ihr vorwerfen, nicht schon früher aus der Verbindung getreten zu sein? Vielleicht war Ellie ja auch von der Atmosphäre des Winterballs beflügelt und wollte keinen Streit anzetteln. Viel eher glaubte ich aber, dass sie es tatsächlich ernst meinte.

»Danke dir.«

Taylor tat mir irgendwie leid. Sie hatte sich so sehr für ihre Verbindung eingesetzt. Nachdem ich erfahren hatte, dass sie vor allem wegen ihrer Mutter die Zetas so leitete, wie sie es nun einmal tat, hatte ich Taylor ein wenig besser verstehen können. Sie wollte vermutlich nichts anderes, als ihre Mom stolz zu machen.

»Ich habe auf ganzer Linie versagt. Deswegen möchte ich, dass du dich nächstes Semester wieder als Präsidentin aufstellst und die Zeta-Schwestern zu ihrem Glanz führst.«

»Keine Sorge, das hatte ich sowieso vor.« Ellie zwinkerte Taylor zu, ehe die beiden sich voneinander lösten.

»Dann kann ich ja beruhigt sein.« Taylor schenkte ihr ein Lächeln. »Gut, ich will euch nicht länger aufhalten. Ich wollte nur, dass du es als Erstes weißt, Ellie. Ich werde es noch diese Woche im Haus verkünden.«

»Bis dahin schweigen wir wie ein Grab«, versicherte ich Taylor und legte in einer Geste meinen Zeigefinger auf meine Lippen. Taylor stand von der Bank auf und gesellte sich wieder auf die Tanzfläche zu ihren Freund*innen. Einen Moment lang sahen wir ihr nach, ehe sich Ellies und mein Blick trafen.

»Krass, oder?«

»Ich kann's auch kaum glauben«, meinte ich noch immer baff von dem, was gerade passiert war.

»Taylor will wirklich zurücktreten. Dass ich das noch erleben darf.«

»Ich finde es lieb, dass sie sich entschuldigt hat.«

»Ja, ich glaube, wir müssen eine fette Abschiedsparty für sie schmeißen«, lachte Ellie.

»Und, was meinst du? Was wirst du als Erstes ändern?«

»Erstmal muss ich wieder gewählt werden«, wiegelte Ellie ab.

Die Vorstellung, dass Ellie im nächsten Jahr abgewählt werden würde, war absurd. »Ach Quatsch, natürlich wirst du das! Ich habe mich in den letzten Wochen mit vielen Schwestern unterhalten, und ich glaube, viele wollen eine Veränderung. Und sie wissen, dass du sie ihnen geben kannst.«

Ellie lachte. »Na schön, dann nehmen wir mal an, ich bleibe Präsidentin. Es dauert noch ein Weilchen, aber es geht ja schon wieder in die nächste Bewerbungsrunde. Dieses Mal dürfte sich jeder bei uns bewerben, unabhängig von der Geschlechtszugehörigkeit. Dieses getrennte System ist doch total veraltet.«

»Das stimmt. Und das wäre ein echtes Alleinstellungsmerkmal an der Haydensburgh!« Ich wusste gar nicht, ob es überhaupt geschlechterunspezifische Studierendenverbindungen gab.

Ellies Augen leuchteten. »Au ja! Und weißt du was? Diese alten Prüfungen sind doch auch Mist. Wie wäre es denn, wenn die Anwärter*innen wirklich sinnvolle Aufgaben bekämen? Wir könnten das Haus bunt streichen lassen, endlich weg von diesem klassischen Weiß. Dann würde das Haus optisch auch unsere neuen Werte repräsentieren!«

Die Idee fand ich auch toll. »Und wer die kreativsten Ideen hat, kommt weiter!«

Wir hatten noch zahlreiche weitere Ideen, wie das Leben als Zeta künftig gestaltet werden könnte, und die Zeit flog nur so dahin, während wir uns den Gedankenspielen hingaben.

Irgendwann wagten wir uns noch einmal auf die Tanzfläche zu Chris und Sue, die nicht aufgehört hatten, sich zu der Musik zu bewegen. Wie hielten die beiden das nur aus, ohne am nächsten Tag völlig erschöpfte Plattfüße zu haben? Ich war schon nach zwei Songs völlig ausgepowert und brauchte eine Pause.

Es lief ausgerechnet *You Need to Calm Down* von Taylor Swift, und es war mir ganz egal, wie ich beim Tanzen vielleicht aussehen mochte. Taylor Swift sprach mir aus der Seele. »*Sunshine on the street at the parade, but you would rather be in the dark ages making that sign, must've taken all night*«, sang ich lauthals mit, und auch Ellie stimmte mit ein. Euphorisch warfen wir unsere Arme in die Luft. Beim Refrain wurden unsere Stimmen noch lauter, und es war so schön zu sehen, wie viele Leute zu dem Lied mit uns sangen und tanzten.

Ich wusste, dass ich nichts mehr zu befürchten hatte. Fest nahm ich mir vor, meine Eltern in den Semesterferien zu besuchen, um ihnen Ellie persönlich vorzustellen. Plötzlich machte mir der Gedanke, mich auch vor ihnen zu outen, keine Sorgen mehr. Ich wusste, sie würden zu mir halten.

Es hatte sich so viel geändert, seit ich mich entschlossen hatte, das Abenteuer Universität zu wagen. Endlich hatte ich Freund*innen gefunden, die mich so akzeptierten, wie ich nun einmal war. Die stille Stella, die vegan lebte und gute Noten hatte. Die Kartenspiele mit ihren Eltern liebte. Die ihre Katze vermisste. Die Zeta-Kappa-Sigma-Schwester, die für die Verbindung eintrat und immer allen unter die Arme griff. Ich musste mich gar nicht verändern oder verstellen. Ich hatte lediglich eine neue Perspektive gebraucht, und meine Freund*innen hatten mir geholfen, sie zu finden. Dafür würde ich ihnen auf ewig dankbar sein.

Danksagung

Wow, ich kann immer noch nicht so ganz glauben, dass ich tatsächlich an meiner ersten Danksagung schreibe. Kann mich mal bitte jemand kneifen?

Okay, möglicherweise wird es jetzt ein wenig sentimental. Nein, nicht nur möglicherweise. Ganz bestimmt.

Ein Buch zu veröffentlichen, ist mein größter Lebenstraum. Ich schreibe, seit ich denken kann, und begreife es immer noch nicht so ganz, dass ihr Stellas und Ellies Geschichte jetzt in den Händen haltet.

Mein Dank geht an meine Agentur Silke Weniger, die sofort an mich geglaubt hat. Insbesondere an Gerlinde Moorkamp, meine großartige Agentin, die immer für mich da ist. Gerlinde, ich verspreche dir, ich bleibe frech und laut!

Ohne das Team von Fischer wäre »Love with Pride« nie das geworden, was es jetzt ist. Jacqueline Wagner, meine grandiose Lektorin, ich bin so happy, dich an meiner Seite zu haben! Du bist immer aufmerksam, hast stets ein offenes Ohr für mich, und du hast den Text so viel besser gemacht. Juliane, danke für deine tollen Ideen im Marketing und dass du mir gesagt hast, dass ich mich jederzeit bei dir melden kann. Und natürlich Pia, die sich großartig um die Blogger*innen gekümmert hat. Außerdem danke ich Stefanie dafür, dass sie vorab schon so viele tolle Veranstaltungen gebucht hat und Katharina, die stets sofort zur Stelle ist! Wow, Fischer – ihr rockt!

Das Buch wäre nie so schön geworden ohne das Cover von Alexander Kopainski. Danke, dass du so viele gute Ideen eingebracht hast und mir das tollste Cover gezaubert hast, das ich mir wünschen konnte! Außerdem geht ein großes Dankeschön an Consuelo Verona für die phantastischen Illustrationen zu Stella und Ellie!

Wenn ich meine Testleser*innen nicht gehabt hätte, wäre das Buch ganz anders geworden. Alicia, Jan und Jenny, danke für eure kritischen Blicke und eure Zeit. Ihr habt das Manuskript so sehr geformt und immer die richtigen Denkanstöße gegeben. Sanne, du weißt gar nicht, wie sehr mir dein Sensitivity Reading geholfen hat! Und deine Anmerkungen waren Gold wert. Yavanna, du hattest immer Zeit für ein spontanes Telefonat, wenn ich dich mal wieder über amerikanische Studentenverbindungen oder das Universitätssystem ausgefragt habe. Jannik, ich war ohne dich wortwörtlich am Ende mit meinem Latein!

Bianca, danke für deinen passenden Quote, den du mir für die Rückseite geliefert hast! Ich freue mich total, dass du die Geschichte vorab schon gelesen hast und supportest.

Danke an meine Freund*innen, die jederzeit sagten »Komm, Lea, du schaffst das!«, und vor allem an Anne P. (ohne die wöchentlichen Skype-Gespräche wäre ich aufgeschmissen gewesen!), Anna, Berkes (sorry, es ist kein Fantasy-Roman geworden), Caro, Fabi, Heffa, Jessi, Ken, Liza, Magda, Meike und Zippi. Und natürlich auch der Rest des bunten Haufens!

Ich danke allen, die meine Schreiblust immer gefördert haben, aber vor allem dem gesamten *Mischief Managed*.

Natürlich ein fetter Dank an meine Familie – Oma Edith, ich wünschte, du hättest »Love with Pride« noch lesen können.

Ich hab bestimmt wen vergessen. Es tut mir leid! Uff …

Danke an das gesamte #Familiarium und vor allem meine Unterstützer*innen auf Patreon. Ohne euch wäre ich nicht hier.

Aber wo wäre ich ohne euch, liebe Leser*innen? Ich danke euch, dass ihr euch für diese Geschichte entschieden habt. Dass schon vor der Veröffentlichung so viel Liebe für Stella und Ellie da war. Jetzt muss ich doch ein bisschen heulen. Ich hab ja gesagt, dass es sentimental wird.

Zu guter Letzt: Es war mir wichtig, das Thema Labeling anzusprechen. Denn nicht jeder Mensch passt in eine Schublade – und das ist gut so! Manchmal braucht es Zeit, um das passende Label zu finden. Und manchmal weiß man nur: Ich bin queer. Labels können helfen, wie Ellie zeigt, müssen es aber nicht, was Stella beweist.

Und damit danke, dass du hier bist. Du bist wichtig. Denk immer daran.

Triggerwarnung
Dieses Buch enthält potenziell triggernde
Elemente zu den Themen
Mobbing,
soziale Ängste und
Queerfeindlichkeit, insbesondere
Homo- und Bifeindlichkeit.
Bitte passt beim Lesen auf euch auf!

Kate Davies
Love Addict
Roman

Die 26-jährige Londonerin Julia trauert ihrer Tanzkarriere nach, steckt in einem sterbenslangweiligen Bürojob fest und hat schlechten Sex mit Männern. Dann schläft sie zum ersten Mal mit einer Frau. Doch Sam ist nicht irgendeine Frau. Die Künstlerin bezeichnet Sex als ihr Hobby und hält nichts von Monogamie. Sie bringt Julia in Künstlerkreise, in Londons Sexclubs und ständig zum Orgasmus. Mit Sam scheint plötzlich alles möglich. Doch Julia ist so überwältigt von ihrem neuen, aufregenden Leben, dass sie kaum merkt, wie ihre Liebe eine ungesunde Richtung nimmt.
Eine entwaffnender Roman über die Suche nach Liebe und Selbstverwirklichung.

Aus dem Englischen von
Britt Somann-Jung
512 Seiten, gebunden

Weitere Informationen finden Sie auf
www.fischerverlage.de

OFFEN, UNBESCHWERT UND SELBSTBEWUSST – Das ultimative Sachbuch zu Sex und Identität *

Wie fühlt es sich an, zum ersten Mal in ein Mädchen verliebt zu sein, wenn man selbst ein Mädchen ist? Und was passiert dann? Wie findet man andere schwule Jungs? Kann sich deine Geschlechtsidentität von deinem biologischen Geschlecht unterscheiden? Mit über hundert Originalbeiträgen von lesbischen, schwulen, bi- und transsexuellen Jugendlichen, die ein unendliches Spektrum sexueller Identitäten repräsentieren.

WORAUF WARTET IHR NOCH – LIEBT EUCH!

Juno Dawson
How to Be Gay. Alles über Coming-out, Sex, Gender und Liebe
Aus dem Englischen von Volker Oldenburg
320 Seiten, broschiert

Weitere Informationen zum Kinder- und Jugendbuchprogramm der S. Fischer Verlage finden Sie unter www.fischerverlage.de

Zum Weinen, zum Verlieben, zum Wütendwerden

»Ich vermied es, irgendwen anzuschauen. Ich wurde nämlich angeschaut, und sobald ich zurückschaute, fassten die Leute das als Einladung auf, irgendeinen Kommentar von sich zu geben. Das war dann fast immer entweder etwas Beleidigendes oder Dummes oder beides. Deshalb tat ich so, als wären sie gar nicht da.«

Ein aufwühlender Roman, inspiriert von Tahereh Mafis eigenen Erfahrungen mit erster Liebe, Breakdance und den verheerenden Auswirkungen von Vorurteilen.

Tahereh Mafi
Wie du mich siehst
Aus dem amerikanischen Englisch von Katarina Ganslandt
352 Seiten, broschiert

Weitere Informationen zum Kinder- und Jugendbuchprogramm der S. Fischer Verlage finden Sie unter www.fischerverlage.de